A dama da meia-noite

Copyright © 2012 Eve Ortega

Título original: *A Lady by Midnight*

Todos os direitos reservados pela Editora Gutenberg. Nenhuma parte desta publicação poderá ser reproduzida, seja por meios mecânicos, eletrônicos, seja via cópia xerográfica, sem a autorização prévia da Editora.

EDITORA RESPONSÁVEL
Silvia Tocci Masini

ASSISTENTES EDITORIAIS
Carol Christo
Felipe Castilho

PREPARAÇÃO
Andresa Vidal Branco

REVISÃO
Cristiane Maruyama

CAPA
Carol Oliveira
(sobre a imagem de Kiselev Andrey Valerevich [Shutterstock])

DIAGRAMAÇÃO
Guilherme Fagundes

Dados Internacionais de Catalogação na Publicação (CIP)
Câmara Brasileira do Livro, SP, Brasil

Dare, Tessa

A dama da meia-noite / Tessa Dare ; tradução A C Reis. -- 1. ed. 4. reimp -- Belo Horizonte : Gutenberg, 2021. -- (Série Spindle Cove, 3)

Título original: A Lady by Midnight.

ISBN 978-85-8235-329-5

1. Ficção histórica 2. Romance norte-americano I. Título.

15-09395 CDD-813

Índices para catálogo sistemático:
1. Romances históricos : Literatura norte-americana 813

A **GUTENBERG** É UMA EDITORA DO **GRUPO AUTÊNTICA**

São Paulo
Av. Paulista, 2.073 . Conjunto Nacional
Horsa I . Sala 309 . Cerqueira César
01311-940 . São Paulo . SP
Tel.: (55 11) 3034 4468

Belo Horizonte
Rua Carlos Turner, 420
Silveira . 31140-520
Belo Horizonte . MG
Tel.: (55 31) 3465 4500

www.editoragutenberg.com.br
SAC: atendimentoleitor@grupoautentica.com.br

Série Spindle Cove • Livro 3

Tessa Dare

A dama da meia-noite

4ª reimpressão

Tradução: A C Reis

Capítulo Um

Verão de 1814

Cabo Thorne conseguia fazer uma mulher estremecer mesmo apenas estando do outro lado da sala. Uma habilidade inconveniente, na opinião de Kate Taylor. *O homem nem precisava se esforçar*, ela reparou com uma pontada de pesar. Tudo o que ele necessitava fazer era entrar no Touro e Flor, fixar o olhar de poucos amigos em uma caneca de cerveja e ficar com as enormes e largas costas, voltadas para o salão. E sem dizer uma palavra... nem mesmo um *olhar*... ele fazia os dedos da pobre Srta. Elliot tremerem, enquanto ela se preparava para tocar o piano.

"Ah, eu não consigo", sussurrou a moça. "Não consigo cantar agora. Não com ele aqui."

Mais uma aula de música arruinada. Até um ano atrás, Kate nunca teve esse tipo de problema. Antes disso, Spindle Cove era habitada majoritariamente por mulheres, e o Touro e Flor era uma casa de chá pacata que servia bolos com cobertura e tortinhas com geleia. Mas, desde que organizaram uma milícia na região, o estabelecimento assumiu a dupla função de casa de chá para as senhoras e taverna para os milicianos. Kate não se opunha em compartilhar o espaço, mas não existia "compartilhar" com o Cabo Thorne. Sua presença sisuda e taciturna ocupava todo o salão.

"Vamos tentar de novo", ela pediu à aluna, procurando ignorar a silhueta intimidadora que captava em sua visão periférica. "Nós quase conseguimos da última vez."

A Srta. Elliot corou e apertou os dedos nas coxas.

"Eu nunca vou acertar."

"Claro que vai", disse Kate. "É só uma questão de prática. E você não estará sozinha. Vamos continuar trabalhando o dueto e você ficará preparada para a apresentação no sábado."

Com a simples menção da palavra "apresentação", o rosto da garota ficou vermelho.

Annabel Elliott era uma jovem loira, bonita e delicada. Mas a pobrezinha corava com muita facilidade. Sempre que estava agitada ou nervosa, suas bochechas pálidas assumiam um tom de vermelho vivo, como se ela tivesse levado um tapa no rosto. Só que ela ficava agitada ou nervosa boa parte do tempo... Algumas jovens iam até Spindle Cove para se recuperar da timidez, de um escândalo, ou de um ataque debilitante de febre. A Srta. Elliott tinha sido enviada até lá para uma reabilitação diferente: a cura do medo de palco. Kate era professora dela há tempo suficiente para saber que as dificuldades da Srta. Elliott não tinham nada a ver com falta de talento ou preparo. Ela só precisava de autoconfiança.

"Talvez uma nova partitura possa ajudar", sugeriu Kate. "Descobri que uma pasta de música nova é melhor para o meu humor do que um chapéu novo." Ela teve uma ideia. "Eu irei até Hastings esta semana e vejo o que consigo encontrar."

Na verdade, ela estava planejando ir à Hastings por um motivo completamente diferente. Kate precisava fazer uma visita naquela cidade – uma visita que vinha adiando... A compra de novas partituras surgia como uma excelente desculpa.

"Não sei por que sou tão boba", a garota corada se queixou. "Tive anos de excelente orientação, e eu adoro tocar... É sério, eu gosto mesmo. Mas quando tem alguém escutando, eu congelo. Eu não tenho jeito..."

"Claro que você tem jeito. Nenhuma situação é irremediável."

"Meus pais..."

"Seus pais também acreditam que você tem jeito, ou não a teriam enviado para cá", disse Kate.

"Eles querem que minha temporada seja um sucesso. Mas você não sabe a pressão que os dois fazem sobre mim! Srta. Taylor, você não imagina como eles são."

"Não", Kate admitiu. "Não acredito que eu consiga imaginar."

A Srta. Elliott olhou, arrasada, para a professora.

"Sinto muito... Por favor, me desculpe. Eu não quis dizer isso. Como eu sou insensível."

Kate dispensou as desculpas.

"Não seja boba. É a verdade, eu sou órfã. Você tem toda razão, eu não posso saber como é ter pais com expectativas e esperanças tão elevadas."

Embora eu desse tudo para saber como é isso, nem que fosse por um dia.

"Mas eu sei", continuou Kate, "a diferença que faz quando você sabe que está entre amigas. Aqui é Spindle Cove. Somos todas um pouco *diferentes* aqui. Lembre-se apenas que todos nesta vila estão do seu lado."

"Todos?"

O olhar desconfiado da Srta. Elliott se voltou para o enorme homem solitário sentado ao bar.

"Ele é tão grande", sussurrou ela. "E tão assustador. Toda vez que eu começo a tocar posso ver que ele estremece."

"Você não deve levar para o lado pessoal. Ele é um soldado, e você sabe que eles ficam traumatizados por explosões de bombas." Kate deu um tapinha encorajador no braço da Srta. Elliott. "Não ligue para ele. Apenas mantenha a postura ereta, um sorriso no rosto e continue a tocar."

"Vou tentar, mas ele é... é difícil de ignorar."

Sim, é verdade. E por acaso Kate não sabia disso? Embora o Cabo Thorne fosse excelente na arte de ignorá-la, Kate não podia negar o efeito que ele tinha em seu estado de espírito. Ela sentia a pele arrepiar sempre que ele estava por perto, e nas raras ocasiões em que ele virava o rosto na direção dela, seu olhar a penetrava profundamente. Mas pelo bem da autoconfiança da Srta. Elliott, Kate deixou suas reações pessoais de lado.

"Queixo para cima", ela lembrou em voz baixa a Srta. Elliott e a si mesma. "Continue sorrindo."

Kate começou tocando sua metade do dueto, mas quando chegou o momento da Srta. Elliott, a jovem errou após alguns poucos compassos.

"Me desculpe, eu só..." A Srta. Elliott baixou a voz.

"Ele estremeceu novamente?"

"Não, pior", gemeu ela. "Desta vez ele teve praticamente uma convulsão."

Com uma pequena exclamação de indignação, Kate virou a cabeça para observar o bar.

"Não, ele não fez isso."

"Ele fez", gemeu a Srta. Elliott. "Foi horrível."

Aquilo era demais. Ignorar suas alunas era uma coisa. Estremecer era outra. Mas não havia desculpas para *quase* ter uma convulsão. Isso era além da conta!

"Eu vou falar com ele", disse Kate, levantando-se do piano.

"Ah, não. Por favor."

"Está tudo bem", Kate lhe garantiu. "Eu não tenho medo dele. Ele pode ser meio bruto, mas acredito que não morda."

Kate cruzou o salão e parou atrás do Cabo Thorne. Ela quase conseguiu reunir coragem para tocar na dragona com borlas do uniforme dele. Quase... Em vez disso, ela pigarreou.

"Cabo Thorne?"

Ele se virou.

Em toda sua vida, Kate nunca conhecera um homem com aparência tão austera. O rosto dele parecia de pedra – composto de ângulos firmes e traços inflexíveis. A aparência severa não oferecia a ela proteção nem um lugar para se refugiar. A boca era um talho ameaçador. As sobrancelhas escuras convergiam em censura. E os olhos... os olhos eram azuis como um rio congelado na noite mais fria do inverno.

Queixo para cima. Continue sorrindo.

"Como você deve ter notado", disse ela despreocupadamente, "estou no meio de uma aula de música."

Nenhuma resposta.

"Sabe, a Srta. Elliott fica nervosa quando tem que tocar na frente de estranhos."

"Você quer que eu vá embora."

"Não..." A resposta de Kate surpreendeu a ela mesma. "Não, eu não quero que você vá embora."

Isso seria muito fácil para ele. Thorne estava sempre indo embora. Era assim que os dois interagiam, uma vez após a outra. Kate reunia a toda sua coragem e tentava ser amigável, enquanto ele sempre encontrava alguma desculpa para sair de perto. Era um jogo ridículo, e ela estava cansada daquilo.

"Eu não estou pedindo que você vá embora", disse ela. "A Srta. Elliott precisa praticar. Eu e ela vamos tocar um dueto. Estou *convidando* você a nos dedicar sua atenção."

Thorne olhou fixamente para ela. Kate estava acostumada com contatos visuais constrangedores. Sempre que ela conhecia alguém, ficava ciente, e triste, de que as pessoas só reparavam na mancha cor de vinho em sua têmpora. Durante anos ela tentou esconder sua marca de nascença com chapéus de aba larga ou penteados elaborados – sem sucesso. As pessoas não davam atenção aos artifícios. Kate aprendeu a ignorar a reação inicial. Com o tempo ela deixava de ser apenas uma mancha aos olhos dos outros e passava a ser reconhecida como uma mulher com uma *marca*. Depois, olhavam para ela e viam somente a Kate.

O olhar do Cabo Thorne era totalmente diferente. Ela não conseguia saber *quem* ela era aos olhos dele. Essa incerteza fazia com que ela andasse no fio da navalha, mas ela se esforçava para manter o equilíbrio.

"Fique", ela o desafiou. "Fique e escute enquanto tocamos para você. Aplauda quando terminarmos. Acompanhe o ritmo com os pés, se quiser. Dê um pouco de encorajamento à Srta. Elliott. E surpreenda-me, ao provar que você possui um pingo de compaixão."

Uma eternidade se passou antes que ele desse sua resposta, sucinta e áspera.

"Eu vou embora."

Ele se levantou, jogou uma moeda no balcão e depois saiu da taverna sem olhar para trás.

Quando a porta vermelha se moveu em seu batente, fechando com um estrondo, Kate balançou a cabeça. Aquele homem era impossível.

Ao piano, a Srta. Elliott voltou a tocar um arpejo.

"Imagino que isso resolva um problema", disse Kate, ao tentar, como sempre, encontrar um lado positivo. Não existia situação sem solução.

Sr. Fosbury, um taberneiro de meia-idade, veio para lavar a caneca usada por Thorne. Ele colocou uma xícara de chá na frente de Kate. Uma fatia de limão, fina como uma hóstia, boiava no centro, e o aroma de conhaque flutuou na direção dela em uma onda de vapor. Ela se sentiu aquecida por dentro antes mesmo de dar o primeiro gole. O casal Fosbury era sempre bondoso com ela. Mas ainda assim não substituíam uma família. Isso ela teria que continuar procurando. E ela *continuaria* procurando, não importava quantas portas fossem fechadas na sua cara.

"Espero que você não se magoe com os modos bruscos do Cabo Thorne, Srta. Taylor."

"Quem, eu?" Ela forçou uma risada breve. "Ah, eu tenho bastante juízo para isso. Por que eu deveria me magoar com as palavras de um homem sem coração?" Ela passou a ponta do dedo pela borda da xícara, pensativa. "Mas pode me fazer um favor, Sr. Fosbury?"

"O que pedir, Srta. Taylor."

"Da próxima vez que eu me sentir tentada a estender um ramo de oliveira como sinal de amizade ao Cabo Thorne..." Ela arqueou uma sobrancelha e deu um sorriso divertido. "Lembre-me de usar esse ramo para bater na cabeça dele."

Capítulo Dois

"Mais chá, Srta. Taylor?"

"Não, obrigada." Kate tomou um gole de sua bebida, e escondeu assim sua careta. As folhas estavam em seu terceiro uso, no mínimo. Elas pareciam ter sido lavadas de uma última vaga lembrança do que significava ser chá.

Adequado, considerou ela. Lembranças vagas eram a ordem do dia.

A Srta. Paringham pôs a chaleira de lado.

"Onde você disse que está morando?"

Kate sorriu para a mulher de cabelos brancos que estava à sua frente.

"Spindle Cove, Srta. Paringham. É uma vila popular de veraneio para jovens bem-criadas. Eu ganho a vida dando aulas de música."

"Fico feliz em saber que sua instrução lhe deu meios de ter uma renda honesta. Isso é mais do que uma desafortunada como você poderia esperar."

"Ah, certamente. Eu tenho muita sorte."

Pondo de lado seu "chá", Kate disfarçou para consultar o relógio sobre a lareira. O tempo estava curto. Ela não gostava de desperdiçar minutos preciosos com delicadezas quando havia questões queimando a ponta da sua língua. Mas ser abrupta não lhe conseguiria respostas. Um pacote embrulhado jazia em seu colo, e ela colocou os dedos em volta do barbante.

"Eu fiquei surpresa quando soube que a senhorita fixou residência aqui. Imagine só, minha antiga professora instalada a poucas horas de carruagem. Não consegui resistir a lhe fazer uma visita. Tenho lembranças tão queridas do meu tempo em Margate."

A Srta. Paringham ergueu uma sobrancelha.

"É mesmo?"

"Ah, sim." Ela buscou exemplos na memória. "Em especial eu sinto falta da... sopa nutritiva. E de nossas leituras religiosas. Hoje em dia é tão difícil eu conseguir duas boas horas para ler sermões."

No que dizia respeito a órfãos, Kate sabia que tinha sido mais feliz do que a maioria. A atmosfera na Escola Margate para Jovens podia ser austera, mas ela nunca foi espancada, não passou fome, nem lhe faltaram roupas. Ela fez amizades, recebeu uma educação satisfatória... E o mais importante de tudo é que ela aprendeu música e foi encorajada a praticar. Na verdade, ela não podia reclamar. Margate havia fornecido tudo o que ela precisava, menos uma coisa. Amor...

Em todos os seus anos lá, ela nunca soube o que era amor de verdade. Somente uma versão pálida e diluída. Qualquer outra garota poderia ter ficado amarga, mas Kate não tinha vocação para sofrimento. Mesmo que sua mente não lembrasse, seu coração não esquecia uma época anterior a Margate. Lembranças distantes de felicidade ecoavam em cada batida. Mas ela foi amada, uma vez. Kate sentia isso. Ela não conseguia pôr um nome ou rosto na emoção, mas isso não tornava a sensação menos verdadeira. Houve um tempo em que ela tinha alguém, um lugar. Aquela mulher podia ser sua última esperança de encontrar esse elo.

"A senhorita lembra do dia em que cheguei a Margate, Srta. Paringham? Eu devia ser uma coisinha tão pequena."

A velha senhora contraiu os lábios.

"Cinco anos de idade, no máximo. Não havia como termos certeza."

"Não. É claro que não."

Ninguém sabia a verdadeira data do aniversário de Kate, nem ela própria. Como diretora da escola, a Srta. Paringham havia decidido que todas as órfãs da escola compartilhariam a data de nascimento do Senhor, 25 de dezembro. Ela imaginava que essas garotas encontrariam conforto ao se lembrar que faziam parte da família celestial no dia em que as outras meninas iam para casa ficar com sua família de sangue.

Contudo, Kate sempre suspeitou que devia haver um motivo mais prático por trás dessa escolha. Se o aniversário delas fosse no Natal, não haveria necessidade de comemorações ou presentes extras. As órfãs da escola recebiam o mesmo pacote de Natal todos os anos: uma laranja, uma fita e um corte bem dobrado de musselina. A Srta. Paringham não gostava de doces. Aparentemente, ela continuava a não gostar. Kate mordeu um canto do biscoito seco e sem gosto que a senhora havia lhe oferecido, e então o devolveu ao prato.

Sobre a lareira, o tique-taque do relógio pareceu acelerar. Ela tinha apenas vinte minutos antes que a última carruagem partisse para Spindle Cove. Se ela perdesse o transporte, teria que passar a noite em Hastings.

Ela reuniu suas forças. Chega de enrolação.

"Quem eram?", perguntou ela. "A senhorita sabe?"

"De quem você está falando?"

"Meus pais."

A Srta. Paringham fungou.

"Você era uma órfã da escola. Não tinha pais."

"Eu entendo isso." Kate sorriu, tentando acrescentar leveza. "Mas eu não nasci de um ovo, certo? Eu não apareci debaixo de uma folha de repolho. Um dia eu tive uma mãe e um pai. Talvez eu os tenha tido durante cinco anos. Eu venho tentando me lembrar, mas todas as minhas lembranças são vagas e confusas. Eu lembro de me sentir em segurança. Eu lembro de algo azul. Um quarto com paredes azuis, talvez, não tenho certeza." Ela apertou o nariz e franziu o rosto enquanto olhava para a franja do carpete. "Talvez eu apenas queira me lembrar, tão desesperadamente, que esteja imaginando coisas."

"Srta. Taylor..."

"Eu lembro, principalmente de sons." Ela fechou os olhos, mergulhando em sua consciência. "Sons sem figuras. Alguém dizendo para mim: 'Seja corajosa, minha Katie'. Seria minha mãe? Meu pai? As palavras estão gravadas na minha memória, mas não consigo fixar um rosto nelas, não importa o quanto eu tente. E há também a música. Música de piano interminável, e sempre a mesma canção..."

"Srta. *Taylor*."

Quando ela repetiu o nome de Kate, a voz da antiga professora estalou. Não como uma xícara de porcelana quebrando, mas como um chicote. Por reflexo, Kate se endireitou na cadeira. Olhos afiados a observavam.

"Srta. Taylor, aconselho que abandone imediatamente essa linha de investigação."

"Como posso? A senhorita deve entender. Vivi com essas perguntas toda minha vida, Srta. Paringham. Eu tentei fazer como a senhorita sempre me aconselhou e ficar feliz com as coisas boas que a vida me trouxe. Eu tenho amigas, tenho uma profissão, e tenho a música. Mas ainda não tenho a verdade. Eu quero saber de onde venho, mesmo que a verdade seja difícil de ouvir. Eu sei que meus pais estão mortos, mas talvez haja alguma esperança de entrar em contato com meus parentes. Deve haver alguém, em algum lugar. O menor detalhe pode ser útil. Um nome, uma cidade, um..."

A professora bateu sua bengala no assoalho de madeira.

"Srta. Taylor. Mesmo que eu tivesse alguma informação a respeito, eu jamais contaria. Eu a levaria para o túmulo."

Kate se recostou na cadeira.

"Mas... por quê?"

A Srta. Paringham não respondeu; ela simplesmente apertou os lábios em uma careta de reprovação.

"A senhorita nunca gostou de mim", murmurou Kate. "Eu sei disso. Sempre deixou claro, mas de maneira discreta, que qualquer bondade que demonstrasse comigo era de má vontade."

"Muito bem. Você está correta. Eu nunca gostei de você."

Elas olharam uma para outra. Lá estava, finalmente, a verdade. Kate se esforçou para não demonstrar sinais de decepção ou mágoa. Mas seu pacote de partituras caiu no chão – e quando isso aconteceu, um sorriso pretensioso curvou os lábios da Srta. Paringham.

"Posso perguntar por qual motivo fui tão desprezada? Eu demonstrava gratidão por qualquer coisinha que me dessem. Eu não fazia travessuras. Nunca reclamei. Eu prestava atenção nas aulas e tirava notas altas."

"Exatamente! Você não mostrava humildade. Você se comportava como se tivesse tanto direito à felicidade quanto qualquer outra jovem de Margate. Sempre cantando. Sempre sorrindo."

Aquilo era tão absurdo que Kate não conseguiu conter o riso.

"A senhorita não gostava de mim porque eu sorria demais? Por acaso eu deveria viver melancólica e sisuda?"

"Envergonhada!" A Srta. Paringham esbravejou. "Uma filha do pecado deveria viver envergonhada."

Kate, aturdida, ficou um instante em silêncio. *Uma filha do pecado?*

"O que quer dizer com isso? Eu sempre acreditei que era órfã. A senhorita nunca disse..."

"Coisa ruim. Sua vergonha não precisa ser dita. O próprio Deus a marcou." A Srta. Paringham apontou enfaticamente com o dedo para sua mancha.

Kate não conseguiu nem mesmo responder. Ela levou a mão trêmula até a têmpora. Com a ponta dos dedos, começou a massagear a marca, da mesma forma como fazia quando menina, como se a pudesse apagar de sua pele. Por toda a vida ela acreditou que era uma criança amada cujos pais tiveram uma morte prematura. Que horrível pensar que ela havia sido abandonada, indesejável. Seus dedos pararam na marca de nascença. Talvez tivesse sido abandonada por causa *daquilo*.

"Sua garota tola." A risada da velha senhora foi cáustica. "Andou sonhando com um conto de fadas, não foi? Estava pensando que algum dia bateria na sua porta um mensageiro à procura de uma princesa há muito perdida?"

Kate disse a si mesma para manter a calma. Obviamente, a Srta. Paringham era uma mulher solitária, velha e deformada, que agora vivia para tornar os outros infelizes. Ela não daria àquela bruxa velha a satisfação de ver que estava abalada. Mas Kate também não continuaria ali nem por mais um momento.

Ela se abaixou para pegar o pacote de partituras no chão.

"Sinto muito tê-la aborrecido, Srta. Paringham. Estou indo embora. Não precisa dizer mais nada."

"Ah, mas eu *vou* falar. Coisinha ignorante, chegou à idade de vinte e três anos sem entender uma coisa. Vejo que devo tomar para mim a responsabilidade de lhe ensinar essa última lição."

"Por favor, não se desgaste." Levantando-se da cadeira, Kate fez uma reverência. Ela ergueu o queixo e exibiu um sorriso desafiador no rosto. "Obrigada pelo chá. Eu realmente preciso ir, se quero pegar a carruagem. Pode deixar que eu encontro a saída."

"Garota impertinente!"

A velha a atacou com a bengala, acertando Kate atrás dos joelhos. Kate cambaleou e agarrou o batente da porta da sala de estar.

"Você me bateu. Não acredito que acabou de me bater!"

"Eu deveria ter feito isso há muitos anos. Talvez tivesse tirado esse sorriso do seu rosto."

Kate apoiou o ombro no batente. A dor da humilhação era muito maior do que a dor física. Parte dela queria se transformar em uma bolinha no chão, mas ela sabia que precisava fugir daquele lugar. Mais do que isso, ela queria fugir daquelas *palavras*. Aquelas ideias horríveis, impensáveis, que poderiam deixá-la marcada por dentro, assim como era marcada por fora.

"Boa tarde, Srta. Paringham." Ela apoiou o peso no joelho dolorido e inspirou profunda e rapidamente. A porta da frente estava a alguns passos de distância.

"Ninguém queria você." Veneno escorria das palavras da velha. "Ninguém queria você na época. O que a faz pensar que alguém irá querê-la agora?"

Alguém, o coração de Kate insistiu. *Alguém, em algum lugar.*

"Ninguém." A maldade retorceu o rosto da velha senhora enquanto ela empunhava novamente a bengala.

Kate ouviu a batida contra o batente, mas àquela altura ela já estava lutando para abrir a porta da frente. Ela levantou a saia e disparou pela rua de paralelepípedos. A sola de suas botinas de salto baixo estava fina de tanto uso, e ela escorregou e cambaleou enquanto corria. As ruas de Hastings eram estreitas e curvas, com muitas lojas e estalagens cheias de gente. Não era possível que aquela mulher azeda a tivesse seguido. Ainda assim, ela continuou correndo. Ela correu sem se importar com a direção em que estava indo, desde que fosse para longe. Talvez, se ela corresse rápido o bastante, a verdade jamais a alcançaria.

Quando ela virou na direção da estrebaria, o ribombar do sino da igreja fez seu estômago revirar. Um, dois, três, quatro... *Ah, não. Pare aí. Por favor, não badale de novo. Cinco.* Seu coração parou por um segundo. O relógio da Srta. Paringham devia estar atrasado. Kate havia perdido a hora. A carruagem provavelmente teria partido sem ela. Não haveria outra até a manhã seguinte. O verão encompridava os dias ao máximo, mas em poucas horas a noite cairia. E ela tinha gastado a maior parte do seu dinheiro na loja de música, deixando somente dinheiro suficiente para a passagem de volta a Spindle Cove – sem reservas para uma estalagem ou refeição. Kate ficou parada na rua cheia de gente. As pessoas passavam ao lado dela e algumas lhe davam encontrões. Mas ela não tinha relação com nenhuma delas. Ninguém a ajudaria. O desespero, tenebroso e frio, foi subindo por suas veias. Seus piores temores tinham se concretizado. Ela estava sozinha. Não apenas naquela noite, mas sempre. Seus próprios pais a abandonaram anos atrás. Ninguém a queria agora. Ela morreria sozinha, depois de viver em um apartamento apertado de pensionista, como a Srta. Paringham, bebendo chá reaproveitado três vezes e mascando sua própria amargura.

Seja corajosa, minha Katie. Durante toda sua vida ela se agarrou à lembrança dessas palavras. Kate se apegou à crença de que elas significavam que alguém, em algum lugar, se importava com ela. Kate não deixaria aquela voz silenciar. Entrar em pânico assim não era do feitio dela, e não iria lhe fazer nenhum bem. Kate fechou os olhos, inspirou profundamente e fez uma avaliação silenciosa da sua situação. Ela tinha força de vontade, talento, um corpo jovem e saudável. Ninguém podia tirar isso dela. Nem mesmo aquela bruxa cruel e carcomida com sua bengala e seu chá fraco.

Deveria existir alguma solução. Ela estava com alguma coisa que poderia vender? Seu vestido de musselina rosa era bem bonito – um presente usado de uma de suas alunas, enfeitado com laços e renda –, mas ela não poderia vender a roupa do corpo. Kate havia deixado seu melhor chapéu de verão na casa da Srta. Paringham, e ela preferiria dormir na rua a voltar lá para pegá-lo. Se não tivesse cortado o cabelo tão curto no último verão, ela poderia tentar vendê-lo. Mas as madeixas estavam apenas aos ombros, e eram de um tom castanho comum. Nenhum fabricante de perucas iria comprá-lo. Sua melhor alternativa seria na loja de música. Talvez, se ela explicasse seu problema e pedisse com muita educação, o proprietário poderia aceitar as partituras de volta e lhe devolver o dinheiro. Isso lhe renderia bastante para um quarto em uma estalagem razoavelmente respeitável. Ficar sozinha não seria bom, e Kate nem estava com sua pistola. Mas ela podia calçar a porta do quarto com uma cadeira e ficar acordada a noite inteira, com o atiçador da lareira em punho e a voz preparada para gritar. Pronto. Ela tinha um plano.

Quando Kate começou a atravessar a rua, um cotovelo a desequilibrou.

"Ei", disse o dono do cotovelo. "Olhe por onde anda, senhorita."

Ela girou para o lado, desculpando-se. O barbante que amarrava seu pacote se rompeu. Páginas brancas decolaram e voaram na ventania daquela tarde de verão, como uma revoada de pombos assustados.

"Ah, não! A música."

Ela deu braçadas amplas no ar, tentando agarrar as partituras. Algumas páginas desapareceram no fim da rua, e outras caíram sobre os paralelepípedos e foram rapidamente pisoteadas pelos transeuntes. Mas a maior parte caiu no meio da rua, ainda envoltas por papel pardo. Desesperada para salvar o que fosse possível, Kate se atirou para pegá-las.

"Cuidado!", gritou um homem.

Rodas de carroça rangeram. Em algum lugar perto demais dela, um cavalo refugou e relinchou. Kate ergueu os olhos de onde estava agachada, no meio da rua, e viu dois cascos com ferraduras, grandes como pratos de jantar, erguidos no ar e prontos para acabar com ela. Uma mulher gritou. Kate jogou seu peso para o lado. Os cascos do cavalo aterrissaram bem à sua esquerda. Com um silvo assustador do freio, uma carroça parou de repente – a centímetros de esmagar sua perna. O pacote de partituras caiu alguns metros adiante. O "plano" de Kate havia se transformado em papéis enlameados, marcados por rodas, jogado no meio da rua.

"Que o diabo a carregue", xingou o condutor na boleia, enquanto brandia seu chicote. "Maldita seja. Quase me fez derrubar toda a carga."

"Eu... eu sinto muito, senhor. Foi um acidente."

Ele estalou o chicote nos paralelepípedos.

"Saia da minha frente, então. Sua coisa desajeitada..."

Quando ele ergueu o chicote, preparando outro golpe, Kate se encolheu e abaixou. Mas o golpe não veio. Um homem entrou entre ela e a carroça.

"Se a ameaçar de novo", Kate ouviu o homem alertar o condutor com um rugido baixo e selvagem, "vou arrancar a carne dos seus ossos com esse chicote."

Palavras assustadoras, mas eficientes... E a carroça rapidamente foi embora. Enquanto braços fortes a punham de pé, o olhar de Kate escalou uma verdadeira montanha de homem. Ela viu botas pretas brilhantes, calça cáqui esticada sobre coxas de granito e um marcante casaco vermelho de soldado. Seu coração deu um salto. Ela *conhecia* aquele casaco. Provavelmente ela mesma havia costurado os botões de bronze naqueles punhos. Esse era o uniforme da milícia de Spindle Cove. Ela estava em braços conhecidos. Ela estava salva. E quando ergueu a cabeça, Kate tinha certeza de que encontraria um rosto amistoso, a menos que...

"Srta. Taylor?"

A menos que... A menos que fosse *ele*.

"Cabo Thorne", sussurrou ela.

Em qualquer outro dia, Kate teria rido da ironia. De todos os homens que poderiam aparecer para salvá-la, tinha que ser aquele.

"Srta. Taylor, que diabos está fazendo aqui?"

Ao ouvir o tom ríspido dele, todos os músculos de Kate ficaram tensos.

"Eu... eu vim à cidade para comprar partituras novas para a Srta. Elliott, e para..." Ela não conseguiu mencionar a visita à Srta. Paringham. "Mas eu deixei cair meu pacote, e agora perdi a carruagem para casa. Sou uma boba." *Boba, ridícula, marcada pela vergonha, indesejável.* "E agora receio que esteja presa aqui. Se pelo menos eu tivesse trazido mais dinheiro, poderia alugar um quarto para passar a noite, e então voltar a Spindle Cove pela manhã."

"Você não tem dinheiro?"

Ela virou o rosto para o lado, incapaz de suportar a crítica no olhar dele.

"O que você estava pensando ao viajar sozinha para tão longe?"

"Eu não tinha escolha." A voz dela falhou. "Eu sou completamente só."

As mãos dele apertaram os braços dela.

"Eu estou aqui. Você não está sozinha agora."

Aquelas palavras não soavam como poesia. Eram uma simples constatação da situação, e mal soavam como gentileza. Se o consolo verdadeiro fosse uma forma de pão nutritivo, o que Thorne oferecia eram migalhas amanhecidas. Mas não importava. Não importava. Ela era uma garota faminta, e não teve dignidade para recusar.

"Me desculpe", ela conseguiu falar, sufocando um soluço, "você não vai gostar disso."

E então, Kate mergulhou naquele abraço imenso, rígido, relutante... e chorou. *Maldição.* Ela irrompeu em lágrimas. Bem ali na rua, pelo amor de Deus. O rosto lindo todo retorcido. Kate se inclinou até sua testa encontrar o peito de Thorne, e então ela soltou um soluço alto e doloroso. Depois um segundo. E um terceiro.

O cavalo dele trotava de lado, e Thorne compartilhava do mesmo sentimento de desconforto do animal. Se pudesse escolher entre assistir à Srta. Taylor chorando e oferecer seu próprio fígado a aves carniceiras, ele teria afiado e sacado sua faca antes que a primeira lágrima rolasse pelo rosto dela. Ele estalou calmamente a língua, o que ajudou a acalmar o cavalo, mas não produziu efeito na garota. Os ombros delicados dela estavam em convulsão enquanto ela chorava em seu casaco. Thorne permaneceu com as mãos nos braços dela. Em um gesto de desespero, ele as deslizou para cima. Depois para baixo. Não ajudou... *O que aconteceu?* Ele queria perguntar. *Quem magoou você? Quem eu posso aleijar ou matar por deixá-la assim?*

"Me desculpe", disse ela, afastando-se dele depois de alguns minutos.

"Desculpar por quê?"

"Por chorar em você. Por obrigá-lo a me segurar. Eu sei que você deve ter odiado." Kate pescou um lenço na manga do vestido e enxugou os olhos. Seus olhos e nariz estavam vermelhos. "Quero dizer, não que você não goste de segurar mulheres. Todo mundo em Spindle Cove sabe que você gosta de mulheres. Já ouvi mais do que eu gostaria sobre suas..." Ela empalideceu e parou de falar.

Ainda bem. Thorne pegou a guia do cavalo com uma mão e pôs a outra nas costas de Kate, tirando-a do meio da rua. Depois que chegaram à calçada, ele amarrou as rédeas do cavalo em um poste e voltou sua atenção ao conforto dela. Não havia nenhum lugar em que Kate pudesse sentar. Nenhum banco, nenhuma caixa. Isso o perturbou mais do que deveria. Seu olhar encontrou uma taverna do outro lado da rua – o tipo de estabelecimento em que ele nunca permitiria que ela entrasse –, e ele pensou seriamente em ir até lá, derrubar o primeiro bêbado de seu assento e arrastar para fora a cadeira vaga, para que Kate pudesse sentar. Uma mulher não deveria ficar de pé enquanto chora. Aquilo não parecia certo.

"Por favor, você não pode me emprestar alguns xelins?", perguntou ela. "Vou procurar uma estalagem para passar a noite, e não lhe darei mais nenhum trabalho."

"Srta. Taylor, não posso lhe emprestar dinheiro para passar a noite sozinha em uma estalagem. Não é seguro."

"Não tenho alternativa a não ser ficar. Não vai haver outra carruagem para Spindle Cove até de manhã."

Thorne olhou para sua montaria.

"Vou alugar um cavalo para você, se souber montar."

"Nunca aprendi", ela balançou a cabeça.

Maldição. Como ele iria consertar aquela situação? Thorne tinha dinheiro suficiente para alugar um cavalo, mas nem de longe tinha condições de contratar uma carruagem particular. Ele *poderia* colocá-la em uma estalagem, mas maldito fosse se a deixasse ficar lá sozinha. Um pensamento perigoso o visitou e cravou as garras em sua mente. Ele poderia ficar *com* ela. *Sem malícia nenhuma*, ele disse para si mesmo. Somente para protegê-la. Thorne podia começar encontrando um maldito lugar para ela sentar. Ele podia lhe conseguir comida, bebida e cobertores quentes. Ele podia ficar de guarda enquanto ela dormisse e garantir que nada a perturbasse. Ele podia estar lá quando ela acordasse. Depois de todos esses meses de desejo frustrado, talvez aquilo fosse o suficiente. *Suficiente? Certo.*

"Céus." Kate deu um passo repentino para trás.

"O que foi?"

Ela baixou os olhos e engoliu em seco.

"Uma parte de você está se *movendo*."

"Não, não está." Thorne olhou de relance para seu 'equipamento pessoal' e constatou que tudo estava de acordo. Se a ocasião fosse diferente – uma que envolvesse menos lágrimas –, aquele grau de proximidade teria, sem dúvida, atiçado seu desejo. Mas naquele dia Kate o estava

20

afetando em uma parte mais para cima, no tronco, dando nós em seu estômago e remexendo nas cinzas pretas e fumegantes que restavam do seu coração.

"Seu bornal." Ela indicou a bolsa de couro atravessada sobre o peito dele. "Está... se contorcendo."

Ah! Isso... Com toda aquela comoção, ele quase se esqueceu da criatura. Thorne enfiou a mão por baixo da aba de couro e retirou a fonte dos movimentos, erguendo para ela ver. E então, tudo ficou diferente. Foi como se o mundo todo levasse um empurrão e ficasse em um ângulo novo. Em menos tempo do que levava para um coração humano bater, o rosto de Kate se transformou. As lágrimas desapareceram, as sobrancelhas elegantes e curvas se arquearam de surpresa, os olhos recuperaram vida, brilhando, realmente, como duas estrelas. E os lábios se abriram em uma exclamação de encanto.

"Oh." Ela levou uma mão à face. "Oh, é um *filhotinho*."

Ela sorriu. Deus, como ela sorriu. Tudo por causa daquela bola irrequieta de focinho e pelos que provavelmente mijaria em suas sapatilhas ou as mastigaria, deixando-as em pedacinhos.

Ela estendeu as mãos.

"Posso?"

Como se ele pudesse recusar. Thorne colocou o filhote nos braços dela. Ela brincou e balbuciou como se estivesse com um bebê.

"De onde você veio, coisinha doce?"

"De uma fazenda aqui perto", respondeu Thorne. "Pensei em levá-lo para o castelo. Estamos precisando de um cão de caça."

Kate inclinou a cabeça e avaliou o filhote.

"Ele é um cão de caça?"

"Em parte."

Ela passou os dedos ao redor de uma mancha cor de ferrugem que o cachorrinho tinha sobre o olho direito.

"Imagino que ele tenha muitas partes, não é? Coisinha gostosa."

Kate ergueu o filhote até a altura de seus olhos e franziu os lábios para produzir um gorjeio. O cachorro lambeu seu rosto. *Vira-lata sortudo.*

"O malvado Cabo Thorne estava guardando você em uma bolsa escura e feia?" Ela chacoalhou de leve o filhote. "Você gosta mais de ficar aqui fora comigo, não gosta? É claro que gosta."

O cachorro latiu. Kate riu e o trouxe para o peito, inclinando-se sobre o pescoço peludo.

"Você é perfeito", Thorne a ouviu sussurrar. "Você é exatamente o que eu precisava encontrar hoje." Ela acariciou o pelo do bichinho. "Obrigada."

Thorne sentiu uma torção aguda no peito. Como se alguma coisa amassada e enferrujada estivesse se soltando. Aquela garota tinha o dom de fazer isso – fazer com que ele *sentisse*. Ela sempre teve essa capacidade, mesmo há muitos anos, no passado. Esse tempo muito distante parecia estar além das primeiras lembranças de Kate. O que era misericordioso para com ela. Mas Thorne lembrava. Ele lembrava de *tudo*.

Thorne pigarreou.

"É melhor pegarmos a estrada. Vai começar a escurecer quando chegarmos a Spindle Cove."

Ela desviou sua atenção do cachorro e olhou para Thorne, intrigada. "Mas como?"

"Você vai comigo. Vocês dois. Na minha sela. Você carrega o cachorro."

Como se precisasse consultar todas as partes interessadas, ela se virou para o cavalo. Depois para o cachorro. Por fim, ela fitou Thorne.

"Tem certeza de que caberemos todos?"

"Tenho."

Ela mordeu o lábio, parecendo incerta. Sua resistência instintiva àquela ideia era clara. E compreensível. Thorne também não estava com tanta vontade de pôr aquele plano em prática. Três horas a cavalo com a Srta. Kate Taylor aninhada entre suas coxas? Tortura da mais cruel. Mas ele não via outro modo melhor de levá-la para casa rapidamente e em segurança. Ele podia fazer aquilo. Se Thorne havia suportado um ano com ela naquela vila minúscula, ele poderia aguentar algumas horas de proximidade.

"Eu não vou deixar você aqui", disse ele. "Tem que ser assim."

Os lábios dela se curvaram um curioso sorriso envergonhado. Admirá-la era reconfortante e ao mesmo tempo devastador.

"Quando você coloca as coisas assim, sinto-me incapaz de recusar."

Pelo amor de Deus, não diga isso.

"Obrigada", ela acrescentou. Kate tocou de leve na manga dele.

Pelo seu próprio bem, não faça isso. Ele se afastou do toque dela e Kate pareceu magoada. O que fez com que ele quisesse reconfortá-la, mas Thorne não ousou.

"Cuide do cachorro", disse ele.

Thorne a ajudou a montar, apoiando seu joelho, em vez da coxa, como teria sido mais eficiente. Ele montou no cavalo, pegando as rédeas com uma mão e mantendo a outra na cintura dela. Quando ele colocou o animal em movimento, Kate caiu contra ele, macia e quente. Suas coxas aninhadas nas dele. O cabelo dela cheirava a cravo e limão. O aroma percorreu todos os seus sentidos, antes que ele pudesse interrompê-lo. *Droga, droga, droga.* Ele podia desencorajá-la a falar com ele, de tocá-lo. Ele podia mantê-la entretida com o cachorro. Mas como ele podia evitar que ela tivesse forma de mulher e cheirasse como o paraíso? As surras, as chibatadas e os anos de prisão não tinham sido nada... Thorne sabia, sem sombra de dúvida, que as próximas três horas seriam o castigo mais cruel de sua vida.

Capítulo Três

Durante a primeira hora de cavalgada aconteceu a coisa mais estranha. Aos olhos de Kate, o Cabo Thorne se transformou em um homem completamente diferente. Um homem bonito. Na primeira vez em que ela se permitiu olhar para ele, subindo lentamente os olhos da lapela para seu rosto, ela achou que a aparência dele continuava tão dura e intimidante quanto sempre foi. As superfícies de seu rosto estavam iluminadas pelo sol do fim de tarde. Ela se encolheu. Mas então, na estrada, algumas centenas de metros mais adiante, ela voltou a erguer os olhos para ele enquanto passavam debaixo de um arvoredo. Dessa vez ela observou seu perfil, e suas feições foram tocadas pela sombra. Ela achou que ele parecia... menos ameaçador e mais protetor. *Forte...*

A parede de músculos quentes às suas costas apenas reforçava essa impressão. Assim como o braço poderoso que envolvia seu tronco e a maneira tranquila com que ele conduzia o cavalo. Nada de gritos ou estalos de chicote; apenas cutucadas suaves com os calcanhares e de vez em quando uma palavra serena. Essas palavras passavam pelo seu corpo como notas de violoncelo, que produziam um arranhão grave e estimulante na base de sua coluna. Ela fechou os olhos. Vozes graves a tocaram em lugares profundos.

Dali em diante ela manteve o olhar fixo na estrada à frente. Apesar disso, sua imagem mental de Thorne continuou a mudar. Em sua mente, ele foi de ameaçador e severo a protetor, forte e... Bonito. Selvagem, duvidoso e chocantemente bonito. Não, não... Não podia ser. Sua imaginação estava lhe pregando uma peça. Kate sabia que muitas das mulheres trabalhadoras de Spindle Cove tinham uma queda pelo Cabo Thorne, mas ela nunca entendeu por quê. Suas feições simplesmente não a atraíam – provavelmente porque ele sempre as empregava para enviar caretas e olhares fulminantes em sua direção. Nas raras ocasiões em que ele olhava para ela.

Depois que eles percorreram algumas milhas, o filhote pegou no sono nos braços de Kate, que vasculhava as lembranças dos muitos encontros desagradáveis com Thorne para, assim, se lembrar que não o achava nem um pouco atraente. *Só mais uma olhada*, ela disse para si mesma, só para confirmar. Mas quando ela ergueu o rosto, aconteceu a pior coisa possível. Kate o pegou olhando para baixo, para *ela*. Seus olhares se encontraram. O azul penetrante dos olhos dele *invadiu* seu ser. E, para seu completo horror, ela soltou uma exclamação. Kate se apressou para olhar qualquer outra coisa, em qualquer lugar. Tarde demais...

As feições dele ficaram gravadas na imaginação dela. Quando fechava os olhos, era como se a parte de trás das pálpebras dela estivessem pintadas com o mesmo azul intenso, penetrante. Agora vinha para Kate a ideia de que, talvez, ele fosse o homem mais bonito que já tinha visto – uma opinião sem nenhuma base racional. Nenhuma. Kate percebeu que estava com um problema sério. Ela estava encantada. Ou ligeiramente insana. Possivelmente as duas coisas. Mas, principalmente, ela se sentia péssima. Seus batimentos cardíacos eram um trinado frenético, e como estavam tão próximos na sela, ela tinha certeza de que Thorne os estava sentindo. Pelo amor de Deus, era provável que ele os estivesse *ouvindo*. Aquele batimento apressado, inconsequente, estava revelando *todos* os seus segredos. Ela poderia muito bem ter declarado, em alto e bom som, que *era uma boba faminta por afeto, uma cabeça-oca que nunca, jamais, ficou tão perto de um homem*.

Desesperada para estabelecer uma distância, mesmo que mínima, entre eles, Kate endireitou a coluna e se inclinou para frente. Exatamente nesse instante, o cavalo pisou em um buraco, e Kate oscilou perigosamente para um dos lados. Ela sentiu, por um breve e desesperador instante, que iria cair. E então, com a mesma rapidez, ele a segurou. Thorne endireitou o cavalo, puxando as rédeas com uma mão, enlaçando a cintura de Kate com o outro braço. Os movimentos foram fluidos, fortes e instintivos – como se todo o corpo dele fosse um punho e ele a tivesse pegado firmemente.

"Peguei você", disse ele.

Sim, pegou. Ele a mantinha tão perto e tão apertada que provavelmente os ilhoses do espartilho dela estavam fazendo marquinhas circulares em seu peito.

"Falta muito, ainda?", perguntou ela.

"Falta."

Ela sufocou um suspiro lamurioso.

Com o sol mergulhando na direção do horizonte, eles pararam em uma mercearia. Kate esperou com o cachorro enquanto Thorne comprava uma vasilha de leite e três pães quentes e crocantes. Depois, Kate seguiu Thorne, que carregava o piquenique até um barranco próximo, depois de uma cerca. Eles sentaram perto um do outro em uma campina iluminada pela urze em flor. A luz do entardecer tocava com seu laranja cada uma das pequenas flores lilases. Kate dobrou seu xale em um quadrado, que o filhote rodeou várias vezes antes de se dedicar a atacar sua franja.

Thorne lhe entregou um dos pães.

"Não é muita coisa."

"Está ótimo."

O pão aqueceu suas mãos e fez seu estômago roncar. Ela o partiu em dois, o que liberou um perfume cheiroso e delicioso. Enquanto comia, o pão parecia preencher parte da estupidez cavernosa dentro dela. Era mais fácil adotar um comportamento sensato de estômago cheio. Ela já quase podia olhar novamente para Thorne.

"Eu lhe sou muito grata", disse ela. "Não tenho certeza de ter dito isso antes, para minha vergonha. Mas agradeço muito sua ajuda. Eu estava tendo o pior dia do meu ano, e ver seu rosto..."

"Tornou tudo muito pior."

Ela riu como protesto.

"Não. Não era o que eu ia dizer."

"Pelo que me lembro, você desandou a chorar."

Kate baixou o queixo e olhou de lado para ele.

"Será que isso é uma demonstração de humor? Do severo e ameaçador Cabo Thorne?"

Ele não respondeu. Kate o observou enquanto Thorne alimentava o filhote com pedaços de pão embebidos em leite.

"Meu Deus", disse ela. "Qual vai ser seu próximo truque, eu me pergunto? Um piscar de olhos? Um *sorriso*? Não ria, porque senão eu desmaio no mesmo instante."

O tom dela era de leve provocação, mas Kate estava falando sério. Ela já estava sentindo aquelas pontadas ferozes de encantamento apenas com base na aparência e na força dele. Se ele ainda revelasse uma veia de bom humor, ela poderia não ter mais salvação. Felizmente para as emoções vulneráveis dela, ele respondeu com sua habitual ausência de charme.

"Eu sou o comandante da milícia de Spindle Cove na ausência de Lorde Rycliff. Você é uma residente de Spindle Cove. Era meu dever ajudá-la e garantir que chegue em segurança a sua casa. Isso é tudo."

"Bem", disse ela, "fico feliz por estar dentro da lista dos seus deveres. O contratempo com o condutor da carroça foi realmente minha culpa. Eu corri para o meio da rua sem olhar."

"O que aconteceu antes?", perguntou ele.

"O que faz você pensar que aconteceu algo antes?"

"Não é do seu feitio ficar tão distraída."

Não é do seu feitio. Kate mastigou lentamente seu pão. Ele tinha razão, talvez, mas que coisa estranha para *ele* dizer. Thorne a evitava como um gato evita um cachorro. Que direito tinha ele de decidir o que era, ou não, do feitio dela? Mas Kate não tinha mais ninguém com quem conversar e nenhum motivo para esconder a verdade.

Kate engoliu seu pedaço de pão e abraçou os joelhos com os braços.

"Eu fui fazer uma visita para uma antiga professora. Eu esperava descobrir alguma informação sobre minhas origens. Meus parentes."

Ele hesitou.

"E você conseguiu?"

"Não. Ela disse que não iria me ajudar a encontrá-los, mesmo que pudesse. Porque eles não querem ser encontrados. Eu sempre acreditei que era órfã, mas aparentemente eu..." Ela piscou várias vezes. "Parece que eu fui abandonada. Uma filha do pecado, como ela me chamou. Ninguém me queria naquela época, e ninguém vai me querer agora."

Os dois ficaram olhando para o horizonte, onde o sol cor de fogo se destacava no topo das colinas calcárias.

Ela arriscou olhar para ele.

"Você não tem nada a dizer?"

"Nada que seja adequado aos ouvidos de uma dama."

Ela sorriu.

"Mas eu não sou uma dama, como pode ver. Ainda que eu não saiba nada da minha família, disso eu posso ter certeza."

Kate morava na mesma pensão que recebia as visitantes de Spindle Cove. Algumas das mulheres da vila eram amigas de verdade, como Lady Rycliff ou Minerva Highwood, que recentemente havia se tornado a Viscondessa Payne. Mas muitas outras se esqueciam dela assim que iam embora. Para elas, Kate era como uma governanta ou acompanhante. Ela servia de companhia, se não tivesse ninguém melhor disponível. Essas jovens, às vezes escreviam para ela durante algum tempo. E, quando partiam, caso suas malas estivessem muito cheias, elas lhe davam algum vestido que não quisessem mais. Kate tocou a saia enlameada do seu vestido de musselina rosa. Arruinado, irreparável. Aos seus pés, o filhote tinha entrado na vasilha de leite e lambia sem parar. Kate pegou o cachorro, e o virou de costas para coçar sua barriga.

"Somos semelhantes, não somos?", ela perguntou ao filhote. "Não temos uma casa de verdade, não temos pedigree e nossa aparência é meio estranha."

Cabo Thorne não fez nenhuma menção de contradizer o que ela disse. Kate achou que fez por merecer, ao procurar elogios no deserto.

"E você, Cabo Thorne? Onde foi criado? Tem algum parente vivo?"

Ele ficou em silêncio por um tempo estranhamente longo, dada a natureza direta da pergunta.

"Nasci em Southwark, perto de Londres. Mas faz quase vinte anos que não volto lá."

Ela examinou o rosto dele. Apesar da seriedade com que Thorne se comportava, ela não lhe dava muito mais que trinta anos de idade.

"Você deve ter saído de casa muito novo", disse Kate.

"Não tão novo quanto alguns."

"Agora que a guerra acabou, você não deseja voltar?"

"Não." O olhar de Thorne encontrou o dela por um instante. "É melhor deixar o passado para trás."

Bem observado, refletiu Kate, dado o desastre que tinha sido seu dia. Ela arrancou uma folha de grama comprida e a deixou pendurada entre os dedos para que o filhote brincasse. O bichinho batia sua cauda longa e fina de um lado a outro, alegre.

"Que nome você vai dar a ele?", perguntou ela.

Thorne deu de ombros.

"Não sei. Mancha, eu acho."

"Mas isso é horrível. Você não pode chamá-lo de *Mancha*."

"Por que não? Ele tem uma mancha, não tem?"

"Tem, e é exatamente por isso que você não pode dar esse nome a ele." Kate baixou a voz, puxando o filhote para perto e acariciando a mancha de pelo cor de ferrugem que rodeava seu olho direito. "Ele vai ficar com vergonha. Eu tenho uma mancha, mas não gostaria que meu nome fosse associado a ela. Não preciso de um lembrete para saber que ela está lá."

"Isto é diferente. Ele é um cachorro."

"Isso não quer dizer que ele não tenha sentimentos."

O Cabo Thorne emitiu um som de escárnio.

"Ele é um *cachorro*."

"Você deveria chamá-lo de Rex", disse ela, inclinando a cabeça. "Ou Duque. Ou Príncipe, talvez."

Ele olhou para o lado.

"O que, nesse cachorro, você associa a 'realeza'?"

"Bem... nada." Kate colocou o filhote no chão e o observou correr ao longo da urze. "Mas esse é o ponto. Você contrapõe um nome grandioso às origens humildes dele. Isso se chama ironia, Cabo Thorne. Como se eu chamasse você de 'Fofo'. Ou se você me chamasse de Helena de Troia."

Ele hesitou e franziu a testa.

"Quem é Helena de Troia?"

Kate quase demonstrou sua surpresa com a pergunta. Felizmente, ela se conteve bem a tempo. Ela precisou se lembrar que "cabo" era uma patente de soldado, e que a maioria dos soldados do Exército tinha somente educação básica.

"Helena de Troia", explicou ela, "foi uma rainha da Grécia Antiga. Diziam que ela tinha um rosto tão lindo que fez mil navios saírem em seu resgate. Ela era tão linda que todos os homens a queriam. Travaram uma guerra imensa por ela."

Ele ficou quieto por um longo tempo.

"Então, chamar você de Helena de..."

"Helena de Troia."

"Certo. Helena de Troia." Uma ruga se formou entre as sobrancelhas escuras dele. "Por que isso seria irônico?"

Ela riu.

"Não é óbvio? Olhe para mim."

"Estou olhando para você."

Bom Deus. Sim, ele estava. Thorne olhava para ela do mesmo modo que fazia tudo. Intensamente, com uma força silenciosa. Ela podia sentir os músculos no olhar dele. Aquilo a deixava nervosa. Por hábito, Kate levou os dedos à sua marca de nascença, mas no último instante os usou para prender uma mecha de cabelo atrás da orelha.

"Você pode ver, não pode? É irônico porque não sou nenhuma beleza legendária. Não existem homens lutando batalhas por mim." Ela abriu um sorriso modesto. "Para isso, pelo menos dois homens teriam que estar interessados. Tenho vinte e três anos e até agora não apareceu um sequer."

"Você mora em uma vila de mulheres."

"Spindle Cove não é só de mulheres. Tem alguns homens. O ferreiro. E o vigário."

Ele fez pouco caso desses exemplos com um resmungo.

"Bem... também tem *você*", disse ela.

Ele ficou rígido como pedra. Muito bem. Eles chegaram a esse ponto. Ela provavelmente não deveria tê-lo colocado nessa situação, mas era ele que estava insistindo no assunto.

"Tem você", ela repetiu. "E você mal consegue respirar o mesmo ar que eu. Tentei ser amigável logo que você chegou a Spindle Cove. Mas isso não deu lá muito certo."

"Srta. Taylor..."

"E não é que você não tenha interesse em mulheres. Eu sei que você teve algumas."

Ele piscou, e aquele pequeno movimento a fez se sentir incomodada. Espantoso. Thorne piscando produzia o mesmo efeito que outro homem socando com raiva a própria palma da mão.

"Bem, é do conhecimento de todos", disse ela, silenciosamente arrastando a ponta do pé na terra. Tentando encontrar coragem. "Na vila, suas... seus encontros... são assunto de muitas especulações. Mesmo que eu não queira ouvir a respeito, acabo ouvindo."

Ele ficou em pé e começou a andar na direção da estrada. Seus ombros imensos estavam contraídos e seu andar era pesado. Lá ia ele novamente, se afastando. Kate estava farta disso. Ela estava cansada de deixar para lá as rejeições dele, de esquecer seus sentimentos feridos com uma risada complacente.

"Você não vê?", ela levantou e passou pela urze, correndo para alcançar a borda da sombra monumental dele. "É exatamente disso que estou falando. Se eu sorrio na sua direção, você vira para o outro lado. Se encontro uma cadeira perto de você no salão, você decide que prefere ficar de pé. Eu lhe causo alguma alergia, Cabo Thorne? Por acaso o aroma do meu pó de arroz faz você espirrar? Ou há algo no meu comportamento que você considere odioso ou assustador?"

"Não fale absurdos."

"Então admita. Você me evita."

"Muito bem." Ele parou de andar. "Eu evito você."

"Agora me diga por quê."

Ele se virou para encará-la e seus olhos azuis gélidos queimaram os dela. Mas Thorne não disse uma palavra.

O ar de Kate se esvaiu de seus pulmões e ela sentiu todo o peso do mundo em seus ombros.

"Vamos", ela insistiu. "Pode dizer. Está tudo bem. Depois de todos esses anos, acho que seria misericordioso ouvir alguém falar a verdade. Seja honesto."

Em um gesto impulsivo, ela pegou a mão de Thorne e a levou até o rosto, fazendo com que os dedos dele tocassem sua marca de nascença. Ele tentou tirar a mão, mas ela não o deixou escapar. Se ela era obrigada a viver com aquela marca todos os dias, ele tinha que aguentar tocá-la pelo menos uma vez. Ela se aproximou, pressionando sua têmpora manchada contra a palma fria da mão dele.

"Este é o motivo, não é?", perguntou ela. "O motivo pelo qual você não se interessa. O motivo pelo qual nenhum homem se interessa."

"Srta. Taylor, eu..." Ele cerrou os dentes. "Não. Não é nada disso."

"Então o que é?"

Sem resposta... O rosto dela queimava. Ela queria bater no peito dele e abri-lo de algum modo.

"O que é, então? Pelo amor de Deus, o que a meu respeito você acha tão intolerável? Tão malditamente insuportável que não consegue nem mesmo ficar no mesmo ambiente que eu?"

Ele murmurou uma imprecação.

"Pare de me provocar. Você não vai gostar da resposta."

"Eu quero ouvi-la mesmo assim."

Ele enfiou a mão no cabelo dela, pegando-a de surpresa. Dedos fortes se fecharam ao redor da nuca de Kate. Os olhos dele vasculharam o rosto dela, e cada nervo ficou tenso no corpo de Kate. O pôr do sol jogou um último lampejo de luz alaranjada entre eles, incendiando o momento.

"É isto."

Pelo braço, ele a puxou para um beijo. E ele a beijou do mesmo modo que fazia tudo. Intensamente, com uma força silenciosa. Seus lábios pressionaram firmemente os dela, exigindo uma resposta.

Agindo por puro instinto, Kate empurrou o peito de Thorne.

"Solte-me."

"Vou soltar. Mas ainda não."

A força dele a deixava imóvel. Ela não tinha como escapar. Apesar disso, Kate não sentia medo. Não, ela tinha medo do que rapidamente preenchia o espaço entre eles. A ânsia pura e gutural em seus olhos. O calor que crescia entre seus corpos. O peso repentino nos braços, em seu abdome, seus seios. Seu coração batendo aceleradamente. O ar ao redor dos dois parecia carregado de desejo. E não era só do lado dele. Ele se inclinou para beijá-la novamente, e dessa vez o instinto dela foi diferente. Ela se esticou para ir ao seu encontro.

Quando os lábios fortes dele encontraram os seus, ela se deixou levar. Ele a puxou para perto, passando o outro braço ao redor de sua cintura. Ela nem tentou resistir. A voz de sua consciência ficou muda, e suas pálpebras se fecharam em total rendição. Ela suspirou no beijo, uma confissão descarada de carência. Os lábios dele estavam quentes e, apesar de sua aparência dura e fria, seu sabor era delicioso, reconfortante. O gosto do pão recém-assado, misturado à vaga lembrança de cerveja amarga. Ela o viu mais cedo, naquele dia, bebendo em uma taverna escura. Sozinho. A solidão pungente daquela imagem fez com que Kate quisesse abraçá-lo. Ela teve que se contentar em agarrar a lapela do casaco dele, aninhando-se perto de seu peito.

Ela deixou seus lábios se abrirem, para melhor senti-lo. Thorne prendeu o lábio superior dela entre os seus, e depois sugou o inferior. Como se ele também ansiasse pelo sabor dela. Ele deu beijos firmes no canto da boca de Kate, em seu queixo, na veia de seu pescoço. Cada toque dos lábios dele era rápido e forte. Ela sentiu que a impressão de cada beijo deixava uma marca em sua pele. Thorne a marcava com seus carimbos de aprovação. Sua boca repleta de paixão... *Preciosa*. Seu pescoço elegante... *Desejado*. A curva de sua bochecha... *Linda*. E finalmente, a marca cor de vinho em sua têmpora... *Encantadora*.

O beijo dele continuou por um longo momento. A respiração de Thorne ia e vinha, remexendo o cabelo de Kate. Parada daquele jeito, tão próxima daquele homem, Kate podia sentir a força contida que corria pelo corpo dele. Todo o ser de Thorne estremeceu com desejo palpável. Então ele se afastou. E ela continuou agarrada a seu casaco, atordoada.

"Eu..."

"Não se preocupe. Isso não vai acontecer de novo."

"Não vai?"

"Não."

"Então por que aconteceu agora?"

Ele pôs um dedo embaixo do queixo dela, virando seu rosto para ele.

"Nunca mais. *Nunca*... pense que nenhum homem a quer. É só isso."

É só isso? Ela ficou olhando para aquele homem frio, insuportável e lindo. Ele a beijava ao pôr do sol, em um campo de urze, fazendo-a se sentir linda e desejada, fazendo seu corpo todo latejar com sensações... apenas para depois afastá-la e dizer "É só isso"?

Ele se endireitou, como se fosse se retirar.

"Espere." Ela apertou as mãos e o manteve ali. "E se eu quiser mais?"

∼ *Capítulo Quatro* ∼

Mais... Thorne se segurou. Aquela palavra o desestruturou. Ele podia jurar que o chão tinha tremido. *Mais...* O que significava para Kate aquela palavra? Certamente era algo diferente do que a mente de Thorne formulava. Ele imaginou os dois, enrolados na urze e na musselina pregueada da saia dela. Era por isso que Thorne procurava mulheres experientes, que compartilhavam da sua definição de "mais" – e não tinham escrúpulos para lhe dizer exatamente quando, onde e com que frequência elas queriam mais. Mas a Srta. Taylor era uma dama, não importava o quanto ela negasse isso. Ela era inocente, jovem, dada a sonhos tolos. Ele estremeceu ao imaginar o que "mais" significava na cabeça dela. Palavras doces? Cortejá-la? Um jarro de vinagre tinha mais doçura que ele. E sua experiência com cortejar se limitava a cortejar o perigo. Aquele beijo fora de hora tinha sido apenas mais um exemplo. Idiota, idiota. Sua própria mãe disse bem: *Sua cabeça é tão vazia quanto é feia, garoto. Você nunca vai aprender.*

"Você não pode simplesmente me dar as costas", disse ela. "Não depois de um beijo desse. Nós precisamos conversar."

Maravilha. Aquilo era pior que doçura, mais perigoso que cortejar. Ela queria *conversar.* Por que uma mulher não pode deixar uma ação falar por si mesma? Se ele quisesse usar palavras, teria falado.

"Não temos nada para conversar", disse ele.

"Ah, mas eu discordo."

Thorne olhou para ela, refletindo. Ele passou a maior parte de uma década servindo a infantaria britânica. Ele sabia reconhecer quando a melhor opção é a retirada. Ele se virou e assobiou para o cachorro. O filhotinho correu para perto dele. Thorne ficou satisfeito. Ele tinha ficado em dúvida quanto a deixá-lo com o criador tanto tempo, mas as semanas a mais de treinamento valeram a pena. Ele caminhou até o lugar em que tinha deixado o cavalo pastando, perto da escada de madeira que servia para transpor o muro de pedra que cercava o campo.

Kate o seguiu.

"Cabo Thorne..."

Ele pulou o muro, colocando-o entre eles.

"Nós precisamos voltar a Spindle Cove. Você faltou à aula das irmãs Youngfield esta noite. Elas vão se perguntar onde você está."

"Você sabe a programação das minhas aulas?" A voz dela carregava uma entonação de interesse.

Ele praguejou baixinho.

"Não de todas. Só as irritantes."

"Oh. As irritantes."

Thorne jogou uma tira de couro de coelho que estava em seu bolso para o cachorro, e então começou a verificar a correia da sela do cavalo.

Ela colocou as duas mãos na superfície do muro de pedra e se ergueu.

"Então minhas aulas e suas sessões de bebedeira simplesmente coincidem. Nos mesmos horários, nos mesmos dias, de modo que você sabe qual é minha agenda. De cor."

Pelo amor de Deus. Ele balançou a cabeça.

"Não fique imaginando alguma história sentimental de como eu tenho sonhado com você. Srta. Taylor, você é uma mulher bastante atraente, e eu sou um homem com olhos. Eu reparei em você. Só isso."

Ela pegou a saia com uma mão, levantou as pernas e as passou para o outro lado do muro.

"E mesmo assim nunca disse uma palavra."

Com ela sentada no muro de pedra, os dois estavam quase da mesma altura. Ela esticou um dedo e prendeu uma mecha de cabelo atrás da orelha – daquele modo gracioso, distraído, que as mulheres têm de levar os homens à beira do desespero.

"Não sou um homem de palavras bonitas. Se eu colocasse o que sinto em palavras, faria com que você ficasse tão vermelha que até o seu vestido iria mudar de cor."

Pronto. Isso devia bastar para assustá-la.

Ela corou um pouco. Mas não desistiu.

"Sabe o que eu penso?", disse ela. "Eu penso que talvez, apenas talvez, todo esse seu comportamento frio, ameaçador, é uma forma estranha e masculina de modéstia. Um jeito de não chamar atenção. Quase tenho vergonha de dizer que funcionou comigo por quase um ano, mas..."

"Sério, Srta. Taylor..."

Ela o encarou.

"Mas estou prestando mais atenção agora."

Droga. Então ela... E ele estava evitando exatamente isso há um ano – a possibilidade de que ela, um dia, olhasse para ele na igreja, ou na taverna, mantivesse o olhar um pouco mais que de costume, e então... lembrasse de tudo. Ele não podia deixar aquilo acontecer. Se a Srta. Kate Taylor, da forma como vivia hoje, fosse algum dia ligada ao antro de sordidez e pecado que lhe serviu de berço, poderia ser destruída totalmente. Sua reputação, seu meio de vida, sua felicidade. Assim, ele se manteve distante. Não foi uma tarefa fácil, naquela vila tão pequena, onde aquela garota – que não era mais uma garota, mas uma mulher atraente – aparecia em todos os lugares. E então hoje... Um ano se esquivando e a intimidando, tudo jogado fora em uma tarde, graças aquele beijo equivocado, idiota e malditamente magnífico.

"Olhe para mim."

Ele se inclinou para frente e apoiou as mãos no muro de pedra, olhando-a diretamente nos olhos. Desafiando-a; desafiando o destino. Se ela fosse reconhecê-lo, seria naquele instante. Enquanto ela o observava, ele também a analisou. Thorne absorveu os pequenos detalhes que havia negado a si mesmo durante longos meses. O bonito vestido rosa, com fitas cor de marfim passadas pelo decote como o acabamento que um confeiteiro põe no bolo. A pinta um pouco abaixo do ombro direito. O ângulo decidido de seu maxilar, e o modo atraente com que seus lábios cor de rosa se curvavam nos cantos. Então ele buscou naqueles olhos castanhos, lindos e inteligentes, algum sinal de reconhecimento. Nada...

"Você não me conhece", disse ele. Uma afirmação e uma pergunta ao mesmo tempo.

Ela balançou a cabeça e disse as palavras mais tolas e improváveis que Thorne imaginava ouvir.

"Mas eu acho que gostaria de conhecer."

Ele se agarrou naquele muro de pedra como se fosse a borda de um precipício.

"Talvez nós pudéssemos...", começou ela.

"Não. Não podemos."

"Eu não terminei de falar."

"Não importa. Seja o que for que você pretende sugerir, não vai acontecer." Ele se afastou do muro e pegou a guia do cavalo, que soltou da escada.

"Você vai ter que falar comigo em algum momento. Nós moramos na mesma vila."

"Não por muito tempo."

"O que você quer dizer?"

"Estou indo embora de Spindle Cove."

Ela hesitou.

"Como? Quando?"

"Dentro de um mês." Um mês atrasado, pelo que parecia.

"Você vai ser transferido?"

"Vou sair do exército. E da Inglaterra. É o que fui fazer em Hastings hoje. Marquei uma passagem para a América em um navio mercante."

"Nossa." Ela não disfarçou o desapontamento. "América."

"A guerra acabou. Lorde Rycliff vai me ajudar a conseguir uma dispensa honrosa. Eu desejo ser dono de um pouco de terra."

Ela se mexeu e parecia que ia saltar de cima do muro. Por instinto, ele a segurou pela cintura, baixando-a gentilmente até o chão. Uma vez lá, ela não mostrou nenhuma disposição para sair de seus braços.

"Mas nós estamos apenas começando a nos conhecer melhor", disse ela.

Ah, não. Aquilo tinha que acabar ali mesmo. Ela não o queria de verdade. Estava apenas estressada após um dia ruim, e se apegava à única alma ao alcance.

"Srta. Taylor, nós nos beijamos. Uma vez. Foi um erro. Não vai acontecer de novo."

"Tem certeza disso?" Ela enlaçou o pescoço dele com seus braços.

Ele gelou, aturdido pela intenção que leu nos olhos dela. Deus misericordioso. A garota queria beijá-*lo*. Ele poderia dizer o instante exato em que ela se desafiou a fazê-lo. O olhar dela baixou para os lábios de Thorne, e ele a ouviu tomar fôlego. Ela se esticou e seus lábios se aproximaram dos dele, e Thorne ficou admirado por cada fração de segundo em que ela não mudou de ideia e se afastou. Kate cerrou as pálpebras. Ele também poderia ter fechado as suas, mas não. Ele precisava ver aquilo para crer. Ela colou seus lábios aos dele, no momento em que o último raio do pôr do sol os atingiu. E o mundo se tornou um lugar que ele não reconheceu.

Ela cheirava tão bem. Não era só agradável, mas *bem*. Pura. Aquelas notas leves de cravo e cítricos eram a essência da pureza. Ele se sentiu banhado por aquele aroma. Ele quase podia acreditar que nunca tinha mentido, roubado, passado frio na prisão. Nunca tinha marchado para uma batalha, nunca tinha sangrado. Que ele nunca havia matado quatro homens a distâncias tão pequenas que ainda podia se lembrar da cor de seus olhos. Marrom, azul, mais um azul, e verde.

Isto é errado. Um rugido sombrio tremeu em seu peito. Ele manteve as mãos na cintura dela, mas abriu os dedos. Seus polegares tatearam para cima, suavemente até roçarem o macio da parte inferior dos seios dela. Com o dedo mínimo de cada mão ele tocou a parte de cima do quadril de Kate, esticando as mãos até seus limites. Aquilo era o tanto de Kate que ele podia tocar. Thorne precisava de todo aquele apoio para conseguir afastá-la. Quando se separaram, ela olhou para ele. Esperando.

"Você não devia ter feito isso", disse ele.

"Eu quis fazer. Isso me torna fácil?"

"Não. Torna você uma cabeça oca. Jovens damas como você não desperdiçam tempo com homens como eu."

"Homens como você? Está falando do tipo de homem que salva jovens damas indefesas na rua e carrega cachorrinhos na bolsa?" Ela estremeceu de brincadeira. "Deus, proteja-me de homens como você."

Um sorriso tímido brincou no canto da boca de Kate. Thorne quis devorá-la. Pegá-la em seus braços e lhe ensinar as consequências de provocar um animal perigosamente faminto, quase selvagem. Mas salvar aquela garota foi a única coisa decente que ele havia feito em toda sua vida. Há cerca de dezenove anos ele vendeu os últimos resquícios de sua própria inocência para comprar a dela. Maldito fosse ele se a arruinasse agora. Com movimentos firmes, ele desenlaçou os braços dela de seu pescoço e a segurou pelos pulsos, mantendo as mãos firmes como algemas.

Ela arfou.

"Tome cuidado, Srta. Taylor. Aceito a culpa pelo beijo. Eu me dei essa liberdade e foi um erro. Deixei um impulso carnal me distrair do meu dever. Mas se está imaginando algum sentimento romântico da minha parte, é apenas a sua imaginação."

Ela se retorceu para escapar ao aperto dele.

"Você está me assustando."

"Ótimo", ele disse calmamente. "Você deveria ter medo. Eu já matei mais homens do que você irá beijar em toda sua vida. Você não deve querer nada comigo, e eu não sinto nada por você."

Ele soltou os pulsos dela.

"E esse assunto acaba aqui."

O assunto acabava ali. Kate apenas desejava que aquilo que havia experimentado acabasse ali. Lamentavelmente, ela tinha que passar mais duas horas montada no cavalo, onde teria que se apoiar, mortificada, no peito dele e desfrutar de sua completa humilhação. Que dia horrível. Horrível!

Ela não estava acostumada a cavalgar. Conforme os quilômetros avançavam, seus músculos começaram a ficar tensos. Seu traseiro doía como se tivesse apanhado. E seu orgulho... ah, seu orgulho doía intensamente. O que havia de errado com aquele homem? Ele a beijou, disse-lhe que a queria e então a afastou de maneira insensível? Após aturar durante um ano inteiro sua atitude hostil, Kate imaginou que deveria saber como lidar com ele. Mas hoje ela achou que talvez tivesse encontrado o lado emocional oculto dele. *Talvez*, ela pensou, *o animal endurecido tivesse um ventre macio – só para ela*. Kate não conseguiu resistir a cutucá-lo.

E ele quase arrancou o dedo dela. Tão humilhante. Como ela pôde ter interpretado tão erroneamente as intenções dele? Ela deveria ter recusado a oferta de transporte para casa e passado a noite cantando para conseguir moedas nas ruas de Hastings. Teria sido menos degradante. *Eu não sinto nada por você.* O único consolo de Kate era que Thorne iria embora de Spindle Cove em questão de semanas, e ela nunca mais teria que falar com ele. Apagá-lo de seus pensamentos seria mais difícil. Não importava o quanto ela vivesse, aquele homem seria sempre seu primeiro beijo. Ou pior, seu *único* beijo. Aquele ogro cruel e provocador.

Depois de algum tempo, eles chegaram a um trecho conhecido da estrada. As luzes dispersas da vila apareceram no horizonte, logo abaixo das estrelas prateadas. Kate riu de si mesma em silêncio. Ela deixou a vila, de manhã cedo, com o coração cheio de esperanças e sonhos tolos. E ela voltava à noite com a coluna curvada por vários tipos de humilhações e um cachorro vira-lata nos braços.

"Se você ainda está aceitando sugestões, eu o chamaria de Xugo", disse ela quando o silêncio ficou insuportável. "Combina com ele, eu acho. Ele parece um texugo; é todo focinho e dentes, e adora uma briga."

A resposta dele demorou a sair.

"Chame o filhote do que você quiser."

Ela baixou a cabeça e passou o nariz no pelo do cachorrinho.

"Xugo", ela sussurrou junto à dobra da orelha dele. "Você nunca vai recusar meus beijos, vai?"

O bichinho lambeu o dedo dela. Kate piscou para afastar uma lágrima intrusa.

Quando eles se aproximaram da igreja, no centro da vila, ela olhou para a Queen's Ruby. Luzes cintilavam em quase todas as janelas. Aquela visão fortaleceu a chama em seu coração. Xugo começou a balançar o rabo, como se ele percebesse que a disposição dela estava melhorando. Kate tinha amigas, que estavam acordadas esperando por ela.

Thorne a ajudou a desmontar e soltou o cavalo para que ele pudesse pastar no gramado da praça.

"Você quer entrar e comer alguma coisa?", perguntou ela.

Ele recolocou o casaco.

"É uma má ideia. Você sabe que falam de mim. Estou trazendo você bem depois de escurecer. Seu vestido está rasgado e seu cabelo uma desgraça."

Ela estremeceu com o golpe no que restava de sua vaidade.

"Meu cabelo está uma desgraça? Desde quando? Você podia ter dito."

Segurando Xugo com um braço, ela puxou os grampos do cabelo com a mão livre. A preocupação dele com as aparências não era infundada. Vilas pequenas são ninhos de fofoca. Ela sabia que devia manter sua reputação imaculada se quisesse continuar morando na Queen's Ruby e dando aulas para moças de boa família que passavam o verão ali.

"Apenas me dê o cachorro, Srta. Taylor, e eu vou embora."

Em uma reação instintiva, ela apertou o filhote junto ao peito.

"Não. Acho que não vai dar."

"Como?"

"Nós estamos nos dando bem, eu e ele. Então vou ficar com o Xugo. Tenho certeza de que ele vai ser mais feliz assim."

A careta de contrariedade que ele fez pareceu cortar a escuridão.

"Você não pode manter um cachorro em uma pensão", disse Thorne. "A proprietária não vai permitir, e mesmo que permitisse, um cachorro desses precisa de espaço para correr."

"Ele também precisa de *amor*. Afeto, Cabo Thorne. Vai me dizer que pode dar isso a ele?" Kate puxou, de brincadeira, o cangote do Xugo. "Diga-me agora mesmo que você ama este cachorro e eu o devolvo imediatamente."

Thorne não respondeu.

"Quatro palavrinhas", provocou ela. "'Eu. Amo. Este. Cachorro.' E ele é seu."

"Ele *é* meu", disse ele abruptamente. "Eu sou o *dono* dele. Paguei por ele."

"Então eu lhe devolvo o que pagou. Mas não vou entregar esta criaturazinha doce e indefesa para um homem sem sentimentos, sem coração. Sem capacidade de amar."

Foi então que a porta da frente da Queen's Ruby foi aberta.

A Sra. Nichols saiu correndo da pensão – o tanto que a pobre senhorinha *podia* correr. Ela agitava as mãos.

"Srta. Taylor! Srta. Taylor, oh, graças a Deus você chegou."

"Sinto muito tê-la preocupado, Sra. Nichols. Eu perdi a carruagem para casa e o Cabo Thorne fez a gentileza de..."

"Estamos esperando há tanto tempo." A velha senhora passou o braço pelo de Kate e a puxou na direção da porta. "Suas visitas estão aqui há horas. Já servi três bules de chá e esgotei todos os tópicos possíveis de conversa."

"Visitas?" Kate ficou estarrecida. "Eu tenho visitas?"

A Sra. Nichols puxou seu xale para os ombros.

"São quatro pessoas."

"*Quatro* pessoas? O que elas querem?"

"Não me disseram. Só sei que insistiram em esperar você. Já faz horas que estão aí."

Kate parou junto à porta e raspou a lama da sola de seus sapatos. Ela não podia imaginar quem seriam aqueles visitantes. Talvez uma família querendo aulas de música. Mas *àquela* hora da noite?

"Sinto muito ter lhe dado tanto trabalho."

"Nenhum trabalho, querida. É uma honra ter um homem tão importante e distinto na minha sala de visitas."

Um homem? Importante e distinto?

"Posso subir e ajeitar minha aparência primeiro? Estou toda bagunçada, por causa da viagem."

"Não, não. Não vai ser possível, querida." A proprietária da pensão a arrastou para dentro. "Não se pode fazer um marquês esperar tanto tempo."

"Um *marquês*?"

Enquanto a Sra. Nichols fechava a porta, Kate se virou para observar seu reflexo no espelho. Ela tomou um grande susto quando, em vez do espelho, se viu encarando os botões do casaco do Cabo Thorne.

"Pensei que você não fosse entrar", ela disse para as lapelas dele.

"Mudei de ideia." Quando ela finalmente ousou olhar para cima, viu Thorne cerrando os olhos, desconfiado. "Você conhece algum marquês?", perguntou ele.

Ela balançou a cabeça.

"O homem mais importante que eu conheço é Lorde Rycliff, e ele é um conde."

"Vou entrar com você."

"Tenho certeza de que não é necessário. É uma sala de visitas, não um antro de criminosos."

"Vou entrar assim mesmo."

Antes que eles pudessem continuar discutindo, Kate se viu sendo empurrada na direção da sala. Thorne entrou logo atrás dela. Várias das hóspedes da pensão estavam pelo corredor. Elas lançaram olhares arregalados e especulativos para Kate enquanto ela passava. Quando chegaram à sala de visitas, a Sra. Nichols empurrou Kate através da porta.

"Aqui está, finalmente, a Srta. Taylor, meu lorde e minhas senhoras."

Em seguida, a proprietária os fechou na sala. Kate pôde ouvi-la do outro lado da porta expulsando as hóspedes do corredor. Parecia que havia uma dúzia de visitantes na sala, embora uma contagem rápida mostrou a Kate que eram apenas quatro pessoas. Riqueza e elegância dominavam o lugar. E lá estava ela com um vestido sujo e rasgado. Seu cabelo não estava nem mesmo preso.

"É ela. *Tem* que ser ela."

Kate engoliu em seco.

"Ahn... eu tenho que ser quem?"

Uma jovem bonita levantou de sua cadeira. Ela parecia ser alguns anos mais nova que Kate e usava um vestido impecável de musselina branca, com um xale verde-jade bordado. Quando ela chegou ao centro da sala, sua expressão era de puro assombro. A moça olhava para Kate como se estivesse vendo um fantasma, ou uma espécie rara de orquídea.

"Tem que ser você." A garota ergueu a mão e esticou dois dedos até a marca de nascença de Kate.

Kate recuou por instinto. Ela já tinha sido chamada de *coisa ruim* e *filha do pecado* por causa daquela mancha – naquele mesmo dia. Mas naquele momento, ela se viu envolvida por um abraço caloroso e impulsivo. Preso entre as duas, Xugo latiu.

"Oh, querido." Kate se afastou, esboçando um sorriso como pedido de desculpas. "Eu me esqueci dele."

A jovem à sua frente riu.

"O filhotinho tem razão de protestar. Onde está minha educação? Vamos começar de novo. Primeiro as apresentações." Ela estendeu a mão. "Sou Lark Gramercy. Como está você?"

Kate pegou a mão estendida.

"Encantada, é claro."

Lark se virou e foi apontando para seus acompanhantes.

"Esta é minha irmã Harriet."

"Harry", corrigiu a moça em questão. Ela levantou de sua cadeira e apertou firmemente a mão de Kate. "Todo mundo me chama de Harry."

Kate se esforçou para não ficar encarando a moça. Harriet, ou Harry, era a mulher mais incrivelmente linda que já tinha visto. Sem quaisquer traços de acessórios ou maquiagem, seu rosto era uma harmonia de perfeições: pele clara e luminosa, olhos grandes, lábios cor de vinho. Uma pequena pinta no alto da bochecha acrescentava um toque sensual que complementava os cílios escuros. Ela usava o cabelo preto e liso dividido do lado e puxado em um coque apertado que enfatizava a elegância de seu pescoço de cisne. E apesar de toda sua beleza feminina clássica, ela vestia o que parecia ser uma roupa de homem. Uma camisa praticamente sem babados no pescoço, um colete cortado no estilo que a maioria dos cavalheiros usava, e – o mais chocante de tudo – uma saia de lã cinza que separava as pernas, cuja bainha era vários centímetros curta *demais*.

Céus. Kate podia ver os *tornozelos* daquela mulher.

"Meu irmão Bennett está viajando pelo Indocuche, e nossa outra irmã, Calista, é casada e mora no norte. Mas trouxemos conosco a Tia Sagui." Lark pôs a mão no ombro de uma mulher idosa que estava sentada.

Kate piscou.

"Eu ouvi bem? Você disse Tia..."

"Sagui. Isso mesmo." Lark sorriu. "Na verdade, seu nome é Sageera, mas quando criança eu não conseguia pronunciar de modo algum. Sempre saiu Sagui, e o nome ficou."

"Cada ano que passa eu fico mais parecida com meu nome", disse, com espírito esportivo, a Tia Sagui.

"Sim, minha querida", disse Harry secamente. "Eu estava mesmo reclamando, outro dia, que se tiver que tirar você de outra árvore..."

"Ah, fique quieta. Eu quis dizer que sou pequena, ágil e encantadora." A pequena senhora esticou uma mão ossuda para Kate. Seu aperto era mais forte e caloroso do que Kate esperava. "É incrível conhecer você, minha criança."

Antes que Kate pudesse ficar intrigada com o que a mulher queria dizer, Lark fez a última apresentação.

42

"E este é nosso irmão Evan. Lorde Drewe."

Kate se virou para o cavalheiro em pé próximo à janela. O marquês, ela supôs. Lorde Drewe fez uma reverência formal, completa, que ela tentou retribuir com sua melhor mesura. Ali estava um homem, como se dizia, no auge da vida. Bonito, confiante, experiente, e embora fosse responsável, sem dúvida, por centenas, se não milhares, de moradores de suas terras e seus dependentes, ele parecia tranquilo como se não tivesse preocupações. Kate percebeu que sentia um certo temor diante dele. Ela compreendeu, então, a agitação da Sra. Nichols.

"Nosso lar ancestral fica em Derbyshire. Mas temos uma propriedade perto de Kenmarsh", explicou Lark. "O nome é Ambervale. Trata-se apenas de uma casa. Estamos passando o verão lá."

"É um prazer conhecer todos vocês", Kate sentou em uma cadeira para que o marquês fizesse o mesmo. "E vocês vieram a Spindle Cove para...?"

"Para conhecê-la, Srta. Taylor", disse Lark, sentando perto dela. "É claro."

"Oh. Vocês querem aulas de música? Eu ofereço cursos de canto, piano e harpa..."

Todos os Gramercy riram. Atrás dela, Thorne pigarreou.

"A Srta. Taylor teve um longo dia", disse ele. "Certamente esse assunto pode esperar até amanhã."

Lorde Drewe aquiesceu.

"Sua preocupação será observada, senhor..."

"Thorne." – disse ele.

"Cabo Thorne", acrescentou Kate. "Ele está no comando da nossa milícia."

Ela poderia ter melhorado a apresentação, pensou Kate. '*Ele é bom amigo do Conde de Rycliff*', ou '*Ele serviu com honra na Península, sob o comando de Wellington*'. Mas a disposição dela para com Thorne não era muito boa, no momento.

Ela ergueu Xugo.

"Ele me deu um cachorrinho."

"E é um filhote lindo", disse a Tia Sagui.

Lark bateu as mãos, impaciente.

"O Cabo Thorne tem razão. Está tarde demais. Harry, mostre logo a pintura."

Harry se levantou e deu um passo à frente, segurando um volume retangular envolto em papel. Enquanto sua irmã retirava o papel de embrulho, Lark continuou falando.

"Eu precisava de um projeto de verão, sabe. Ambervale é tão quieta, e eu fico um pouco maluca sem alguma coisa para me ocupar. Então decidi vasculhar o sótão. A maioria das coisas era só louça velha. Alguns livros mofados. Mas enfiado debaixo das vigas eu encontrei esta tela embrulhada em encerado." A voz dela ficou mais aguda de agitação. "Oh, depressa, Harry."

Mas Harry continuou no mesmo ritmo.

"Acalme-se, queridinha."

Finalmente ela conseguiu desembrulhar a coisa e a exibiu sob a luz.

Kate ficou boquiaberta.

"Oh, meu Deus."

Ela cobriu a boca com a mão, horrorizada pela blasfêmia acidental. *Na frente de um marquês?* Contudo, os Gramercy não pareceram se incomodar. Ficaram todos sentados calmamente e em silêncio enquanto Harry revelava a pintura de uma mulher recostada, escandalosamente nua, enrolada em lençóis brancos e uma coberta de veludo vermelho. Seios inchados, com bicos cor de rubi repousavam como dois travesseiros em cima de uma barriga rotunda. A mulher no quadro estava, obviamente, grávida. E ela se parecia com Kate. Ela se parecia muito com Kate, a não ser por algumas diferenças nos olhos e no queixo, e pela ausência de qualquer marca de nascença. A semelhança era inquietante, assustadora e foi prontamente notada por todos na sala.

"Oh, meu *Deus*", murmurou Kate.

Lark irradiava alegria.

"Não é linda? Quando nós a encontramos, percebemos que tínhamos que procurar você."

"Guarde isso." Thorne deu um passo à frente. "É indigno."

"Desculpe-me", respondeu Harry, orgulhosamente colocando a pintura com o nu sobre a cornija da lareira e recuando para admirá-la. "A forma feminina é linda em todos os seus estados naturais. Isto é *arte*."

"Guarde essa coisa", repetiu Thorne em um tom de voz baixo, ameaçador. "Ou vou jogá-la no fogo."

"Ele só está sendo protetor", disse Tia Sagui. "Acho encantador. Um pouco selvagem, mas encantador."

Harry pegou o xale verde dos ombros de Lark e o colocou por cima de meia pintura, escondendo a maior parte da nudez.

"Este vilarejo antiquado. Filisteus, todos. Quando mostramos a pintura para o vigário, ele começou a gaguejar e a se coçar."

"Você...", Kate engoliu em seco, olhando para a pintura que era exibida audaciosamente sobre a lareira. "Vocês mostraram isto para o *vigário*?"

"Mas é claro", respondeu Lark. "Foi assim que nós a encontramos."

Kate cruzou os braços à frente do peito, sentindo-se inexplicavelmente exposta. Ela se inclinou para a frente e olhou para a mulher no quadro.

"Mas não pode ser *eu*."

"Não, Srta. Taylor. Não é você." Soltando um suspiro longo, Lorde Drewe se levantou e falou com as irmãs: "Vocês estão fazendo uma grande confusão com isso, espero que saibam. Se ela não quiser saber de nós depois desta noite, a culpa será só de vocês."

O que ele queria dizer com aquilo? Kate estava muito confusa com a velocidade dos acontecimentos.

O Cabo Thorne se dirigiu a todos na sala em uma voz grave, de comando.

"Dou a vocês mais um minuto para começarem a se explicar. Do contrário, não me importa que sejam lordes e damas – terão que ir embora. A Srta. Taylor está sob minha proteção e não vou admitir que seja maltratada."

Lorde Drewe se virou para Kate.

"Vou tentar ser breve. Como minha irmã mais nova tentou explicar, eu sou o atormentado chefe deste circo ambulante. E estávamos lhe esperando, Srta. Taylor, porque acreditamos que você possa fazer parte dele."

"Desculpe-me", disse ela. "Parte de que, exatamente?"

Ele fez um gesto amplo com a mão, como se fosse óbvio.

"Parte desta família."

Capítulo Cinco

A visão de Kate começou a girar. Xugo pulou para o chão, e ela não tentou detê-lo. À volta dela, os Gramercy brigavam.

"Eu disse que nós não devíamos jogar a notícia nela desse jeito."

"Isso foi jogado em nós todos. É como se nós soubéssemos, quando começamos esta manhã..."

"Oh, céus, ela está tão pálida."

Eles eram uma... uma *família*. Kate mal podia acreditar que ela fizesse parte daquilo. A tentação de acreditar era muito grande, e o otimismo a assaltou com facilidade. Mas ela não queria passar por boba. Primeiro Kate tinha que entender o que estava acontecendo. Enquanto o resto deles falava, Tia Sagui veio e sentou-se ao lado dela, tirando do bolso um docinho embrulhado em papel.

"Que tal uma bala apimentada, querida?"

Kate, entorpecida, pegou a bala.

"Vamos", insistiu a velha senhora. "Ponha na boca."

Sem saber como recusar, Kate desembrulhou o confeito e o colocou na boca. *Oh... inferno.* Seus olhos ficaram cheios de água no mesmo instante. O bola de fogo açucarada queimou sua língua. Ela precisou de toda força para não cuspir aquela bala.

"Forte, não é? No começo parece que é demais. Mas com paciência, e um pouco de trabalho, você chegará na parte doce." Tia Sagui pôs a mão no braço de Kate. "É a mesma coisa com esta família."

Então, a velha senhora falou incisivamente com os outros.

"Todos vocês, calma."

Todos ficaram instantaneamente quietos. Até mesmo o marquês.

"A única forma de contar isto é como uma história, eu acredito." A mão fina e cheia de manchas de idade da Tia Sagui pegou a de Kate. "Era uma vez um homem chamado Simon Gramercy, o jovem Marquês de Drewe. Como todos os Gramercy, ele tinha tendências a paixões tempestuosas, impróprias. Os interesses pessoais de Simon eram arte e os encantos de uma garota altamente inadequada. A filha de um arrendatário de sua propriedade em Derbyshire. Você pode imaginar?"

Kate balançou a cabeça, sua língua ainda contraída ao redor da bala picante.

"A mãe de Simon, que era viúva, ficou escandalizada. Os pais da garota a renegaram. Mas Simon não aceitava as críticas. Ele instalou um ninho de amor com sua musa em Ambervale. Eles viveram ali durante vários meses, posando e pintando alegremente e fazendo am..."

"Tia Sagui."

"Bem, depois desse retrato, acho que não seria um choque." A velha senhora continuou. "De qualquer modo, a saúde do pobre Simon começou a piorar. Na última vez em que a família teve notícias dele, Simon estava morto. Repentina e tragicamente morto. E ninguém soube o que havia acontecido com a filha do arrendatário. Parecia que ela tinha desapareci-do por completo. Talvez ela também tivesse adoecido... Talvez tivesse se tornado a musa de outro homem. Ninguém sabia o que pensar. O título passou para o primo de Simon, meu cunhado. E então, quando ele morreu, passou para Evan." Ela acenou na direção de Lorde Drewe.

"Você ainda está confusa?", perguntou Lark.

"Mais tarde nós desenhamos um gráfico para você", disse Harry.

Kate ficou olhando para a pintura.

"Nós realmente nos parecemos, eu admito, mas tenho apenas vinte e três anos. E isto." Ela mostrou sua marca de nascença.

"Ah, mas essa é uma característica da família", disse Lark. "Vários dos Gramercy têm algo assim. Harry tem apenas a pinta no rosto, mas a maior parte da minha mancha está coberta pelo cabelo. A de Evan fica atrás da orelha. Mostre-lhe, Evan."

Lorde Drewe se virou, sem hesitar, para mostrar o lado de seu pescoço. Sim, ele realmente tinha uma mancha cor de vinho que desaparecia sob seu colarinho imaculado.

"Está fazendo sentido agora?", perguntou Lark. "Quando encontra-mos esta pintura no sótão, pensamos que devia ser da amante de Simon. Mas ninguém nunca soube que ela ficou grávida. A questão era, o que aconteceu com a criança?"

"Morta, nós pensamos", disse Harry. "Do contrário certamente saberíamos de alguma coisa. Mas Lark não conseguiu resistir à oportunidade de investigar."

Lark sorriu.

"Eu realmente adoro um mistério. Se o bebê havia nascido em Ambervale, sabíamos que devia existir algum registro de nascimento. Então fomos à paróquia local, mas lá soubemos que a igreja pegou fogo em 1782 e demorou uma década para ser reconstruída. Aconteceu um acidente envolvendo um incensário e a tapeçaria."

Lorde Drewe pigarreou.

"Atenha-se ao essencial, Lark. Pelo bem da Srta. Taylor."

Lark aquiesceu.

"Então, não havia registros. Durante esses anos, a paróquia ficou dividida entre as três igrejas vizinhas. Nós decidimos fazer excursões familiares, visitando uma por semana."

"Só esta família", disse Harry, "consideraria como diversão a busca de uma prima supostamente morta em registros mofados de paróquias."

Lark ignorou a irmã.

"Começamos em St. Francis, a mais próxima. Não tivemos sorte lá. Esta semana tivemos que escolher entre St. Anthony in the Glen e St. Mary of the Martyrs. Eu devo admitir que estava querendo ir até St. Anthony porque gostei do som pastoral dessa paróquia, mas..."

"Nosso próprio mártir fez prevalecer sua vontade, e fomos até St. Mary."

"Isso mesmo, ainda bem. O livro, Evan?"

Lorde Drewe mostrou um volume grande que se parecia com um registro bastante manuseado de uma paróquia. Kate ficou surpresa que tivessem permitido que o livro fosse removido da igreja. Mas Lorde Drewe provavelmente sustentava o vigário. Ela pensou que devia ser difícil não atender as solicitações do marquês local.

Ele abriu em uma página marcada, encontrou uma linha com a ponta do dedo e leu em voz alta:

"Katherine Adele, nascida em 22 de fevereiro, no ano de 1791. Pai, Simon Langley Gramercy. Mãe, Elinor Marie."

"Katherine?" O coração de Kate começou a bater com força. "Você disse Katherine?"

Lark pulou na cadeira de empolgação.

"Sim. Nós pesquisamos os vários anos seguintes de registros, sem encontrarmos nada de morte. Nenhum batismo, também, mas nada de morte. Perguntamos ao vigário se ele sabia de alguma Katherine vivendo na região que pudesse ter a idade correta. Ele respondeu que não. Mas disse que havia recebido uma carta, não havia muito tempo."

"Uma carta?" Xugo cheirou a canela de Kate, e ela o pegou em seu colo. "*Minha* carta?"

Ao longo dos últimos anos Kate havia tocado órgão para a missa de domingo em St. Úrsula. Ela não pedia pagamento pelo serviço. Era apenas uma gentileza. A cada semana o Sr. Keane lhe concedia uma hora no escritório do vigário. Ela escolhia uma paróquia no enorme guia de Igrejas da Inglaterra e escrevia uma carta, requisitando uma busca nos registros da paróquia por qualquer bebê do sexo feminino nascido entre 1790 e 1792, batizada com o nome Katherine, e que desde então tivesse sumido dos registros locais. Ela começou com as igrejas mais próximas de Margate e foi ampliando as buscas. Lentamente. Ao longo de semanas, meses e anos.

O vigário assinou e enviou as cartas para ela. Ele também lhe fez a gentileza de manter aquilo em segredo. A maioria dos moradores da vila teria rido por vê-la gastar tanto tempo e trabalho em algo tão infrutífero. Para eles, daria na mesma se ela tivesse gastado seu tempo colocando mensagens em garrafas e as lançado no oceano. Mas Kate não conseguia abandonar a ideia. Ela tornou o exercício da esperança, seu hábito semanal. O correio sempre trazia um "não" dolorido – ou pior, quando meses se passavam sem uma resposta, fazendo com que ela soubesse que outra oportunidade tinha sido perdida. Mas ela sempre escutava aquela voz dentro do seu coração: *Seja corajosa, minha Katie*. E agora...

Agora a bala picante da Tia Sagui tinha quase dissolvido em sua boca – e a velha senhora tinha razão. Uma doçura densa e deliciosa cobriu sua língua.

Kate a saboreou.

"Sim", disse Lark. "Era sua carta. E eu soube, no meu coração, que a *nossa* Katherine tinha que ser você. Partimos imediatamente, viajamos a tarde toda, e chegamos aqui há algumas horas."

"Nós mostramos isto ao seu vigário", Harry apontou para a pintura, "e depois que ele se recuperou da pequena apoplexia, nos contou que a Srta. Kate Taylor possuía, de fato, notável semelhança com o retrato."

"Do pescoço para cima, é claro." Lark fez este comentário, acompanhado de um sorriso tímido, para o Cabo Thorne.

"Então, aí está, minha querida." A Tia Sagui bateu de leve no joelho de Kate. "O conto tem um fim milagroso. Nós encontramos você. E, de acordo com todas as evidências, você parece ser a filha há muito perdida de um marquês."

Aquelas palavras atingiram Kate como uma avalanche. Como resultado, suas emoções ficaram dispersas, congeladas. Tudo aquilo era demais. Ela tinha pais chamados Simon e Elinor, uma data de nascimento, um nome do meio... *Se... Se* pudesse acreditar em tudo aquilo.

"Mas eu nunca morei perto de Kenmarsh", disse ela. "Fui criada como órfã na Escola Margate até quatro anos atrás. Foi quando eu vim para cá ser professora de música."

"E antes de Margate, onde você esteve?", perguntou Lorde Drewe.

"Não tenho nenhuma lembrança clara, infelizmente. Eu pedi mais detalhes à diretora da escola." Bom Deus, aquela conversa horrorosa com a Srta. Paringham aconteceu naquela mesma tarde? "Ela me disse que eu fui abandonada."

Kate encarou a mulher no quadro. Sua *mãe*, se tudo aquilo fosse verdade. Teria ela morrido? Ou desistido de sua filha, incapaz de cuidar da criança sozinha? Mas era evidente, pelo modo que a mão da mulher caía afetuosamente sobre a barriga rotunda, que ela amou aquela criança no seu útero. *Que incrível*, pensou Kate, imaginar que ela poderia estar naquela pintura, *dentro* dela, um feto que se contorcia e era... Amado.

"Pobrezinha", disse Lark. "Não consigo imaginar como você deve ter sofrido. Nós não podemos desfazer esses anos todos, mas vamos fazer nosso melhor para compensá-la por eles."

"Isso mesmo", concordou Drewe. "Nós temos que instalar você em Ambervale o quanto antes for possível. Quando eu voltar para casa vou enviar uma criada para ajudar você com as malas."

"Acredito que isso não será necessário."

"Você já tem sua própria criada?"

Kate riu, atônita.

"Não. Eu não tenho tantos pertences para empacotar. O que eu quero dizer é que não é adequado que você me convide para sua casa."

Lorde Drewe piscou.

"É claro que é adequado. É uma casa de família."

Uma casa de família. As palavras tornaram sua respiração dolorosa.

"Mas... eu não seria um constrangimento?"

"De modo algum", disse Harry. "Nosso irmão Bennett já detém o título de constrangimento familiar, que ele defende com entusiasmo contra todos os potenciais usurpadores."

"Por que você iria nos constranger, querida?", perguntou a Tia Sagui.

"Mesmo que tudo isso seja verdade... eu sou sua prima ilegítima em segundo grau, por meio da filha de um arrendatário."

Kate esperou que o significado de suas palavras fizesse efeito. Certamente que pessoas do nível dos Gramercy não queriam relações com parentes bastardos.

"Se está preocupada com escândalo, não fique", disse Lark. "Escândalo é o segundo nome dos Gramercy – que é acompanhado de riqueza suficiente para que ninguém ligue muito. Se aprendemos alguma lição com Tia Sagui em nossa juventude, é..."

"Cuidado com balas picantes", disse Harry.

"Família acima de tudo", contrapôs Lorde Drewe. "Nós podemos ser uma mixórdia de aristocratas, mas apoiamos uns aos outros em escândalos, desventuras e até no eventual triunfo." Ele apontou para o registro da paróquia. "Simon reconheceu sua filha e lhe deu o nome da família. Então, se essa criança for você, Srta. Taylor..."

Uma pausa dramática fez o ar da sala pesar.

"...então você não é nenhuma Srta. Taylor. Você é Katherine Adele Gramercy."

Katherine Adele Gramercy? Mas não era, *mesmo*! Thorne apertou a mandíbula. Ele não era um homem de palavras. A situação exigia eloquência, mas ele só conseguia pensar em agir. Basicamente, ele queria escancarar a porta e jogar na rua todos aqueles esquisitos aristocratas falastrões. Depois ele pegaria a Srta. Taylor nos braços e a carregaria escada acima para poder deitar e descansar, algo que ela estava precisando há horas. Suas faces estavam mortalmente pálidas. Ele iria querer deitar ao lado dela, mas não o faria. Porque ao contrário daqueles invasores presunçosos, *ele* tinha limites. Thorne tinha ouvido falar que os laços de sangue dos aristocratas era responsável por idiotia e dentes ruins. Aquela família parecia ter desenvolvido algum tipo de cólera verbal. Tudo que jorrava de suas bocas era lixo. Ele não conseguia acreditar que aquelas pessoas haviam sugerido levar a Srta. Taylor embora. Ele não conseguia acreditar que ela havia pensado em ir com eles. *Ela* tinha bom senso.

E ela prontamente mostrou isso.

"Vocês são muito gentis. Mas receio que não possa sair tão rapidamente de Spindle Cove. Eu tenho obrigações aqui. Aulas, alunas... Nosso Festival de Verão é daqui a uma semana e pouco, e sou responsável pela música e pelas danças."

"Oh, eu adoro uma festival." A mais nova pulou em seu assento novamente. Ela tinha um hábito irritante de fazer aquilo, reparou Thorne.

"Não é muita coisa, mas nós nos divertimos com ela. É, principalmente, uma festa para as crianças – lá nas ruínas do castelo. O Cabo Thorne e seus milicianos também estão ajudando." Depois de olhar com hesitação para ele, Kate continuou. "De qualquer modo, acredito que você gostaria de confirmar esta nossa... ligação... antes de me convidar para sua casa. Se descobrirmos que essas suposições estão erradas, e que eu não sou, de fato, parente de vocês..."

"Mas o retrato", protestou a mais nova. "O registro. A marca de nascença."

"A Srta. Taylor tem razão", disse Lorde Drewe. "Precisamos provar que não são meras coincidências. Enviarei homens para pesquisar na escola, examinar a região em volta de Ambervale. Não tenho dúvida de que vamos encontrar facilmente a ligação entre sua infância e Margate quando começarmos a investigar."

Thorne sabia que os homens de Lorde Drewe não encontrariam nenhuma ligação entre o registro daquela paróquia e a escola Margate. Ele poderia ter pigarreado e informado a todos exatamente onde Kate Taylor passou seus primeiros anos. E ela poderia ver o quão ansiosos eles ficariam para reivindicá-la como uma Gramercy. Uma coisa era escândalo na alta sociedade, e outra era sordidez imoral.

"A Srta. Taylor não vai a lugar algum com vocês", disse Thorne. "Tudo o que vocês mostraram aqui foram suspeitas da identidade dela. E nós nem sabemos quem são vocês."

A Srta. Taylor mordeu o lábio.

"Cabo Thorne, tenho certeza que..."

"Não, não", Lorde Drewe interrompeu. "O bom cabo está absolutamente certo, Srta. Taylor. Nós poderíamos ser uma quadrilha de traficantes de escravos, ou canibais sanguinários. Ou ocultistas em busca de uma virgem para o sacrifício."

Thorne não achava que os Gramercy eram traficantes de escravos, nem canibais e tampouco ocultistas – embora lhe parecessem uma versão bem-educada de lunáticos. E ainda que soubesse um pouco da infância de Kate Taylor, ele tinha que admitir que não podia dizer, com certeza, que eles *não* eram primos dela. Era possível, ele imaginava. Ela não nasceu naquele lugar. E ela tinha o nome certo, o ano de nascimento certo. Esses fatos, mais o retrato e a marca de nascença eram argumentos que não seriam facilmente refutados. Ainda assim, as chances eram pequenas e ele não confiava naquela gente. Havia algo de errado neles e naquela história.

Talvez eles estivessem errados quanto ao parentesco, e nesse caso a Srta. Taylor ficaria consternada e seria, possivelmente, ridicularizada. Ou, por outro lado, eles *eram* parentes dela e, por algum motivo, a esconderam pela maior parte de seus 23 anos, permitindo que definhasse em uma pobreza cruel e isolada. Eles eram negligentes, na melhor das hipóteses. Criminosos, na pior. Thorne não confiaria a eles sequer os próximos cinco minutos do tempo da Srta. Taylor, e muito menos todo seu futuro.

"Ela não irá com vocês", repetiu ele. "Eu não permitirei."

"Esclareça-me", disse friamente Drewe, "exatamente quem *você* é. Em relação à Srta. Taylor, eu quero dizer."

Thorne viu as opções diante de si, claras como uma bifurcação na estrada. Ou ele pronunciava as palavras que estavam na ponta da sua língua – palavras que ele nunca teria ousado sonhar, quanto mais pronunciar. Ou deixava a Srta. Taylor ir com os Gramercy, abrindo mão de qualquer pretensão à felicidade e segurança dela. Para sempre.

Não havia escolha, então. Ele falou...

"Sou o noivo dela", disse Thorne. "Estamos comprometidos e vamos nos casar."

Capítulo Seis

Kate estremeceu em sua cadeira. Certamente ela ouviu errado. *Comprometidos? Vamos nos casar?*

"Parabéns, querida." A Tia Sagui apertou sua mão. "Tome mais uma balinha."

"Sério", disse Kate, finalmente recuperando a voz. "Eu não..."

Antes que ela pudesse concluir sua negativa, a enorme mão de Thorne pousou em seu ombro. E apertou, bastante. Era uma mensagem concisa e inconfundível: *não!*

"Ninguém mencionou que vocês estavam noivos", disse Lorde Drewe, olhando com suspeitas para Kate e Thorne. "Nem o vigário, nem a dona da pensão..."

"Não contamos a ninguém ainda", respondeu Thorne. "É recente."

"Quão recente?"

"Ela aceitou hoje, no caminho de volta de Hastings." Thorne levantou sua mão do ombro de Kate e ajeitou uma mecha de cabelo dela, sutilmente chamando atenção para seu estado.

As faces de Kate queimaram enquanto a implicação daquele gesto se espalhava pela sala e fazia erguer todas as sobrancelhas presentes.

Lark ficou entusiasmada.

"Oh, eu sabia que havia algo entre vocês dois. Por que outro motivo você chegaria tão tarde, parecendo tão..." A voz dela foi sumindo enquanto seu olhar vagou do cabelo desalinhado de Kate à barra enlameada de seu vestido. "Tão natural."

Kate se levantou em um salto, fazendo as pernas de sua cadeira arranhar o chão.

"Cabo Thorne, posso falar com você um instante?"

Ela pediu licença com um olhar nervoso na direção dos Gramercy.

"O que você está fazendo?", sussurrou ela, depois que Thorne a seguiu até um canto perto do piano. Kate sabia, por experiência, que podiam conversar baixinho ali sem serem ouvidos. "Há algumas horas você me disse que não sentia... absolutamente nada por mim, e agora declara que estamos noivos?"

"Estou tomando conta de você."

"Tomando conta de mim? Você acabou de sugerir que nós... que nós..."

"Eles já estavam pensando isso", disse ele. "Acredite em mim. Eu trouxe você tarde da noite para casa, com aspecto de quem rolou na grama."

"Eu..."

"E então *você* disse para eles que eu lhe dei um cachorrinho. O que mais eles iriam concluir?"

Suas faces queimaram, e ela desviou os olhos.

"Ficar corando o tempo todo também não ajuda."

Como ela poderia evitar de corar? Seu rosto ficou ainda mais quente quando ela pensou nos dedos dele arrumando aquela mexa do seu cabelo de modo tão sugestivo.

"Nós não vamos levar isso adiante", disse ele. "O casamento."

"Não vamos?" No silêncio que se seguiu, Kate ficou preocupada se não teria parecido decepcionada. "Quero dizer, é claro que não vamos. Não tenho nenhuma vontade de casar com você. Vou dizer isso aos Gramercy agora mesmo."

"Isso seria um erro." As mãos dele a seguraram pelos ombros, impedindo-a de se mover. "Escute-me. Você está deslumbrada."

"Eu não estou des..."

A voz dela falhou. Kate não conseguiu encontrar forças para completar sua negativa. Era claro que ela estava deslumbrada. Deslumbrada, exausta, confusa. E, pelo menos em parte, era culpa dele. Talvez em grande parte. Pelo menos Thorne não negou sua responsabilidade.

"Estamos no fim de um longo dia", disse ele. "Você foi maltratada pela sua ex-diretora. Por aquele condutor de carroça. E eu fui o pior de todos. Então estas pessoas aparecem com um conto de fadas, os bolsos cheios de doces e riquezas. Você quer enxergar o que há de melhor neles, porque você é assim, mas eu estou lhe dizendo que algo não está certo nisso tudo."

"O que faz você pensar assim?"

Um longo momento de hesitação.

"Eu sinto que há algo errado."

Ela arregalou os olhos e o fuzilou.

"Você sente? Pensei que não tivesse sentimentos."

Ele ignorou a provocação.

"Não dá para nós sabermos o que eles estão querendo", disse Thorne. "Eles ainda não têm certeza sobre você. É uma situação de risco; você não tem um guardião ou parentes para proteger seus interesses. Assim eu tenho que fazer algo. Mas não tenho direito de zelar pelo seu bem-estar sem ter algum direito sobre você."

Algum direito sobre você. Kate não sabia como interpretar aquelas palavras. Durante toda sua vida, ninguém jamais quis algum direito sobre ela. Agora, na mesma noite, isso acontecia duas vezes. Toda aquela situação parecia irreal. Era tarde da noite, a série de coincidências, a pura esquisitice dos Gramercy. Ela não sabia em quem ou no que podia confiar naquele momento – depois do modo tolo com que se jogou no Thorne à tarde, mas seu coração desesperado parecia a coisa menos confiável de todas. Ela precisava de um aliado. Mas *ele*?

"Você está sugerindo honestamente que nós devemos fingir estar noivos? Você e eu."

Ele franziu o rosto.

"Eu não faço encenação, Srta. Taylor. Não haveria nenhum faz de conta. Estou propondo um noivado de verdade, para que eu possa lhe oferecer proteção de verdade. Assim que sua situação ficar mais clara, você pode me liberar."

"Liberar você", ela repetiu.

"Do compromisso. Uma dama pode romper um noivado a qualquer momento, e sua reputação não sofrerá com isso. Se você realmente for uma Gramercy, ninguém imaginaria que você fosse adiante com isto e se casasse comigo."

"E se eu *não* for uma Gramercy?"

Ele arqueou uma sobrancelha.

"Ninguém iria esperar que você fosse adiante, do mesmo modo."

Ela imaginava que não. Como toda Spindle Cove sabia, Kate e Thorne eram o equivalente social de óleo e água. Não se misturavam.

"Por que você está fazendo isso?", perguntou Kate enquanto vasculhava o semblante duro dele em busca de pistas. "Por que você se importa?"

"Por que eu..." Com um suspiro áspero, ele a soltou. "É meu dever zelar por você, Srta. Taylor. Dentro de quinze dias vou falar com Lorde Rycliff a respeito da minha dispensa honrosa. Se eu simplesmente entregar a melhor amiga da esposa dele a um bando de estranhos suspeitos, ele pode não ser tão favorável à minha solicitação."

"Oh", ela exclamou. "Entendo. Isso realmente faz sentido."

Bem, pelo menos sua resposta sem emoção, vinda de um coração duro como pedra, era algo esperado.

"Por favor, me desculpem", disse ela, após se virar para os Gramercy. "Eu devia ter mencionado o noivado antes." Ela pegou a mão de Thorne e tentou olhar com carinho para seus olhos. "É que a novidade é tanta... Nós não tivemos tempo nem de contar para os nossos amigos, não é..." A voz dela foi sumindo enquanto Kate se dava conta de que não sabia o primeiro nome dele.

Use um apelido carinhoso, ela disse para si mesma. *Um termo afetuoso. Querido, amado, paixão, amor. Qualquer coisa.*

"Não é, coração?", ela concluiu, sorrindo com doçura.

Ah. Então ela viu uma rachadura no gelo que isolava aqueles olhos azuis. A mão dele ficou tensa ao redor da sua. Kate se sentiu estranhamente bem ao perceber aqueles sinais claros de que ele se sentia incomodado. De algum modo, provocá-lo fazia tudo parecer normal outra vez.

Lorde Drewe se levantou e ficou no meio da sala, irradiando nobreza e autoridade.

"Ouçam o que nós vamos fazer."

E Kate sentiu uma confiança completa e repentina de que, qualquer coisa que Lorde Drewe dissesse em seguida, iria de fato acontecer. Mesmo que ele anunciasse que balas apimentadas fossem cair do céu.

"Srta. Taylor, estou vendo que nós a estamos pressionando. Você está organizando esse Festival de Verão e tem que cuidar de questões pessoais. E, naturalmente, sente relutância em partir quando acaba de ficar noiva."

Ela se apoiou no braço de Thorne.

"Exato. É claro."

"Obviamente, não podemos lhe pedir que saia de Spindle Cove neste momento."

Ela suspirou de alívio. Graças a Deus. Lorde Drewe era um homem lúcido e compreendia a situação. Ele iria levar a família de volta a Ambervale, fazer suas investigações e depois a notificaria dos resultados. Por escrito, talvez, e não com uma visita no meio da noite.

"Você está ocupada", continuou Lorde Drewe, "enquanto nós estamos simplesmente de férias. E não existe razão pela qual não possamos passar nossas férias aqui."

Kate engoliu em seco.

"V-você quer dizer aqui, em Spindle Cove? Na Queen's Ruby? Todos vocês?"

"Existe outra estalagem na vila?"

Ela negou com a cabeça.

"Mas esta não aceita homens como hóspedes", disse Kate.

Lorde Drewe deu de ombros.

"Reparei na taverna do outro lado da praça. Certamente o proprietário deve ter um ou dois quartos para alugar. Não preciso de nada especial."

Oh, é claro que não. Você é apenas um marquês. Aquela era uma complicação inesperada. Uma coisa era *dizer* àquelas pessoas que ela e Thorne estavam noivos. Outra era *viver* aquela mentira em Spindle Cove. Céus! Ninguém na vila iria acreditar.

"Vou conversar com a Sra. Nichols a respeito dos quartos para as mulheres, e enviar as carruagens para buscar nossos pertences imediatamente."

"Acredito que isso não seja necessário", disse Kate.

"Férias raramente são", disse a Tia Sagui. "Essa é a beleza da coisa, querida."

"Eu não quero incomodar vocês."

"Não é incômodo. Spindle Cove é um balneário turístico para mulheres não convencionais, certo?" Lorde Drewe abriu as mãos, indicando suas irmãs e tia. "Acontece que estou com três mulheres nada convencionais, e todas vão gostar da diversão. Quanto a mim, eu conduzo todos os meus negócios por correspondência. Posso fazer isso de qualquer lugar."

"Eu quero muito ver o Festival de Verão", disse Lark.

"Banhos de mar me fariam muito bem", disse Tia Sagui.

"Gostei muito da ideia de ficarmos nesta Enseada das Solteironas", disse Harry, puxando seu colete enquanto se levantava da cadeira. "Isso vai deixar Ames com ciúmes. Que delícia."

"Como vê, Srta. Taylor, é perfeito. Dessa forma não vamos tirar você de suas amigas, e ainda teremos tempo suficiente para nos conhecer melhor."

"Sim, mas quanto a isso..." Kate mordeu o lábio. "Esta é uma vila pequena. Posso lhes pedir para sermos discretos quanto ao nosso potencial parentesco? Eu gostaria de manter as especulações e fofocas sob controle, no caso de... no caso de isso tudo resultar em nada."

Ela só podia esperar que naquele exato momento não houvessem três moças de ouvido colado na porta da sala.

"Sim, é claro", disse Lorde Drewe, que então parou para refletir. "Nós também temos uma profunda aversão à fofoca – algo que nasce do excesso de familiaridade, entristece-me dizer. Para as pessoas fora desta sala, estamos simplesmente contratando seus serviços como professora particular de música para Lark. Está bom assim?"

Lark se colocou ao lado de Kate.

"Na verdade, aulas de música me fariam bem. Sou um desastre no piano, mas gostaria de tentar a harpa."

O sorriso caloroso da moça tocou o coração de Kate. Assim como a anuência reconfortante de Harry, a postura confiante de Lorde Drewe e o sabor persistente da bala apimentada de Tia Sagui na sua língua. Eles eram uma família, e queriam ficar com ela. Para conhecê-la... Mesmo se aquilo só durasse alguns dias, já valeria qualquer coisa – mesmo ter que sofrer um pouco mais de constrangimento com Thorne. Ali estava um benefício para ela à cruel rejeição dele na urze. Agora ela sabia que não devia imaginar que sentimentos eram possíveis da parte dele.

"Bem", disse Kate, passando seu sorriso reservado de um Gramercy para outro. "Eu imagino que esteja tudo resolvido."

Resolvido. Enquanto deitava na cama, algum tempo depois, Kate sentia tudo, menos que tudo estava "resolvido". Da última vez que dormiu naqueles lençóis, ela era órfã e solteira. Ao longo daquele dia maluco ela conseguiu acumular cinco prováveis primos, um vira-lata de estimação e um noivo temporário. "Resolvido" não descrevia seu estado. Pelo contrário. A cabeça dela zunia de empolgação, possibilidades... E aquele beijo... Mesmo depois de tudo o que aconteceu com os Gramercy, ela não conseguia esquecer daquele beijo. E isso era horrível. Ela estava fisicamente acabada e mentalmente esgotada. Kate queria desesperadamente pegar no sono. Mas toda vez que ela fechava os olhos, sentia o calor dos lábios fortes de Thorne sobre os seus. Toda. Vez. Se pelo menos ela tivesse mantido os olhos abertos durante o beijo, talvez pudesse evitar essa associação. Mas não. A ligação estava feita: olhos fechados, beijo lembrado. No instante em que suas pálpebras fechavam, seus lábios inchavam e todo o corpo latejava com uma sensação inebriante, indesejada.

Ela deveria ter se esforçado mais para ser beijada, anos atrás, para que agora a sensação não fosse uma novidade tão grande. Realmente, que garota de respeito dá seu primeiro beijo aos 23 anos? Ela nem mesmo gostava dele. Thorne era um homem horroroso, insensível. *Pense na família*, ela advertiu a si mesma, os olhos arregalados fixos nas vigas do teto. *Pense nos aniversários em fevereiro. Pense naquela mulher descaradamente nua no quadro, tocando com amor sua barriga de grávida. Ela pode ser sua mãe.* Se era para Kate ficar deitada sem dormir, eram *esses* pensamentos que deviam mantê-la acordada. Não um beijo que nada havia significado, dado por um homem que não sentia coisa nenhuma por ela, que enxergava um noivado como uma possibilidade de resolver sua carreira. Ela não pensaria mais nele. Não *mesmo*.

Kate agarrou o travesseiro, cobriu o rosto e gritou dentro dele. Então ela apertou o mesmo travesseiro junto ao peito e o abraçou bem forte.

"Veja o jardim de flores tão lindas. Rosas abertas, orquídeas tão raras", ela sussurrou a conhecida letra da canção no escuro, deixando que a melodia a envolvesse como um cobertor. Aquela canção de ninar boba era a lembrança mais antiga que Kate tinha de sua infância. A cadência da música sempre acalmava seus nervos.

"Lírios altos e encantadores", continuou ela. "Crisântemos belos, também. Todos dançando, dançando para você."

Enquanto a última nota ecoava, seus olhos fecharam e permaneceram assim.

Ela sonhou com um beijo ardente e impetuoso, que durou a noite toda.

Capítulo Sete

"Oh, Srta. Taylor! Eu estava esperando que você viesse hoje."

Kate congelou na entrada da loja *Tem de Tudo*. Sally Bright, vendedora e fofoqueira oficial da vila, ergueu os olhos do livro-caixa e lhe lançou um sorriso malicioso.

"Eu não estava conseguindo esperar para saber *de tudo*."

Ah, por favor. Por favor, que aquilo não tivesse se espalhado. A própria Kate mal conseguia acreditar na conversa da noite passada com os Gramercy, e não seria capaz de explicar a situação.

"Saber de tudo o quê?"

"Sobre você e Thorne, é claro. Srta. Taylor, você tem que me contar. Eu lhe perdoo uma linha inteira de crédito, mas quero saber de todos os detalhes. Ouvi dizer que vocês estão noivos!" A garota deu pulinhos de entusiasmo. *"Noivos!"*

Kate fechou os olhos. Ah... Isso... A garota queria saber a respeito dela e de Thorne. Ela também sentia dificuldade para acreditar nesse acontecimento.

"Você disse *noivos*?" Com sua visão periférica, Kate viu um chapéu rendado virar.

Kate ajustou a cesta pesada em seu braço. A Sra. Highwood, a matriarca de meia-idade, estava no canto mais distante da loja, acompanhada por sua filha mais velha, Diana.

"Quem ficou noivo?", quis saber a mulher.

A Sra. Highwood não era nenhuma jovem, mas quando o assunto era casamento, sua audição assumia uma precisão canina. Entre o interesse voraz dela por tudo que dissesse respeito a matrimônio e o amor de Sally por fofoca... Bem, pelo menos aquilo acabaria logo.

"A Srta. Taylor e o Cabo Thorne", Sally se apressou em informá-la. "Aconteceu ontem mesmo, quando eles voltavam de Hastings."

"Como você ficou sabendo disso tudo?", perguntou Kate, espantada.

"Sua nova aluna de música veio fazer compras. Lady Lark, não é? Ela veio logo cedo comprar pó para os dentes e me contou tudo."

A Sra. Highwood caminhou até o balcão.

"Srta. *Taylor*? Noiva do Cabo *Thorne*? Eu não consigo acreditar."

"É verdade, Kate?", perguntou Diana. "Devo admitir que... é uma surpresa e tanto."

É claro que seria uma surpresa. Kate e Diana eram amigas, e ela não só nunca disse nada à mais velha das Srtas. Highwood sobre gostar do Cabo Thorne... como sempre sugeriu que o desprezava. Porque ela *realmente* o desprezava. Thorne era horroroso, frio, insensível e agora...

"É verdade", disse Kate, estremecendo por dentro. "Nós ficamos noivos."

Está tudo bem, ela disse para si mesma. *É apenas temporário.*

"Mas como isso foi acontecer?", perguntou Diana.

"Foi muito repentino." Kate engoliu em seco. "Eu fui até Hastings comprar novas partituras e perdi a última carruagem para casa. Por acaso encontrei o Cabo Thorne na rua e ele ofereceu me trazer para casa."

"E então...?"

"Então nós paramos para descansar o cavalo perto de uma mercearia. Nós... conversamos sobre o passado e o futuro. Quando chegamos à Queen's Ruby, de noite, estávamos noivos." Pronto, tudo isso era verdade.

Sally fez um bico.

"Essa é a pior história de noivado que já ouvi! Você nos deve mais que isso. Ele se ajoelhou, declarou estar loucamente apaixonado por você? Vocês se beijaram?"

Kate não sabia como responder. Sim, houve um beijo. E seu primeiro beijo *deveria* ser motivo para tagarelar a respeito, empolgada, e deliciar todas as suas amigas com detalhes de tirar o fôlego. Em vez disso, ela só queria esconder sua humilhação.

"Olhe sua cara", disse Sally. "Vermelha como uma maçã. Deve ter sido um beijo muito bom. Aquele homem não tem nada de santo. Você é uma noiva de sorte, Srta. Taylor. Já ouvi cada história..." Ela rabiscou algo no livro-caixa.

A Sra. Highwood abriu o leque e se abanou vigorosamente.

"Insuportável", disse ela. "A saúde fraca da minha Diana tem nos confinado neste vilarejo à beira-mar, enquanto toda a Inglaterra comemora a vitória dos aliados. Aqui estamos nós, condenadas a ver as chances de um bom casamento irem embora, assim como os navios vistos de terra. E agora *até* a Srta. Taylor está noiva?"

Diana pediu desculpas a Kate com os olhos.

"Mamãe, acredito que você esteja querendo dizer que estamos empolgadas por Kate, e que lhe desejamos muita felicidade."

"Muita felicidade", murmurou a mulher mais velha. "Sim, a Srta. Taylor pode ter muita felicidade, mas e quanto a nós? Eu lhe pergunto, Diana, onde está a *nossa* felicidade? Onde?" Ela arrastou a última palavra como um lamento. "Todo mundo que é alguém estará em Londres neste verão. Incluindo sua irmã, que – devo lhe lembrar – se casou recentemente com um visconde."

"Sim, mamãe. Eu me lembro." Diana tossiu penosamente em um lenço. "É uma infelicidade que minha saúde tenha piorado de repente."

"Você realmente está bem pálida hoje", disse Kate.

Diana e Kate trocaram olhares de cumplicidade. O recente casamento de Minerva Highwood com Lorde Payne era o motivo por trás daquela situação. Se deixassem, a Sra. Highwood teria corrido para os recém-casados no dia em que eles chegaram a Londres, exigindo que fizessem apresentações e que organizassem bailes. Diana queria que a irmã tivesse uma lua de mel sossegada – daí o misterioso e repentino "declínio" em sua saúde.

"Vou lhe dizer uma coisa", murmurou a matriarca, "na *minha* juventude, eu não teria deixado nem tuberculose, malária e tifo juntos me afastar das celebrações da Paz Gloriosa."

"Mas a senhora não teria sido boa companhia nas festas", Kate não conseguiu evitar dizer. "Tossindo e tremendo de febre."

A Sra. Highwood lhe deu um olhar fulminante.

Nesse instante, Sally Bright fechou o livro-caixa.

"Pronto, resolvido. Agora, Srta. Taylor, conte tudo, não esconda nada."

Mas o que Kate não pode mais esconder foi o conteúdo de sua cesta. Dentro dela, Xugo se assustou com o estalo do livro-caixa fechando, pulou da cesta de vime e começou a correr pela loja, disparando de um canto a outro.

"É uma ratazana!", exclamou a Sra. Highwood, mostrando a agilidade de uma mulher dez anos mais nova ao escalar uma escada próxima.

"Não é uma ratazana, Sra. Highwood."

O cãozinho correu para baixo de uma estante. Kate se abaixou e procurou embaixo dos armários.

"Xugo! Xugo, venha cá."

"Pior ainda", gemeu a matriarca. "É um texugo. Que tipo de mulher carrega um texugo em uma cesta? Isso é um prenúncio do fim dos tempos!"

"Eu acredito que é um cachorrinho, mamãe", disse Diana. Agachando, ela ajudou Kate a procurá-lo. "Aonde foi parar essa coisinha linda?"

"Pobrezinho, deve estar assustado."

"Aqui, tente isto." Sally se juntou a elas, mostrando um pedaço de bacon que pegou em um dos tonéis do estoque. "Antes que ele deixe uma poça aí embaixo."

Kate suspirou rapidamente e ajeitou uma mecha de cabelo que havia caído em sua testa. O cachorrinho já tinha deixado duas poças de urina em seu quarto na Queen's Ruby. Uma no chão de madeira e outra em sua cama. Quando ela voltou do café da manhã com uma fatia de presunto e um pãozinho escondidos no bolso, a pequena fera já havia roído o cabo de seu leque e um pé da sua sapatilha mais confortável.

"Vamos lá, Xugo. Bom menino." Kate apertou os lábios e procurou fazer ruídos que atraíssem o bichinho. O cão fungou e veio um pouco para a frente, mas não o suficiente.

Lembrando do assobio que o Cabo Thorne deu para o cachorro no dia anterior, ela apertou os lábios e deu um assobio curto, chilreante. Funcionou. O cãozinho correu para fora – uma bola peluda que se atirou em seu colo. Kate caiu de costas e soltou uma exclamação. Ela riu enquanto Xugo devorava o bacon de sua mão, e depois lambia todos os traços de gordura de seus dedos.

"Você vai me arrumar muita dor de cabeça", ela sussurrou. "E eu não tenho coragem de brigar com você."

Xugo sabia disso. Ele inclinou a cabeça, depois ergueu uma orelha, então contorceu o focinho e abanou o rabo. Como se estivesse dizendo, *Veja meu arsenal de gracinhas... e resista.*

"Esta pestinha querida é o Xugo", disse ela. "Ele é o motivo pelo qual estou aqui hoje, Sally. Será que você tem alguma coisa que eu possa usar como coleira? É óbvio que não dá para carregar este malandrinho na cesta o tempo todo. Você tem pedaços de alguma coisa para ele morder? Noite passada eu o deixei destruir um exemplar de *A Sabedoria da Sra. Worthington.*"

Sally cruzou os braços.

"Eu tenho uma guia de cachorro nos fundos. Quanto a coisas para morder..." Ela pensou por um instante, então estalou os dedos. "Já sei. Que tal o velho pé de couro do Finn? Ele está usando uma prótese melhor, agora."

Kate estremeceu com a ideia de Xugo roendo um membro humano, ainda que falso. Que macabro.

"Essa é... uma ideia... muito criativa, mas acho que vou continuar com *A Sabedoria da Sra. Worthington.* É um livro muito útil."

A Sra. Highwood desceu da escada e examinou o cachorro.

"Onde você conseguiu esse vira-lata, afinal?"

Kate coçou rapidamente a barriga de Xugo.

"O Cabo Thorne pegou este diabinho com um fazendeiro."

"Esse é o cachorro do Thorne?", perguntou Sally.

"Bem, agora ele é meu." Ela cobriu as orelhas do Xugo, para que ele não ouvisse a potencial ofensa: "É só um vira-lata que ele pegou por impulso."

Kate sabia que não tinha como oferecer a um filhote a casa mais adequada para seu desenvolvimento, mas ela podia dar amor ao Xugo, que era o que ele mais precisava.

Sally balançou a cabeça.

"Tem certeza? Rufus me disse que o Cabo Thorne queria um cão de caça. Ele tinha feito uma encomenda especial a um criador. Esses filhotes são bem caros, pelo que entendi."

Kate encarou o cachorro em seus braços. Valioso? Xugo? Aquela coisinha engraçada, todo comprido, com membros finos e um pelo malhado que não era liso nem crespo. Ele parecia um amontoado de topetes. Se ele fosse importante para Thorne, com certeza o cabo lhe teria dito.

"Sally, acho que você está confundindo os cachorros."

"Pelo amor de Santa Úrsula!", exclamou a Sra. Highwood enquanto caminhava até a vitrine. "É por isso, fiquem sabendo, que este lugar é chamado de 'Enseada das Solteironas'. Enquanto vocês, suas cabeças de vento, ficam discutindo sobre vira-latas, há um cavalheiro andando pela rua. Um cavalheiro alto, maravilhoso, portando uma bengala bastante dispendiosa. Não detectei nenhum sinal de casamento em sua atitude."

Diana riu.

"Mamãe, você não pode dizer se um homem é solteiro só por observá-lo na rua."

"Mas eu posso. Minha intuição nunca me falhou."

"O nome dele é Lorde Drewe", disse Kate. "Ele está passando férias aqui com suas duas irmãs e a tia." Ela prolongou o suspense por um instante a mais. "E é um marquês."

"Um marq..." A Sra. Highwood praticamente dançou sem erguer os pés. "Um *marquês* solteiro. Oh, meus nervos. Vou desmaiar."

Os homens da milícia de Spindle Cove *não* estavam especialmente interessados no marquês visitante. E o acréscimo de mais algumas mulheres esquisitas ao clube da Queen's Ruby era algo absolutamente rotineiro. Mas não era todo dia que eles tinham a oportunidade de provocar seu comandante.

"Noivo da Srta. Taylor?", exclamou Aaron Dawes, depois que o exercício da manhã terminou.

Thorne ignorou o comentário. Ele esticou o pescoço para um lado até estalar.

"Pensei que você tivesse ido a Hastings buscar um cão de caça", disse Dawes, "não uma esposa." O ferreiro balançou a cabeça. "Devo dizer que não esperava por essa."

"Nenhum de nós esperava por essa", disse Fosbury. "Como foi, exatamente, que você a cortejou, Cabo?"

"É de Thorne que estamos falando", disse Dawes. "Ele não corteja. Ele comanda."

"Mas isso não funcionaria com a Srta. Taylor. Ela tem coragem."

"E bom humor", disse o vigário. "E bom senso."

Sim, Thorne concordou em silêncio. *Tudo isso e ainda beleza e uma boca tão apetitosa e doce que o fez passar a noite sonhando com ela e acordar com uma vara de aço rígida entre as pernas.*

"Sim, a Srta. Taylor é uma moça encantadora", disse Fosbury. Ele olhou para Thorne com curiosidade e bom humor. "Faz com que a gente se pergunte... O que ela viu em você?"

Nada. Não tem nada para ela ver.

"Chega", ele disse. "Temos muito o que fazer antes que as mulheres possam ter seu festival. Meus assuntos pessoais não são da conta de vocês."

"Não pense que estamos preocupados com *você*", disse Dawes. "Estamos preocupados com ela. A Srta. Taylor tem muitos amigos em Spindle Cove. Nenhum de nós gostaria de saber que ela foi magoada. É só isso."

Thorne praguejou em silêncio. Se todos os amigos da Srta. Taylor soubessem a verdade, iriam lhe agradecer. Ele só a estava tentando proteger de uma ameaça muito mais perigosa. Os Gramercy. Não fazia sentido que aquela família se estabelecesse tão prontamente em Spindle Cove, e muito menos que o próprio Lorde Drewe ficasse ali. Thorne só podia concluir que o marquês relutava em perder de vista a Srta. Taylor. Por que aquele homem sentia essa necessidade de proteger uma prima ilegítima de segundo grau? Matemática talvez não fosse seu forte, mas Thorne sabia quando uma conta não fechava.

"Cabo Thorne!", gritou Rufus Bright da torre. "A Srta. Taylor está subindo pela trilha da vila."

Thorne dispensou os homens com uma ligeira inclinação da cabeça.

"Isso é tudo. Vão ajudar Sir Lewis com o trabuco."

Os homens reclamaram, mas obedeceram. Passaram sob o arco e caminharam até as falésias, onde Sir Lewis Finch havia erguido sua engenhoca. Os moradores de Spindle Cove murmuravam uma prece sempre que o idoso e excêntrico Sir Lewis se aproximava de um gatilho, pavio ou uma carga de pólvora – ou, neste caso, uma catapulta medieval projetada para arrasar cidades inteiras. Contudo, em vez de lançar bolas flamejantes de piche por cima de muralhas fortificadas, o único propósito daquele trabuco era arremessar melões no mar. Apenas uma demonstração para o Festival de Verão. Os mecanismos daquela arma antiga eram, aparentemente, mais sensíveis e inquietos que a parte interna da coxa de uma virgem. Muitos testes precisariam ser feitos antes que o equipamento ficasse pronto.

A sonora voz de barítono de Sir Lewis alcançou as ruínas do castelo.

"Pronto, homens! Três... Dois..."

Uma grande pancada e um ruído sibilante coincidiram com o número "um", quando os homens soltaram o contrapeso do trabuco. A funda descreveu sua órbita ascendente, então parou de repente, enviando seu projétil na direção do mar. Na *direção* do mar. Não até lá. Pelo som de coisa se espatifando ouvido logo depois, o melão não podia ter voado mais que quinze metros antes de virar polpa nas rochas.

"Cabo Thorne?"

"Srta. Taylor." Ela apareceu do nada, com Xugo em seus calcanhares, enquanto ele estava distraído.

"Tenho um assunto para discutir com você. Podemos conversar em particular?"

Ele a levou por baixo dos restos de um arco e ao redor de um muro de arenito. Era um lugar à parte, mas não fechado. A sala de armas não era lugar para ela, e Thorne não podia levá-la desacompanhada, de modo algum, aos seus aposentos. Se ele chegasse perto de uma cama com ela... Aquele noivado temporário poderia facilmente se tornar permanente.

Oh, Deus, olhe para ela nesta manhã. A luz do sol dava tons de carvalho ao seu cabelo e jogava fagulhas douradas em seus olhos. O esforço da subida íngreme até as falésias exibia sua figura esbelta na melhor forma. E a marca em forma de coração na têmpora... era o pior e o melhor de tudo. Ela o deixava dolorosamente consciente que Kate não era uma aparição sobrenatural, mas uma mulher de carne e osso que esquentava em seus braços. Nada daquilo era para ele, Thorne procurou se lembrar. Nem o cabelo cuidadosamente penteado, nem as impecáveis luvas novas que davam às mãos dela a aparência de uma estrela-do-mar alvejada. O vestido azul pálido parecia mais algodão que musselina. Um arremate delicado de renda marfim emoldurava o decote baixo e quadrado. Ele não devia reparar na renda, muito menos ficar olhando para ela.

Ele desviou o olhar para o rosto de Kate.

"O que há de errado? De que você precisa?"

"Não há nada de errado. A não ser o fato de que não estou acostumada a ter um cachorrinho como companheiro de quarto."

"Está pronta para devolvê-lo, então?"

"De maneira nenhuma. Eu adoro o meu Xugo." Ela se abaixou para coçar alegremente o cachorro. "Mas como faço para que ele não mastigue as coisas?"

"Não faz. Ele nasceu para isso – perseguir animais pequenos e estraçalhá-los com os dentes."

"Nossa. Meu pequeno selvagem."

Thorne tirou do bolso um punhado de pedaços secos de pele de coelho. Ele jogou um para o cachorro e entregou o resto para ela.

"Dê isto para ele, um de cada vez. Deve durar alguns dias, pelo menos."

"Posso comprar mais disto na loja quando estes acabarem?"

"Não sei. Eu não os comprei."

Thorne esperava que Kate olhasse horrorizada para os pedaços de pele de coelho, agora que sabia de onde vinham. Em vez disso, ela o fitou com os mesmos olhos bondosos e gentis com que olhava para o filhote.

"Você tinha tudo isso preparado? Ela deve ter razão. Você dá valor a este cachorro."

"Quê? Quem deve ter razão?"

Kate guardou os pedaços de pele de coelho.

"Sally Bright me disse que..."

"Sally Bright fala demais."

"...que você tinha encomendado um cachorro de um criador. Um tipo de raça de caça superior. Ela disse que esses filhotes são caros. Cabo Thorne, se o Xugo é importante para você, eu o devolvo. Só preciso saber que ele vai ser bem cuidado."

Isso de novo, não.

"O cachorro é meu. Isso é tudo que eu preciso dizer."

"O que há de tão horrível em admitir afeto pela criatura? Eu sou uma professora de música, como você bem sabe, e a música é apenas outra linguagem. Frases desconhecidas, com a prática, vêm com facilidade. Repita comigo, agora, devagar: 'Eu gosto do cachorro.'"

Ele não disse nada.

"Essa é uma carranca muito ameaçadora", ela provocou. "Você pratica essa careta no espelho? Aposto que sim. Aposto que você fica encarando o espelho até ele quebrar."

"Então seja uma garota inteligente e vá embora."

"Infelizmente, não posso. Eu vim até aqui para conversar em particular porque precisamos coordenar nossas histórias. A vila inteira já sabe do nosso noivado. Todo mundo fica me perguntando como aconteceu de ficarmos noivos e eu não sei o que dizer para as pessoas. Os homens não ficam lhe perguntando o mesmo? O que você responde?"

"Nada." Ele deu de ombros.

"É claro. Como eu poderia me esquecer? Ninguém espera que você fale. Afinal, você é o Cabo Taciturno. Mas é diferente com uma mu..."

Gritos do outro lado do muro os interromperam.

"Pronto, homens! Três, dois..."

Bam. Crec. Xum. Então, alguns segundos depois, *ploc...*

"Mais areia no contrapeso", gritou Sir Lewis para os homens. "Estamos quase conseguindo."

"É diferente com as mulheres", disse Kate, continuando de onde tinha parado. "Você não entende. Quando uma moça fica noiva, as outras querem saber tudo. Cada olhar, cada toque, cada palavra sussurrada. Não consigo mentir para elas, então prefiro me ater à verdade. Nós ficamos noivos ontem. Nosso primeiro beijo foi voltando de Hastings. Nós..."

Ele ergueu a mão, interrompendo-a no meio da frase.

"Espere. Você está contando do beijo para as pessoas?"

Ela corou.

"Ainda não contei, não. Mas acho que preciso. Estão todas céticas, do jeito que está. Ninguém acredita que você estava me cortejando. Porque não estava." Ela baixou o olhar para a relva. "Oh, isto é um horror. Eu nunca deveria ter concordado com essa ideia."

"Se isso está lhe causando tanta angústia, pode me liberar do meu compromisso."

Ela arregalou os olhos.

"Eu não poderia fazer isso tão rápido. Iria parecer volúvel, até mesmo mercenária. Que tipo de mulher fica noiva de um homem à noite, e então o joga fora no dia seguinte só porque as circunstâncias mudaram?"

"Muitas mulheres fazem isso."

"Bem, eu não sou uma delas."

Thorne sabia muito bem que ela não era.

"Os Gramercy podem ser meus parentes", ela continuou. "Eu quero que eles gostem de mim, e me conheçam, pelo que eu realmente sou. Não sou o tipo de mulher que casa por conveniência. Nós podemos mentir um pouco, caso contrário vou me sentir desonesta."

Thorne franziu a testa. Estaria ela lhe pedindo que se comportasse como um pretendente realmente interessado? Ele havia tornado um hábito seu esconder a atração que sentia por ela de tal forma que não tinha certeza se conseguiria fazer o contrário.

Ele abriu a boca para falar, mas pelo muro veio outro grito:

"Pronto!"

Outra contagem:

"Três, dois..."

Outro disparo do trabuco. Dessa vez, após vários segundos de silêncio, eles ouviram o melão caindo na água ao longe.

"Melhor", exclamou Sir Lewis. "A força está correta, mas a mira não. Preciso ajustar o mecanismo."

"Nossas histórias...", disse Thorne quando os homens ficaram em silêncio novamente. "Vamos fazer com que combinem, como você disse."

"Primeiro, quais são nossos planos após o casamento? Você disse que vai para a América."

"Eu vou para a América. Então, supõe-se que você vá comigo."

"E nós vamos para Nova York? Boston?"

"Filadélfia, mas só para comprar suprimentos. Meu plano é reivindicar uma gleba de terra no Território de Indiana."

"Território de Indiana?" Ela fez uma careta. "*Indiana*. Soa bem... primitivo."

Thorne se remexeu. Através dos buracos das ruínas, ele conseguia enxergar a enseada verde-azulada, reluzente, e o Canal da Mancha mais além. Estava claro que a perspectiva de espaços amplos, abertos, não a atraía da mesma forma que a ele. Fazia algum tempo que ele planejava aquilo – ter sua própria terra. Ele carregava aquela ideia há tanto tempo que podia sentir a terra sob as unhas. Haveria solo fértil para cultivar, animais para caçar. Muita madeira para construir. Liberdade verdadeira, e a chance de construir sua vida.

"Onde nós vamos morar?", perguntou ela.

"Eu vou construir uma casa", disse ele.

"Como eu faria para continuar com a música? Eu não poderia parar. Não é plausível. Estamos falando de mim. Todo mundo sabe que eu nunca concordaria em casar com você, ou qualquer outro, a menos que a música fizesse parte do acordo."

"Vou arrumar um piano para você." Ele não fazia ideia de como poderia transportar um para o meio da floresta, mas a logística era o que menos importava.

"E as alunas?"

Ele fez um gesto impaciente com a mão.

"As crianças vão acabar aparecendo."

"Eu ensinei filhas de duques e lordes. E agora vou ensinar filhos de pioneiros?"

"Não, eu estou falando das nossas. *Nossas* crianças."

Ela ergueu as sobrancelhas. Passou muito tempo antes que ela dissesse:

"Oh."

Ele não se desculpou pela insinuação.

"Estamos falando de mim. Todo mundo sabe que eu não proporia casamento a você, ou qualquer outra, a menos que sexo fizesse parte do acordo."

As faces dela coraram. Thorne teve uma visão súbita, vívida, deles dois em uma cabana rústica feita de troncos de árvore, deitados em um colchão de palha, enrolados em uma coberta acolchoada. Nada além de calor e suor entre seus corpos. Ele envolveria sua força ao redor da suavidade dela, mantendo lá fora o frio e os lobos uivantes. O aroma do cabelo dela embalaria seu sono. Aquela imagem era quase o paraíso para ele – o que significava que era inatingível. E ele podia imaginar que ela não veria o charme desse quadro.

"E quanto ao amor?", perguntou ela.

A cabeça dele estremeceu.

"O que tem isso?"

"Você pretende me amar? E todas essas crianças que você pretende que nós criemos? Devo acreditar que você irá rir e brincar com elas, que vai se abrir para elas e as deixar entrar nessa coisa pétrea que você chama de coração?"

Thorne a encarou. Se ele achasse que podia lhe dar essas coisas, já as teria oferecido. Meses atrás.

"Ninguém precisa acreditar que o amor está envolvido", disse ele.

"É claro que sim. Porque *eu* preciso acreditar nisso."

"Srta. Taylor..."

"Isto nunca vai dar certo." Ela esfregou a testa com uma mão. "Ninguém nunca vai acreditar que eu concordei em abandonar minhas amigas, meu trabalho, meu lar e meu país. Para quê? Para cruzar o oceano e estabelecer residência em uma cabana no meio do nada, com um homem que não consegue compreender o significado de amor? Em *Indiana*?"

Ele a pegou pelos ombros, forçando-a a olhar para ele.

"Nós não combinamos, eu sei disso. Eu nunca poderia fazer você feliz. Também sei disso. Eu não estou à sua altura. O melhor que eu poderia lhe oferecer seria uma fração mirrada do que você merece. Tenho consciência disso tudo. Não precisa ficar me lembrando."

O arrependimento suavizou os olhos dela.

"Eu sinto muito. Sinto muito. Não deveria ter dito..."

"Guarde seu pedido de desculpas. Você falou a verdade. Eu só estava concordando."

"Não... Não posso deixar você acreditar que eu...", ela esticou a mão na direção dele.

Santo Deus. Antes que ele pudesse se abaixar ou recuar, ou cair sobre sua espada para evitar, a mão enluvada dela estava em sua face. A palma pousou ali, quente e acetinada. Sensações sacudiram seu corpo. Quando ela falou, sua voz era baixa, mas forte.

"Você não está abaixo de mim. Eu nunca pensaria isso."

Sim, você está abaixo dela, ele disse para si mesmo, controlando a alegria que corria por suas veias. *E nunca se atreva a imaginar que um dia estará em cima dela. Ou curvado atrás dela. Ou dentro dela enquanto ela...* Maldição. O fato de ele conseguir pensar nisso... Ele era rude, nojento. Não merecedor nem mesmo daquele leve carinho. O gesto dela nascia da culpa, e era oferecido como pedido de desculpa. Se ele tirasse vantagem daquilo, seria um demônio. Thorne sabia de tudo isso. Mas flexionou os braços assim mesmo, puxando-a para perto.

"Você se preocupou em ter magoado meus sentimentos", murmurou ele.

Ela aquiesceu, só um pouco.

"Eu não tenho sentimentos", disse ele.

"Eu me esqueci."

Espantoso. Ele ficou admirado com a ingenuidade dela. Depois de tudo o que ele lhe disse, Kate se preocupava com *ele*? Dentro daquela mulher pequena e frágil havia tanto afeto que ela não conseguia evitar despejá-lo em suas alunas, seus vira-latas e brutamontes indignos. Como seria, ele imaginou, viver com aquela estrela brilhante, incandescente, dentro do peito? Como ela fazia para sobreviver? Se ele a beijasse com paixão e a abraçasse apertado, será que um pouco desse calor passaria para ele?

"Esperem", veio um grito, ecoando vagamente à distância. "Segurem! Ainda não!"

Talvez aquela voz pertencesse à sua consciência. Ele não conseguiu lhe dar atenção. Tudo o que ele sentia era o toque dela, seu carinho, e a força bruta, vibrante, de sua própria necessidade. Ele a puxou para mais perto. Kate arregalou os olhos. Estavam maiores e mais lindos do que ele jamais tinha visto. Todo um novo mundo de possibilidades se abria naquelas pupilas escuras. E então... ela ergueu os olhos, um pouco para o lado. E abriu os lábios de espanto. Uma sombra estranha apareceu no rosto dela. Uma sombra redonda, crescendo a cada instante. Como se algum projétil estivesse se aproximando rapidamente, vindo de cima. *Jesus, não!* Thorne esteve nessa situação muitas vezes. Batalhas, cercos, escaramuças. O pensamento cessava e o instinto assumia. Suas mãos apertaram com mais força os ombros dela. Seu coração, que já trovejava, bateu mais rápido, enviando força para seus membros. A expressão "Para baixo!" projetou-se de sua garganta. Ele se jogou para a frente, envolvendo o corpo dela em seus braços e a deitando no chão... No momento em que a explosão aconteceu.

Capítulo Oito

Kate precisou de vários segundos para entender o que tinha acontecido. Num momento ela estava observando, incrédula, enquanto um objeto mergulhava do céu na direção dela. Ela permaneceu paralisada pelo simples absurdo da situação. Aquele objeto estranho, arredondado, em silhueta contra o sol, ficando maior, mais próximo e... mais verde. A próxima coisa que notou, foi que estava no chão, com o Cabo Thorne sobre ela. E eles ficaram cobertos de polpa de melão – úmida e pegajosa. Fragmentos da casca se espalharam pelo chão. Uma doçura pungente preencheu seus sentidos aguçados. Evidentemente, os ajustes de Sir Lewis no trabuco deram errado. Na verdade, nada demais havia acontecido. Ela tinha que rir. Suavemente a princípio, mas logo todo seu corpo tremia com as gargalhadas.

Thorne não compartilhou da sua alegria. Ele não se levantou nem rolou de lado. Ele a manteve em seus braços, cobrindo-a com o corpo. Seus músculos ficaram rígidos, todos eles. Quando Kate procurou seus olhos, encontrou os dois pontos azuis perdidos, sem foco. Suas narinas estavam dilatadas e sua respiração era difícil.

"Thorne? Você está bem?"

Ele não respondeu. Ela achou que ele não *podia* responder. Thorne não estava ali. Essa era a única forma que ela encontrava para descrever a situação. O corpo dele jazia sobre o dela, pesado como sacas de grão. Kate sabia que ele estava vivo, pela forma como seu coração batia contra o dela. Mas mentalmente, ele não estava ali. Thorne estava em algum outro lugar. Em algum campo de batalha arrasado e fumegante, ela imaginou, onde objetos que caíam do céu tinham uma força destruidora muito maior que um melão maduro.

Ela tocou o rosto de Thorne levemente.

"Thorne? Está tudo bem. Foi só um melão. Não estou ferida. E você?"

Ele contraiu os braços, apertando-a até Kate estremecer de dor. Thorne emitiu um ruído estranho por entre seus dentes cerrados. O som não era humano. Cada pelo dos braços dela ficou em pé, como se fossem minúsculas bandeiras de rendição, e seu pulso martelou em suas orelhas. Kate estava realmente com medo. Por ele, e por ela também. Kate jazia frágil e indefesa debaixo de Thorne. Se ele a confundisse com um inimigo, em seu campo de batalha fantasma, poderia machucá-la de verdade. Ela acariciou o rosto dele com dedos trêmulos, e afastou o cabelo que caía sobre a testa. O cabelo dele, espesso e macio, empapado de polpa de melão, dava a Kate a sensação de tocar um potro recém-nascido. A ternura cresceu em seu coração.

"Está tudo bem. Nós estamos ilesos. Este é o Castelo Rycliff. Spindle Cove." Kate tentava manter a voz baixa e regular, com o objetivo de acalmar os dois. "Você está em casa. E sou eu com você. Srta. Taylor. Kate. Sou a professora de música, lembra? Sou sua... sou uma amiga."

Ele apertou o maxilar. Não de um jeito amistoso. Ela nunca antes teve tanta consciência da força bruta contida no corpo de um homem. Se ele quisesse, poderia quebrá-la em duas partes. Embora não de forma muito limpa, o que era mais um motivo para evitar a experiência. De algum modo, ela precisava lembrar Thorne de sua humanidade. A ternura que aqueles mesmos ossos, tendões e músculos podiam produzir.

"Sou a Srta. Taylor", ela repetiu. "Ontem você me salvou em Hastings, e depois me levou para casa em seu cavalo. Nós paramos para comer pão e... e você me beijou. Em um campo de urze, ao pôr do sol. Eu tentei me esquecer disso com toda minha força, mas não tenho pensado em outra coisa. Você lembra?"

Ela passou o polegar pelos lábios dele. A boca de Thorne relaxou um pouco e um hálito trêmulo passou pela ponta dos dedos dela. Kate pensou enxergar uma centelha de consciência voltando aos olhos dele.

"Isso", disse ela, para encorajá-lo. "Você está bem. Nós dois estamos em segurança. Sou eu."

Um tremor sacudiu o corpo dele. Thorne piscou várias vezes, e seu olhar começou a focalizar o rosto dela.

"Katie?", foi o som rouco que saiu de sua garganta.

Ela quase soluçou de alívio.

"Sim, sim. Sou eu."

Ele ficou olhando, sem expressão, para a polpa de melão esparramada no ombro dela.

"Você está ferida."

"Não, não. Estou bem. Não é sangue. Os milicianos estavam ajustando o trabuco de Sir Lewis e houve um acidente. Você se pôs na frente do melão. Por mim." Ela sorriu, embora seus lábios tremessem.

Ele tremia, também. Todo. Thorne não estava mais tão distante, mas ainda não tinha voltado por completo. Kate passou os dedos pelo cabelo dele, desesperada para despertá-lo totalmente. Talvez conseguisse escapar debaixo dele, mas ela não podia deixá-lo vagando naquele mundo sombrio, com bombas e sangue e outros horrores inimagináveis.

"Estamos em segurança, agora", sussurrou ela. "É seguro voltar. Estou aqui." Ela esticou o pescoço e deu um beijo leve no canto de sua boca. "Eu estou aqui."

Ela beijou novamente. E depois, outra vez. Toda vez que seus lábios se encontravam, a boca de Thorne esquentava um pouco. Ela rezou para que seu coração também estivesse esquentando.

"Por favor", murmurou ela. "Volte para mim."

E ele voltou. Ah, voltou. A mudança em Thorne foi rápida, abrupta. E colocou o mundo dela de cabeça para baixo. Mais uma vez, Kate se viu sem fôlego, sem entender o que tinha acontecido. A última coisa de que ela se lembrava era estar dando beijos comportados. Mas agora a língua de Thorne estava dentro de sua boca, e a de Kate parecia estar parcialmente na dele. E seus dedos estavam envoltos na desordem pegajosa que era o cabelo dele. Eles haviam se fundido. Uma criatura. E tudo que ela conseguia pensar era... *Doce. Ele é tão doce.* O aroma açucarado e pungente do melão estava em toda parte. Ela o beijava com entrega, sedenta por mais – simplesmente feliz por saber que ele estava de volta, e não em algum mundo distante. Ela ainda podia sentir todo aquele poder bruto, assustador, contido no corpo de Thorne. Só que agora ele não estava direcionado para a função de sobrevivência, mas para outro instinto básico: *desejo*.

"Katie", ele gemeu novamente, puxando-a para mais perto. Os seios dela foram comprimidos por aquele peito largo.

Enquanto ele a beijava com intensidade, seus músculos do peito esfregavam e friccionavam os mamilos dela. A excitação era quase insuportável. Aquilo a estava deixando louca, fazendo com que se esquecesse de tudo. Thorne inseriu sua perna entre as dela, forçando suas coxas a se afastarem. Quando ele enfiou a língua em sua boca, seus quadris se projetaram contra os de Kate, liberando uma cascata sem precedentes de prazer. Ela gemeu, ansiando por mais. Então ele parou abruptamente, arfando, sem fôlego. Ele ergueu a cabeça. Praguejou.

E Kate percebeu o que não poderia ter notado, em sua tentativa obstinada de trazê-lo das sombras e mantê-lo próximo de si. Todo mundo estava olhando para eles. Sir Lewis Finch, a milícia inteira de Spindle Cove e... Oh, céus... até o vigário! Todos acompanharam correndo a trajetória do melão. E encontraram Kate e Thorne enroscados no chão. Beijando-se como amantes. Thorne rolou para o lado, escondendo Kate da visão dos outros. Ela tentou, o melhor que pôde, desaparecer. Enquanto isso, Thorne repreendeu severamente os homens pelo acidente e mandou que voltassem ao trabalho. Depois que eles se foram, Xugo saiu de seu esconderijo e atacou Kate com o vigor de um filhote, lambendo suco de melão de seus pulsos e rosto. Thorne ficou em pé e se pôs andar de um lado para outro.

"Maldição." Suas mãos ainda tremiam um pouco. Ele as fechou em punhos. "Você está bem? Eu a machuquei?"

"Não."

"Tem certeza? Eu quero saber a verdade. Se eu a machuquei de *alguma* forma, eu..." Thorne não completou a frase.

"Estou ilesa. Juro. Mas e quanto a você?"

Ele continuou andando, e dispensou a pergunta com um gesto curto da mão. Como se o bem-estar dele próprio fosse completamente irrelevante.

"Isso... *isso* já aconteceu antes?", perguntou ela.

"Eu não estou louco", disse ele. "Se é isso o que você está pensando."

"É claro que não. Claro que não. Foi um acidente absurdo. Quero dizer, quais são as chances de isso acontecer? Um melão! Um soldado é treinado para reagir a bombas, granadas, tiros de canhão. Ninguém está preparado para um *melão*. Eu entendo completamente."

Ele parou. E não olhou para ela.

Ela fechou os olhos, frustrada consigo mesma.

"Foi uma bobagem eu dizer isso. Eu não entendo nada. Não consigo imaginar o que significa ir para a guerra." Ela se aproximou dele e tocou, hesitante, seu braço. "Mas se você quiser conversar com alguém, Thorne, sou uma boa ouvinte."

Os olhos azuis e frios dele a encararam por um longo instante, como se estivesse pensando no assunto.

"Eu nunca lhe daria esse fardo."

"Por que não? Sou sua noiva, pelo menos por enquanto."

"Continua sendo?"

Ela aquiesceu. Não havia como negar que algo havia mudado entre eles. Eles tinham sobrevivido juntos a uma batalha – ainda que fosse um combate imaginário. As batidas amedrontadas de seu coração foram reais, e também foi verdadeiro o suor frio na testa dele. Há muito ela tinha se acostumado a pensar em Thorne como um inimigo, mas depois daquele incidente... Eles estavam do mesmo lado. Os dois unidos contra os melões do mundo. Kate sorriu. Com um golpe rápido dos dedos, ela tirou uma semente da manga dele.

"Você tem que admitir que isso resolve um problema. Agora todos eles vão acreditar no noivado."

"Um problema resolvido, talvez. Mas vários outros foram criados."

Ela entendeu o que ele queria dizer. Sua reputação imaculada estava manchada com polpa de melão. A menos que ela fosse mesmo uma Gramercy, e a família lhe oferecesse a oportunidade de morar fora de Spindle Cove, seria quase impossível para Kate cancelar o noivado.

Kate recusou a oferta de Thorne para acompanhá-la até sua casa e voltou apressada para a pensão. Quando ela chegou, pela entrada dos fundos, o sol do fim da manhã havia secado a umidade de seu vestido manchado. Ela subiu dois degraus de cada vez pela escada e se esgueirou em seu quarto para se lavar e trocar de roupa. Exausto por toda a agitação da manhã, Xugo se aninhou no vestido sujo e se enrolou para dormir. Depois que se arrumou, Kate desceu a escada e encontrou os Gramercy reunidos na sala. Ao entrar, ela parou repentinamente junto à porta. Oh, Deus! A pintura. Ela continuava ali, sobre a cornija da lareira. Meio coberta, pelo menos, para esconder toda a pele. Ela esperava que ninguém mais tivesse reparado naquela pintura e mais tarde, Kate a levaria para seu quarto.

"Ora, Srta. Taylor!" Lark ergueu os olhos de um livro. "Que surpresa agradável."

Lorde Drewe, sendo o cavalheiro educado que era, ficou em pé e fez uma reverência.

"Não estávamos esperando você, ainda. Pensamos que estaria ocupada com suas aulas de música no Touro e Flor."

"Ainda não. Eu pensei em vir e... ficar com vocês, se não se importam."

"Não seja boba." Tia Sagui bateu a mão num lugar desocupado no divã. "Estamos nesta vila por você, querida. Não nos importamos."

"Mas, por favor, não me deixem interrompê-los", disse Kate. "Fiquem à vontade, e continuem o que estavam fazendo."

Sentada à escrivaninha, Harry riu. Ela deixou a pena de lado e salpicou a carta com talco mata-borrão.

"Não estamos ocupados de verdade. Lark está lendo tranquilamente, tia Sagui envelhece tranquilamente e eu terminei de derramar meu mau humor em uma carta contundente para Ames. Quanto a Evan..." Ela acenou na direção de seu irmão, Lorde Drewe, que havia se sentado junto ao fogo. "Evan está sentado com seus preciosos jornais agrícolas, enquanto tenta fingir que não é uma espiral de emoções fervendo."

"O quê?" Evan baixou o jornal e olhou para a irmã. "Eu não sou uma espiral de emoções fervendo."

"É claro que sim. Suas emoções fervem do mesmo modo que outros homens bebem conhaque. Um pouquinho por dia, como hábito, e mais do que o recomendado quando acha que ninguém está olhando."

Com um suspiro entediado, Lorde Drewe olhou para Kate.

"Eu tenho a aparência de um homem que está *fervendo*?"

"Não mesmo", respondeu Kate, estudando sua expressão calma e os olhos verdes impassíveis. "Você é o retrato da serenidade."

"Pronto, Harriet. Satisfeita?" Ele levantou novamente o jornal.

"Não deixe que as aparências a enganem, Srta. Taylor", sussurrou Lark. "Meu irmão apenas aparenta ser tranquilo. Ele já travou nada menos que cinco duelos em sua vida."

"Cinco duelos?"

"Ah, sim." Os olhos de Lark brilharam. Ela foi contando nos dedos enquanto falava. "Deixe-me ver... Teve um por Calista. Antes disso, três por Harry..."

Kate olhou para Harry, que vestia os mesmos colete e saia partida. A roupa parecia um traje de montaria, só que... não havia cavalos por perto.

"Meu Deus, Lady Harriet. Três?"

Harry deu de ombros enquanto dobrava e lacrava a carta.

"Foi uma temporada cheia."

"E um por Claire", Lark terminou ao chegar no dedo mínimo.

"Claire?", Kate perguntou. "Quem é Claire?"

Tia Sagui arqueou as sobrancelhas.

"Nós não falamos de Claire."

"Pelo contrário", disse Lorde Drewe por trás de seu jornal. "Vocês todas falam muito de Claire. Eu que me recuso a participar da discussão."

"Porque você prefere *ferver*", disse Harry.

"Porque não se deve falar mal dos mortos." O tom de sua voz informou a todos que a conversa tinha terminado. Uma ajeitada vigorosa do jornal serviu de ponto final.

O silêncio que se seguiu foi constrangedor.

"Ah, querida", disse Lark. "Eu esperava poder evitar. Mas Harry, acho melhor você contar a verdade para a Srta. Taylor."

A verdade?

"Qual é a verdade?", Kate perguntou. Seu coração disparou dentro do peito. Talvez Thorne tivesse razão e eles estivessem escondendo algo dela.

Harry afastou o maço de folhas e o tinteiro.

"A verdade é que... no que diz respeito a famílias aristocráticas, nós Gramercy não somos o que se pode chamar de..."

"Civilizados", sugeriu Tia Sagui.

"Típicos", concluiu Harry. "Isso vem da nossa infância, eu acho. Nós a passamos inteiramente no Norte, em Rook's Fell. Uma construção antiga, enorme, com mais teias de aranha que cimento nas paredes. Nosso pai sofreu com uma doença prolongada e debilitante, e nossa mãe se dedicou a cuidar dele. Os criados não conseguiam nos controlar, e ninguém pensou nos estudos. Ninguém esperava que Evan herdasse o título, é claro. Era para ele permanecer na linha do seu pai. Então nós éramos simplesmente descontrolados, como erva daninha em um jardim. Até que a Tia Sagui veio cuidar de nós, mas já era tarde demais para os mais velhos. A não ser pela querida e doce Lark, aqui, todos nós crescemos de um modo bem distorcido."

"Distorcido?", Lark repetiu. "Harry, você faz isso parecer tão perverso."

"Se Kate vai fazer parte disto, ela precisa saber. A verdade pura e simples é que nós não somos, de verdade, parte da 'boa sociedade'. Mas somos muito ricos, com título importante, e tão absurdamente fascinantes que a alta sociedade não consegue nos ignorar."

"Isso vai mudar", disse Lorde Drewe. "A parte a respeito da 'boa sociedade'. Estou determinado a dar para Lark o debute que ela merece. Falhei duas vezes na apresentação das minhas irmãs. A temporada de Harriet foi um desastre completo."

"Somente se você julgar pelos padrões da sociedade."

"É disso que se trata uma temporada, ser julgado pelos padrões da sociedade. E ao final da sua temporada, nós não fomos *apenas* julgados pela sociedade, mas condenados, sentenciados, ridicularizados e exilados pela maior parte da década." Lorde Drewe dobrou seus jornais, colocou-os de lado e coçou o nariz. "Calista nem mesmo chegou a Londres."

"Ela não queria mesmo", disse Lark. Para Kate, ela explicou. "Ela se apaixonou pelo Sr. Parker, o chefe dos cavalariços. Agora eles moram juntos em Rook's Fell, de onde nós saímos este verão para lhes ceder o lugar. Calista sempre amou cavalos, e ela e Parker se dedicam à criação."

Tia Sagui riu em silêncio. Kate se esforçou para não imitá-la.

"O quê?" Lark olhou em redor, confusa. "O que foi que eu falei?"

"Nada", Harry lhe assegurou. "Não pense nisso, querida. Você é boa e pura, só isso."

Lark se virou para Kate e sorriu, insegura.

"Aí está. Ser um Gramercy é estar enredado em um escândalo após o outro, pelo que parece. Você já nos despreza? Quer que vamos embora?"

"De jeito nenhum." Ela passou os olhos pela sala. "Eu estou tão feliz que não consigo dizer o quanto. Estou encantada que vocês não sejam formais e bolorentos, pois do contrário não sei se conseguiria me encaixar. Eu me sinto no paraíso, só de ficar aqui, vendo vocês falarem, se provocarem, lerem seus jornais. Vocês não sabem o prazer que é, para mim, estar na presença de uma família. Qualquer família."

"Nós não somos *qualquer* família", disse Lark. "Nós podemos ser a *sua* família."

"*Se* você nos aceitar", disse Harry. "Mas eu não a culparia se não aceitasse."

Kate olhou para aqueles rostos sinceramente esperançosos.

"Em toda minha vida, nunca houve algo que eu quisesse tanto."

Mas enquanto pronunciava aquelas palavras, Kate sentiu que elas tinham o gosto levemente ácido de uma mentira. Mais cedo, naquele mesmo dia, ela quis o toque de um homem com uma intensidade feroz, primitiva. Ela quis aquilo mais que conforto, mais que família. Mais do que o ar que ela respira. Por baixo da pele, seus músculos ainda desejavam e queriam. Ela fechou os olhos e tentou afastar os sentimentos proibidos.

"Eu desejo, apenas, que haja algum modo de termos certeza."

"Já comecei a investigar", disse Lorde Drewe. "Mandei cartas orientando meu administrador a ir até Margate, para ver o que ele consegue por lá. Também estamos explorando outras possibilidades."

"Seria esperar demais que você pudesse... lembrar de algo?", perguntou Lark. "Eu não quero pressioná-la, mas nós pensamos que, talvez, depois de ter visto o retrato, e passar algum tempo com nossa família, algum detalhe esquecido pudesse ressurgir."

"Talvez apareça algo com o tempo. Mas, de verdade, tenho pouquíssimas lembranças." Os olhos de Kate perderam o foco. "Já tentei, tantas vezes, me lembrar. É como se eu viajasse por um corredor escuro e sem fim, que leva ao meu passado. E eu sei... apenas sei... que se pudesse abrir a porta no fim desse corredor, me lembraria de tudo. Mas eu nunca chego lá. Eu apenas ouço música de piano e tenho alguma lembrança da cor azul."

"Talvez seja o pingente", disse Lark. Ela pegou o quadro de cima da cornija. "Este pendurado no pescoço dela, está vendo?"

Kate olhou atentamente. Ela tinha reparado no pingente antes, mas no escuro, na noite anterior, ele parecia ser preto. De dia ela podia ver que era, na verdade, um tom profundo de azul, quase índigo. Escuro demais para ser uma safira. Lápis-lazúli, talvez?

Ela ergueu a cabeça, empolgada.

"Acredito que esse possa ser o azul que eu me lembro. Principalmente se minha mãe o usava sempre."

"Ela devia usar", disse Harry. "Pois usava até mesmo quando não vestia nada."

Kate teve um sobressalto.

"Oh! E tem uma música. Uma canção sobre flores." Ela cantou para os Gramercy toda a música, começando com 'Veja o jardim de flores tão lindas...' "Ela está alojada na minha memória desde sempre, mas em todos os meus anos ensinando música, nunca encontrei alguém que conhecesse essa canção. Sempre imaginei que minha mãe a cantava para mim. Algum de vocês a conhece?"

Os Gramercy balançaram a cabeça.

"Mas o fato de não conhecermos a canção não significa nada", disse Lark. "Provavelmente nunca conhecemos sua mãe."

Kate relaxou os ombros.

"Seria bom se essa fosse a ligação. A prova. Mas acho que era esperar demais."

"Ter esperança, nunca é demais", Tia Sagui afagou sua mão. "E querida, nós precisamos decidir como chamar você. Se você é da família, 'Srta. Taylor' não faz nenhum sentido."

"Esse sobrenome nem é meu", admitiu Kate. "Taylor me foi atribuído em Margate. Na verdade, eu adoraria se vocês me chamassem de Kate. Todas as minhas amigas me chamam assim."

Embora seu nome completo fosse Katherine, ela sempre usou Kate. Parecia adequado. "Katherine" soava muito refinado e grandioso. "Kitty" evocava uma garotinha assustada. Mas "Kate" dava a impressão de uma jovem sensível, inteligente, com muitas amigas. Ela era uma "Kate". A não ser que para alguém, em algum lugar, uma vez ela foi "Katie". *Seja corajosa, minha Katie.* E hoje, quando Thorne a prendeu no chão, agindo com coragem para proteger sua vida com a dele... Ainda que a ameaça fosse uma fruta caprichosa, e não uma granada mortífera... Ele a havia chamado de "Katie", também. Tão estranho...

"Você vai nos mostrar as paisagens da região?", perguntou Lark. "Quero muito conhecer o antigo castelo nas falésias."

Kate mordeu o lábio.

"Acho que é melhor deixarmos isso para amanhã. A milícia está fazendo exercícios ali. Mas eu adoraria levar vocês para conhecerem a igreja."

"Espere um instante." Lorde Drewe abriu a cortina. "Acredito que nossas coisas chegaram."

Kate observou, espantada, enquanto a caravana de uma, duas... *três* carruagens parava diante da Queen's Ruby, todas transbordando baús e valises. Elas deviam conter pertences e suprimentos suficientes para começar uma pequena colônia.

"Graças a Deus", disse Tia Sagui. "Só me restam três balas apimentadas."

Capítulo Nove

Thorne era um homem de hábitos. Naquela noite, depois que todos os milicianos foram embora, ele voltou a seus aposentos solitários – uma das quatro torres que compunham o reduto do Castelo Rycliff. Ele limpou a poeira do casaco de seu uniforme e deu um novo brilho às suas botas, para que estivessem prontas para o dia seguinte. Então sentou-se na mesa pequena e simples para analisar os eventos daquele dia.

Aquilo também era rotineiro. Na infantaria, ele havia servido sob o então Tenente-Coronel Bramwell, hoje Lorde General Rycliff. Após cada batalha, Rycliff se sentava com seus mapas e diários para recriar meticulosamente a ordem dos eventos. Thorne o ajudava a lembrar dos detalhes. Juntos, eles colocavam tudo diante de si. O que tinha acontecido, exatamente? Em que momento foram tomadas decisões cruciais? Onde ganharam território, perderam vidas? E o mais importante, eles se perguntavam: alguma coisa poderia ter sido feita de modo diferente, para que conseguissem um resultado mais favorável?

Na maioria dos casos, eles chegavam com segurança à mesma resposta: não. Se tivessem a chance, fariam as mesmas coisas novamente. Esse ritual silenciava quaisquer sussurros de culpa ou arrependimento. Se não fossem confrontados, esses sussurros podiam se tornar ecos – que rebateriam nas paredes do crânio de um homem, tornando-se mais altos, rápidos e perigosos ao longo das semanas, dos meses e anos. Thorne conhecia os ecos. Ele já tinha muitos deles crepitando em seu cérebro e não precisava de mais. Então, naquela noite ele se serviu de uma dose de uísque e analisou os ventos do seu conflito mais recente.

O Ataque do Melão. Ele poderia ter previsto o perigo que a Srta. Taylor corria? Thorne acreditava que não. O trabuco estava disparando, confiavelmente, na direção do mar, ainda que com variações nos níveis de força. Sir Lewis lhe disse, depois, que não conseguiria replicar aquela trajetória, mesmo que quisesse. Um acidente singular, nada mais que isso. Ele agiu corretamente ao derrubá-la? Novamente, ele não se arrependia de suas ações. Mesmo que ele soubesse que o projétil era um melão, Thorne provavelmente teria feito o mesmo. Se a fruta estivesse menos madura, poderia não ter explodido quando fez contato. A Srta. Taylor poderia se machucar com seriedade. A cabeça de Thorne ainda latejava devido ao impacto.

Não... foi tudo que aconteceu depois. Foi ali que Thorne errou. O choque o despachou para algum outro lugar. Um local cheio de fumaça e fedor de sangue. Ele se viu rastejando na direção da voz dela. Durante quilômetros, pareceu-lhe, enquanto arranhava mãos e joelhos. Até que ele encontrou a fonte – uma poça de água clara e calma, em meio à feiura geral que refletia o rosto dela em vez do dele. Então ele baixou a boca para beber aquela paz serena e refrescante. Mas não era o bastante. Ele tinha que se banhar nela, afogar-se nela. Aquele beijo... Mesmo quando recobrou a consciência, ele não recuou. Não imediatamente, como deveria ter feito. Ele nunca se perdoaria por isso. Ele poderia ter machucado Kate de verdade. Mas, Deus. Ela foi tão carinhosa...

Ele levantou, e esvaziou rapidamente a dose de uísque. Não ajudou. Nem mesmo uma dose de lava conseguiria extinguir o gosto dela de seus lábios. Ele deixou a cabeça latejante cair para trás até se apoiar na parede irregular de pedra. Tão boa... Tão macia em seus braços. *Jesus*, Kate esteve *debaixo* dele, tão quente e viva quanto ele sabia que ela seria. Acariciando seu rosto e seu cabelo, murmurando palavras doces. A lembrança fez seu peito doer e a virilha endurecer. Bom Deus! Bom Deus!

Ele bebeu mais uma dose de uísque. Enquanto fazia força para engolir, um gemido de puro desejo e dor nasceu em seu peito. Todo uísque da garrafa não conseguiria entorpecer aquela dor. Mas ele sabia uma coisa. A luxúria terminava ali. Com aqueles estranhos e misteriosos Gramercy na história, ela precisava de proteção, e ele manter seu juízo aguçado. Caso Thorne se aproximasse demais, ele estaria arriscando perder a concentração e comprometê-la. Então não podia haver mais proximidade. Apenas o contato mínimo, essencial. Dar-lhe a mão para descer de carruagens e coisas assim. Talvez ele tivesse que oferecer o braço a ela em certas ocasiões. Mas quanto a uma coisa ele estava decidido... não haveria mais beijos. Nunca mais.

Alguém bateu com força em sua porta.

"Cabo Thorne! Cabo Thorne, saia."

O coração de Thorne disparou em um galope. Ele enfiou os pés nas botas e se colocou em posição de sentido. Enquanto corria para a porta, pegou o casaco no gancho.

"O que foi?" Ele escancarou a porta e encontrou Rufus Bright sem fôlego, de rosto vermelho.

Os olhos do rapaz estavam sérios.

"Senhor, sua presença é necessária imediatamente na vila."

"Onde? O que aconteceu?"

"No Touro e Flor. E não consigo descrever, senhor. Verá quando chegar lá."

A caminhada do castelo até a vila normalmente levava cerca de vinte minutos. E ele tinha a vantagem da descida, mas com a luz do dia enfraquecendo, era necessário cuidado com os passos. Apesar disso, Thorne diria que não haviam se passado mais do que cinco minutos quando ele chegou ao fim da trilha e entrou nas ruelas da vila. Alguns instantes depois ele cruzou a praça e abriu a porta da taverna. Maldição! Parecia que todos os moradores de Spindle Cove estavam reunidos naquele lugar. Ele viu aldeões, milicianos, moças da Queen's Ruby. Eles pareciam peixes em uma rede; uma massa de corpos se contorcendo e abrindo as bocas.

Todos se viraram e aquietaram quando Thorne irrompeu pela porta. Ele podia imaginar por quê. Thorne estava ofegante, suando, rugindo e furioso com a urgência de saber que diabos estava acontecendo. Mas ele estava tão sem fôlego que não conseguiu fazer perguntas extensas. Apenas três palavras importavam para ele, que usou o último ar de seus pulmões para vociferá-las:

"Onde ela está?"

A multidão farfalhou e se arrumou, empurrando a Srta. Taylor para frente como se ela fosse o trigo em meio ao joio. Ele passou os olhos pelo corpo dela e depois examinou seu rosto. Ela estava inteira e não sangrava. Seus olhos estavam claros, e não vermelhos com lágrimas. Apenas isso era suficiente para fazer dela a coisa mais bonita que Thorne havia admirado. Na opinião dele, o vestido amarelo decotado, justo ao corpo, simplesmente era um estorvo. Era melhor que ela não estivesse machucada debaixo de toda aquela seda cintilante.

"Surpresa", disse ela. "É uma festa."

"Uma..." Ele lutou para inspirar. "Uma *festa*."

"Isso. Uma festa de noivado. Para nós."

Ele passou os olhos pela taverna lotada. Aquilo podia ter começado como uma festa. Mas iria terminar como o funeral de alguém.

"Não foi uma boa ideia?" Ela forçou um sorriso. "Seus milicianos que planejaram."

"Oh, eles planejaram?"

Thorne se voltou para o bar, onde seus soldados formavam uma fila preguiçosa, precária. Eles apertavam os lábios como corneteiros, para evitar rir alto. Ele queria matar todos. Um por um por um. Por infelicidade deles, Thorne havia deixado sua pistola no castelo. Mas tinha que haver alguma faca naquele lugar.

Kate se aproximou alguns passos. Com as inspirações profundas que fazia para retomar o fôlego, Thorne encheu seus pulmões com um aroma inebriante de limão e cravo. Aquilo o acalmou em certo sentido, e o inflamou em outro.

"Não foi ideia minha", murmurou ela, olhando para o chão de tábuas. "Estou vendo que você ficou assustado. Desculpe-me."

"Não estou assustado", ele respondeu secamente.

Apenas pronto para lutar. E ela precisava parar de parecer tão aflita, ou ele consideraria seriamente atravessar a parede com o punho. Fosbury, dono da taverna e confeiteiro, veio da cozinha usando um avental bordado e segurando uma travessa grande.

"Venha, Cabo Thorne. Até você tem que festejar em algum momento. Veja, eu fiz um bolo para vocês."

Thorne olhou para o bolo. Ele tinha o formato de um melão, com cobertura verde. Havia letras nadando na cobertura – alguma saudação ou felicitação, ele imaginou –, mas Thorne estava exausto e bravo demais para formar palavras com elas. Coroando todas as suas outras frustrações, esse último insulto ao seu orgulho foi o suficiente para fazer com que ele enxergasse tudo em vermelho.

"Tem uma mosca nele", disse Thorne.

"Não tem, não." Fosbury ficou ofendido.

"Tem sim. Olhe de perto. Bem no centro."

O taverneiro baixou a cabeça e olhou bem de perto o centro do bolo. Thorne agarrou o cabelo dele e empurrou sua cabeça para baixo, esmagando a cobertura com o rosto do infeliz. O homem levantou piscando e cuspindo através de uma máscara de creme verde.

"Está vendo, agora?", perguntou Thorne.

Uma bola grossa de creme caiu da testa de Fosbury. Ela aterrissou com um *ploft* audível. O salão todo tinha ficado em silêncio. As pessoas olhavam para ele, horrorizadas. *Qual é o seu problema?* Diziam os olhares assustados. *Somos seus vizinhos e amigos. Você não sabe como se divertir em uma festa?* Não. Ele não sabia. Ninguém nunca havia feito uma festa para Thorne. Jamais em sua vida toda. E pela forma com que todos olhavam para ele, era evidente que ninguém ousaria lhe fazer outra.

Então começou... Apenas um leve murmúrio musical, vindo da direção da Srta. Taylor. Foi ficando mais alto, ganhou força, até se tornar uma gargalhada completa. Ela estava rindo. Rindo dele, rindo daquele bolo idiota, rindo da cara de Fosbury, coberta de creme verde. Os repiques de sua risada melodiosa, alegre, rebateram nas vigas expostas do teto e ecoaram no peito dele.

Antes que o coração de Thorne pudesse lembrar seu ritmo, todos os presentes também começaram a rir. Até Fosbury. O clima foi de sombrio a alguma cor cintilante, apenas encontrada em arco-íris e conchas marinhas. A festa era novamente uma festa. Droga! Se ele soubesse amar, para dar a Kate o que ela precisava, Thorne a tomaria para si e a manteria muito perto. Para que o provocasse com beijos e o trouxesse de volta das sombras, para rir com alegria quando ele aterrorizasse os amigos. Para fazer com que ele se sentisse quase humano de vez em quando. Se...

"Pelo amor de Deus", disse ela, ainda rindo com a mão à frente da boca. "Alguém pegue um pano para este pobre homem."

Uma empregada, rindo, passou um trapo por sobre o balcão, e Kate pegou o bolo das mãos de Fosbury para que ele pudesse limpar o próprio rosto. Kate enfiou o dedo na cobertura estragada e então sustentou o olhar de Thorne enquanto o chupava.

"Delicioso." Ela lhe estendeu o bolo. "Gostaria de experimentar?"

Deus pai! Nenhum homem conseguiria resistir àquilo. Ele tinha que fazer pelo menos aquilo. Thorne pegou – não o bolo, mas o pulso dela. Enquanto Kate olhava para ele, olhos arregalados, Thorne mergulhou o dedo dela na cobertura e o levou até sua boca. Ele chupou aquele creme doce, lambuzado, do dedo dela, e então chupou a melhor parte, que era a ponta do dedo dela, passando sua língua de baixo para cima, de cima para baixo e em volta. Da mesma forma que ele saborearia o mamilo dela, ou aquele botão escondido entre suas pernas.

Ela arfou, e ele acreditou ter ouvido prazer naquele breve som. Se Kate fosse dele, Thorne a faria reproduzir esse som todas as noites.

Ele soltou a mão dela e pronunciou.

"Delicioso mesmo."

Uma algazarra estridente veio da multidão reunida. Ela deu a Thorne um olhar de censura, e ficou com as faces vermelhas como o casaco dele. Ele deu de ombros, sem remorsos.

"É nossa festa de noivado. Só estou dando aos convidados o que eles vieram ver."

Algum tempo depois, Kate estava sentada em uma mesa no canto, com Thorne e os Gramercy. Fatias de bolo pela metade descansavam diante de cada um. Ela estava com dificuldade de participar da conversa – não apenas porque a taverna ficou mais barulhenta após duas rodadas de bebidas, mas porque seus pensamentos estavam totalmente absorvidos por uma língua. A língua *dele*.

Naquele dia Kate tinha ganhado muita familiaridade com aquela língua, que era ágil, impertinente e tinha a capacidade de parar em lugares que não esperava. Ela também lhe deu uma quantidade desmesurada de prazer, quando ele não a estava usando para lhe dirigir palavras ásperas. Mas naquele exato momento, talvez a língua de Thorne estivesse muito fatigada pelo esforço feito durante o dia, porque ele não a estava usando. De nenhum modo. Thorne estava sentado à mesa por meia hora, no mínimo, e não havia dito uma palavra.

"Por que você não nos conta como conheceu o Cabo Thorne", disse Tia Sagui.

Kate olhou nervosa na direção de Thorne.

"Ah, não. É uma história entediante."

Harry ergueu sua taça de vinho.

"Não pode ser mais entediante do que gerenciamento de propriedades e agricultura, e isso é tudo que sempre ouvimos Evan falar."

Embaixo da mesa, Kate contorceu os dedos sobre as pernas. Ela não tinha como inventar uma história de namoro. Ela não queria mentir para os Gramercy, e a presença taciturna de Thorne do outro lado da mesa só servia para enfraquecer qualquer conto romântico que ela pudesse inventar.

"Faz um ano", disse ela. "Tanto tempo... Falando sério, acho que eu nem conseguiria me lembrar do lugar e momento de nosso primeiro..."

"Foi aqui."

A resposta veio de Thorne. O oráculo silencioso havia falado. A surpresa coletiva foi tanta que os copos tilintaram sobre a mesa. Mais surpreendente ainda, era que ele parecia ter mais para falar.

"Eu cheguei com Lorde Rycliff no verão passado, para ajudar a organizar a milícia local. Em nosso primeiro dia na vila, entramos nesta casa de chá."

Lorde Drewe olhou em volta.

"Pensei que isto fosse uma taverna."

"Era uma casa de chá na época", explicou Kate. "Chamava O Amor-Perfeito. Mas desde o último verão o nome é Touro e Flor. Parte casa de chá, parte taverna."

"Continue", pediu a Tia Sagui. "Você entrou na casa de chá e..."

"E era um sábado", disse Thorne. "Todas as moças estavam aqui para sua reunião semanal."

"Oh", disse Lark, empolgada. "Estou vendo para onde vai a história. A Srta. Taylor estava tocando piano. Ou harpa."

"Cantando. Ela estava cantando."

"Ela canta?" Drewe olhou para Kate. "Nós temos que ver uma apresentação."

"É raro podermos ouvi-la", disse Thorne. "Frequentemente ela está acompanhando uma de suas alunas. Mas naquele primeiro dia, ela estava cantando."

Com olhos sonhadores, Lark pôs a mão sob o queixo de Kate.

"E ali mesmo, naquele primeiro momento, você foi fisgado pela voz rara e celestial de Kate, além de sua beleza etérea", disse a moça.

Kate estremeceu. *Celestial?* Lark estava exagerando demais. Com certeza ele hesitaria ao confirmar isso.

Thorne pigarreou.

"Alguma coisa assim."

"Tão romântico...", Lark suspirou.

De todas as palavras que Kate nunca esperaria ouvir associadas a Thorne, "romântico" estava entre as primeiras. Logo abaixo de "tagarela", "delicado" e "coroinha". Ela tinha que admitir; ele estava fazendo um trabalho notável ao fazer o noivado parecer crível sem recorrer a mentiras. Ele deve ter se preocupado que ela acabaria por entregar a verdade, com toda sua hesitação e seus gaguejos ao falar do assunto.

"O que ela vestia?" A pergunta veio de Lorde Drewe e parecia parte de um interrogatório, não de uma conversa amigável. Como se ele não acreditasse que Thorne estivesse dizendo a verdade.

"Lorde Drewe, já faz um ano", intercedeu Kate, tentando pôr de lado aquela pergunta. Ela tinha sorte que os dois chegaram até ali sem nenhuma contradição. "Nem eu lembro o que estava vestindo."

"Branco..." Thorne encarou Lorde Drewe do outro lado da mesa. "Ela usava um vestido branco de musselina. E um xale indiano com pavões bordados. E seu cabelo estava enfeitado com fitas azuis."

"É verdade?", Lark perguntou a Kate.

"Eu... se o Cabo Thorne está dizendo, deve ser."

Kate lutou para esconder seu choque. Ela lembrava daquele xale. Tinha sido emprestado pela Sra. Lange. Como ela estava brava com o marido, que havia lhe dado o xale, ela deixou Kate usá-lo durante todo o verão. Mas Kate nunca imaginaria que Thorne fosse se lembrar. Muito menos das fitas azuis no cabelo, que combinavam com o xale. Kate olhou timidamente para ele enquanto a empregada retirava os copos vazios. Será que ele foi mesmo "fisgado por ela" naquele dia, como disse Lark?

"Então ele bateu os olhos em você, aqui na casa de chá de Spindle Cove", disse Lark, dramática, "e soube imediatamente que precisava torná-la dele."

O rosto de Kate queimou de constrangimento.

"Não foi bem assim."

"Você não entende nada de homens, sua tonta", disse Harry. "Já faz um ano. O Cabo Thorne é um homem de ação. Olhe para ele. Se ele tivesse decidido a conquistá-la, teria feito isso há muito tempo."

"Vejam, ele não gostou de mim", disse Kate. "Não no começo. Talvez houvesse uma atração superficial, mas sem envolver grandes emoções." Ela o observou por cima de sua taça de vinho. "Ele não sentiu nada por mim."

"Ah, eu não acredito nisso." Tia Sagui desembrulhou outra bala apimentada. "Acho que ele gostou muito de você, querida. E pensou que era melhor manter distância."

Kate olhou para Thorne. Ela viu que ele a encarava com uma intensidade enervante.

"Bem?", Lark perguntou para ele. "Minha tia acertou?"

Acertou? Kate lhe perguntou em silêncio. Ela não conseguia ler aqueles olhos azuis gélidos, mas percebeu que estava acontecendo muita coisa por trás deles. Para um homem que afirmava não sentir nada... o "nada" ia muito fundo.

"Srta. Taylor, vai manter seus novos amigos apenas para si?"

Kate estremeceu ao voltar ao presente. A Sra. Highwood estava atrás dela, acompanhada de Diana e Charlotte."

"Apresente-nos, querida", disse a matriarca, com um sorriso irritado.

"Mas é claro." Ela levantou, no que foi acompanhada pelos homens da mesa. "Lorde Drewe, Lady Harriet, Lady Lark e Tia Sagui, apresento a Sra. Highwood e suas filhas Diana e Charlotte."

"Tenho uma terceira filha", disse, pomposa, a Sra. Highwood, "mas ela se casou recentemente. Com o Visconde Payne de Northumberland."

A matriarca se virou e fez um movimento estranho, desajeitado, com seu leque.

"Parabéns", disse Lark, sorrindo para a mãe e suas filhas. "Nós vimos vocês na pensão, mas é um prazer ser apresentada adequadamente."

"Sim, é claro", disse a Sra. Highwood. "Que bênção termos uma família do seu porte em Spindle Cove. Estamos sedentas por sociedade este verão." De novo ela se virou e fez o mesmo movimento com o leque.

"Você está tentando matar uma vespa?", perguntou Tia Sagui.

"Ah, não." A Sra. Highwood olhou, agitada, para um canto do salão. "Não é nada. Vocês me dão licença por um instante?"

Com Kate – e todos os Gramercy – olhando, a matriarca se virou, deu dois passos e arremessou seu leque fechado com toda força contra a cabeça de um homem desavisado.

"*Música!*", ela praticamente rugiu. "Agora!"

O homem massageou a cabeça, ofendido, mas pegou seu violino e começou a tirar alguns acordes de música dançante. Em toda a taverna, os convidados ficaram em pé e afastaram mesas e cadeiras.

"Ora, vejam", disse a Sra. Highwood, voltando-se para os Gramercy com um sorriso inocente. "Vai haver dança. Que surpresa agradável."

Kate balançou a cabeça, consternada. É claro que a mulher faria qualquer coisa que pudesse para arquitetar uma dança entre sua filha mais velha e Lorde Drewe. Mas dançar não era boa ideia para Diana. Na última vez em que ela dançou com um lorde naquela taverna, sofreu um sério ataque respiratório.

"Lorde Drewe, espero que possa nos honrar com uma dança", disse a Sra. Highwood. "Spindle Cove oferece muitas parceiras encantadoras." Ela empurrou Diana para frente e pigarreou.

Kate começou a ficar verdadeiramente em pânico. Ela não sabia como impedir aquilo. Mesmo que não tivesse interesse, Lorde Drewe não constrangeria Diana com uma recusa e ela era tímida e amável demais para contrariar sua mãe. Kate lançou um olhar suplicante e desesperado para Thorne. Ele devia entender o que estava acontecendo, mas ao contrário dos outros envolvidos, ele não era o tipo de pessoa que deixaria a etiqueta impedi-lo de fazer o que precisava ser feito.

Levantando, ele ergueu a voz e chamou o violinista.

"Nada de dança. Não hoje."

A música teve uma morte rápida e lamuriosa. Por todo salão, os convidados murmuraram seu descontentamento. Mais uma vez, Thorne destruía, sozinho, o espírito da festa. Somente Kate sabia a verdadeira razão, e não era grosseria, tampouco falta de compreensão. Muito pelo contrário. Havia bondade. Bondade verdadeira, borbulhando no âmago daquele homem. Mas ele não possuía modos ou charme para controlar essa qualidade. Ela apenas entrava em erupção periodicamente, à forma de um vulcão, assustando quem por acaso estivesse por perto. Fossem vizinhos que ele não deixava dançar ou solteironas de olhos lacrimosos que ele beijava nos campos de urze. Thorne lembrava da cor das fitas em seu cabelo no primeiro dia em que se viram. E não notou a essência de sua natureza esse tempo todo.

"É claro que não podemos dançar", disse Diana, restaurando a paz com um sorriso. "Como pudemos pensar nisso, quando ainda não fizemos um brinde ao feliz casal?"

"*É verdade!*", alguém gritou. "Tem que haver um brinde."

"Eu vou dizer alguma coisa. Sou o anfitrião." Fosbury ergueu um copo onde estava, atrás do bar. "Acredito que não estarei falando nenhuma impropriedade se disser que esse noivado chegou como uma surpresa para todos em Spindle Cove."

Kate espiou Lorde Drewe, preocupada que ele suspeitasse de que algo estava errado.

"Durante um ano", continuou Fosbury, "nós assistimos a esses dois se oporem em todas as discussões. Eu acreditava, com muitas razões para tanto, que a Srta. Taylor havia diagnosticado que o Cabo Thorne tinha uma pedra no lugar do coração e rochas na cabeça."

Uma onda de risos ondulou pela multidão.

"E considerando essas enfermidades", disse o taverneiro, estendendo seu copo na direção de Thorne, "quem iria pensar que o cabo pudesse fazer uma escolha tão sábia?" Ele sorriu para Kate. "Todos nós temos um imenso carinho por você, minha querida. Acredito estar falando por toda a milícia quando digo que não deixaríamos você ficar com ninguém que valesse menos. Ou que não tivesse a capacidade de nos mandar para a corte marcial."

"Muito bem!"

Todos riram e beberam, e o afeto coletivo no salão formou um nó na garganta de Kate. Mas foi outra emoção que fez seu peito doer. Fosbury tinha razão. Ao longo do ano passado ela maltratou Thorne exaustivamente, na cara dele e também pelas costas, quando ele não fez nada mais do que a ignorar. Depois dessa noite, ela desconfiava que toda essa desatenção tinha sido uma tentativa desajeitada de cavalheirismo. Lá estava ela, rodeada por amigos – e possivelmente também parentes – que acreditavam que ela estava apaixonada por aquele homem. E pensando em casar com ele. Mas na verdade, ela sabia que o tinha maltratado. Ele lhe disse que não tinha sentimentos para serem magoados, mas ninguém pode ser completamente sem emoção. E se por baixo da falta de delicadeza de Thorne houvesse bondade... Que tipo de coração estaria escondido debaixo de todas aquelas negativas convictas?

Ela o observou naquele momento: braços cruzados, rosto duro, o olhar frio como gelo. Ele era uma armadura viva. Se ela prestasse bastante atenção, talvez conseguisse ouvir rangidos enquanto ele andava. Thorne não iria contar, de bom grado, seus segredos. Se ela quisesse saber o que havia, de verdade, dentro daquele homem, teria que abri-lo para descobrir. Parecia uma proposta perigosa, que faria uma jovem inteligente e sensível – uma "Kate" – virar e sair correndo para o outro lado. Mas ela não era uma "Kate" para ele. Ele a tinha chamado de Katie. E Katie era uma garota corajosa, mesmo frente a seus medos. *Seja corajosa, minha Katie.* Sim, ela precisaria ser.

Capítulo Dez

"Eu devo dizer que é uma verdadeira decepção. Ele não tem virilidade."

"O quê?", perguntou Kate, rindo.

Quando elas chegaram ao lugar do piquenique, Harry colocou as mãos nos quadris, cerrou os dentes ao redor de um charuto e observou a imensa encosta verde que se elevava depois do pasto.

"Nada de virilidade." Ela exalou uma baforada de fumaça. "E eu aqui com tantas esperanças, considerando que ele é conhecido como 'O Homem Longo'."

Kate trocou olhares divertidos com Lark. As duas se viraram para olhar o contorno gigantesco de um homem esculpido na colina calcária. A figura antiga dominava toda a encosta, destacando-se em linhas brancas contra o verde da vegetação.

"Ames e eu fomos ver a Cerne Abbas, em Dorset", continuou Harry. "O gigante retratado na colina deles é magnificamente pagão. Seu rosto está transfigurado em uma careta horrorosa, e ele brande um porrete enorme com a mão. Para não falar da ereção monumental que ele ostenta."

Lorde Drewe franziu o rosto.

"Francamente, Harriet. Chega de discursar sobre ereções. Eu nem sei por que você e Ames dão importância a isso."

Harry olhou enviesado para o irmão.

"Trata-se de apreciação artística." Ela apontou para a figura antiga na encosta. "Este aqui é só um contorno. Sem nenhuma expressão facial. Bem rígido e inexpressivo, não acha? E confinado, trancado entre aquelas duas linhas."

"Acho que são bastões", sugeriu Kate. "Então isso pode servir de consolo. Ele não está com a mesma ereção monumental do outro, mas tem *dois* bastões impressionantes."

Harry tirou o charuto da boca e olhou chocada para ela.

"Ora, Srta. Kate *Taylor.*"

Kate viveu um momento de pura angústia. O que ela estava pensando, se soltando assim e falando tão grosseiramente? Os Gramercy eram aristocratas. Na melhor das hipóteses, ela era a parente pobre deles, e, na pior, uma completa estranha. Só porque Harry podia fazer comentários escandalosos, isso não significava que ela também podia.

Harry se virou para o irmão.

"Gostei dela. Ela pode ficar."

"Ela *vai* ficar, goste você dela ou não."

"Acho que você tem razão", disse Harry. "Se bom humor fosse uma exigência para fazer parte desta família, Bennett deveria ter sido exilado anos atrás, permanentemente."

Kate suspirou de alívio. Ela não conseguia deixar de se assombrar com a possibilidade de ser parte daquilo. Aquela seleção maluca, insensata, excêntrica e criativa de indivíduos. Eles *gostavam* dela. Agora, se pelo menos Thorne participasse... A figura pagã esculpida na colina distante participava mais ativamente da conversa do que ele. Ele havia se separado do grupo com a desculpa de levar Xugo para brincar na urze. Olhando com mais atenção, Kate achou que ele estava fazendo algum tipo de exercício de treinamento com o cachorro. Contudo, ela não conseguiu entender o que ele queria que Xugo fizesse, porque ela se distraía facilmente com as coxas dele quando Thorne se abaixava para elogiar ou corrigir o filhote.

Não era somente a forma física dele que chamava a atenção de Kate. O caráter de Thorne também era sólido. Ela sempre o considerou severo e imutável, mas desde a festa de noivado, Kate começou a reparar nas outras qualidades que o silêncio dele mascarava. Thorne era paciente, confiante, inabalável. Essas características não chamavam atenção, elas apenas, silenciosamente... existiam e aguardavam ser descobertas. Kate transformou aquilo em seu passatempo nos últimos dias. Reparar... E quanto mais ela reparava, mais ansiava para descobrir.

"Bem, essa é uma vista encantadora para um piquenique", disse a Tia Sagui juntando-se a eles. "Eu gosto de apreciar um homem bem esculpido."

"Ele é chamado de 'O Homem Longo de Wilmington', Tia Sagui." Lark escrevia em seu diário.

"Que estranho. Eu estava com a impressão de que o nome dele era Cabo Thorne." Tia Sagui se aproximou e pôs a mão no bolso de Kate. "Minha querida, agarre esse homem. Bem apertado, e com os quatro membros."

Kate ficou corada.

"Não sei o que a senhora quer dizer."

"Sabe sim, claro que sabe. Nosso gosto é parecido."

A velha senhora retirou a mão, deixando o bolso de Kate estranhamente pesado. Cheio de balas apimentadas, ela imaginou.

"Lembre-se do que eu lhe falei", sussurrou a Tia Sagui. "Forte! A princípio parece que você não vai aguentar, mas com um pouco de esforço, você chega na doçura."

Kate teve que rir.

"Estou começando a adorar você, Tia Sagui. Mesmo se não for realmente minha tia."

Ao longo dos últimos dias, Kate começou a entender os parentescos da família Gramercy. Ela sabia que Harry tinha feito uma piada, na primeira noite, mas ela fez, em segredo, um gráfico. Tia Sagui era irmã da mãe de Evan, e foi viver com a família quando o pai deles ficou doente. Portanto, a velha senhora não era uma Gramercy e não tinha nenhuma relação de sangue com Kate. Mas esse fato parecia não diminuir a vontade com que Tia Sagui se esforçava para acolhê-la com carinho, bom humor e muitas balas apimentadas.

Todos os Gramercy tinham se adaptado bem à vida em Spindle Cove. Drewe havia destacado, acertadamente, que a vila era um refúgio para mulheres não convencionais, e Harry, Lark e Tia Sagui, com certeza, atendiam a essa especificação. Elas se divertiam ao participar das atividades regulares com as outras mulheres: caminhadas no campo, banhos de mar, a preparação do festival. Mas naquele dia a família decidiu sair do programa – não apenas para satisfazer a curiosidade de Harry quanto ao 'Homem Longo', mas para que ficassem algum tempo só entre eles. Na vila eles mantinham a possibilidade de parentesco com Kate em segredo, mas ali podiam conversar à vontade.

Kate se aproximou, hesitante, de Lorde Drewe. Como sempre, sua presença aristocrática e seu puro esplendor masculino a intimidavam. Só as luvas dele bastavam para deixá-la encantada. Eram umas peças sem costura, de uma perfeição cor de caramelo, que protegiam mãos hábeis e elegantes.

"Alguma novidade de seus administradores?" Ela tentou sondá-lo, mas já sabia por Sally que ele havia recebido várias cartas expressas desde que chegou a Spindle Cove.

"Nenhuma informação de valor em Margate", ele disse, pesaroso. "Nenhuma informação mesmo."

Kate desejava apenas poder dizer que não se surpreendia.

"Mas agora estão investigando a área ao redor de Ambervale, à procura de empregados do tempo em que Simon morou lá. Talvez um deles possa se lembrar de Elinor e do bebê."

"Parece que é uma possibilidade." Ainda que tênue.

Os dedos enluvados de Drewe tocaram o cotovelo de Kate, chamando sua atenção para o rosto dele.

"Eu sei que é difícil suportar essa incerteza. Para todos nós. Lark, em especial, está ficando muito afeiçoada a você. Mas acredito que hoje devemos simplesmente aproveitar o passeio."

"Sim, é claro."

Na planície gramada, dois criados uniformizados estavam trabalhando para erguer uma tenda com bandeirolas vermelhas que enfeitavam alegremente o céu azul. Kate começava a perceber que os Gramercy não faziam nada sem um certo grau de pompa. Das carruagens, os criados descarregaram dois balaios grandes, cheios de uma variedade de pratos salgados e bolos recém-assados, providenciados pela Touro e Flor. Aquilo podia ser um piquenique, mas não tinha nada de rústico. Enquanto ela e Lark ajudavam a desembalar e servir uma travessa de tortinhas de geleia, Kate percebeu que havia uma questão que seus gráficos não ajudaram a esclarecer.

"Quem é esse Ames de quem Harry está sempre falando? Outro primo? Amigo da família?"

"Não", respondeu Harriet ao ouvi-las. "Não é primo e certamente não é nenhum tipo de amigo."

"Ora, Harry", disse Lark. "Só porque vocês tiveram um pequeno desentendimento..."

"Um *pequeno* desentendimento?" Tia Sagui zombou. "Estava mais para uma encenação sem água da Batalha de Trafalgar, com xícaras e pires disparados no lugar das balas de canhão."

"Ames deveria ter interpretado Lorde Nelson", respondeu Harry. "Porque ela está morta para mim desde então."

"*Ela?*" Kate tinha imaginado um homem.

Lark suspirou e a puxou de lado.

"Quando eu e minhas irmãs éramos mais novas, a Srta. Ames foi contratada como nossa acompanhante. E agora... agora ela é simplesmente a companheira de Harriet. Companheira de vida."

"Oh", fez Kate. E então, mais lentamente, quando entendeu o significado das palavras: "*Oh!*"

"Eu sei que não é muito comum. Mas nada é nesta família. Você está muito escandalizada?"

"Não, não... muito." Embora aquela revelação a fizesse pensar sobre algumas coisas. "Mas e quanto a todos os noivados? Os duelos que Lorde Drewe travou?"

"Harry se esforçou de verdade durante sua temporada, e ela adorava o dramalhão dos pretendentes competindo por sua atenção. Mas ela nunca conseguiu ir até o fim com o casamento", explicou Lark. "O coração dela sempre foi da Srta. Ames. Não deixe que a rabugice dela engane você. Elas se amam. Tiveram um rompimento, mas as duas sempre acabam fazendo as pazes."

"Eu ouvi isso", disse Harry. "E você está errada, Lark. Dessa vez nós terminamos. Se fôssemos companheiras de verdade, como você diz, ela teria me permitido acompanhá-la a Herefordshire."

Lark inclinou a cabeça.

"Oh, Harry. Você sabe que a família da Srta. Ames não é nem de perto tão compreensiva quanto a nossa."

Poucas famílias deviam ser, imaginou Kate.

"Eu sei disso muito bem. Eles são horríveis com ela." Harry chutou um dos postes da tenda com o bico quadrado de sua bota. "Sempre foram, ou ela não teria precisado trabalhar como acompanhante. Se ela me deixasse ir junto, eu poderia protegê-la."

"Tenho certeza de que ela sente muito a sua falta", disse Lark.

Harry olhou para o horizonte e soltou um suspiro.

"Vou passear. Talvez a virilidade do 'Homem Longo' seja constrangedoramente pequena, e apenas visível durante uma inspeção mais próxima."

Enquanto Harry começava a cruzar o pasto, suas pernas se movimentando livremente graças à saia dividida, Kate a observou com uma pontada de tristeza. Era óbvio que estar separada de quem ela amava a fazia sofrer. E o que angustiava Harry também afligia Kate, que estava sinceramente começando a gostar daquelas pessoas. Perdê-los agora acabaria com ela.

Como se soubesse que o ânimo de Kate precisava de uma força, Xugo veio em disparada pela campina e atacou a saia de Kate com suas patas enlameadas, cheirando todos os refrescos e sufocando-a com beijos deliciosamente frios e úmidos. Thorne chegou logo depois, mas não ofereceu patas nem beijos. Uma decepção e tanto.

Tia Sagui bateu no ombro de Kate e apontou em uma direção.

"Ali adiante tem uma igreja pitoresca. Reparei nela quando chegamos, mas não consegui ver o nome. Você pode satisfazer minha curiosidade, Kate? Cabo Thorne", acrescentou ela, "por gentileza, acompanhe-a."

Kate sorriu e se levantou, feliz por ter uma desculpa para caminhar com ele. Ela pôs algumas tortinhas de carne no bolso, para Xugo, e os três saíram andando pelo campo na direção da igreja. Uma vez que estava longe o bastante, Kate disse, com delicadeza:

"Você poderia tentar ser mais sociável, sabe."

Ele emitiu um som rude.

"Eu nunca sou sociável."

Verdade, ela pensou.

"Por que você detesta tanto os Gramercy?"

"Estou tomando conta de você." Ele olhou por sobre o ombro para o grupo junto à tenda. "Tem algo de errado nessa gente."

"Eles são diferentes, concordo com você. Mas é apenas excentricidade. É o que os torna tão divertidos, interessantes e cativantes. É o que me dá esperança de que eles possam me aceitar e amar. Eles dão mais valor aos laços de família do que a escândalos, discórdias, convenções. Só porque são um pouco extravagantes, não vejo motivo para suspeitas."

"Eu vejo. Não acredito neles nem na história que contaram."

"Por que não?", disse ela, magoada. Quanto mais agitada ficava, mais rápido ela caminhava. Àquela altura, já iam bem depressa na direção da igreja, e Xugo teve que correr para alcançá-los. "Você acredita que eu não tenho jeito de ser parente de lordes e damas?"

Ele parou, se virou e a encarou com um olhar intenso.

"Se eu não tivesse passado esse último ano pensando em você como uma dama, prometo que as coisas seriam diferentes entre nós."

O rosto dela ficou quente. Outras partes dela também esquentaram. Fazia dias que ela não ficava assim tão perto dele, e agora... Ele era tão lindo que doía. Para um homem com tão pouca elegância e nenhum trato social, ela via que Thorne estava sempre com a roupa imaculada, fosse o uniforme completo ou o que estava vestindo naquele dia – calça bem cortada e passada, e um casaco escuro simples que ficava bem alinhado sobre seus ombros largos. Nada era exagerado, apenas correto. Era como se o tecido não ousasse amarrotar na presença dele. Nenhum botão teria coragem de sair de formação. Seus sapatos tinham um brilho que poderia cegar. E o rosto dele... Fazia quase uma semana que Thorne a havia levado de Hastings para casa, e sempre que olhava para ele, achava que seu rosto tinha um grau inexplicável, insuportável, de beleza.

"Você precisa tornar isso tão difícil?", perguntou Kate. "Você deve saber que estou muito nervosa por causa dos Gramercy. Eles têm sido gentis. Eu quero ser franca e honesta, mas tenho medo de deixar minha esperança voar muito alto. Não sei qual é meu lugar no meio deles, e isso já é bem difícil sem me sentir confusa a seu respeito, também. Estou sendo puxada em direções demais."

"Eu não estou puxando você para lugar nenhum. Só estou ficando perto para cuidar de você, sem interferir."

"É claro que está interferindo. Você interfere com a minha respiração, seu homem provocador. Não posso simplesmente ignorar você, Thorne. Nunca fui capaz de ignorá-lo, nem mesmo quando não gostava de você. Agora sou um boneco cujas cordas você controla, que balança toda vez que você se mexe ou fala. Um minuto você não está me dando a mínima atenção, e no outro... você fica me encarando como está fazendo agora. Como se fosse um animal faminto, voraz, e eu..."

Ele apertou o maxilar.

Kate engoliu em seco e concluiu, sussurrando:

"E eu fosse o seu maior desejo."

Ele exalou de forma prolongada e medida. Uma demonstração impressionante de autocontrole.

"Bem?", ela disse. "Você não pode negar. Existe algo entre nós."

"Não existe muita coisa *entre* nós, e esse é o perigo. Você não tem um vestido comportado em seu guarda-roupa? Pelo amor de Deus, olhe só esse vestido!"

Kate olhou para baixo. Ela vestiu seu melhor traje de passeio para o passeio com os Gramercy – um vestido de seda cinzento, de segunda mão, que ganhou de presente. Os tons eram bem comportados, e as mangas longas demais para o verão. Mas pela direção do olhar de Thorne, Kate imaginou que ele havia se interessado pela fileira de laços que descia pela frente do seu corpete e unia duas partes de seda cinza por cima de um corte estreito de renda branca. Tudo aquilo fazia parte do desenho do vestido, é claro, mas o traje era inteligentemente costurado para criar a ilusão de que apenas alguns laços estavam entre a decência e um estado de nudez.

"Você parece um presente", disse ele, com a voz áspera. "Toda embrulhada para outra pessoa. Um homem não consegue olhar para você sem pensar em soltar esses laços, um por um."

"São laços falsos", ela gaguejou. "Eles são costurados."

O olhar dele não saiu do corpete. Examinando, imaginando.

"Eu poderia rasgar todos com meus dentes."

E depois o quê? Uma parte tonta dela desejou perguntar. Eles ficaram parados assim, um encarando o outro sem dizer nada. A respiração pesada, imaginando demais. Até que Xugo começou a focinhar os sapatos deles, impaciente para continuar. Eles não podiam ficar ali parados, o dia todo olhando um para o outro. Não importava o quanto excitante era aquilo.

"É só uma coisa física", disse ele, continuando a andar. "Vai passar. Você logo vai poder me dispensar."

Teria sido reconfortante acreditar naquilo, mas Kate não ficou convencida.

"Eu preciso saber uma coisa de você", disse ela quando se aproximaram da igreja. "Lark está sempre me fazendo perguntas sobre você. Sobre nós. E não sei como responder. Para começar, quando é seu aniversário?"

"Não sei."

Kate sentiu uma pontada de tristeza por ele, mas ela tinha sobrevivido sem um aniversário de verdade por 23 anos.

"Qual é sua cor favorita?"

Ele olhou de soslaio para o vestido dela.

"Cinza."

"Fale sério, por favor. Sou sua noiva, ainda que temporariamente, e não sei nada de você. Nada da sua família, da sua história, da sua infância..." E depois da festa de noivado, Kate percebeu que ele estava prestando bastante atenção nela.

"Não há nada para contar."

"Não pode ser verdade. Eu fui criada em uma escola para garotas miseráveis, e mesmo eu tenho histórias divertidas de quando era criança. Certo dia, quando era minha vez de ajudar na cozinha, eu decidi ser criativa com os temperos da sopa do nosso jantar. Sem querer, eu virei o vidro inteiro de pimenta no caldo, e fiquei com muito medo de assumir o erro. E então chegou a hora do jantar, e eu também não consegui falar nada. Nunca vou esquecer da imagem dos meus colegas e das minhas professoras tomando aquela primeira colherada de sopa..."

Ela começou a rir.

"Ah, aquilo me causou tantos problemas. Todo mundo foi para a cama com fome, é claro. Fizeram com que eu ficasse dias copiando os Provérbios."

Ela ficou esperando que ele desenterrasse alguma história semelhante de tolice infantil. Todo mundo deve ter pelo menos uma. *Todo mundo.* Mas ela esperou em vão. Antes que Kate pudesse lhe fazer outra pergunta, Xugo repentinamente ficou atento. Suas orelhinhas engraçadas ficaram em pé, apontando para o céu como dois campanários gêmeos. Então elas baixaram e ele disparou como um relâmpago, correndo na direção da igreja.

"Xugo, espere", ela chamou, e se apressou atrás do filhote.

Thorne a acompanhou com passos largos e tranquilos.

"Não o chame de volta. Ele viu uma lebre ou ratazana, provavelmente. Perseguir é o que ele foi criado para fazer."

O cachorro correu para o pequeno átrio entre os edifícios principais. Ficou claro que a presa escapou através de um pequeno buraco no pé do muro de pedra. Xugo se esgueirou pela fenda e desapareceu de vista.

"Droga", disse Kate, sem fôlego. "Vamos ter que dar a volta."

"Por aqui."

Eles rapidamente rodearam a circunferência do pequeno cemitério, até chegarem a um portão de ferro fundido. Thorne o abriu e ela o atravessou correndo, entrando na confusão que era o átrio de paredes altas. Lápides e estátuas sujas e desgastadas, inclinadas em vários ângulos, parecendo fileiras de dentes tortos e podres.

"Xugo! Xugo, onde você está?" Kate começou a percorrer uma fileira de lápides, abaixando-se e vasculhando o chão irregular. Lembrando da torta de carne no bolso, ela a pegou e estendeu, como isca. "Aqui, querido. Eu tenho um belo prêmio para você."

Thorne contornou a laje de um sepulcro acima do solo, e parou no centro do átrio. Então, ele assobiou. Depois de um curto instante, Xugo surgiu correndo de trás de uma lápide caída.

"Graças a Deus. Ele pegou alguma coisa?" Kate estava quase com medo de olhar.

"Não. Mas tudo bem. Da próxima vez ele vai correr mais rápido."

Havia orgulho de verdade na voz dele. E afeição verdadeira no modo como ele coçou o dorso e as orelhas do cachorro. Ele *devia* gostar de Xugo, apesar de todas as suas negativas. Thorne era muito mais complexo do que permitia que os outros vissem. Naquele instante eles estavam escondidos dos Gramercy, das fofocas de Spindle Cove... do resto do mundo real. Aquela podia ser a única oportunidade que Kate teria.

"Conte alguma coisa", pediu Kate. "A profissão do seu pai, ou os nomes dos seus irmãos. A casa em que você foi criado. Um amigo, seu brinquedo favorito. Qualquer coisa."

O rosto dele endureceu enquanto ele se erguia.

"Pelo amor de Deus, Thorne. Você tem ideia de que eu nem sei qual é seu nome de batismo? Tenho vasculhado meu cérebro tentando me lembrar. Com certeza alguém na vila já o falou, pelo menos uma vez.

Deve ter aparecido no livro-caixa da loja da Sally, talvez. Ou Lorde Rycliff provavelmente já o mencionou. Talvez na igreja. Mas quanto mais eu penso nisso, mais certeza eu tenho... de que ninguém em Spindle Cove sabe. "

"Não é importante."

"Claro que é!" Ela agarrou a manga dele. "*Você* é importante. E precisa deixar alguém se aproximar."

Os olhos de Thorne penetraram os de Kate. A voz dele virou um rosnado baixo.

"Pare de me pressionar."

Quando um homem forte, imprevisível, se agiganta sobre uma garota e a encara daquele jeito, todos os instintos dela são de recuar. Ele sabia disso e estava usando seu físico para intimidá-la.

"Não vou desistir", disse ela. "Não até você me contar alguma coisa."

"Tudo bem." Ele falou com uma voz distante, totalmente destituída de emoção, como se estivesse relacionando ordens em um exercício ou fazendo uma lista de compras. "Eu nunca conheci meu pai. Nunca quis. Ele engravidou minha mãe quando ela era muito nova, fora do casamento, e então nos abandonou. Ela virou prostituta, conseguiu um lugar em um cabaré. Eu podia dormir no sótão, desde que trabalhasse para ganhar meu sustento e ficasse fora da vista dos clientes. Eu nunca fui à escola. Nunca aprendi uma profissão. Minha mãe passou a gostar em demasia de gin e a odiar demais a minha cara com o passar dos anos, porque quanto mais eu crescia mais parecia fisicamente com meu pai. Ela nunca perdeu uma oportunidade de dizer que eu era inútil, idiota, feio ou essas três coisas juntas. Se ela tivesse alguma coisa dura na mão, aproveitava para me espancar. Eu fugi quando tive chance, e nunca mais olhei para trás."

Kate não conseguiu responder. Ela não teve palavras.

"Pronto", ele disse, pegando a torta de carne esquecida na mão dela e a jogando para o cachorro, que esperava ansioso. "Uma história encantadora para o café da manhã."

O silêncio de Kate debochava dela mesma. Ela tinha pedido a verdade. Ela o pressionou pela informação, e agora permitia que ele a afastasse. Kate quis que sua língua funcionasse. *Diga algo agradável. Qualquer coisa.*

"Eu..." Ela engoliu em seco. "Eu acho você insuportavelmente bonito."

Ele olhou fixamente para ela.

"Srta. Taylor..."

"Eu acho. Você é insuportavelmente, dolorosamente bonito. Eu nem sempre pensei assim..." As palavras escapavam de seus lábios, sem que ela pensasse. "Mas desde que voltamos de Hastings... é até difícil para mim olhar para você. Isso não deve ser uma surpresa. Você deve ter consciência de como as mulheres se sentem atraídas por você."

Ele fez um som de deboche.

"Não é pela minha bela aparência."

Kate ficou em silêncio, repentinamente ciente de todos os outros atrativos de Thorne. Seu corpo poderoso, o ar de comando, o intenso instinto protetor. Talentos esses que deviam alimentar os "contos" que Sally Bright mencionou na loja *Tem de Tudo*.

"Tenho certeza de que você atrai as mulheres por uma série de razões", disse ela. "Mas eu só posso falar por mim mesma. E eu acho você insuportavelmente bonito."

"Por que está dizendo isso?" Ele franziu o rosto. "Não preciso de seus elogios."

"Talvez não precise mesmo."

Mas eu acho que precisa. Ela podia não ser capaz de compreender os horrores que ele enfrentou no campo de batalha, mas Kate sabia o que era ser uma criança indesejada. Ela compreendia a sensação de ser considerada inútil e feia pela pessoa que devia cuidar dela. Sabia como cada observação cruel atua na autoestima de uma criança ao longo de semanas, meses, anos. Machucados somem da pele, mas insultos agem como berne, penetrando na alma da pessoa. Kate sabia que eram necessárias dúzias de gentilezas para neutralizar uma ofensa, e mesmo assim... ela havia se acostumado a evitar elogios, mesmo depois de adulta, considerando-os fruto de pena ou falsidade. Como poderiam ser verdadeiros? As palavras horríveis continuavam lá, nas profundezas dela, e duravam mais que tudo. Elas eram os ossos daquele átrio. Não importava quanta terra fosse jogada por cima deles, quantas flores fossem plantadas sobre as sepulturas, eles ainda estariam lá. Aquelas palavras de ódio eram resistentes, tinham raízes. Ela *sabia*... E Kate não podia ver Thorne sofrendo sem fazer nada para neutralizar sua dor.

"Eu acho você insuportavelmente bonito", disse ela. "Eu sei que você é modesto e reservado e não precisa ouvir isso. Mas eu preciso dizer. Então, aí está."

Ela tocou a face dele com a ponta de seus dedos. Ele recuou e seu pomo-de-adão subiu e desceu.

"Pare com isso", disse ele.

Faça-me parar... Divertindo-se com a emoção da desobediência, ela segurou o rosto dele com as duas mãos, deixando a ponta de seus dedos tocarem levemente a franja escura do cabelo dele. As lascas de gelo dos seus olhos fizeram um arrepio descer pela coluna dela. Então Kate deixou seu olhar descer em direção aos lábios dele, imaginando como aquela boca sempre dura e cruel podia se transformar em algo tão passional e quente quando os dois se beijavam. Ela acariciou a faces dele com o polegar, onde poderia surgir uma covinha, caso um dia ele pudesse ser persuadido a sorrir. Ela queria muito ver Thorne sorrir. Kate queria fazer com que ele risse, demorada e ruidosamente.

"Você é lindo", disse ela.

"Você é louca."

"Se estou falando loucuras a culpa é toda sua. Esse ângulo do seu maxilar...", ela passou a ponta do dedo nele, "embaralha meus pensamentos. E seus olhos... existe um enigma neles que eu quero resolver."

"Não tente. Você não me conhece." A voz dele era dura, mas seu olhar tinha fome, uma fome nua e escancarada.

Sim. Houve um surto de triunfo em suas veias. Ela estava conseguindo algo.

"Eu sei que salvou a minha vida de um melão", ela sorriu. "Já é um começo. E quando você olha para mim, do jeito que está fazendo agora, eu mal me reconheço. Eu me sinto mulher, de uma forma que nunca senti antes. Mas eu também me sinto uma garotinha. Eu preciso me conter para não fazer coisas bobas, como girar o cabelo ou pular na ponta dos pés. Acho que isso é prova definitiva de que você é bonito, Thorne. Pelo menos para uma mulher."

E se ela tinha razão – se aquela pequena fagulha nos olhos dele era um desejo enterrado nas profundezas... Kate pensou que conseguiria viver sendo linda para apenas um homem.

Ele a pegou pela cintura e a trouxe para perto. Kate perdeu o ar com a rapidez e força do movimento. Ela suspeitou que era exatamente aquilo o que ele queria: deixá-la assustada.

"Não tenho medo de você", disse ela.

"Mas deveria ter." Ele apertou a força na cintura dela. Com apenas três passos, Thorne a prendeu junto à parede mais próxima.

Uma cortina verde e luxuriante de samambaias e hera emoldurava o rosto e os cabelos de Kate.

"Você devia ter medo *disso*. Cada minuto que passamos juntos neste átrio aumenta seu risco de ser arruinada. Você poderia perder tudo o que mais quer."

Ela sabia que ele falava a verdade. A apenas algumas centenas de metros estavam quatro pessoas que lhe ofereceram a ligação afetiva e a família com que ela cresceu sonhando e esperava encontrar. Os Gramercy representavam o desejo de seu coração. E mesmo assim ela estava ali, com ele. Com quem compartilhava um abraço altamente impróprio em um solo sagrado, com apenas os mortos como acompanhantes. Será que ela havia perdido a cabeça? Talvez... Ou talvez ela tivesse encontrado outro desejo em seu coração. Havia limite para isso? Uma garota não podia ter mais de um? Os Gramercy fizeram com que ela se sentisse aceita. Mas Thorne a fazia se sentir *desejada*. Necessária. Em sua adolescência ela não teria como saber que havia desejo para aquilo.

"O que você fez comigo?", murmurou ela.

"Nem uma fração do que eu realmente gostaria de fazer."

Ela sorriu. Lá estava novamente, uma mostra daquele humor ácido que a deixava desarmada. Ah, ela estava tão encrencada. Conseguir afeto daquele homem seria como extrair mel de uma pedra. Mas ele a trouxe para tão perto que Kate não conseguiu resistir à tentação de querer mais. *Não se esconda de mim*, ela desejou. *Não recue.*

"Lindo", ela sussurrou, trabalhando a pedra com marreta e talhadeira, desbastando o melhor que podia. "Bonito. Atraente. Impressionante. Nobre. Causador de desmaios. Lin..."

O beijo dele a tornou uma mentirosa. Kate disse corajosamente que não tinha medo dele – mas isso foi antes que os lábios dele descessem, dominadores, sobre os seus. Antes que a língua dele invadisse sua boca, explorando, acariciando, exigindo. Atiçando emoções que ela não sabia como controlar. Um rugido baixo surgiu no peito dele. Thorne se moveu para frente, pressionando seu corpo duro, másculo, contra o dela, e juntos eles se esconderam na hera que cobria a parede. Para os sentidos de Kate o ambiente era escuro e verdejante. Gavinhas pequenas a agarraram, arranhando sua pele como pequenas unhas. Isso a fez se sentir selvagem e parte de algo maior que ela mesma, algo natural, elementar e velho como o tempo.

Enquanto se beijavam, as mãos fortes de Thorne passeavam por seu corpo, definindo suas formas e a reclamando para si de um modo que devia ser errado, mas parecia tão certo.

Kate imaginou: se fosse uma mulher mais experiente, onde ela o estaria tocando? Passando os braços pela cintura dele, talvez? Ela podia colocar a mão por dentro do casaco, para sentir os contornos esculpidos de seu peito? Ela não era tão ousada... Então, Kate levou sua mão ao maxilar dele, robusto e áspero com a barba por fazer. Ela deslizou a mão pela base forte que seu pescoço formava, deixando os dedos roçarem o cabelo curto na nuca. Ela o acariciou ali suavemente. Com afeto. Porque todo mundo merecia um pouco de afeto. A própria Kate estava faminta por um pouco disso. Mas o que ele lhe deu foi algo mais primitivo. Thorne agarrou sua coxa e gemeu durante o beijo, enquanto a segurava, apertado, contra seu corpo. A emoção da força foi imediata e a percorreu toda, ramificando-se em cada membro e eletrificando seus sentidos enquanto ele saqueava sua boca. Ele praguejou baixo enquanto seus lábios deslizavam para o pescoço de Kate, como se a beijasse contra sua vontade, contra toda moral e todo bom senso. A grosseria a excitou. Ela ficou empolgada em saber que ali, naquele espaço pequeno e fechado, Kate havia conseguido derrubar as barreiras dele. Thorne tinha perdido toda noção de dever e todos os limites, e ela era a responsável por isso.

E então... Então tinha o que ele estava fazendo com *ela*. Os beijos de Thorne percorriam o lado esquerdo do seu pescoço, e a mão direita dele trabalhava da cintura para cima. Lábios e mãos pareciam destinados a se encontrar em um lugar específico. Aquela região avermelhada, redonda, que endurecia e se projetava contra a roupa dela, apresentando-se como um alvo impaciente. *Eu tenho que interromper isso.* Ela viu a ideia passar por sua cabeça. Ela veio e foi, e Kate não fez nada a respeito. Quando a mão dele tocou seu seio por cima do tecido, Kate quase desmaiou de prazer e alívio. Ele a apertou com firmeza, e então seu polegar encontrou o mamilo teso, que massageou de maneira deliciosa. O corpo dela palpitou com uma dor profunda e doce. Thorne beijou-a sobre o decote, e então empurrou o seio para o alto, aninhando-o em sua mão. *Aninhando.* Quem teria imaginado que aquele homem frio e impiedoso tinha a capacidade de aninhar?

"Katie." Ele gemeu. "Estou queimando por você."

Somente algumas palavras roucas, mas vindas de um homem tão taciturno, deviam equivaler a páginas de poesia. *Estou queimando por você.* Tão quentes, essas palavras. Tão perigosas. O efeito delas foi incendiário. O calor poderoso do desejo dele a transformou. Suas meias começaram a incomodar. Kate quis tirá-las. Entre as pernas, ela inchou e ficou dolorida. Seus seios desafiaram os limites do espartilho com cada inspiração febril, difícil. Eles cresciam, impacientes e palpitantes, pedindo mais da habilidosa atenção dele. Thorne enfiou o dedo por baixo do tecido do corpete e o empurrou para cima, afrouxando o vestido apenas o suficiente para deslizá-lo por um ombro. Com o polegar, ele baixou o decote, sem parar de beijar e chupar levemente o pescoço dela. Ele iria tocar o seio nu dela. Ela iria deixar. Aquilo aconteceria. Logo. *Por favor. Agora.*

Ele a beijou nos lábios, no momento em que seus dedos se curvaram dentro do corpete, agarrando o seio de Kate. Ela saboreou o gemido sensual e tenebroso dele. O prazer foi tão intenso que ela arqueou as costas, tirando-as do muro coberto por hera, projetando os quadris, sem pensar, contra ele. A barriga de Kate encontrou a elevação dura e pulsante da excitação de Thorne. *Minha nossa.* Alguém devia avisar Lady Harriet. Havia uma ereção monumental em Wilmington, afinal. Ele rugiu contra os lábios de Kate enquanto amassava e acariciava a carne dela, provocando seu mamilo com o dedo. Fazendo-o rolar sob seu toque, em uma perseguição sem fim. Kate pensou que tanto prazer a mataria.

"Eu tenho que..." Ele interrompeu o beijo, arfando. "Katie, eu tenho que saborear você. Eu tenho que saborear você."

"Tem", ela pediu. "Tem sim."

Ela colocou a mão entre os dois, tentando alcançar a fita no alto de seu corpete. Ela não mentiu para ele antes, os laços do vestido eram decorativos, costurados no tecido. Todos menos aquele... Kate observou Thorne arregalar os olhos enquanto ela pegava a ponta da fita e a puxava, desfazendo o laço. Foi como se ela tivesse lhe dado os presentes de Natal e aniversário de toda sua vida, tudo de uma vez. E qualquer preocupação que ela pudesse ter quanto a seus seios pequenos e mamilos escuros desapareceu em um instante quando ele puxou o tecido para baixo e a expôs ao ar frio e ao seu olhar ardente, faminto. Ela podia não ser perfeita, mas Thorne gostou do que viu. Pelo menos foi o que ela imaginou que significava quando ele murmurou:

"*Bom Deus misericordioso.*" Thorne balançou a cabeça, ainda encarando extasiado seu seio nu. "Isso não pode acontecer."

"Ah, pode. Está acontecendo." E ela esperava que ainda acontecesse mais.

"Eu não uso as mulheres. Nunca."

"Você não está me usando."

"E eu não tiro vantagem de garotas inocentes. Nunca."

Pelo amor de Deus. Ele não estava tirando vantagem dela, e Kate não era uma garota. Ajudaria se ela implorasse? Quanto mais ele demorava, mais teso ficava o mamilo dela. Estava pronta para ser devorada.

"Thorne." Ela se contorceu, pressionando seu seio na mão dele. "Eu preciso... de algo."

Ele olhou para seu rosto, encarando-a com intensidade.

"Eu sei exatamente do que você precisa."

O fogo na voz dele se espalhou pela pele de Kate.

"Então, por favor." Ela agarrou o casaco dele, puxando-o para mais perto. *"Por favor."*

Depois de uma longa hesitação, ele puxou a manga do vestido de Kate por cima de seu ombro e cobriu o seio.

"Você precisa mais do que apenas um momento de prazer", disse ele. "Você precisa de carinho e afeto. Ternura e amor."

Com movimentos atrapalhados, ele refez o laço com a fita, então se afastou.

"Você precisa de um homem diferente. Um homem melhor que eu."

Capítulo Onze

Não demorou muito depois que Thorne se afastou de Kate, o corpo doendo pelo desejo não consumado, quando Lady Lark Gramercy adentrou correndo no átrio. Thorne rapidamente se colocou atrás de uma rocha, que convenientemente lhe cobria até a cintura. Mas não havia como esconder sua respiração ofegante. Nem a de Katie.

"Oh, aí estão vocês", disse Lark, sorrindo. "Por um instante eu temi que vocês estivessem namorando. Eu detestaria qualquer coisa que pudesse fazer Evan querer um sexto duelo." A jovem riu. "Cinco é impressionante, mas seis...? Seis seria apenas previsível."

Katie – *Srta. Taylor*, ele se repreendeu mentalmente – tirou uma folha de hera do cabelo enquanto se afastava da parede. Suas faces e seu pescoço estavam corados.

"Nós tivemos que correr", disse ela. "O Xugo veio correndo para o átrio, por um buraco no muro, e nós o estamos procurando."

Maldição. Thorne passou os olhos pelas fileiras de sepulturas. O cachorrinho tinha sumido de novo. Que canalha era ele. Não apenas esteve perto de profanar a virtude da Srta. Taylor em um átrio, arruinando seu futuro de riqueza e conforto – como não deu atenção ao cachorro. Thorne passou a mão pelo cabelo, furioso consigo mesmo.

"Vá com Lady Lark", ele disse para Kate. "Eu vou encontrar o filhote."

De qualquer modo, ele precisava de alguns minutos para conseguir se recompor. Depois que as moças foram embora, ele assobiou. O cachorro veio correndo imediatamente. E então Thorne passou cerca de quinze minutos lendo as inscrições em todas as lápides do átrio, em um ritmo dolorosamente lento. Não fazia mal ele conhecer as pessoas para quem tinha dado aquele espetáculo indecente. Depois de quatro fileiras de moradores de Wilmington mortos, seu membro tinha se acalmado, e ele conseguia pensar com clareza de novo. Ao sair do átrio, com Xugo logo atrás, ele passou as duas mãos pelo cabelo. Que diabos ele estava fazendo? Ele não tinha decidido que não haveriam mais beijos? Ele sabia como resistir à tentação puramente física, mas a doçura dela... era uma força diferente de tudo o que ele tinha enfrentado. Se ele não tivesse escolhido aquele momento para parar... Se Lady Lark tivesse chegado alguns minutos antes... Katie – *Srta. Taylor* – teria sido pega com o seio pendurado para fora do vestido. Com ele se debruçando e babando sobre ela como um adolescente que via sua primeira teta.

Thorne tinha falado a sério. Ele não usava as mulheres. Crescer em um prostíbulo fez com que ele tivesse desprezo por qualquer homem que pagasse para ter prazer. E uma troca de dinheiro por sexo não era a única forma de usar uma mulher. Ele já tinha visto homens utilizando poder, privilégios, circunstâncias e violência física para conseguir o que queriam. Às vezes – muitas vezes – ele sentia vergonha de ser homem. Mas ele *era* um homem. Um igual aos outros, com desejos obscuros e necessidades básicas. Então ele arrumava amantes, mas somente quando sabia que o relacionamento seria mutuamente satisfatório, descomplicado e breve. Nada com a Srta. Taylor seria descomplicado. E breve...? Eles tinham uma ligação de décadas. Hoje ele se sentiu tentado a usá-la apesar de tudo. Ah, ela teria argumentado que estava disposta. Mas ele sabia o que Kate realmente queria da vida. E isso, com certeza, não incluía se apoiar em um muro de átrio e oferecer o seio para um condenado rude e ignorante. Se Thorne tivesse cedido às súplicas dela e ao seu próprio desejo, ele estaria apenas usando Katie. Para se sentir mais forte, mais poderoso. Mais humano...

Você é importante, disse ela. *E precisa deixar alguém se aproximar.* Quando se tratava das emoções dele, ninguém conseguia passar pelas robustas defesas que Thorne havia erguido. Ninguém, é bom dizer, até ela... Mas Kate tinha se aproximado dele muito antes de essas fortificações estarem terminadas. E embora ela não lembrasse do rosto nem do nome dele, Katie parecia lembrar do caminho através da rede de túneis. Ela se esquivava alegremente de suas barricadas, e ia encontrando um caminho até o fundo da alma de Thorne.

Onde todos os demônios se escondiam. Ele tinha que encontrar um modo de afastá-la, antes que ela se machucasse. Ele já tinha falado demais sobre o passado, e jamais poderia deixar que ela soubesse mais. Isso arruinaria a vida de Kate.

Quando a tenda de piquenique dos Gramercy apareceu, ele se deteve no meio da campina e olhou para aquela coisa ridícula. Parecia que aonde quer que essas pessoas fossem, elas construíam seu próprio reinozinho, e Thorne ficava sempre além de suas fronteiras. Xugo sentou junto a seus pés, esperando para seguir o caminho. Thorne jogou um pedaço de carne seca que trazia no bolso para o filhote, recompensando a paciência do animal. Fazia muito tempo que ele esperava por um cachorro daquele. Enquanto os nobres criavam galgos e outros cães de raça pura em suas luxuosas caçadas à raposa, o *lurcher* era o cão de caça do homem comum – uma mistura de raças desenvolvida especialmente para se conseguir velocidade, visão e inteligência. Um bom *lurcher* caçava coelhos e aves. E até mesmo raposas e cervos. Um cão como Xugo seria ótimo companheiro na selva americana. Ele foi desenvolvido para ser obediente, ágil e implacável na perseguição da presa.

E Kate se importava com o animal. Ela ficou aflita com a simples ideia de Xugo pegar uma ratazana. Ainda assim, ela dizia amar a criatura. Amava o quê? O nariz comprido demais, ou o pelo com manchas irregulares? A propensão do bichinho para roer as coisas dela? Quanto mais ele olhava para o cachorro, menos sentido fazia.

"Que diabos ela vê em você?"

"Oh, Xugo. O que nós vemos naquele homem?"

Quando Kate colocou o cachorrinho em sua cama naquela noite, encontrou um carrapicho no pelo da barriga dele, que tirou com cuidado.

"Você também gosta dele", disse ela para o cãozinho. "Não tente negar. Dá para ver que você gosta. Seus olhos ficam melosos quando ele lhe dá a menor migalha de carinho, e quando ele está por perto, você tem a tendência de ofegar."

Ela suspirou e aninhou o focinho em forma de cone do filhote em sua mão.

"Quer saber um segredo? Acho que eu tenho a mesma reação, que é tão óbvia quanto a sua."

Xugo bateu com as patas na capa de couro solta de um exemplar de *A Sabedoria da Sra. Worthington*.

"Vá em frente, pode destruir", ela o incitou. "Há mais centenas no lugar de onde esse veio."

Exemplares daquele livro de etiqueta insípido e danoso entulhavam a vila aos montes – e poucos restavam em qualquer outro lugar da Inglaterra. Como patrona original de Spindle Cove, Susanna Finch – agora Lady Rycliff – tornou sua principal missão a retirada de circulação de todas as cópias possíveis de A *Sabedoria da Sra. Worthington*. Xugo podia mastigá-las à vontade, uma após a outra. Porque naquele momento Kate não tinha interesse em ler sobre o comportamento adequado de uma dama. Ela se deixou cair no colchão e ficou olhando para o teto, cedendo à tentação de se lembrar daquele dia.

Seus mamilos cresceram sob a camisola. Com cada subida e descida da respiração, o tecido fino roçava neles e os tornavam mais duros. Kate queria as mãos de Thorne neles. Seus *lábios* neles. Seu corpo sobre o dela, pesado e forte. Ela queria aquele olhar de desejo nos olhos azul-claro dele, e o sabor doce de seu beijo. *Oh, Thorne.* Ela levou a mão até o vale entre os seios e acariciou, para cima e para baixo, arrastando a musselina com seu toque. Se pelo menos ele não tivesse sofrido um ataque de consciência naquele momento... Bem... ela tinha que ser honesta. Considerando o momento em que Lark apareceu, ela ficava feliz que Thorne tivesse parado naquele momento. Mas se ele estivesse ali com Kate, naquele momento, não precisaria parar.

Ela soltou um botão da camisola. Depois outro. Ela fechou os olhos e evocou o aroma terroso, verde, de musgo e samambaias, misturado ao cheiro masculino de couro e almíscar. Ela lembrou da barba dele raspando em sua palma. Kate deslizou a mão para dentro da camisola, tentando reviver a experiência através dos sentidos dele. Como será que ele a sentia? Macia, decidiu ela. Tão macia quanto cetim quente. Um pouco maleável, como massa de pão, pelo modo como estimulava os dedos a amassar e apertar. E a aréola... engraçada de tão enrugada. Uma roseta de seda enrugada. Ela rolou a ponta do dedo pelo mamilo, tentando recapturar a excitação e o prazer do toque dele. Imaginando sua boca e sua língua travessa e habilidosa. A sensação era boa. Muito boa. Mas nem de perto a mesma. Se havia uma coisa que Kate tinha aprendido ao longo de sua vida, é que não havia imaginação suficiente para fazer com que ela esquecesse que estava sozinha. Se ela quisesse recapturar aquela emoção intensa, proibida, Thorne teria que estar envolvido.

Ela suspirou e tirou a mão de dentro da camisola, dobrando o braço acima da cabeça. No instante seguinte, ela foi tomada por um ataque de cócegas. Xugo tinha encontrado algo interessante para focinhar e lamber no seu braço.

115

"Pare." Kate se contorceu de tanto rir. "Pare, seu diabinho."

O filhote enterrou o focinho frio na dobra do cotovelo, farejando algo. Ela teve que cobrir a boca com a mão para não rir alto. Era uma tortura do tipo mais doce e peluda. Depois que ela conseguiu se virar de lado e parar de rir, o cão pulou da cama e começou a correr em círculos, farejando o carpete. Kate rapidamente se sentou na cama. *Ah, não. Você não vai fazer isso.* Kate pulou da cama e enfiou os pés em um par de chinelos. Colocou um robe por cima da camisola, amarrando-o apressada.

"Espere um pouco, Xugo querido. Só espere mais um minutinho..."

Pegando o cachorro com uma mão e o castiçal com a outra, Kate abriu a porta de seu quarto com o ombro e deslizou discretamente pelo corredor. Já passava da meia-noite e ela não queria acordar ninguém. Depois de descer a escada, ela abriu uma fresta na porta da frente da pensão. O ar frio da noite atingiu seu pescoço. Ela colocou Xugo no chão e puxou o tecido para proteger mais a garganta.

"Vá em frente", ela fez um gesto com a mão. "Faça o que você tem que fazer e volte. Vou esperar aqui."

Enquanto Xugo corria pelo jardim da frente em busca de sua estaca preferida, uma luz chamou a atenção de Kate. Havia uma lamparina acesa no *Touro e Flor*. Estranho... Está certo que o *Touro e Flor* era uma taverna, mas aquela era uma vila do interior. Fosbury sempre fechava às nove ou dez horas da noite no máximo, pois o dia seguinte começava cedo para todos. Quem estaria bebendo àquela hora? Talvez um homem preocupado, com os mesmos pensamentos que a mantinham acordada, enquanto todas as outras mulheres dormiam. *Tinha* que ser o Thorne. E ela simplesmente tinha que ir vê-lo.

Kate arrumou o robe, amarrando-o da forma mais recatada possível. De qualquer modo estava escuro, ninguém conseguiria ver muita coisa. Ela apagou a vela e a deixou sobre a mesinha junto à entrada. Então ela fechou a porta atrás de si e saiu pelo jardim, chamando Xugo para perto com um breve assobio.

"Venha", ela o chamou. "Vamos sair para uma aventura."

Um arrepio percorreu sua coluna enquanto ela cruzava a praça escura e sombria da vila. Ter a companhia do cachorro era, de certo modo, reconfortante. Xugo podia ser apenas um filhote, mas ele poderia lamber um agressor até que este se rendesse, se fosse o caso.

Quando chegou à porta vermelha do *Touro e Flor*, Kate levou a mão à maçaneta e a testou. Estava destrancada. E vibrava. Kate segurou a respiração e apurou a audição. Ela escutou, dentro da taverna, acordes suaves de piano. Mas eles soavam como se viessem de muito longe. Os acordes fracos a remeteram àquelas primeiras lembranças difusas. Kate se viu novamente naquele corredor longo e escuro. Música de piano tocada em outro lugar. Onde? Em sua memória, ela sentia os acordes distantes vibrando em seus pés. Os arcos de seus pés formigaram.

"Veja o jardim de flores tão lindas..." O corredor estava escuro e apertado. Sem fim. Mas na escuridão havia algo azul. *Seja corajosa, minha Katie.* Kate acordou de seu transe com uma arfada, puxando ar para seus pulmões privados de oxigênio. Sua mão, com os nós dos dedos brancos, apertavam firmemente a maçaneta da porta. Ela pegou Xugo com o outro braço, abriu a porta e entrou. O que ela encontrou lá dentro a surpreendeu.

Lorde Drewe. Ele estava sentado ao piano e não reparou que Kate havia entrado. A luz de uma lamparina revelou que ele vestia uma camisa aberta, com as mangas enroladas, e calça escura. Era difícil enxergar seus pés na escuridão, mas Kate acreditou que ele estava descalço – apenas cunhas cumpridas e brancas sobre as tábuas escuras do chão. Ele tocava o piano, mas a tampa estava baixada e o pedal abafador pressionado até o chão. Portanto, não importava com quanta força ele atacava as teclas – e ele batia nelas com verdadeiro fervor –, apenas um som baixo, de caixinha de música, escapava do instrumento.

Ela poderia ter rido, se não estivesse com tanto medo de ser pega. Assistir a um marquês poderoso tocando o piano daquela forma... Bem, era como assistir a uma peça de carne sendo cortada com um canivete. Xugo saltou dos braços dela. Kate segurou a respiração, mortificada, quando ele caiu no chão estalando suas pequenas garras. As mãos de Lorde Drewe congelaram sobre as teclas e ele ergueu rapidamente os olhos, semicerrando-os, na direção das sombras que a escondiam.

"Quem está aí?" A voz dele tinha um tom áspero, cansado, e seu rosto exibia a sombra da barba não aparada. Pela primeira vez ele parecia menos um marquês elegante e mais um... homem.

"Sou eu", ela conseguiu sussurrar. "Kate."

"Oh." Ele levou apenas um instante para se recompor do susto. Lorde Drewe levantou-se do banco e acenou para que ela se aproximasse. "Por favor, entre. Que surpresa."

Ela não queria que ele a visse de robe, mas parecia pior permanecer escondida.

"Sinto muito. Eu só ia dar uma volta com o Xugo, então vi a luz acesa. Fiquei curiosa. Eu não queria interromper seu..." Ela mordeu o lábio. "Seu momento."

Ele abriu os lábios e riu um pouco.

Kate soltou a respiração, aliviada.

"Fico feliz que tenha achado graça."

"Você pensou que eu não acharia?"

"Não tinha certeza. Brincar com você me pareceu arriscado, mas não consegui resistir." Ela se aproximou do piano. "Eu não sabia que você tocava."

"Ah, sim. Meu irmão Bennett também toca – ou pelo menos costumava tocar. Sempre estranhei o fato de que nenhuma das minhas irmãs mostrou inclinação para música. Parece ser uma habilidade restrita aos homens Gramercy." Um meio sorriso surgiu no canto de sua boca. "Quero dizer, do *nosso* lado da família."

"Você acha que meu... Será que Simon Gramercy tocava?"

"Acredito que sim." Lorde Drewe deslizou para o lado e fez sinal para que ela se sentasse no banco, ao seu lado. "Vamos tentar um dueto?"

"Eu adoraria."

Ela escolheu uma peça simples, um dos duetos fáceis que todo pianista iniciante aprende com seu professor. Kate havia tocado a base inúmeras vezes com suas alunas. Mas nessa noite ela tocou o solo, e Lorde Drewe rapidamente entrou com a base.

Ele era bom. Muito bom. Com poucos acordes ela pôde notar o talento dele. Drewe tinha dedos longos e hábeis, com um alcance invejável. Mas seu talento ia além da mera técnica – ele possuía uma musicalidade natural que nem mesmo um professor muito talentoso poderia ensinar. Raramente ela tinha uma aluna que conseguia acompanhá-la, mas de vez quando uma chegava perto. Essa foi a primeira vez em muitos anos que Kate se sentiu realmente *superada*. Mas foi maravilhoso. Enquanto tocavam, ela sentia que ele a tornava melhor. Logo ela abandonou os limites determinados pelo exercício e levou a melodia por caminhos diferentes. Ele a acompanhou, e ocasionalmente fazia suas próprias sugestões com acordes novos e surpreendentes. É difícil explicar, mas o dueto é como uma conversa. Um respondia ao outro, um terminava as frases do outro. Eles até mesmo contavam piadas tocando. A técnica dele era impecável e seu estilo sóbrio. Mas ela sentia a verdadeira paixão pela música no centro de tudo.

Quando terminaram o dueto com um floreio divertido e um segredo final em forma de acorde, os dois se entreolharam.

"Bem, então", disse ele. "Isso resolve tudo. Você *tem* que ser parte da família."

O coração dela parou de bater por um segundo.

"O que você está dizendo? Soube de alguma coisa? Teve alguma resposta?"

Ele balançou a cabeça.

"Ainda não. Mas as evidências indiretas são tantas. Passamos a semana toda com você, e todos nós concordamos. Você simplesmente combina conosco, Kate. Isto" – ele indicou o piano –, "é só mais uma prova. Na minha cabeça a investigação está concluída. Você não sente o mesmo?"

Kate não tinha certeza de nada – a não ser que ela iria começar a chorar. Ela tentou segurar as lágrimas, mas algumas escaparam. Ela as enxugou com as costas da mão. Alguns momentos se passaram antes que ela pudesse falar.

"Lorde Drewe, eu não sei como lhe agradecer."

"Para começar, deve me chamar de Evan, agora. E nenhum agradecimento é necessário."

Kate cobriu as pernas com o robe e se virou no banco do piano para olhar para ele. Se ele era realmente seu primo, ela tinha o direito de se preocupar com ele.

"Por que está acordado até tão tarde, Evan?"

"Eu poderia lhe perguntar a mesma coisa." Ele arqueou uma sobrancelha. "Não vou acreditar que é culpa apenas do cachorro."

Quando ela gaguejou para responder, ele fez um gesto dispensando explicações.

"Está tudo bem. Você não precisa inventar desculpas. Somos todos um pouco assombrados, nessa família. Cada um de nós tem uma paixão. Minha irmã Calista, que você logo vai conhecer, sempre foi maluca pela natureza. Harriet vive para fazer drama, e Lark adora um mistério. Nosso irmão Bennett vai lhe dizer que a paixão dele é o vício, mas ele já teve interesses mais nobres."

"Então sua paixão é a música?"

Ele balançou a cabeça.

"Eu gosto de música e frequentemente busco refúgio nela. Mas música não é o que me faz..."

"*Ferver*, concluiu Kate.

"Exatamente", ele sorriu.

"Então o que é? Ou quem?" No momento em que as palavras saíram, Kate se arrependeu de as ter pronunciado. "Desculpe-me. Não tenho o direito de perguntar."

"Não, você tem sim. Porque agora você faz parte disso. Minha paixão é a família, Kate. O título que eu herdei, a responsabilidade de administrar várias propriedades. Cuidar das pessoas sob minha proteção. Proteger meus irmãos e irmãs deles mesmos."

Ele pensava, encarando o canto da sala, e Kate aproveitou a oportunidade para estudá-lo. Ela reparou nas pequenas rugas nos cantos dos olhos. Aqui e ali havia um toque grisalho no cabelo escuro. Mas esses sinais sutis de idade lhe caíam bem. Combinavam com seu jeito de quem conhecia bem o mundo, como se o corpo estivesse aprendendo a refletir a maturidade da alma. Em qualquer padrão, ele era um homem bonito, mas Kate suspeitava que ainda estavam por vir os anos em que ele estaria ainda mais atraente.

Evan passou a mão pelo cabelo.

"O Cabo Thorne não gosta de mim."

Ela se assustou com a mudança brusca de assunto.

"Ah, por favor, não acredite nisso. Se você julgar apenas pelas aparências, irá acreditar que o Cabo Thorne não gosta de ninguém. Ele é muito... reservado."

"Talvez. Mas ele tem algo particular contra mim, e por um bom motivo. Ele acredita que eu já sabia da sua existência, e que devia ter me dedicado mais a encontrá-la. Eu sei que ele tem razão."

"Você não podia saber. Era apenas um rapaz quando herdou o título."

"Mas você era só uma garota, vivendo sem dinheiro e sozinha." Ele esfregou a testa. "Como você deve ter deduzido... O temperamento violento é um dos meus piores defeitos. Não tenho paciência com quem prejudica minha família."

Uma declaração bastante contundente, pensou Kate, dados os cinco duelos. Ele ter saído ileso de um ou dois confrontos já seria bem impressionante, mas... *Cinco.*

Evan suspirou profundamente.

"É disso que o Cabo Thorne não gosta. Ninguém pode ficar mais bravo comigo do que eu mesmo. Você foi prejudicada, Kate, e não tenho ninguém para responsabilizar. Nenhum malfeitor para culpar exceto minha própria falta de atenção. Algum dia vou pedir a você que me perdoe, mas não esta noite."

Kate se inclinou para frente, colocando, audaciosa, a mão no braço dele.

"Não é necessário. Por favor, acredite em mim quando lhe digo que não tenho espaço para amargura ou rancor no meu coração. Ele está pleno de alegria e gratidão. Estou muito feliz por finalmente ter uma família."

"Fico reconfortado de ouvir isso." Ele segurou a mão dela e a observou cuidadosamente, pensativo. "Você gosta dele?"

"Thorne? Eu..." Ela hesitou, mas só para pensar no modo como falar. A resposta foi instintiva. "Eu gosto. Gosto muito."

"Você o ama?"

Aquilo era algo que ela estava evitando perguntar a si mesma. Mas Kate não podia deixar passar a oportunidade de descarregar seu coração. Evan era da família.

"Eu acho que poderia vir a amá-lo", disse ela. "Se ele permitisse."

Lentamente, Evan desenhou um círculo com o polegar nas costas da mão dela.

"É evidente que você tem um coração valente e generoso. Eu acredito que você poderia amar qualquer um, se estivesse disposta. Mas você merece um homem que possa retribuir o seu amor."

Kate sorriu, nervosa. A mão dele era quente e firme.

"Eu pretendo cuidar de você. Quero que saiba disso. Se não houver uma herança para você nos termos do testamento de Simon, eu vou garantir que receba algo. Você será uma mulher independente, com uma riqueza significativa. Uma mulher com possibilidade de fazer *escolhas*." Ele enfatizou essa última palavra.

Ela engoliu em seco.

"Evan, você não precisa fazer isso por mim. Eu nunca tive qualquer expectativa..."

"Eu tenho expectativas quanto a mim mesmo, Kate." Os olhos dele cintilaram no escuro. "Eu tenho paixão por proteger essa família. E essa paixão agora se estende a você."

Um silêncio se interpôs entre eles. Enquanto se fitavam, a curiosidade de Kate cresceu. Ele tinha uma *paixão* por ela. Uma sensação de formigamento percorreu seus braços. O que significava aquilo, exatamente?

"O Cabo Thorne é um bom homem", disse ela.

"Talvez. Mas será que é o melhor homem para *você*?" Ele baixou os olhos para onde suas mãos permaneciam unidas. "Kate, é possível que não consigamos provas oficiais suficientes a respeito da sua identidade. Mas essa não é a única forma de eu lhe dar o nome da família."

Ela ficou olhando para ele através das sombras tremulantes. Com certeza ele não queria dizer o que parecia ter dito. Ele não podia estar sugerindo que...

Uma tábua do piso rangeu e Kate se assustou. Evan soltou a mão dela.

"É só o cachorro, não se assuste."

Kate ficou aliviada. Nada de impróprio tinha acontecido entre os dois. Pelo menos ela achava que não. Mas Kate estremecia só de pensar o que aquela cena poderia sugerir para alguma fofoqueira da vila. Seria um boato delicioso para Sally Bright vender na loja *Tem de Tudo* – a Srta. Taylor de mãos dadas com Lorde Drewe, quando está noiva do Cabo Thorne?

Mas ninguém acreditaria nesse boato, Kate procurou se tranquilizar. Uma garota como ela cortejada por dois homens fortes e viris – sendo que um deles era um lorde? Ela se sentiu ridícula só de pensar naquilo.

Fechando bem o robe na altura do peito, ela se levantou da cadeira e pegou Xugo.

"É melhor eu voltar para a pensão", disse ela. "Por favor, não fique *fervilhando* até tarde por minha causa."

Ele lhe deu um olhar intenso e um sorriso enigmático.

"Não posso prometer nada."

Capítulo Doze

Dentro dos costumes de Spindle Cove, o Festival de Verão era para crianças. Mas a preparação do castelo normando em ruínas para o seu único dia de diversão do ano, exigia o planejamento e a estratégia de uma diligência militar. Havia muitas coisas para preparar: música, dança, comida, exibições, brincadeiras. Kate era responsável pelos dois primeiros itens dessa lista, e ela também trabalhou duro pelo sucesso das últimas três.

Entretanto, no meio da manhã, parecia que tudo daria errado. Logo cedo a Srta. Lorrish trouxe uma notícia preocupante sobre a decoração.

"Srta. Taylor, nós já tentamos três vezes. Os estandartes simplesmente não param na torre sudeste."

Kate fez sombra nos olhos com a mão e observou a bandeira púrpura desgrenhada, pendurada toda torta no parapeito.

"Vou pedir aos milicianos para subir e prender o estandarte", disse ela.

Em seguida foi a vez da Srta. Apperton vir com uma crise.

"Oh, Srta. Taylor, arrebentei a última corda boa do meu alaúde."

"Você pode pegar uma das minhas", ofereceu Kate.

Uma hora depois parecia que tudo ia dar certo, quando as crianças e suas famílias começaram a chegar. Mas então apareceu a Srta. Elliott, a pobre e petrificada Srta. Elliott. A desafortunada jovem surgiu ao lado de Kate momentos antes de as mulheres começarem a cantar o madrigal.

"Não consigo." Suas bochechas estavam vermelhas, sob a aba larga do chapéu. "Eu simplesmente não consigo."

"Você não vai estar sozinha", garantiu-lhe Kate. "Vamos todas cantar juntas."

"Mas tem tanta gente. Eu não fazia ideia." A voz dela tremeu. "Por favor, não me obrigue."

"Não chore." Kate a puxou para um abraço apertado. "É claro que não vou obrigar você. Desde que entenda que também não vou desistir de você. Vamos ouvi-la cantar outro dia." Kate se afastou e inclinou a cabeça para olhar por baixo do chapéu da Srta. Elliott. "Muito bem, então. Queixo para cima e sorria. Certo?"

A Srta. Elliott fungou e tentou sorrir.

"Sim, é claro."

Pobrezinha.... Quando Kate pensou que poderia ter reencontrado parentes tão complicados quanto a Srta. Elliott, ela percebeu a magnitude de sua boa sorte. Seu olhar deslizou para os Gramercy, sentados sob uma cobertura reservada para os convidados de honra. No centro havia dois tronos enfeitados com flores. Kate havia pedido a Evan que se sentasse no trono de rei do cerimonial do festival, com Diana Highwood no papel de rainha, serena e bela. Após a dança, Kate fez uma pequena pausa. Enquanto acontecia a corrida de aros das crianças, foi caminhando até a cobertura, para verificar se a Tia Sagui estava confortável. Contudo, a Sra. Highwood surgiu no meio do seu caminho e a puxou de lado.

"Eles não formam um belo casal?", perguntou ela. "Eu sempre soube que Diana se daria melhor que Minerva. Ela pode ter arrumado um visconde para si, mas agora Diana será uma marquesa."

"Sra. Highwood", Kate sussurrou. "*Por favor.* Eles estão sentados a poucos metros."

Mas a matriarca continuou, sem se intimidar.

"Lorde Drewe deve ter gostado dela. Por que outro motivo ele teria ficado tanto tempo na vila?"

"Estou dando lições de música para Lady Lark."

A Sra. Highwood desandou a rir.

"Oh, Srta. Taylor. Você quer que eu acredite que um homem da aparência, inteligência, educação e porte de Lorde Drewe ficaria nesta vilazinha apenas por sua causa?"

Kate suspirou. Não, ela não esperava que a Sra. Highwood acreditasse nisso. Ela não esperava que ninguém acreditasse. Dois dias se passaram desde a noite em que ela encontrou Evan tocando piano no Touro e Flor, mas esses dias foram gastos integralmente nos preparativos das festividades. Não houve nenhuma oportunidade para os dois conversarem.

Ela ficava pensando no comentário enigmático que ele fez naquela noite: "*Essa não é a única forma de eu lhe dar o nome da família.*" Nunca, em toda a sua vida, sonhou que um marquês pudesse sugerir se casar com ela. E a Sra. Highwood estava certa – ninguém iria acreditar nisso. De qualquer modo, isso não importava. Kate já estava noiva. Suas intenções, atenções e, cada vez mais, *emoções* eram todas dedicadas ao homem que naquele momento entrava em cena.

A corrida de aros terminou e os milicianos assumiram o centro das atenções para um exercício de tiro com rifle. Enquanto marchavam em formação, Kate se deleitou aproveitando a oportunidade de olhar fixamente para ele. O orgulho cresceu em seu coração. Thorne era um espetáculo de se ver. Ele vestia seu melhor casaco, é claro. O uniforme foi desenhado de modo a fazer qualquer homem parecer alto e em forma, e quando o homem em questão já era alto e em forma, o uniforme o fazia parecer um deus.

"É claro", disse a Sra. Highwood, "que você não deve se sentir mal, Srta. Taylor. Você agarrou para si um cabo, que não é algo de se desprezar. Para uma jovem nas suas circunstâncias, um cabo é realmente uma bela conquista. Mas eu acredito que você poderia ter conseguido um tenente. Teria sido melhor."

"Teria?"

Kate não conseguia pensar que qualquer outro homem pudesse parecer mais em forma, mais forte ou atraente do que Thorne naquele exato momento. Ela não o teria trocado por um príncipe. Ultimamente, todo mundo – Sra. Highwood, Evan e o próprio Thorne – ficava lhe dizendo que ela estaria melhor com outro homem. Talvez o bom senso dissesse o mesmo.

Mas seu coração dizia o contrário, e ela não poderia continuar a ignorá-lo. Havia uma ligação entre eles. Um laço que ela simplesmente não podia ignorar.

Quando a milícia concluiu o exercício e Sir Lewis começou a preparar o *grand finale* – sua demonstração do trabuco – Kate não conseguiu se conter. Ela saiu debaixo da cobertura e pegou o capacete de metal reluzente de uma armadura medieval em exposição. Correndo através do gramado, ela o entregou a Thorne. Ela só precisava ficar perto dele.

"Tome", disse ela, ofegante mas sorridente. "No caso de aparecerem melões. Ainda sem rir?" Ela se abaixou e inclinou a cabeça, tentando conseguir a atenção dele. "Eu esperava que você ao menos sorrisse. Bem, acho que vou ter que continuar tentando."

Os olhos frios dele encontraram os dela.

"Não."

Ela estremeceu com a rejeição brusca. Parecia que o progresso que eles tinham feito em Wilmington havia sumido. Thorne estava novamente fechando a porta. Mas ela encontraria uma janela.

"Eu pretendo ficar depois do festival, para ajudar a arrumar as coisas. Nós precisamos de um tempo para conversar. A sós."

"Eu não acho que..."

"Nós precisamos conversar. É importante."

Ela tomou o silêncio dele como concordância relutante.

"Srta. Taylor!"

Kate se virou para ver Lark correndo na direção dela. Rindo, a moça a pegou pela mão.

"Vou roubá-la, Cabo. Não tente me deter."

Mal sabia Lark que ela dificilmente encontraria alguma resistência da parte do Thorne. Ele pareceu satisfeito por vê-la ir embora.

"O que foi?", Kate perguntou enquanto Lark a puxava para um canto tranquilo das ruínas.

"Oh, Kate." A jovem abriu os braços e a capturou em um abraço efusivo. "Eu estava querendo muito conversar com você sozinha. Este é o momento perfeito, enquanto todos estão prestando atenção na demonstração."

"Qual é o problema?"

"Nenhum problema. Está tudo *perfeito*. Evan me disse que vamos legalizar sua situação. Ele mandou chamar advogados que estão vindo para encontrá-la e tornar tudo oficial. Vamos tornar você uma Gramercy." Lark soltou um gritinho. "Nós somos primas. Não é maravilhoso?"

"É", Kate concordou, sorrindo. "É sim."

Lark agarrou as mãos de Kate e as balançou para frente e para trás um pouco.

"Nossas férias vão acabar logo. Vamos partir de Spindle Cove."

"Oh. Oh, vou sentir muita falta de vocês todos."

"Boba." Lark apertou as mãos dela. "Você virá conosco para a cidade, é claro. Eu preciso de você. Eu tenho que fazer tantas compras para minha temporada, e vai ser tão mais divertido com você lá. Harry não dá a mínima importância para plumas e chapéus. Eu acho que também devo praticar um pouco de música – de verdade."

Kate virou a cabeça e piscou várias vezes.

"O que há de errado, querida?"

"Eu..." Ela tentou sorrir. "É demais para eu acreditar. Eu só queria saber por que vocês me querem."

Lark colocou as mãos nos ombros de Kate.

"Porque você é você. E porque você é da família. Família acima de tudo." Ela lançou um olhar para o muro. "Honestamente, também não sei por que você iria nos querer. Há muito pouco a nosso favor, a não ser baús de dinheiro."

"Não", disse Kate, sacudindo a cabeça com veemência. "*Não*. Eu iria querer ser uma Gramercy mesmo que vocês fossem pobres criadores de porcos nas Ilhas Scilly."

Lark riu.

"Bem, Evan dá muita atenção à agricultura. Às vezes é um tédio. Não se preocupe com nada. Pode haver um pouco de fofoca, mas esta família já suportou muitos escândalos. Depois que a sociedade tiver a oportunidade de conhecê-la, suspeito que nossa fama irá aumentar."

Kate não acreditava *naquilo*. Mas viver com os Gramercy bastava no que se referia à aceitação social. Quanto à sociedade, ela simplesmente faria seu melhor para não atrapalhar.

"Oh!", exclamou Lark. "Sou tão idiota que me esqueci. Acho que é toda essa agitação para falar com você. Evan disse que precisamos manter segredo por mais alguns dias. Mas você vai querer contar para o Cabo Thorne, é claro. Agora que faz parte da família, ele vai se casar com os Gramercy!"

Kate ficou sem ar.

"Eu não tinha pensado nisso."

Deus. Se havia um homem que precisava ser aceito por uma família, esse era o Thorne. E apesar do início difícil com Evan, se os Gramercy podiam aceitá-la tão alegremente, certamente poderiam fazer o mesmo por Thorne. Por que ele iria querer uma cabana fria e solitária na selva americana quando podia fazer parte daquilo tudo? Mas isso significaria casar com ele. E *ficar* casada com ele, pelo tempo que os dois vivessem, não era algo simples...

"Você gostaria de se casar em Ambervale?", perguntou Lark. "Eu pensei que seria bonito, já que seus pais foram tão felizes lá. É o lugar onde você nasceu, você sabe. Seu verdadeiro lar. Eu sei que vocês têm seus próprios planos, mas prometa para mim que vai discutir essa ideia com o Cabo Thorne."

"Eu prometo", disse Kate. "Nós vamos conversar a respeito."

"Você tem deixado o cachorro mastigar livros?"

"O quê?" A Srta. Taylor sorriu. "Thorne, quando eu lhe pedi para conversarmos em particular, não foi para falarmos da disciplina do Xugo. Eu disse aos Gramercy que iria jantar com eles. Não temos muito tempo."

Thorne passou os olhos pelo terreno do castelo, que ia rapidamente ficando vazio. O festival havia acabado e o sol estava se pondo. Todos tinham descido até a vila para beber no Touro e Flor. Ele puxou um pequeno volume verde do bolso e mostrou para ela.

"Eu tive que tirar isto do cachorro ontem. É de Lorde Drewe." Ele mostrou a encadernação mastigada. "Agora está estragado. Eu não sei o que fazer a respeito."

"Bem, não fique tão preocupado. Estou certa de que Lorde Drewe tem outros livros para ler."

Thorne bufou. E ele não sabia? Fosbury tinha lhe dito que o marquês recebeu duas caixas cheias de livros na vila, junto com seus outros pertences. *Duas* caixas de livros. O que um homem podia fazer com tudo aquilo? Só essa questão bastava para irritá-lo. E os livros em si nem eram úteis. Ele olhou para o volume mastigado.

"Quem diabos é..." Ele piscou e franziu a testa para as letras. "Ar..."

Ela pegou o livro dele e examinou a lombada arruinada.

"Aristóteles. É um nome grego."

"Mais gregos? Suponho que este não era um dos que lutavam por aquela Helena de Troia."

"Ele foi um filósofo." Ela suspirou. "Isso não é importante agora."

"É importante. Você não devia deixar o Xugo mastigar esse tipo de coisa."

"Eu sei, eu sei. Ele deve ter pegado quando eu não estava olhando." Ela deu de ombros. "Isso pode ser substituído. Evan não vai ficar bravo."

"Evan?" A cabeça de Thorne sacudiu com a surpresa. Um rompante de ciúme irracional fez o sangue dele ferver. "Então ele agora é 'Evan'?"

"É... Isso é o que eu precisava contar para você. É uma notícia maravilhosa. Lorde Drewe..."

Ela parou de falar abruptamente e cobriu a boca com a mão. Uma olhada rápida para baixo explicou por quê. Um rato morto foi jogado aos pés dela com o rabo sem pelos, parecendo uma minhoca, ainda se mexendo. Xugo, que orgulhosamente tinha entregado a caça, agitava feito louco sua cauda peluda. Uma língua cor de rosa estava pendurada naquele sorriso canino.

"Não grite", disse Thorne em voz calma e baixa. Enquanto falava, ele se agachou ao lado do filhote e lhe fez um carinho firme e afetuoso. "Também não brigue com ele. Só serviria para confundi-lo. Isto aqui é bom."

"*Isto?*", ela emitiu um som através da mão que estava sobre a boca e gesticulou com a mão livre para a ratazana sem vida. "Isto aqui é bom? Acho que sou eu quem está confusa."

"Depois do festival as pessoas deixaram seus restos em volta do castelo. Sementes de maçã, pedaços de bolo. Isso atrai os ratos. Xugo perseguiu um deles, pegou-o e negou a si mesmo o prazer de comê-lo. É exatamente para isso que ele foi criado e treinado, e agora ele merece um elogio."

"O que eu faço?", perguntou ela, ainda encarando, com olhos arregalados, a ratazana sem vida. "Não me peça para tocar nisso. Não tem como eu tocar nessa coisa. Ela acabou de parar de se mexer."

"Não precisa tocar no rato. Apenas aja como se essa foi a melhor e mais encantadora atitude que Xugo fez em toda sua vida. E aproveite para distraí-lo, para que eu possa jogar essa coisa sangrenta pelo penhasco."

"Tudo bem", ela aquiesceu.

Enquanto ela fazia festa para o cachorrinho, Thorne encontrou uma pá e se livrou da ratazana. Depois que ele terminou o trabalho e lavou as mãos, voltou para encontrar Kate segurando com as duas mãos o rostinho engraçado do cachorro. Ela fazia sons de beijos.

"Você é o filhotinho mais inteligente de toda Sussex, Xugo. Sabia disso? Tão corajoso. Eu simplesmente adoro você."

Thorne ficou olhando, espantado. Aquilo parecia tão fácil para ela – encorajar com amor. Ele pensou que aquela qualidade era responsável por seu sucesso como professora. Ela lidou muito bem com o choque causado pelo rato. *Melhor do que a maioria das mulheres*, pensou ele. Ela também merecia um pouco de elogios encorajadores – alguém que segurasse aquele rosto lindo em suas mãos e lhe dissesse que ela era inteligente, bonita, corajosa e adorada. Mas Thorne simplesmente não tinha esse talento. Ele não tinha nascido assim, e também não teve nenhuma aula. Se amor fosse música, ele seria surdo.

"Então, qual é a notícia maravilhosa?", perguntou ele. "Do 'Evan'."

"Ah, sim." Com um último carinho, ela soltou o cachorro e se levantou. "Lorde Drewe disse que a família vai me acolher como prima."

O estômago de Thorne revirou. Notícia maravilhosa, de fato.

"Eles encontraram alguma prova?", perguntou Thorne.

Ela negou com a cabeça.

"Mas Evan diz que as provas são suficientes para ele. A marca de nascença, o registro na paróquia, a pintura. E... parece que eu simplesmente me encaixo. Então eles vão me tornar parte da família. Eles querem que eu vá com eles para Londres, Ambervale... para toda parte."

Enquanto ela falava, seu rosto foi se iluminando. Lá ia Kate outra vez, brilhando de felicidade. Como uma estrela, só que ainda mais fora do alcance de Thorne. Ele disse a si mesmo para não ser grosseiro. Talvez aquela fosse a melhor conclusão possível. Os Gramercy... talvez fossem apenas esquisitos, não sinistros. Se eles a aceitassem, sem mais investigações no seu passado, Kate poderia ter uma vida nova e feliz. Ela nunca seria forçada a encarar a horrenda verdade. Aquilo seria bom para ela. E para ele. Thorne poderia ir para a América sem se preocupar com ela. Ele sempre pensaria em Kate, mas não teria que se preocupar.

"Thorne", sussurrou ela. "Você deveria vir comigo. Eles estão esperando."

Ele balançou a cabeça.

"O tempo está ficando escasso. Meu navio parte de Hastings em apenas duas semanas. Acredito que eu poderia acompanhar você até..."

A mão de Kate pegou a dele.

"Não estou pedindo para você me *acompanhar*", disse ela calmamente. "Estou pedindo para você vir comigo. E *ficar* comigo. Com a família."

Ficar? Com a família? Ele a encarou, incrédulo.

"Se você não se sente segura com eles, não precisa ir."

"Eu me sinto perfeitamente segura. Não é isso que estou dizendo." Ela fez uma pausa. "Eu quero *você* lá. Eu sei que a sua infância também... não foi exatamente bucólica."

Ele produziu um ruído com a garganta.

"Não exatamente. Isso mesmo."

"Bem, talvez essa possa ser sua chance de se sentir parte de algo maior também. Parte de uma família estranha, encantadora e amorosa. Você não deseja isso, lá no fundo? Só um pouquinho?"

"Eu nunca poderia fazer parte disso."

"Por que não?"

Ele suspirou.

"Você não me conhece."

Ela mordeu o lábio.

"Mas eu conheço. Eu *realmente* conheço você. Porque eu *me* conheço. E eu também tenho sido uma pessoa solitária." Ela deu mais um passo na direção dele, falando suavemente. "Eu sei como isso desgasta uma alma e vai comendo pedacinhos do seu coração em momentos inesperados. Você pode passar várias semanas ocupado, alegremente, sem sentir melancolia nem privação, e então a menor coisa... Pode ser alguém abrindo uma carta ou costurando uma roupa que pertence a outra pessoa. E então, isso faz você perceber como... está sem rumo. Sem ligação com ninguém."

"Eu não..."

"E não tente me dizer que você não tem emoções. Que é incapaz de sentir qualquer coisa. Eu sei que dentro desse peito tem um coração."

Parecia mesmo que tinha. A maldita coisa estava batendo como um tambor.

"Pense bem nisso", disse ele com severidade. "O que você está falando não faz sentido. Se os Gramercy tornarem você parte da família, você vai circular em outros níveis da sociedade. Você pode conseguir um cavalheiro como marido."

"Um cavalheiro que me queira por minhas ligações e meu dinheiro? Talvez. Mas eu prefiro ter o homem que apenas *me* queira." Ela passou os braços ao redor do pescoço dele. "Você disse que me queria, uma vez."

A proximidade dela o atormentava. Como todas as mulheres, ela havia caprichado muito na aparência naquele dia. Flores bordadas cobriam a sobressaia do vestido lavanda. A cintura alta do corpete estufava os seios dela fazendo-os parecer dois travesseiros – travesseiros com remate em renda dourada. Ela tinha trançado cuidadosamente flores e fitas no cabelo. Tudo estava quieto demais. Eles estavam sozinhos demais.

"É claro que eu quero você", ele disse bruscamente. "Cada pensamento meu diz respeito a você. Tocar você, saborear você, possuir você de formas que sua mente inocente nem conseguiria imaginar. Eu não sei nada de arte, música ou Aristóteles. Meus pensamentos são rudes, simples, tudo tão abaixo de você que poderia estar do outro lado da Terra."

O rosto dela corou.

"Eu já lhe disse, que você não é nada disso."

Droga. Como ele poderia fazê-la compreender?

"Eu tenho quatro livros. *Quatro*."

Ela riu baixinho.

"O que isso deveria significar?"

"Significa tudo. Sua vida vai mudar para sempre. Não vou deixar você grudar em mim só porque está com medo. Não está certo. Não é o melhor."

"Nós poderíamos nos casar, Thorne." Ela se aproximou. "Não estou pedindo muita coisa. Você pode ser apenas... você mesmo, e eu vou me divertir tentando fazer você feliz. Sei que é um desafio e tanto, mas por mais estranho que pareça, estou disposta a tentar."

"Pelo amor de Deus, Katie. Por quê?"

"Eu não sei como explicar." O olhar dela perscrutou o rosto dele. "Você já teve fome de verdade, Thorne? Não estou dizendo ficar sem uma refeição ou duas, mas uma privação prolongada... Sem comida de verdade por dias a fio."

Ele deixou alguns segundos passar antes de afirmar:

"Semanas." *Anos...*

"Então você deve compreender. Mesmo agora que tem o bastante, a comida é diferente para você do que para os outros, não é? O sabor é melhor, ela significa mais. Anos se passaram, mas você não consegue deixar o menor restinho ir para o lixo."

Ele aquiesceu.

"Não vamos deixar isto ir para o lixo", ela sussurrou, estendendo as mãos. "Eu não sei o que há entre nós, mas eu sei que ansiei por isso a minha vida toda. Talvez outras mulheres pudessem simplesmente ir embora, mas eu não. Nunca." Ela tocou o rosto dele. "Eu acho que você também tem ansiado por isso."

Ela não fazia ideia. O coração dele havia definhado, virado uma sombra, com nada mais para oferecer. Um sorriso com a promessa de travessuras se espalhou pelo rosto dela.

"Pense só em tudo que poderíamos ter. Dois órfãos indesejados na sociedade londrina. Nós teríamos mais prazer em cada segundo do que gente como os Gramercy consegue ter em um ano. Você pode dizer, honestamente, que não quer uma vida assim?"

Ficar na Inglaterra e viver da caridade de Lorde Drewe? Aguentar jantares, festas e caçadas sem fim? Sempre se sentindo um intruso; sempre sabendo que ele era muito menos do que Kate merecia? Nem mesmo seria capaz de sustentá-la como um homem de verdade. Ele a fitou no fundo dos olhos.

"Eu não quero fazer parte dessa vida. Está na hora de você me deixar ir."

Os lindos olhos castanhos dela se suavizaram e ela baixou o olhar para os lábios de Thorne.

"Simplesmente não posso", disse Kate. "Não posso deixar você ir embora.

Capítulo Treze

Beije-me, desejou Kate em silêncio. *Por favor. Eu coloquei meu coração aos seus pés. Beije-me agora, ou vou morrer de decepção.* Ela percebeu que ele se sentia tentado. Thorne olhava para sua boca com tanta intensidade que Kate podia sentir a maciez, a força e o calor de seus lábios. O maxilar dela também relaxou. Ela conseguia enxergar claramente, como aquele beijo devia acontecer. Ela estaria entregue e aberta, convidando-o a entrar. A ousadia dele a chocaria e excitaria. Kate grudaria nele, que com suas mãos enormes exploraria todas as partes do corpo dela. O beijo seria frenético a princípio, e depois mais lento, e doce.

"Thorne."

Ela sustentou o olhar dele. As pupilas de Thorne estavam dilatadas, tornando seus olhos quase inteiramente pretos. Mesmo assim, aquele círculo azul estreito era tão intenso, tão penetrante, que ela o sentiu *dentro* de si. Uma percepção repentina a excitou: na imaginação *dela*, os dois estavam se beijando. Na cabeça *dele*, os dois faziam algo muito mais íntimo, mais selvagem e com muito menos roupas. Aquele pensamento a acendeu. Ainda que fosse inexperiente, ela sabia o bastante para sentir seu poder de mulher naquela situação. Ele podia dizer não para família e conforto. Mas será que ele conseguiria recusar *aquilo*?

Ela se inclinou para frente até sua face tocar a dele. Um simples contato de pele com pele, mas foi algo diferente de tudo que Kate havia sentido.

"É assim..." Ela se obrigou a perguntar. "É sempre assim? Com suas outras mulheres?"

Ele balançou a cabeça lentamente. A barba por fazer arranhando o rosto dela – ah, aquilo a deixou louca. Mas não era o bastante.

"Não?", ela quis saber. Kate tinha que ouvir Thorne afirmar aquilo. Ela tinha que ouvi-lo dizer *algo*. A voz dele a atingia fundo, muito fundo.

Finalmente, Thorne lhe deu o que ela desejava:

"Não..."

Aquela sílaba sombria, excitante, sussurrada sensualmente em sua orelha, penetrando em seus ossos.

"Bem?", ela perguntou, a respiração pesada. "Não deveríamos fazer algo a respeito?"

Ele gemeu e estremeceu, e Kate suspeitou que Thorne estivesse folheando mentalmente um catálogo de *coisas* que ele gostaria de fazer. Algum tipo de manual de táticas de sexo, com todas as posições e manobras possíveis claramente definidas. O conteúdo exato era um mistério para ela, mas Kate estava pronta e disposta a aprender. Ela segurou na nuca dele e o puxou para si até poder beijar sua orelha. Ele suspirou.

"Não posso lhe dar o que você precisa", disse Thorne.

"Oh, eu acho que pode." Ela pegou o lóbulo da orelha dele entre seus dentes e o provocou.

Com um lamento rouco, ele cedeu. Thorne baixou a cabeça e seus lábios fortes roçaram o pescoço dela.

"Você não consegue enxergar", disse ele. "Quando está perto dos Gramercy, é como se uma chama fosse acesa dentro de você." Ele traçou uma trilha de beijos no pescoço dela. "Você não fica acesa por mim."

Kate colou seu corpo ao dele.

"Eu me *incendeio* por você, Thorne. Nunca me senti assim. Eu nunca soube que *queria* me sentir assim."

Ela puxou a gravata dele, desfazendo o nó e a abrindo. Ela deu um beijo na base do pescoço, então colou o rosto ali, inalando o excitante aroma almiscarado de sua pele. A respiração difícil dele lhe deu esperança. Ela o estava atingindo. Mergulhando por entre as camadas, descobrindo o homem que havia lá embaixo. Todos os botões do casaco deviam ser os próximos. Ela começou a soltar o primeiro com dedos trêmulos.

"Você me chamou de assustada", disse ela, "e eu estou com medo. Mas não do jeito que você pensa. Estou aterrorizada de ter que me separar de você, e viver minha vida inteira sem sentir isto novamente."

Ela arriscou olhar para ele, suplicando com o olhar. Implorando que ele se entregasse para ela, que tomasse o controle daquilo... Que simplesmente fizesse *algo*, antes que Kate se sentisse forçada a arrancar o corpete e dizer algo realmente constrangedor, como *Faça de mim uma mulher*.

"É apenas desejo o que você está sentindo." A expressão dele estava tensa, desfavorável. "Curiosidade. Se eu ceder agora, você irá me desprezar mais tarde."

"Eu nunca poderia desprezar você."

"Poderia, sim. Você passou um ano inteiro fazendo isso."

Ela praguejou mentalmente. Ele *tinha* que lembrar disso.

"Eu fui uma tonta. Não conhecia você. Eu não conhecia meu próprio coração."

O olhar dele ficou frio.

"O que faz você pensar que agora o conhece?"

"Eu não sei...", ela disse com sinceridade. "Eu não sei... Mas esta tarde Lark Gramercy veio falar comigo e me ofereceu tudo que eu sempre quis. Uma família, um lar, segurança, amizade, sociedade. Mais riqueza do que eu jamais sonhei. E naquele momento eu soube, no meu coração, que isso tudo não seria suficiente. Ou eu sou a mulher mais gananciosa e ingrata da Inglaterra ou..."

Deus, poderia ser verdade? Seu coração lhe disse que sim, tinha que ser. Nenhuma outra coisa fazia sentido.

"Thorne, eu acho que estou me apaixonando por você."

"Katie." Ele segurou o rosto dela com as mãos, com uma força possessiva que a excitou. Um vinco melancólico se formou entre as sobrancelhas dele. "Katie, você é tão..."

Ela imaginou que deliciosa palavra estranha ele escolheria dessa vez. Cabeça-dura? Tonta? Teimosa? *Beijável*, aparentemente.

Ele desistiu das palavras e tomou a boca de Kate, beijando-a com mais paixão e fogo do que ela teria ousado desejar. Uma das mãos dele deslizou pelas costas de Kate, por cima da seda, e espalhando sensações quentes por todo o caminho até a base de sua coluna. Mas ele não parou ali. Seu toque foi mais adiante. Ele abriu os dedos para envolver o traseiro dela, que ergueu e apertou, puxando a pélvis dela de encontro à sua. O prazer correu por suas veias. Kate gemeu durante o beijo e agarrou o pescoço de Thorne com tanta força que, com certeza, suas unhas deixariam marcas. Ele pareceu não se importar. Thorne a beijou profundamente, escancarando sua boca e engolindo os desesperados suspiros de prazer que Kate soltava. Ela se contorcia contra ele, pressionando seu corpo ao dele para sentir a abundante evidência do desejo que Thorne sentia por ela. A prova da excitação dele pulsava de encontro ao ventre dela. Kate queria sentir aquele calor em seu devido lugar – no sexo dela. Enquanto se beijavam, ela passou uma perna em volta da bota dele, enquanto agarrava os ombros de Thorne para se elevar... ficar mais perto...

Droga. Xugo foi buscar os dois na entrada do paraíso. A alguns metros, o cachorro começou a latir como se fosse uma criatura possuída.

"Ignore o cachorro", murmurou ela, puxando Thorne de volta ao beijo. Pegando e sorvendo seu lábio inferior. "Ele está ótimo."

"Ele está ótimo", repetiu Thorne. "É só mais um rato."

"Isso."

Isso... A mão dele passou pelas curvas dela, detendo-se para um apertão breve e delicioso em seu traseiro antes de baixar e acariciar sua coxa. Ele agarrou um grande punhado de tecido da saia dela e puxou, trazendo seu corpo tão próximo e apertado como ela queria, e expondo seus tornozelos ao ar refrescante da tarde. Ele enfiou uma mão por baixo das saias e anáguas e agarrou a coxa dela. A sensação daquela palma calejada por sobre a meia em sua perna a acendeu. E seu desejo só aumentou enquanto ele subia cada vez mais a mão, ultrapassando a liga até chegar à curva nua do lado de dentro da coxa e... *Lá...*

Kate ficou espantada com o modo como ele tomava facilmente seus lugares mais íntimos, intocados, e como ela não demonstrava timidez. A ponta dos dedos dele passou pela abertura de seu sexo, deslizando facilmente.

"Tão molhada", ele murmurou.

Aquelas palavras a chocaram. Ela queria ouvir mais. Ele parou e descansou a testa na dela. A respiração de Thorne era intensa enquanto ele tocava sua intimidade com movimentos lentos, provocadores.

"Para mim?", ele sussurrou. A rouquidão vulnerável na voz dele acabou com ela.

Kate beijou o queixo dele.

"Para você... Só você..."

Ele recompensou a ousadia dela. Abrindo-a habilmente ainda mais, ele deslizou um dedo largo e caloso para dentro. Uma exclamação assustada de alegria escapou dela.

"Shiiii...", ele a acalmou. "Não vou exagerar. Só me deixe lhe dar este carinho." Ele mordiscou de leve a orelha e o pescoço dela, aprofundando seu toque. "Você vai se sentir melhor depois, vai enxergar com mais clareza. Vai ser o suficiente."

Suficiente? Que tolice. Ela nunca sentiu aquela mistura requintada de alívio e desespero por mais. Ele tomou seus lábios em um beijo, e os gemidos dos dois se misturaram enquanto Thorne cobria seu sexo com sua mão ágil e audaciosa. Sua língua e seus dedos se movimentavam em sincronia, indo mais fundo com firmeza e delicadeza. Ela agarrou os ombros dele, embalada por onda após onda de um prazer tortuoso. Sim. Oh, sim. Ela queria aquilo. Ele dentro dela. Os dois, unidos de todas as formas. E nunca seria o suficiente. Ela sempre desejaria mais. *Mais...*

As mãos dele pararam. Kate estava ofegante. Havia algo de errado? Aparentemente, sim. Ele retirou a mão completamente, deixando suas saias caírem até o chão, até que os sentidos entorpecidos de Kate finalmente compreenderam.

Era Xugo outra vez. Latindo mais. Correndo mais. Arruinando tudo outra vez. Droga, droga, *droga*. Xingando baixinho, Thorne se virou para procurar o cachorro.

"Ele encontrou alguma coisa."

"Deve ser apenas um rato."

"Talvez."

O cachorro desapareceu em uma curva das ruínas do castelo, rosnando e latindo o tempo todo.

"Ou talvez não." Thorne a soltou com um suspiro de evidente contrariedade. "Ele não costuma se comportar assim."

Então o momento tinha acabado... Thorne andou rápido na direção do cão. Resignando-se, Kate segurou as saias e foi atrás dos dois. Eles viraram até o canto de uma parede desmoronada. Xugo tinha encurralado sua presa em um nicho escuro. O filhote estava com as orelhas em pé, rosnando para o que quer que tivesse capturado.

"Não vejo nenhum rato", disse Kate se aproximando. "Será que é um camundongo?" Ela se aproximou para investigar.

Thorne a segurou pelo braço, impedindo-a de continuar.

"Não."

Kate congelou. Quando pronunciado naquele tom, não era um comando que ela poderia desobedecer. Então ela viu o motivo para a mudança súbita na atitude dele. Não era um rato nem um camundongo que Xugo tinha encurralado, mas uma serpente. Uma víbora comprida e grossa, enrolada em si mesma sobre a grama – a menos de um metro dos pés de Kate. Uma língua fina tremulou e o silvo da serpente escorreu por sua coluna.

O filhote – aquela coisinha corajosa e tola – manteve sua posição a seus pés, ainda rosnando e se preparando para atacar. Ela estava vendo o que ia acontecer. A serpente estava encurralada, e sem dúvida sabia – da forma que as serpentes sabem dessas coisas – que sua única chance de escapar era atacando.

"Oh. Ele vai ser mordido." Kate lutou contra a mão de Thorne. "Xugo, não. Saia de perto dessa coisa horrorosa."

Ela tentou pegá-lo, mas Thorne a puxou para trás.

"Quieta", ele disse com firmeza. "Eu cuido dele. Apenas não se mexa."

Ele soltou o braço dela. Kate cerrou os punhos ao lado do corpo para ficar quieta. Suas unhas machucando as palmas.

Thorne firmou os pés no terreno gramado. Então, movendo-se com uma lentidão torturante, ele estendeu o braço direito enquanto se inclinava para frente, abrindo os dedos. Enquanto movia o corpo, toda a extensão de sua coxa dura pressionou a parte de trás da perna de Kate. Ela podia sentir todo o poder contido ali em cada pequeno movimento. Só mais um pouco. Mais alguns centímetros e ele poderia pegar o filhote pelo cangote, puxando-o para cima e para longe da víbora. *Oh, rápido,* ela suplicou por dentro, embora soubesse que movimentos bruscos terminariam em desastre.

Thorne parou de se mexer. O braço direito dele ficou estendido como uma lança; ela podia sentir a energia tensionada nos músculos dele. Aquilo deixou os pelos de seu braço em pé. Então veio o ataque relâmpago. Com uma investida poderosa para frente, ele projetou a mão e... agarrou a serpente. Em cinco segundos, tudo tinha acabado. Uma vez que Thorne estava com a víbora em mãos, ele a esticou e partiu sua espinha. A mola verde de músculo caiu sem vida no solo. Xugo continuou latindo. Kate caiu de joelhos, pegou o cãozinho e o trouxe para o peito, salpicando seu pelo de beijos.

"Por que você fez isso?", ela perguntou. "Você podia ter simplesmente agarrado o Xugo e o tirado da frente dessa coisa."

Thorne balançou a cabeça.

"A serpente iria atacar se eu fizesse isso", disse ele. "Se eu pegasse o cachorro, aquelas presas iriam acabar encontrando seu tornozelo."

Bom Deus. Ele nem chegou a pensar em pegar o Xugo. Ele simplesmente pegou a serpente com a mão nua para não arriscar que ela picasse Kate. Quão excessivamente imprudente e estupidamente corajoso.

"Você não devia ter feito isso."

Encostando-se no muro de pedra, ele virou a mão para um lado e para outro.

"Eu achei que podia aguentar."

O coração de Kate parou.

"O que você está dizendo? Foi picado?"

Como ele não respondeu, ela soltou Xugo e ficou em pé.

"Deixe-me dar uma olhada." Ela pegou o pulso dele, e Thorne não resistiu quando ela levantou aquela mão grande e áspera para examiná-la sob a luz. "Ah, não."

Lá estavam. Dois furos redondos, bem feitos, onde a base da mão encontrava com o pulso. A área em volta da picada já estava inchando.

"Precisamos ir para seus aposentos. Você tem um estojo médico? Isto precisa ser tratado, e rápido!"

"É só uma picada de víbora."

"*Só? Só* uma picada de víbora?"

Ele deu de ombros.

"Só um arranhão."

"Um arranhão cheio de veneno." Ela puxou a manga dele, arrastando-o para o reduto do castelo.

"Eu sou muito grande. Vai precisar mais do que algumas gotas de veneno para me derrubar."

Apesar de tudo, ele caminhou com ela até o canto do reduto que lhe servia de aposento pessoal. Quando ele empurrou a porta com o ombro, para abri-la, Kate viu que ele calculou mal o passo e caiu contra a porta.

"Está sentindo tontura?"

"Só... errei o passo." Mas ele ficou ali, encostado na porta. Seus olhos estavam sem foco. "Só me dê um minuto."

Absolutamente não. No ritmo que a mão dele estava inchando, ela não lhe daria nem mais um segundo. Kate encontrou um banco ao lado da pequena e solitária mesa, e o colocou junto à parede de pedra do interior da torre.

"Sente-se", ela ordenou. Ele podia ser um suboficial de infantaria grande, assustador, acostumado a fazer homens marchar, carregar e disparar ao seu comando, mas ela não admitiria ser contrariada naquele momento.

Kate agarrou o braço dele e puxou com toda sua força. *Ufa.* Ele mal se mexeu. Céus, ele era simplesmente um pedaço enorme de masculinidade, todo músculos e botas pesadas. Thorne era muito grande, como ele mesmo tinha dito.

"Estou bem", ele protestou.

"E eu estou preocupada. Faça isso por mim."

Kate o convenceu a se sentar e cuidou para que suas costas ficassem bem apoiadas na parede. Xugo se aproximou dos pés dele, cheirando suas botas e soltando pequenos ganidos. Depois que Thorne sentou, ela começou a puxar sua manga.

"Sinto muito. Temos que tirar seu casaco."

Ela começou com a manga do braço machucado, puxando cuidadosamente o tecido vermelho até que Thorne pudesse liberar o braço todo. Ela pôs a mão atrás do ombro dele para ajudá-lo a soltar a manga. Um tremor involuntário passou pelos músculos esculpidos do ombro dele – uma confissão muda do perigo que ele enfrentava, apesar de seu tamanho e força impressionantes. Kate estremeceu ao perceber. Enquanto ela apoiava o pulso ferido dele sobre a mesa para examiná-lo, Thorne torceu o tronco e sacudiu o braço esquerdo para se livrar do casaco vermelho, que deslizou até o chão. Ele olhou pesaroso para o casaco descartado. Kate sabia como devia doer, para ele, ver o uniforme amarrotado no chão. Mas ele não se abaixou para pegá-lo.

"Talvez eu não esteja tão bem", disse ele.

O pulso dela acelerou mais ainda. Se ele estava admitindo, é porque devia mesmo estar muito mal. Uma faca com serra jazia sobre a mesa. Kate a pegou.

"Fique parado", avisou ela.

Com golpes desajeitados usando a faca, ela abriu a parte interna da manga da camisa de Thorne, rasgando-a até o cotovelo. Linhas vermelhas se espalhavam pelo braço a partir da picada da víbora. Kate conseguia ver aquelas linhas até metade do antebraço musculoso, apesar da cobertura de pelos escuros. Ela precisava de um torniquete. Quando ergueu a cabeça para lhe perguntar onde encontrar um, ela viu que o rosto dele estava pálido. Uma camada fina de suor cobria sua testa e sua respiração era irregular. Ela pegou o nó da gravata e o afrouxou com dedos trêmulos. Ele inclinou a cabeça para ajudá-la. Quando os dedos dela roçaram a pele do pescoço de Thorne, ela conseguiu ver a artéria pulsando embaixo da mandíbula. Seu pomo de adão subia e descia.

"Você está tirando minha roupa", ele disse com dificuldade.

"Não posso evitar."

"Não estava reclamando."

Kate retirou a gravata e, dobrando a tira de tecido ao meio, passou em volta do braço dele, logo abaixo do cotovelo. Ela pegou uma ponta do tecido e a prendeu com os dentes, então puxou a outra ponta com as duas mãos. Seu esforço fez Thorne soltar um gemido de dor. Quando conseguiu terminar o torniquete, ela estava ofegando e suando tanto quanto ele.

"Onde está seu estojo médico?", perguntou ela enquanto passava os olhos pelo quarto à procura de lugares prováveis.

Ele deslizou os olhos para um desgastado baú de madeira em uma prateleira alta.

Kate se segurou na prateleira e ficou na ponta dos pés para pegar a caixa. Quando ela desceu, quase a derrubou. Thorne segurava a faca com a mão esquerda. Sua testa suada estava franzida, enquanto ele apertava a lâmina serrilhada na pele inchada e inflamada do pulso.

"Oh, não..."

Ele fez uma careta e torceu a faca. Um rugido de dor passou por seus dentes cerrados, mas sua mão não fraquejou. Antes que ela pudesse estar do lado dele, Thorne já tinha virado a lâmina um quarto de volta e cortado novamente a carne. O sangue fluía livremente da incisão em cruz. Ele deixou a faca cair na mesa e desabou contra a parede, respirando com dificuldade.

"Por que você fez isso?", perguntou ela, carregando o estojo até a mesa.

"Para que você não tivesse que fazer."

Kate se sentiu agradecida. Ela sabia que Thorne havia feito o certo. Liberar o sangue e o veneno da área inchada era necessário para que não atingisse outras partes de seu corpo. Mas a visão de tanto sangue a deixou imobilizada por um instante. Kate tinha ajudado Susanna uma ou duas vezes quando a amiga tratou doenças e ferimentos dos moradores de Spindle Cove. Mas tudo que ela fez foi auxiliar uma curadora competente e habilidosa. Mas ali ela estava sozinha tomando medidas desesperadas. Ele poderia morrer. Uma onda de náusea passou por ela. Kate a dominou, então pôs a mão sobre a barriga e se obrigou a ficar calma.

Kate abriu o estojo médico e encontrou gaze com aspecto de limpa. Ela a usou para enxugar o sangue da ferida aberta.

"Não feche", ele disse. "Não ainda."

Ela aquiesceu.

"Eu sei... O que devemos fazer agora?"

"Você volta para a vila. Eu sobrevivo ou não."

Aquelas palavras eram tão absurdas que ela engasgou com uma risada de desespero.

"Está louco, Thorne? Não vou abandonar você."

Ela examinou as garrafas e frascos no estojo médico, esforçando-se para ler os rótulos desbotados. Nada daquilo parecia familiar.

"Você disse que possuía quatro livros. Será que um deles é livro de saúde?"

Ele moveu a cabeça na direção de uma prateleira. Kate correu até lá e encontrou um livro de exercícios militares bem manuseado, uma Bíblia coberta de pó, uma coleção encadernada de revistas geográficas...

"Ah." Ela pegou um grande volume preto e leu o título. *"Tratamento de doenças e lesões em..."* Sua esperança mirrou quando ela leu o resto. *"em cavalos e gado?* Thorne, este é um livro de veterinário."

"Já fui chamado de animal." Ele fechou os olhos.

Kate decidiu que não era hora de ser exigente. Ela folheou rapidamente o livro até encontrar a seção de picadas e ferroadas.

"Achei. Picadas de víbora. 'A picada da víbora raramente é fatal.' Bem, isso é reconfortante."

Mas ela se sentiria muito melhor se o texto dissesse que "a picada da víbora nunca é fatal". Dizer que picadas de víbora eram "raramente fatais" parecia, para ela, o mesmo que dizer "picadas de víbora *às vezes* são fatais", porque Thorne se orgulhava de ser uma exceção à regra. Mas ele era muito grande, Kate procurou se lembrar. E além disso era jovem, saudável e forte. Muito forte. Havia vários tratamentos possíveis que o texto sugeria.

Ela leu em voz alta:

"Primeiro, drene o sangue." Já fizemos isso, certo? Ótimo." Ela afastou com impaciência uma mecha de cabelo que estava pendurada em seu rosto e continuou. "'Pegue um punhado de erva crucianela, genciana e arruda; ferva tudo junto em um caldo com pimenta espanhola e flores de giesta. Quando terminar, coe e ferva com vinho branco por cerca de..." Ela gemeu. "Cerca de uma *hora*?"

Droga. Ela não tinha tempo para sair em busca de uma dúzia de ervas diferentes, muito menos para fervê-las por uma hora. Ela nem mesmo tinha coragem de deixar Thorne sozinho pelo tempo que demoraria para ir até a vila pedir ajuda. Ela olhou novamente para o rosto dele. *Deus*, estava tão pálido. E o braço completamente inchado. Apesar do torniquete, aquelas linhas vermelhas já passavam do cotovelo. Certas partes do dedo dele estavam ficando roxas.

"Fique calmo", disse ela, ainda que a ansiedade a fizesse esganiçar. "O livro indica vários outros tratamentos."

Ela voltou ao livro. O próximo tratamento sugerido era lavar a área afetada com sal e... *Urina*. Oh, bom Deus. Pelo menos *aquela* substância podia ser obtida com facilidade, mas ainda assim... Ela não conseguiria. Não havia como ela conseguir. Ou talvez ela conseguisse, para salvar a vida de um homem. Mas ela nunca mais conseguiria olhar para o homem salvo.

Ela fez uma prece fervorosa para que o terceiro tratamento se mostrasse capaz de salvar a vida dele e a dignidade dela. Ela leu em voz alta com rapidez.

"'Aplique um emplastro na área com uma pomada feita de calaminta apiloada com terebintina e cera amarela. Dê ao animal, também, um pouco de infusão de calaminta para beber, como chá ou misturada no leite'."

Calaminta. Calaminta parecia perfeita. Se ela tivesse um pouco. Kate voltou ao estojo médico e examinou o conteúdo das garrafinhas. Ela destampou um frasco e o cheirou. O cheiro podia ser tanto calaminta quanto de qualquer outra coisa. Ela passou os olhos pelo quarto. Havia tanto que fazer. Acender o fogo, ferver água, derreter cera, apiloar a pomada, fazer o chá. E Thorne estava ficando perigosamente inclinado no banco em que ela o havia sentado. A qualquer momento ele poderia derrubar a mesinha e cair no chão. Kate decidiu que a ferida já tinha sangrado o suficiente, e de qualquer forma, o inchaço extremo tinha diminuído muito o fluxo do sangue. Ela envolveu o pulso ferido com uma tira de gaze, fazendo um curativo solto, depois rodeou Thorne para ficar do lado bom dele.

"Levante-se", ela pediu, passando o ombro por baixo do braço sadio. "Vamos levar você para a cama."

Enquanto o ajudava a ficar de pé, ela sentiu os olhos de Thorne nela. Seu olhar era pesado e intenso.

"Estou lhe causando dor?", perguntou ela.

"Sempre. Toda vez que se aproxima."

Ela virou o rosto para o lado para esconder sua mágoa.

"Desculpe-me."

"Não quis dizer isso." Ele parecia bêbado. Com a mão sadia, ele empurrou o rosto dela até Kate olhar para ele. "Você é linda demais. Isso dói."

Maravilha! Agora ele estava alucinando. Juntos eles cambalearam até a cama estreita. Era uma distância de apenas dois metros que pareceram quilômetros. A coluna dela curvava sob o peso inacreditável de Thorne. Finalmente eles chegaram à borda do colchão. Ela conseguiu virar Thorne de modo que, quando retirou seu apoio, ele sentou na beira da cama. Sem que ela precisasse orientar, ele deitou de costas. Pronto. Aquilo acomodava a cabeça, ombros e tronco. Agora era preciso pôr também as pernas no colchão.

"Eu me sinto estranho", disse ele, com a voz distante. "Pesado."

"Você *é* pesado", murmurou ela, esforçando-se para tirar uma das enormes pernas do chão e colocá-la na cama. Deus, erguer aquele homem era o mesmo que levantar uma estátua esculpida em granito. Depois que ela pôs a primeira perna no lugar, a segunda subiu com mais facilidade. Xugo pulou na cama e ficou enrolado entre os pés dele.

Kate se inclinou sobre ele para colocar um travesseiro sob sua cabeça.

"Eu posso ver dentro do corpete", disse ele.

Um arrepio correu por sua coluna, até a ponta do seu pé.

Sério, Kate. Não é hora disso. Ela colocou as costas da mão na testa dele. Quente.

"Você está com febre. Preciso tirar o resto da sua camisa, para esfriar seu corpo e melhorar sua respiração."

Ela pegou a faca, limpou o sangue da lâmina e a usou para fazer um corte na camisa. Então ela agarrou os dois lados e a rasgou de alto a baixo, puxando as metades para o lado e tirando a manga remanescente do braço bom. Quando desnudou o peito dele, Kate ficou pasma. Ele não pareceu perceber o choque dela, e Kate ficou em dúvida se a insensibilidade de Thorne era uma coisa boa ou um mal sinal. Mas como ele não reparou, ela aproveitou para olhar. O peito dele era duro, feito de músculos esculpidos cobertos por pele bronzeada. Ela viu muitos pelos escuros, algumas cicatrizes antigas... E tatuagens. Várias tatuagens.

Kate tinha ouvido falar dessas coisas. Ela sabia que muitos marinheiros tinham figuras ou imagens gravadas na pele, mas pelo que se lembrava, ela nunca viu pessoalmente aquilo. Pelo menos não assim de perto. Nem todas as tatuagens de Thorne eram imagens ou figuras. Havia algo abstrato na parte superior direita de seu peito, circundado por um emblema pouco menor que a palma da mão dela. No ombro dele havia uma flor pequena, desenhada grosseiramente – que parecia com uma rosa Tudor. Uma fileira de números subia pelo lado de baixo se seu braço esquerdo. E no flanco ela encontrou um par de letras: M e C. Tão primitivo. Tão *fascinante*. Ela não pôde evitar de colocar os dedos naquelas letras e imaginar o que significavam. As iniciais de uma antiga namorada, talvez? Kate sabia que Thorne teve muitas amantes, mas a ideia dele com uma namorada lhe pareceu absurda. Quase tão absurda quanto a pontada de ciúmes que ela sentiu atingir seu peito. Mas quando ela tocou a pele dele, o calor escaldante a lembrou da tarefa mais importante que tinha diante de si. Manter vivo aquele homem imenso, tatuado e teimoso.

Ela tentou levantar da cama, mas o braço bom dele se levantou para segurá-la. Ele ainda tinha um pouco de força, evidentemente, e a usou para puxá-la para perto.

"O que foi?", perguntou ela.

"Você é tão cheirosa." Os olhos dele estavam fechados e sua voz era um balbucio arrastado. "Parece trevo."

Ela engoliu em seco.

"Eu nem sei como é o cheiro do trevo."

"Então você precisa deitar e rolar neles."

Ela riu baixinho. Se ele estava fazendo graça, não podia estar perdido. Então ele contraiu os músculos, seus olhos viraram para trás e ele começou a convulsionar no colchão. Kate pôs as mãos no peito dele e aplicou todo seu peso, segurando Thorne na cama.

Então ele parou, mole e ofegante. A mão dele encontrou o cabelo dela, onde se enroscou.

"Katie. Estou morrendo."

"Você não está morrendo. Picadas de víbora raramente são fatais. É o que o livro falou. Mas eu preciso fazer uma pomada, e chá."

Ele a segurou firme, impedindo que Kate se movesse.

"Eu estou morrendo. Fique comigo."

O desespero a ameaçou, mas Kate conseguiu mantê-lo longe. Ela lembrou de algo que Susanna uma vez lhe disse – homens grandes e fortes geralmente são os piores pacientes, os mais infantis, quando forçados a ficar de cama. Quando resfriados, gemem e reclamam como se estivessem à beira da morte. Thorne estava simplesmente exagerando. Era o que ela esperava.

Ela passou a mão pela testa suada dele.

"Você vai ficar bem. Eu só preciso ir fazer..."

"Você não me conhece."

"Eu conheço. Eu o conheço melhor do que você pensa. Eu sei que você é corajoso, bom e..."

"Não, você não sabe. Você não se lembra de mim. Mas é melhor dessa forma. Quando eu cheguei à vila, fiquei preocupado. Temi que você pudesse me reconhecer. Às vezes eu quase desejo que você se lembre. Mas é..." Ele inspirou penosamente. "É melhor assim."

"O que você está dizendo?" Os nervos de Kate ficaram alertas. "É melhor assim como?"

"Você ficou tão bem, Katie. Se ela pudesse ver você agora, ficaria... tão orgulhosa." A voz dele foi sumindo e ele fechou os olhos.

O que ele acabou de falar?

Ela sacudiu o braço dele.

"Quem? Quem ficaria orgulhosa?"

"Cante para mim", ele murmurou. "Sua voz linda vai ser a última coisa que vou ouvir. Vou carregar um eco do céu comigo, mesmo que me arrastem para o inferno."

Ela não conseguia entender o que ele queria dizer com tudo aquilo. Talvez Thorne estivesse simplesmente delirando. Essa devia ser a explicação.

"Preciso apiloar as ervas", ela conseguiu falar. "Você precisa de uma pomada, e de chá."

"Cante." A mão que segurava o cabelo dela ficou fraca, e ele puxou os dedos de entre as mechas soltas. "Só que não... não o jardim. Não as flores lindas. Não cante esse verso para mim."

Ela congelou, estupefata.

"Como você conhece essa música? Quando você me ouviu cantando isso?"

"Sempre detestei... ouvi-la de seus lábios."

Ela buscou na memória, tentando lembra se algum dia cantou aquele verso na frente dele. Kate achou que não. Mesmo que tivesse cantado, por que ele o detestaria?

"Você tem me seguido? Espionado?"

Ele não respondeu. Bem, Kate precisava de respostas, e ela iria consegui-las. Ela se soltou da mão dele.

"Fique parado na cama e me deixe lhe fazer um pouco de pomada. Vamos conversar sobre isso depois que você se recuperar."

"Katie, apenas cante para mim. Estou morr..."

Ela o agarrou pelo queixo e chacoalhou sua cabeça, forçando-o a abrir os olhos. Suas pupilas estavam tão grandes que quase não dava para ver o azul.

"Você não está morrendo", disse ela. "Está me ouvindo, Thorne?"

"Estou." Seus olhos lentamente focaram no rosto dela. "Mas só para garantir..."

Ele puxou a boca de Kate para si e a beijou. Um beijo louco, febril, equilibrado à beira da morte. Ele a pegou desatenta, com os lábios entreabertos. O resultando foi um balé de línguas e dentes. Não havia nada de carinhoso naquele beijo, nem mesmo de sedutor. Foi quente, possessivo, violento e não guardou nada para depois. Enquanto a língua dele mergulhou fundo na boca de Kate, ela pôde sentir sua fome e desespero. A necessidade dele soou como uma dor profunda nos ossos dela. E ela se pegou correspondendo. Por puro instinto, ela retribuiu o beijo. Deixando sua língua dançar com a dele. Com cada toque daquela doce fricção, o desejo crescia dentro dela. Thorne gemeu em sua boca e a agarrou tão apertado que doeu. Quando o beijo foi interrompido, Kate estava atordoada. O que ainda assim era melhor que a situação dele, que desabou na cama, inconsciente.

"Não. *Não*."

Freneticamente, ela pôs a mão no pescoço dele para sentir seu pulso. Estava lá. Regular, ainda que acelerado. Ela tinha que agir rapidamente.

Kate levantou da cama. Na mesa, ela pegou o frasco de calaminta. Primeiro a pomada. Depois o chá. E em seguida, as orações. Extenso interrogatório mais tarde. Enquanto levava o acendedor até a lareira, Kate conversou com Thorne.

"Você não vai morrer, está me entendendo? Não vou deixar. Vou salvar sua vida nem que tenha que negociar com o próprio diabo."

Qualquer que fosse a informação que Thorne estava escondendo, ela não o deixaria levar para o túmulo. Kate precisava de respostas. E também precisava *dele*.

Capítulo Catorze

Ele sonhou com uma serpente gigante. Um cabo grosso de força implacável, deslizando pelas vielas estreitas de Londres. Enroscando-se em jardins e bosques em Kent. Por fim, serpenteando pelas colinas baixas de Sussex... perseguindo o aroma de maresia até o oceano. Ela o havia seguido até ali, até aquele castelo antigo, onde penetrou através da chaminé da torre e caiu na cama. Ela deu várias voltas com seu corpo no braço de Thorne. E apertou. *Que o diabo me leve.* A pressão era tão intensa que Thorne sentiu seus ossos virando pó. Então, como se infligir aquela dor excruciante no braço não fosse suficiente, a serpente do sonho envolveu seu peito. Cada inspiração parecia uma luta para erguer uma tonelada com as costelas. Thorne lutou com a fera escamosa durante horas, debatendo-se e atracando-se com a dor. Finalmente, por misericórdia, tudo sumiu na escuridão.

Algum tempo depois ele acordou com um sobressalto. Tudo estava escuro, a não ser pela lareira. Ele não podia se mexer. Repetidos esforços para recolher as pernas ou ficar sentado na cama não resultaram em nada. Seus membros não obedeciam a seus comandos. Ele ficou olhando para o teto, ofegante. Uma gota de suor escorreu da testa para a orelha. O ar do quarto estava espesso com o aroma de ervas e sebo. Quanto tempo havia se passado? Horas? Dias? Ele ouviu alguém se mexer perto da lareira.

"Katie?", ele disse com a voz rouca.

Ela não ouviu. Enquanto mexia no fogo, Kate cantarolava uma música. Ele fechou os olhos e voltou àquele primeiro dia. Thorne entrou no Touro e Flor e lá estava ela. Cantando. Ele não a reconheceu, não a princípio. Como poderia? Ela havia se tornado uma mulher, cerca de vinte anos mais velha do que na última vez em que Thorne a viu. E ela estava de lado para ele – o lado sem a marca. Para os olhos dele, cansados pela guerra, ela era apenas uma garota bonita vestida de branco. Para os ouvidos, ela era algum tipo de anjo. Ela alcançou uma nota – um trinado ameno, lamurioso – e pronto. Ele estava acabado. Aquela nota encontrou uma pequena fenda em sua armadura, contorceu-se para entrar por ali e cravou os dentes em sua carne. A voz dela era o veneno mais doce, e atingiu seu coração e seu sangue foi bombeado por todo seu corpo antes que ele pudesse pensar em se defender. Sua reação foi um inchaço de todos os seus impulsos: afinidade, desejo, proteção. Uma necessidade intensa e súbita de conseguir a aprovação dela.

Naturalmente, uma mulher bem-criada e talentosa não olharia para um homem como ele. Ela também não deveria olhar. Ele não fez planos nem teve expectativas. Mas simplesmente saber que ele *podia* sentir tudo isso era uma fonte de verdadeiro espanto. Ele estava entorpecido há tanto tempo. Ela soltou o último acorde e a música terminou com um silêncio vibrante. Ele não teria reparado em uma explosão na rua. Então ela se levantou do piano para voltar ao seu lugar. Thorne viu a marca em sua têmpora e a verdade o atingiu. Bom Deus. Era ela. *Katie*. A Katie magricela, de rosto gentil, tinha crescido. Então tudo fez sentido. Havia um motivo para ele ter aquela sensação forte de reconhecimento – afinal, ele a conhecia. Ele sentiu a necessidade de protegê-la porque ela já havia estado sob sua responsabilidade. E aquela necessidade de ter a aprovação dela... tinha raízes em um passado distante, quando ela olhava para ele com algo parecido com devoção nos olhos. Todos esses impulsos dentro dele... eram ecos de algo que ele havia perdido há muito tempo. Lembranças da humanidade que há muito tinha lhe sido tirada através de surras, fome e castigos.

Ela não o reconheceu, é claro. Kate não poderia se lembrar – ela era nova demais, e agora estavam muito diferentes. Os dois começaram na mesma sarjeta imunda na infância, mas eles escalaram paredes opostas do vale. Agora havia um abismo entre eles, e mesmo que ela forçasse a vista e usasse uma luneta, provavelmente nunca o reconheceria do outro lado. Mas o que importava era que ela tinha sobrevivido. Ela havia forjado uma nova vida bem distante da miséria sórdida que eles, um dia, compartilharam. E Thorne jurou para si mesmo, naquele momento, que não importava o quanto ele a achasse atraente, jamais faria qualquer coisa que ameaçasse a felicidade de Kate. Durante um ano em que, de modo geral, teve sucesso ao evitá-la. E então ele cometeu o erro imbecil de deixar que Kate segurasse seu cachorro. Um filhote de *lurcher* treinado bem demais, que acuou a primeira serpente que encontrou. Xugo jazia enrolado a seus pés, sobre a cama. Thorne fuzilou com o olhar a bola peluda. *Isso tudo é culpa sua, espero que você saiba.*

"Você acordou." Passos suaves atravessaram o quarto até a cama. Uma mão fria deitou sobre sua testa. "Estou aqui."

"Há quanto tempo estou apagado?"

"Desde a tarde de ontem. Faltam algumas horas para amanhecer, eu acho." Ela afastou o cabelo da testa dele. "Graças a Deus sua febre baixou. E o inchaço melhorou muito."

Ele pendeu a cabeça para o lado para analisar sua situação. A maior parte de seu corpo estava coberta por um lençol branco de algodão, a não ser pelo braço ferido, que estava por cima das cobertas. O torniquete havia sido tirado. Um emplastro de cheiro forte cobria sua ferida, e era mantido no lugar com tiras de flanela. Seu braço inteiro tinha sido lavado, e o inchaço cedido. A descoloração continuava, contudo – e linhas vermelhas e manchas roxas cobriam a pele. Seu braço parecia ter sido pego em uma prensa de passar roupa. Ele já tinha vivido coisa pior. O braço nem doía mais e estava dormente. Ele contraiu os músculos, tentando fechar o punho. Seus dedos apenas tremeram, fracos. Então ele tentou flexionar as pernas. Nada... Aquilo o preocupou.

"Beba isso."

Ela levou uma xícara de chá até os lábios dele. Thorne baixou a cabeça e bebeu. A infusão tinha um gosto vagamente familiar. Ele lembrou de Kate lhe dando a bebida com uma colher em algum momento durante a noite.

"Você ficou comigo", disse ele. "A noite toda."

Ela aquiesceu.

"Eu não poderia fazer de outro jeito."

"Fico lhe devendo."

"Vou pensar em um modo de você me pagar." Ela lhe deu um sorriso enigmático, irônico.

Ele olhou para seus membros que não queriam colaborar e hesitou.

"Eu... eu não consigo me mexer. Não posso mexer meu corpo abaixo do pescoço."

Ela não demonstrou a preocupação ou o desespero que Thorne podia estar esperando.

"Oh, eu sei que não pode."

Ele franziu a testa, confuso. Kate pegou a borda do lençol e o levantou, para que Thorne pudesse espiar por baixo dele. Muita roupa

de cama estava amarrada em seu tronco e braço esquerdo, prendendo-
-o à cama. Amarras... Depois que ele viu como eram e onde estavam,
Thorne conseguiu senti-las em suas pernas. Todos os nós estavam fora
de alcance.

"Por que você fez isso?"

"Primeiro, porque você estava tendo convulsões."

Maldição. Se ele tivesse batido nela enquanto estava desacordado,
nunca iria se perdoar.

"Eu..." As palavras não saíram. Ele limpou a garganta com uma tosse
grosseira, desesperada. "Eu machuquei você?"

"Não."

Graças a Deus.

"Mas você estava delirando, e fiquei preocupada que pudesse se
machucar ainda mais. Então eu o amarrei. E depois deixei as amarras
porque..." ela baixou o lençol, levou uma cadeira para o lado da cama e
o fitou com um olhar inquisidor, "porque você tem que me dar algumas
explicações."

O coração dele começou a bater forte.

"Eu não sei do que você está falando."

"Não sabe? Quando você ficou mal, ontem, falou bastante. Sobre
você e eu."

"Eu estava delirando." Os olhos dele fitaram a xícara na mão dela.
"Vou tomar um pouco mais de chá, por favor."

"Ainda não." Ela segurou a caneca com as duas mãos. "Pareceu que
você pensava que nós nos conhecemos."

"Mas nós nos conhecemos."

"No passado...", disse ela. "Quando crianças."

Um nó se formou na garganta dele, que lutou com força contra as
amarras.

"Você deve ter se confundido. Não me lembro de dizer nada disso."

"Pensei que isso pudesse acontecer." Ela pôs a caneca de lado e
pegou uma folha de papel. "Felizmente, eu anotei tudo."

Maldição. Ela alisou os amassados do papel. Ele fez uma expressão
de tédio. Kate fez, de propósito, uma voz grave e ranzinza. Para imitá-lo,
Thorne imaginou.

"Você ficou tão bem, Katie. Se ela pudesse ver você agora, ficaria...
tão orgulhosa." Ela baixou o papel. "De quem você estava falando? Quem
ficaria orgulhosa?"

Ele balançou a cabeça.

"Você precisa me soltar dessas amarras para que eu possa levá-la para casa. Você está exausta. Está imaginando coisas."

"Não estou imaginando *isso!*", ela disse com a voz firme, levantando o papel para ele ver.

O protesto enérgico dela fez o filhote acordar.

"Você mencionou alguma coisa a respeito de estar preocupado que eu o reconhecesse, lembre-se", ela continuou. "Você também mencionou que conseguia olhar dentro do meu corpete, e me falou que eu cheirava como o paraíso."

"Srta. Taylor..."

"Então voltamos a 'Srta. Taylor'. O que aconteceu com a 'Katie'?" Ela olhou para ele. "Essa é outra coisa estranha, sabe. Meu nome é Katherine. Minhas amigas me chamam de Kate. Ninguém me chama de Katie. Pelo menos, ninguém desde que eu era muito pequena."

"Solte-me." Ele usou sua voz de comando. "Vou levar você para casa. Não é adequado que você fique aqui comigo. Com certeza não sozinha, a esta hora."

"Eu não irei a lugar nenhum até que você me dê algumas respostas."

"Então você vai ficar aqui por muito tempo."

Ela poderia mantê-lo um mês ali que sua determinação não se abateria. Ele havia aguentado prisões muito mais duras, com guardas muito menos graciosos. Ele poderia ficar ali durante anos.

"Como está seu braço?", perguntou ela, mudando de assunto.

"Como está? Parece que é feito de madeira."

"Eu li mais um pouco enquanto você dormia. Ele pode ficar dormente por mais alguns dias, no mínimo." As saias dela farfalharam enquanto Kate ia para o outro lado da cama. Ela pegou um frasco de óleo e o destampou. Inclinando o frasco, ela despejou um tanto do líquido na palma de sua mão. "Isto vai ajudar com a rigidez, segundo o livro. É só óleo comum, que você usa na cozinha. Depois vou pegar algo aromático em Summerfield."

Ela pôs o frasco de lado e esfregou as mãos, espalhando o óleo pelas duas palmas. Depois ela deitou as duas mãos na pele nua de Thorne e começou a massagear seus músculos amortecidos. Os dedos hábeis amassaram sua carne, afastando a rigidez de seu antebraço. Infelizmente, a rigidez não estava abandonando o corpo todo... Estava simplesmente mudando de lugar – para seu púbis. Por baixo do lençol, seu membro inchou e cresceu.

"Pare com isso." Ele gemeu.

"Está doendo muito?"

Não. Está bom demais.

"Será que ajuda se eu cantar para você?", ela perguntou timidamente. "Do jeito que você me pediu para cantar, noite passada?" Ela cantarolou uma melodia cadenciada, depois cantou a letra que Thorne já conhecia. "*Veja o jardim de flores tão lindas...*"

Ele suspirou e fechou os olhos. Deus, ele odiava aquela música.

"*Rosas abertas*", ela continuou, delicadamente, "*orquídeas tão raras.*"

"Pare", Thorne rosnou para Kate. "Chega."

As mãos de Kate percorreram, massageando, toda a extensão do braço dele, até o curativo no pulso. Ela virou o braço dele com a palma para cima e simplesmente repousou seus dedos na mão dele.

"Passei a noite toda olhando para você. Vasculhando as poucas lembranças que tenho dos meus primeiros anos de vida. Quanto mais eu olho para você, mais sinto que existe um quebra-cabeça que eu preciso resolver. Mas as peças não se juntam. E se você não estiver disposto a me dar as informações..."

Ele inspirou fundo.

"...então não me resta alternativa que não usar meus meios mais cruéis de extraí-las."

"Você está *me* ameaçando?", ele debochou.

"Você acha que eu não sou capaz?"

Ela pegou a borda do lençol e a puxou para baixo até a cintura dele. Seu tronco nu ficou exposto à luz da lareira. Cada marca, cada tatuagem, cada cicatriz saliente. Ele esquentou com a sensação de estar exposto. Contudo, ela não pareceu chocada. Somente curiosa, de um jeito notadamente sensual. Sem dúvida ela tinha dado uma boa olhada nele antes. Thorne odiava que ao cuidar de sua enfermidade Kate havia perdido ainda mais de sua inocência. Mas o modo como ela inconscientemente umedeceu os lábios enquanto o observava... Ele não tinha como odiar aquilo.

Ela destampou novamente o frasco, segurando-o sobre seu peito, inclinando-o vagarosamente até que um fio de óleo começou a escorrer. Ela derramou o líquido escorregadio formando uma linha no centro de seu peito, dividindo-o de seus músculos abdominais, evitando o tecido que o prendia à cama, desenhando o caminho de pelos escuros que levava diretamente ao seu púbis. *Santo Deus.* A imagem era perversamente sensual. Que maldade ela pretendia fazer? Se ela passasse aquelas mãos macias por seu peito nu e coberto de óleo, Thorne não teria que se preocupar com uma confissão forçada. Ele entraria em combustão espontânea ali mesmo, não deixando para trás nada mais que cinzas.

"Eu tenho um jeito de fazer você falar." Sua boca se retorceu em um sorriso frio. "Prepare-se para minha arma secreta."

Thorne preparou sua região púbica.

"Aqui está ele."

Oh! Ela pegou o filhote com as duas mãos e o levantou acima do abdome reluzente de Thorne. O nariz contorcionista do cãozinho pairava a dois centímetros de seu umbigo cheio de óleo. Thorne contraiu os músculos abdominais. Então esse era o grande e malévolo plano de Kate. Ela iria extrair a verdade dele com lambidas. Usando o cachorro.

"O pequeno Xugo passou a noite toda conosco. Sem nada para comer a não ser uma casca de queijo que farejou em seu armário." Ela fez uma careta e falou com o cachorro: "Você está com muita, muita fome, não é querido?"

"Você não faria isso", disse Thorne.

"Ah, apenas me observe."

"Katie, não ouse."

Ela arqueou as sobrancelhas.

"Ah. Agora eu voltei a ser Katie? Minha tática já está funcionando."

Ele firmou o maxilar e a fuzilou com o olhar.

"Se fizesse ideia dos suplícios que eu aguentei na minha vida, você saberia... que eu não vou ser dobrado por um cachorrinho."

"Vamos tentar para ver o que acontece."

Thorne praguejou por dentro. Ele não seria dobrado por um cachorrinho, mas aquela mulher... era um verdadeiro perigo. Ela olhou direta e honestamente para ele.

"Durante toda a minha vida eu procurei por respostas a respeito do meu passado. Minha vida toda, Thorne. Não vou descansar até você me contar a verdade."

"Eu não posso."

Ela baixou o filhote mais um centímetro.

Um arrepio pulsou pela barriga de Thorne.

"Xugo, não", ele ordenou, ainda que soubesse da inutilidade que era tentar coibir esse comportamento de um cachorro.

O cão era um cão. Ele latia. Ele mastigava. Ele perseguia. *Deus tenha misericórdia.* Ele lambia.

Kate fez com que a primeira rodada de tortura fosse breve. Ela baixou Xugo por apenas alguns segundos de lambidas. Thorne rugiu como um animal. Um animal furioso. Suas narinas abriram. Os músculos de seu abdome foram tensionando progressivamente, ficando duros como paralelepípedos por baixo de sua pele. Tendões levantaram-se em seu pescoço, e seu braço bom virou puro músculo flexionado, com veias pulsantes em alto-relevo. *Céus!* A respiração de Kate também ficou mais rápida. Ele era enorme, forte e furioso, e estava totalmente à sua mercê. Um animal, mas lindo. Quase inebriada com o poder, ela segurou momentaneamente o filhote.

"É o bastante?"

A respiração dele estava pesada, sua voz era áspera.

"Pare com isso. Pare agora."

"Implore por misericórdia."

"Com o diabo que vou implorar."

Ela baixou o filhote novamente. Dessa vez Thorne se esticou e arqueou com tanta força debaixo das amarras que o estrado da cama balançou para frente e para trás. A cama toda se deslocou vários centímetros pelo chão. Gotas de suor pontilhavam sua testa.

Ela lhe deu outro breve descanso.

"E agora?"

"Mulher ardilosa. Você vai se arrepender disso."

"Duvido muito." Ela baixou o cachorro mais uma vez, deixando-o lamber o flanco de Thorne, logo abaixo de sua última costela. Ele arqueou e arfou.

"Está bem", ele finalmente rugiu. "Muito bem. Você ganhou. Apenas tire esse cachorro de mim."

"Você vai me contar tudo?"

"Vou."

A vitória fez Kate estufar o peito.

"Eu sabia que você se renderia."

"Não estou pedindo misericórdia para mim", ele ofegou, os olhos pregados no teto. "É pelo cachorro. Com todo esse óleo, você vai fazê-lo passar mal."

Ela sorriu, satisfeita consigo mesma, ao perceber que havia encontrado o calcanhar de Aquiles de Thorne.

"Eu sabia que você se importava com ele."

Ela trouxe Xugo junto ao peito e o elogiou exageradamente antes de soltá-lo no chão. Então deu toda sua atenção a Thorne. Oh, a expressão no rosto dele era mortal.

155

"Estou ouvindo", disse ela.

"Primeiro me solte destas amarras."

"Quando você está assim furioso comigo? Eu posso ser corajosa, mas não sou idiota." Ela pegou a caneca de chá. "Mas vou lhe dar um pouco disso."

Ela se aproximou da cabeceira da cama e levou a caneca até os lábios dele, colocando uma mão debaixo da cabeça de Thorne para ajudá-lo a beber. Quando ele repousou a cabeça no travesseiro, Kate passou seus dedos pelo cabelo desalinhado dele, ajeitando-o.

"Pode começar", disse ela.

Ele suspirou.

"Sim, eu conheci você criança. Você era só uma coisinha quando nos vimos pela última vez. Quatro anos de idade, talvez. Eu era mais velho. Dez ou onze. Nossas mães..."

Ao ouvir a palavra "mães", Kate sentiu um caroço se formando na garganta.

"Nossas mães?" Ela agarrou a mão boa dele. "Você tem que me contar tudo. Tudo, Thorne."

Ele suspirou, relutante.

"Eu vou lhe contar mais. Juro. Mas me solte primeiro. Essa história exige um pouco de dignidade."

Ela refletiu.

"Tudo bem."

Kate pegou a faca na mesa. Com movimentos cuidadosos, ela cortou cada uma das tiras de tecido que o prendiam na cama. Algumas passavam por cima de suas pernas vestidas. Outras circundavam a pele nua de seu peito e abdome. Para erguer e cortar o tecido, ela teve que passar suas mãos pela sua pele quente. Ela tentou manter uma conduta profissional, mas foi difícil. Depois que ela cortou a última amarra, Thorne se apoiou no cotovelo bom e lentamente se curvou, até ficar sentado na cama. Um gigante adormecido que despertava. Suas botas atingiram o chão com dois baques pesados. Kate nem se preocupou em tentar removê-las. Ele esfregou o rosto quadrado e não barbeado, depois passou a mão pelo cabelo. Seu olhar caiu para o peito nu e coberto de óleo.

"Você tem uma esponja ou pano molhado?"

Ela lhe entregou uma toalha úmida que estava na mesa de cabeceira. Ele a pegou com a mão esquerda e passou o quadrado de tecido no pescoço e na nuca. Enquanto ele inclinava a cabeça para um lado e outro, Kate admirou os ombros esculpidos, atravessados pelos tendões esticados, e os contornos definidos entre cada músculo. Não havia nada macio nele, em lugar nenhum. E havia aquelas tatuagens intrigantes. Quando ele baixou a mão e começou a esfregar o peito, a boca de Kate ficou seca. Ela desviou o olhar, repentinamente consciente de que o estava encarando. Uma camisa. Ela tinha que encontrar uma camisa para ele. Um armário estreito perto da entrada da torre parecia servir de guarda-roupa. Foi ali que ela pendurou o casaco vermelho do uniforme na noite passada, depois que o perigo passou. Ela foi até lá e encontrou uma camisa limpa de tecido macio. Ele pôs de lado a toalha molhada e Kate desviou os olhos enquanto lhe entregava a camisa. Alguns momentos depois ela voltou a olhar. Ele tinha conseguido passar a cabeça pela grande gola aberta e enfiar o braço bom na manga esquerda. Mas ela podia ver que ele lutava com o braço machucado.

Kate se aproximou.

"Deixe-me ajudar."

"Eu consigo", ele disse, recuando.

Intimidada, ela se afastou.

"Bem", disse Kate. "Estou feliz que você sobreviveu à tortura com sua teimosia intacta. Vou levar o Xugo lá fora um pouco."

A manhã estava fria e úmida de orvalho, e ela apressou Xugo para que fizesse logo suas necessidades, sem querer se arriscar a encontrar outra serpente. Quando voltou, Kate encontrou Thorne sentado à mesa com uma garrafa aberta. O cabelo estava molhado e penteado. Ele tinha vestido um casaco.

"Eu teria me barbeado e colocado uma gravata, mas..." Ele olhou para o braço direito, pendurado imóvel e inútil ao seu lado.

"Não seja bobo." Ela se sentou com ele e apoiou um cotovelo na mesa. "Não é necessário. Nem posso imaginar como está a minha aparência, no momento."

"Linda." Ele falou a palavra sem hesitar. Seu olhar intenso encontrou o dela. "Você é linda, sempre." Ele estendeu a mão para pegar uma mecha solta do cabelo dela. "O cabelo dela tinha cachos assim, mas não era tão escuro."

"Onde aconteceu isso?" Ela engoliu o nó que sentia na garganta. "Onde nós morávamos?"

"Southwark, como lhe disse. Perto da prisão. A vizinhança era ruim, muito violenta."

"E você me chamava de Katie, na época."

Ele aquiesceu.

"Todo mundo chamava."

"E como eu chamava você?"

O peito dele subiu e desceu lentamente.

"Você me chamava de Samuel."

Samuel. O nome tocou algo dentro dela. Lembranças foram evocadas, congestionando os lugares escuros de sua mente. Quando Kate tentava olhar diretamente para essas lembranças, elas sumiam. Mas Kate podia sentir que estavam lá, esperando – misteriosas e sombrias.

"Nossas mães ocupavam quartos na mesma casa", disse ele.

"Mas você me disse que sua mãe virou prostituta."

Ele cerrou os dentes.

"E virou mesmo."

Ah, não. A respiração de Kate ficou difícil. As implicações eram horríveis demais para serem contempladas.

"Minha... Será que ela pode estar viva?"

Solenemente, Thorne negou com a cabeça.

"Não. Ela morreu. Foi quando mandaram você para a escola."

Kate piscou, olhando sem foco para uma ranhura na mesa. A raiva cresceu dentro dela, rápida e repentinamente. Ela queria xingar, gritar, chorar, bater em alguma coisa com seus punhos. Ela nunca havia sentido aquele tipo de raiva pura, inútil, e não sabia o que aquilo poderia levá-la a fazer.

"Sinto muito, Katie. A verdade não é agradável."

"Não, não é. Não é agradável. Mas é a *minha* verdade." Ela se afastou da mesa e se pôs em pé. "Minha *vida*. E não consigo acreditar que você escondeu isso de mim."

Ele massageou o rosto com uma mão.

"Deixe-me ver se entendi bem", continuou ela. "Quando você chegou em Spindle Cove, no verão passado, está dizendo que me reconheceu imediatamente?"

"Reconheci."

"Por causa disto." Ela tocou sua marca de nascença.

"Isso mesmo."

"Então você soube imediatamente que me conhecia desde criança. E no presente você me achou..." Ela revirou o ar com a mão. "'Bastante atraente', como você disse uma vez."

"Mais do que atraente."

"Quanto mais?" De pé, ela abanava os braços, provocando-o. "Bonita? Linda? Arrebatadoramente esplêndida além de todas as palavras e compreensão?"

"A terceira opção", ele devolveu. "Algo como a terceira. Quando você não está batendo os braços como uma galinha indignada, às vezes eu acho que você é a mulher mais linda do mundo."

Ela deixou os braços caírem. Depois de uma pausa constrangedora, ela disse:

"Eu não sou, saiba disso. Eu nem mesmo sou a mulher mais linda de Spindle Cove."

Ele ergueu a mão.

"Vamos voltar a desejável. Eu acho você muito desejável."

"Ótimo! Então você me reconheceu e me achou desejável."

"Muito."

"Ainda assim, em vez de falar comigo sobre tudo isso, decidiu me intimidar e evitar por um ano inteiro. Quando você sabia que eu pensava que era uma órfã abandonada. Quando você *devia* ter percebido como eu estava desesperada por qualquer ligação com meu passado. Como você pôde fazer isso comigo?"

"Porque era melhor assim. O fato de você não ter lembranças é uma bênção. Nós vivíamos em um lugar em que a maioria das pessoas gostaria de esquecer. Eu não queria infligir esse desgosto em você agora."

"Essa decisão não cabia a você!" Ela gesticulou furiosamente para o oceano oculto atrás dos muros do castelo. "Não posso acreditar nisso. Você teria ido para a América, sem nunca me contar nada. Deixando que eu ficasse na dúvida para sempre."

Enquanto Thorne a observava, ela andava de um lado para outro, e Xugo perseguia o babado da saia dela de um lado do aposento para o outro.

"Se os Gramercy não tivessem encontrado a pintura e vindo me procurar..." Um pensamento horrível passou por sua cabeça. "Oh, Deus. Era por *mim* que eles estavam procurando? Minha mãe se parecia com o retrato? Ela usava um pingente de pedra azul-escuro?"

"Não sei dizer. Minhas lembranças dela não são muito mais confiáveis que as suas. Quando eu a via, ela normalmente estava com ruge e os olhos pintados. Depois estava pálida com a doença. Rosa Ellie era..."

"Rosa Ellie." Kate deu um passo decidido em sua direção. "O nome da minha mãe era Rosa Ellie?"

"Era o nome que ela usava. Não acho que fosse seu nome verdadeiro."

Rosa Ellie. Poderia essa mulher ser a mesma Elinor Marie, ou será que se tratava de outra alma infeliz? Oh, Deus! Quem era *Kate*? A filha de um marquês? A filha de uma prostituta? As duas coisas?

Ela desabou sentada no chão, entorpecida. Xugo pulou no seu colo, como se tivesse ganhado algum jogo que estivessem disputando. Ela o ignorou. Nem beijos do filhote podiam melhorar aquele momento. Por hábito, seus dedos foram para a marca em sua têmpora. Uma filha do pecado, foi como a Srta. Paringham a chamou. Uma filha do pecado que devia viver envergonhada. *Seja corajosa, minha Katie.* Em seus momentos mais solitários, mais desesperadores, aquela voz tinha lhe dado esperança. Ela não podia abandonar aquilo. *Não agora.* Alguém, em algum lugar, a amou. Mesmo que aquele alguém fosse uma mulher desgraçada, e que esse lugar fosse um bordel sórdido, isso não mudava a essência do amor.

"Está vendo?", disse Thorne. "É por isso que tentei proteger você da verdade. Aprenda a deixar o passado esquecido, Katie. Olhe para sua vida agora. Tudo que você conseguiu, todas as amigas que fez. Você encontrou uma família que a aceitou."

Os Gramercy.

"Oh, Deus", ela suspirou. "Eu tenho que contar para eles."

"Não." Thorne bateu na mesa com seu punho bom. "Você não pode contar nada disso para eles."

"Mas eu tenho que contar! Você não vê? Esse pode ser o elo. Se Rosa Ellie era Elinor... então eles teriam certeza de que sou filha de Simon."

"Isso, e eles teriam certeza de que você passou seus primeiros quatro anos em um prostíbulo. Eles a rejeitariam. Não iriam querer mais nada com você."

Kate balançou a cabeça.

"Os Gramercy nunca fariam isso. Família acima de tudo. É o que eles sempre dizem. Eles já aguentaram muitos escândalos."

"Escândalos de alta sociedade. Isto é outra coisa. É diferente."

Ela sabia que ele estava certo. Não era a mesma coisa. Caso sua mãc tivesse sido uma cortesã de elite, *talvez* o escândalo não fosse tão grande. Mas uma prostituta de um bordel de baixa categoria em Southwark? Apesar de tudo...

"Eu devo a verdade aos Gramercy. Não posso deixar que me aceitem na família se houver uma chance de que tudo seja um engano."

Um novo pensamento surgiu nela. Kate se apegou a ele. Ela se pôs de pé.

"Talvez *você* esteja enganado, Thorne. Já pensou nisso? Você conheceu uma menina com uma marca de nascença. Mas isso foi há vinte anos. Você não pode ter certeza de que era eu."

"E quanto à música, Katie?"

Ela cruzou os braços e ergueu o queixo.

"A música é só uma cançãozinha boba. O que tem isso?"

Apesar de que em todos os seus anos em Margate, todos os seus anos de instrução musical, ela nunca encontrou outra pessoa que conhecesse essa música. Por um instante pareceu que ele iria usar o mesmo argumento. Mas então pareceu reconsiderar.

"Tudo bem", ele disse, erguendo o ombro bom como sinal de resignação. "Você tem razão. Devo estar enganado. Eu não conheci você quando era criança. Você não era filha de uma prostituta. Mais uma razão para você não contar nada disso para os Gramercy."

"Mas eu tenho que contar", ela murmurou. "Eu devo. Eles merecem saber. Eles têm sido tão gentis comigo, têm colocado tanta fé em mim. Eu preciso contar. Hoje."

Ele se esforçou para ficar de pé.

"Então eu vou com você."

"Não." Ela fungou. "Não quero você lá. Não quero você em nenhum lugar perto de mim." Ela enfiou um dedo no próprio peito. "Eu tentei ver o melhor em você, apesar de todo seu mau humor. Eu o defendo com todo coração, mesmo com suas rejeições insensíveis, e ontem... eu estava pronta para me *casar* com você, seu homem sem coração. Eu fui tola em pensar que estava começando a amar você."

A voz dela falhou.

"E você estava mentindo para mim. O tempo todo, desde o primeiro instante em que você entrou nesta vila e me viu cantando com aquele xale indiano emprestado. Você mentiu para mim. Você me forçou a aceitar essa piada de noivado. Você me fez de boba na frente de todas as minhas amigas, e também das pessoas que eu esperava chamar de família. Tudo isso quando você sabia – você *sabia* o quanto a verdade significava para mim. Não posso deixar que você continue a me magoar, Thorne. Você estava certo, naquele dia no átrio, eu preciso de alguém capaz de compaixão e carinho. Eu preciso de um homem melhor."

"Katie..."

"Não me chame assim. Nunca mais me chame assim."

Ele a pegou pelo braço.

"Katie, não posso deixar você ir embora. Não assim."

"Por que não?"

"Porque eu..."

O pulso acelerado dela falseou. Se ele dissesse que a amava, ali, naquele instante, ela não conseguiria ir embora. Mesmo depois de tudo que Thorne havia feito, ela não teria coragem de ir embora. Ele devia saber disso. *Continue*, ela pediu em silêncio. *Só três palavras e sou sua.*

"Porque você passou a noite aqui", disse ele.

Ela apertou os olhos. *Covarde.*

"Você passou a noite sozinha comigo", disse ele. "Se alguém notar isso, você estará arruinada. Completamente."

"Eu vou me arriscar. Prefiro ficar arruinada do que ficar com você." Ela lutou para se soltar da mão dele e foi até a porta. "Nosso noivado acabou."

"Você tem razão, acabou", disse ele. "Vamos nos casar hoje."

~~ *Capítulo Quinze* ~~

Thorne sabia desde o começo que isso iria acontecer. Ele a tinha avisado, mais de uma vez, que se o conhecesse, iria querer ficar o mais longe possível. Ele a observava então, aproximando-se da porta, exibindo uma expressão de pura repugnância.

"Casar com você? Hoje?" Ela balançou a cabeça. "Você ficou louco. Talvez seja o veneno da víbora."

"Eu nunca diria que sou um homem culto, mas acredito que sou inteligente." Ele atravessou o quarto lentamente, acostumando-se com o novo equilíbrio provocado pelo braço inerte. "Você passou a noite comigo. Sozinha. No meu quarto."

"Mas você estava doente. Eu não podia deixar você. Não tive escolha. Além disso, nada aconteceu." Suas faces ficaram coradas. "Bem, quase nada."

Thorne estremeceu ao lembrar da doçura tímida da língua aveluda-da de Kate, e do calor macio de seu sexo. E de todas aquelas promessas ingênuas, sonhadoras, que ela fez de ficar com ele, amá-lo e dar-lhe um lar, como se Thorne fosse outro cãozinho perdido que ela resolveu adotar. Evidentemente, essas promessas haviam sido revogadas.

"Você sabe tão bem quanto eu", disse ele, "que não importa o que aconteceu ou deixou de acontecer, mas o que as pessoas vão pensar." Ele não a havia tirado de um prostíbulo tantos anos atrás só para fazer com que agora parecesse uma vagabunda. "Nós devemos nos casar. Você não tem escolha."

"É claro que eu tenho escolha. Fique olhando enquanto eu a faço." Ela escancarou a porta e saiu correndo por ela. Thorne a observou desaparecer na direção da vila – correndo com toda a pressa com que um morcego foge da alvorada.

Embora pensando que preferiria fazer aquilo com um pouco de pão e cerveja no estômago, Thorne saiu correndo atrás dela. Xugo acompanhou, feliz, a procissão, as orelhas coladas na cabeça. Enquanto corria pela trilha que levava do castelo à vila, Kate lançou um olhar para Thorne por sobre o ombro.

"Pare de me seguir. Eu não vou casar com você, Thorne. Você vai para a América. Eu pretendo continuar na Inglaterra. Com minha família."

A trilha chegou a uma encosta mais suave. Thorne forçou seus membros cansados a correr, e foi ganhando terreno até conseguir pegá-la esticando o braço esquerdo. Ignorando o grito de protesto dela, Thorne a virou para que o encarasse. O cabelo de Kate escapou dos grampos e caiu pelos ombros em ondas pesadas. Ela o encarou, ofegante. Thorne percebeu que também estava sem fôlego. Como foi que ela disse mais cedo? *Arrebatadoramente esplêndida, além de todas as palavras e compreensão?* Sim, isso a descrevia bem.

"Você precisa se fazer uma pergunta importante", disse ele. "Se aquela família é mesmo a *sua* família, e todos são tão compreensivos... por que sua mãe nunca os procurou? Antes de Simon morrer, por que ele não contou para ninguém sobre a criança?"

"Talvez não tenha havido tempo. E como Tia Sagui explicou, os pais deles nunca aprovaram aquele amor. Mas Evan era apenas um garoto na época. As coisas são diferentes, hoje. Estes Gramercy são diferentes. Eles não vão me abandonar."

"E se abandonarem? Se você for expulsa da Queen's Ruby, como provavelmente será, depois de passar a noite comigo, não vai ter como viver. Como você vai se sustentar?"

Ela deu de ombros.

"Eu tenho amigas. Essa pode ser uma noção estranha para você, mas existem pessoas que me ajudariam. Susanna e Lorde Rycliff me acolheriam."

"Tenho certeza que sim. Mas Rycliff é meu oficial superior. Se eu lhe contar as circunstâncias, ele vai concordar que temos que casar."

Kate se virou e olhou para além do mar azul-esverdeado, parecendo desesperada e perdida. Seu peito doía.

"Katie", ele disse, "estou querendo tomar a atitude honrada."

Ela o fuzilou com o olhar.

"Bem, você está um ano atrasado."

Ele sabia que merecia ouvir aquilo.

"É injusto, eu sei. Você foi gentil demais para me deixar sozinho, e agora tem que pagar por isso com seu futuro. As coisas são assim. Atos de bondade custam caro."

Essa foi uma lição que a vida lhe ensinou bem. Mas ele faria tudo de novo. Ele engoliria um ninho inteiro de víboras vivas se isso poupasse Kate de um instante de dor. Ele tentou pôr um pouco de compaixão na voz, em vez da mistura habitual de frieza e autoridade impessoal.

"Vamos. Vou levar você para casa. Está cansada."

"Eu *estou* cansada. Cansada de segredos, cansada de mentiras. Mas, mais do que tudo, estou exausta de viver na incerteza, sentindo que sou puxada em duas direções, no passado e no futuro. Vou conversar com Evan e lhe contarei tudo. Exatamente o que aconteceu e não aconteceu na noite passada. Vou falar de Rosa Ellie e do bordel em Southwark. Vamos tirar tudo isso a limpo, e então vou ouvir o que ele tem a dizer."

"Por que você deixaria Drewe tomar as decisões? Você só o conhece há poucas semanas. Ele não..."

"Eu disse que vou ouvir o que ele tem a dizer", respondeu ela. "Eu vou tomar minhas próprias decisões. Eu já deixei que você decidisse demais por mim desde que os Gramercy apareceram na minha vida. Estou pagando o preço disso, agora, mas não vou cometer o mesmo erro de novo."

"Eu só estava..."

"Cuidando de mim? Ah, é." Ela abriu os braços e mostrou a roupa amarrotada. "E que bom trabalho você fez."

"Minhas intenções eram decentes."

"Por favor." Ela enfiou o dedo no meio do peito dele. "Você me traiu, Thorne. Mentiu para mim. Você não faz ideia de como me amar. Eu não vou casar com você. Nem hoje, nem nunca."

Ele expirou lentamente. *Nem nunca*. Depois que uma mulher expressa sua vontade de forma tão clara, um homem teria que ser um canalha para continuar atrás dela. Ela sabia quais eram os riscos. Ela tinha amigas, caso precisasse de ajuda. Se Kate o queria fora de sua vida, Thorne a deixaria. Naquele dia mesmo.

"Agora eu vou para casa, para a pensão." Kate se afastou. "Não me siga."

"Tenho providências a tomar em Londres", disse ele. "Vou partir esta manhã."

"Ótimo."

Ela cruzou os braços à frente do peito, virou e saiu a passos largos pela trilha. O vento que soprava do mar jogou seu cabelo e seu vestido em todas as direções, mas Kate nunca se desviou de seu caminho. Thorne a observou indo embora, até que um ganido canino bem agudo chamou sua atenção para baixo. Xugo esperava junto a seus pés, abanando o rabo. O cachorro gania ansiosamente enquanto olhava para a figura de Kate se retirando e depois para Thorne.

"Pode ir", disse Thorne, liberando Xugo para ir atrás dela. "Cuide dela por mim."

Enquanto caminhava de volta à vila, Kate chegou a uma bifurcação do caminho. A trilha à esquerda continuava para a vila, enquanto a da direita levava à estrada. Ela virou para a direita e olhou ao longe. Talvez ela devesse simplesmente continuar andando até chegar a alguma outra vila e começar de novo. Ela poderia conseguir novas alunas de música, ou se tornar uma governanta. Ela poderia embarcar em um navio e ir para qualquer lugar do mundo. Desbravar a Austrália seria, com certeza, mais fácil que sentar com Lorde Drewe e lhe explicar os eventos da noite anterior. *Não, não.* Ela abafou aquela voz irracional que a impelia a fugir. Recomeçar tudo em um lugar estranho não era uma ideia prudente para uma mulher solteira e desprotegida. Rosa Ellie, quem quer que fosse aquela pobre alma, provavelmente teve grandes esperanças de pegar seu bebê e fazer exatamente isso. E veja como ela terminou.

Kate pegou o caminho à esquerda e foi se arrastando para a Queen's Ruby sob a primeira luz da manhã. Ela não conseguiria suportar mais evasivas, decepções ou meias-verdades. Era hora de passar tudo a limpo com todos e torcer para que as coisas dessem certo.

"*Kate.*"

"Quem está aí?"

Uma figura emergiu das sombras e a cobriu com uma capa imensa e escura. O tecido pesado a sufocou e ela se debateu por instinto. Kate sentiu como se estivesse sendo atacada. Ah, que ironia seria se nem vinte minutos depois de recusar a proteção de Thorne, se ela fosse sequestrada e mantida refém. Talvez assim ela conseguisse fazê-lo rir.

"Pare de se debater", disse uma voz. "Estou quase conseguindo..."

A cabeça de Kate finalmente saiu pelo alto da capa. Ela podia respirar novamente. E enxergar.

"Harry?" Aturdida, ela olhou para a mulher linda e não convencional que passou a considerar uma prima.

Harry pôs um braço ao redor de Kate, levando-a de volta à rua.

"Oh, Srta. Taylor!", ela disse em voz alta. "Que bela caminhada nós demos esta manhã. Tão revigorante, esse passeio por Downlands. O cachorro também gostou."

"Do que é que você está falando?", sussurrou Kate.

"Apenas me acompanhe", Harry murmurou de volta, ajeitando a capa nos ombros de Kate. "Não se preocupe. A menos que eles vejam que você está usando o mesmo vestido de ontem, ninguém vai suspeitar."

"Ninguém vai suspeitar do quê?"

Harry ergueu a voz quando elas se aproximaram da entrada da Queen's Ruby.

"Sério, que caminhada deliciosa. O tempo está ótimo. Se eu fosse do tipo que colhe flores, teria pegado dezenas."

Quando elas entraram na pensão, a Sra. Nichols veio cumprimentá-las. A velha senhora exibia uma expressão de verdadeira preocupação.

"Oh, Srta. Taylor. Que bom vê-la esta manhã. Está se sentindo melhor, querida?"

"Eu... eu...", Kate gaguejou.

"É claro que ela está se sentindo melhor." Harry pegou Xugo no colo. "Veja só esse rosado nas faces. É como eu sempre digo, não há nada que uma boa caminhada pelo campo não consiga curar."

Antes que Kate pudesse começar a discordar, uma Harry sorridente a empurrou na direção da escada.

"Nós vamos nos lavar para o café da manhã, Sra. Nichols. Mal posso esperar para provar o seu delicioso pão de groselha esta manhã."

Quando elas chegaram ao alto da escada, Harry conduziu Kate para o quarto dela, onde entrou junto com a prima e soltou o cachorro, para em seguida se deixar cair dramaticamente contra a porta fechada.

"Muito bem." Ela deu um sorriso de entendimento mútuo para Kate. "Isso foi suficiente. E, como eu lhe disse, ninguém suspeita de nada."

"Não estou entendendo." Kate sentou na borda de sua cama estreita. O quarto dela era pequeno, enfiado em um canto da pensão. Os quartos grandes eram reservados para as hóspedes ilustres, que necessitavam de guarda-roupas maiores e podiam pagar mais.

"Eu menti por você, é claro", disse Harry. "Eu costumava fazer isso por Calista o tempo todo. Ficou bastante óbvio porque nem você nem Thorne apareceram na taverna na noite passada. Então, quando alguém notou sua ausência, eu me ofereci para procurá-la. Eu disse para todo mundo que você estava se sentindo muito mal e descansava em seu quarto. Eu até me dei ao trabalho de acordar a Sra. Nichols para que ela providenciasse um pó para dor de cabeça." Os lábios dela se curvaram em um sorriso convencido. "Sou muito boa nessas coisas."

"É evidente", disse Kate. A cabeça dela estava girando.

"Devo dizer que isso quase me deixa com inveja. Quando duas mulheres querem ficar sozinhas, é fácil demais." Ela foi se sentar ao lado de Kate na cama. "Eu espero que você tenha aproveitado sua noite. Mas da próxima vez, você pode fazer o favor de me avisar com antecedência?"

"Oh, Harry." Kate apoiou a cabeça em suas mãos. Ela sabia que a interferência da prima era bem-intencionada. Mas não foi oportuna – logo depois que ela jurou passar tudo a limpo. "Não é nada do que você está pensando."

"Não precisa inventar desculpas para mim, Kate. Dentre todas as pessoas, não serei eu a julgar você."

"Eu sei. Mas estou dizendo a verdade. Juro que não aconteceu nada. De fato..." Ela parou de falar, sobrecarregada.

Harry estalou a língua e deu tapinhas no ombro de Kate.

"Você e o Cabo Thorne brigaram? Diga-me o que patife fez. Não se preocupe, pode xingá-lo à vontade. Quando vocês dois fizerem as pazes, não vou contar nada. Eu digo as coisas mais horríveis sobre Ames quando estou aborrecida."

"Eu acho que nunca vamos fazer as pazes." Kate ergueu a cabeça. "Eu terminei o noivado."

"Oh." Harry se aproximou e pôs o braço em volta dos ombros de Kate. "Ah, não. Sinto muito."

"Você sente? Achei que nenhum de vocês gostasse dele."

"Bem, não. Mas *você* gostava dele, então procuramos nos esforçar."

Kate sorriu, mesmo enquanto as lágrimas afloravam em seus olhos.

Harry lhe entregou um lenço que trazia no bolso do colete. Seguindo seu estilo, o lenço era típico de um cavalheiro – sem qualquer renda ou monograma bordado. Kate sentiu o coração apertar enquanto passava os dedos pela borda bem acabada do lenço. Ela detestava pensar que seus laços com aquela família pudessem ser uma mentira, um engano.

"Você não terminou com Thorne por nossa causa, terminou?", perguntou Harry.

"Não. Não, foi totalmente por outro motivo." Kate fungou e enxugou as lágrimas. "Eu preciso falar imediatamente com Evan. Esta manhã, se possível. Tenho que explicar para ele o que aconteceu na noite passada."

"Oh, não." Harry arregalou os olhos. "Kate, você não pode fazer isso. Você não pode contar nada sobre ontem à noite para Evan. Ele vai ter um de seus... episódios."

"Episódios?"

"Você já viu como ele fica fervilhando. Mas você não o viu explodir. E nada o deixa mais louco que uma de suas parentes estar comprometida. Não foi por sua causa que eu menti, noite passada. Eu peguei gosto por esta vilazinha, e detestaria vê-la devastada."

Devastada? Claro que Harry deveria estar exagerando.

"Você acreditaria em mim se estivesse presente quando Calista foi descoberta com Parker", disse Harry. "Bom Deus, pareceu algo tirado de uma tapeçaria medieval. Um duelo, dois edifícios queimados por completo, pelo menos meia dúzia de cavalos valiosos correndo como loucos pelo pântano. Os cavalariços precisaram de dias para recuperar todos." Ela balançou a cabeça. "Isso fez as tentativas de Evan limpar a *minha* honra parecerem desentendimentos amigáveis no clube."

"E quanto a Claire?" Kate não conseguiu evitar de perguntar.

"Quanto menos se falar de Claire, melhor. Vamos apenas dizer que há um cavalheiro, em algum lugar, com partes faltantes. Partes *vitais*."

Nossa! Kate tentou reconciliar essas histórias com o Evan Gramercy que ela conheceu e passou a admirar. Ele parecia tão calmo e elegante. Quando tocaram piano juntos naquela noite, Kate *sentiu* a intensidade das emoções que ele guardava. Mas violência?

"Eu tenho que arriscar, de qualquer modo", disse ela. "Na verdade, minha virtude não foi comprometida. Minha consciência está limpa."

"Kate", Harry disse com seriedade. "Eu não sou do tipo que liga para convenções sociais. Mas até eu sei que, se você passou a noite com Thorne, está comprometida. Não importa o que aconteceu ou não aconteceu."

Foi exatamente o que Thorne tinha falado. Se dois seres humanos tão opostos quanto Thorne e Harry concordavam em algo, Kate só poderia concluir que devia ser verdade.

Harry apertou a mão dela.

"Eu lhe imploro. Descarregue seu coração comigo, se quiser, ou descubra um modo de contar para Evan apenas parte da verdade. Mas a menos que você deseje ferir o Cabo Thorne, não conte a Evan sobre a noite passada. E pelo amor de tudo, troque de vestido antes de falar com ele."

Houve uma batida na porta.

Kate inspirou profundamente e enxugou os olhos.

"Quem é?"

"Sou eu." A porta abriu um pouco, revelando a fisionomia doce de Lark. Quando ela pôs os olhos em Kate, a moça escancarou a porta. "Kate, o que foi? Você continua se sentindo mal?"

Kate balançou a cabeça.

"Não. Estou bem."

"Eu estava contando para ela uma história muito triste e trágica", disse Harry, colocando-se de pé. "E ela ficou muito comovida pela moral da história."

"Harriet. Não a provoque. Pelo menos não até ela estar definitivamente conosco." Lark se virou para Kate e sorriu. "Evan está com visitas na taverna. Os advogados, creio eu. Ele pediu para chamar você."

∼ *Capítulo Dezesseis* ∼

Embora tivesse estado muitas vezes no salão do Touro e Flor, Kate nunca havia visitado os aposentos *acima*. Seguindo as orientações de Fosbury, ela subiu por uma escada estreita e chegou a um corredor comprido e sem janelas. Ela congelou com aquela mesma imagem familiar. Ela estava em um túnel sóbrio e sem fim, e seu futuro a esperava na outra extremidade. Música de piano ressoava pelo chão, fazendo formigar a sola dos seus pés. Ela fechou os olhos e a cor azul brilhou por trás de suas pálpebras.

"Kate, é você?", a voz de Evan veio da primeira sala à esquerda.

"Sim." Ela estremeceu e passou a mão pela saia do vestido estampado antes de entrar.

Kate entrou em uma sala de estar pequena, mas confortavelmente decorada. Ela sabia que aquele devia ser um dos aposentos particulares de Fosbury – o dono da taverna desocupou para oferecer a Evan uma suíte completa, digna de um marquês.

"Srta. Kate Taylor, eu gostaria de apresentá-la a dois dos advogados da família, Sr. Bartwhistle e Sr. Smythe."

"Como estão?" Kate fez uma reverência para os dois homens, que vestiam casacos marrons tão parecidos que eram quase idênticos.

"E esta", Evan indicou uma senhora de idade usando um vestido índigo desbotado que há muito não estava na moda, "é a Sra. Fellows."

Kate sorriu e inclinou a cabeça, mas ficou consternada quando seu cumprimento não foi retribuído. A mulher mais velha permaneceu sentada na poltrona, voltada para a janela, olhando apenas em frente.

"Catarata", Evan sussurrou em sua orelha. "A pobre senhora está quase cega."

"Oh." Entendendo o distanciamento da mulher, Kate se aproximou para pegar a mão dela. "Sra. Fellows, é um prazer conhecê-la."

Evan fechou a porta da sala.

"A Sra. Fellows estava nos contando sobre o tempo em que trabalhou como governanta em Ambervale, há vinte anos."

"Ambervale?" O coração de Kate acelerou. Evan lhe disse, naquele dia em Wilmington, que pretendia procurar antigos empregados de Ambervale, mas nunca mais falou nisso.

Ele puxou uma cadeira para Kate, que a aceitou graciosamente.

Ele também se sentou.

"Diga-me, Sra. Fellows, vocês tinham muitos empregados na época do meu primo?"

"Não, meu lorde. Apenas meu marido e eu. O Sr. Fellows já faleceu, faz oito anos. Tínhamos um cozinheiro na época, e uma garota vinha todos os dias para ajudar. Nós mandávamos lavar a roupa fora. A maior parte da casa ficava fechada, sabe. Eles nunca recebiam hóspedes. Sua Senhoria e a Srta. Elinor gostavam de privacidade."

"Sim, eu posso imaginar." Evan sorriu para Kate. "E então a Srta. Haverford ficou grávida, está correto?"

A franqueza da pergunta obviamente afligiu a Sra. Fellows. Mas ela respondeu.

"Sim, meu lorde."

"E ela deu à luz uma criança. Era menino ou menina, a senhora recorda?"

"Uma garotinha." A Sra. Fellows ainda estava de frente para a janela, e ela sorriu para as partículas de pó que dançavam iluminadas pelos raios de sol. "Eles a chamaram Katherine."

Do outro lado da sala, o Sr. Bartwhistle pigarreou. Seu olhar perspicaz pousou em Kate – ou, mais especificamente, na marca de nascença em sua têmpora.

"Sra. Fellows", ele perguntou, "a senhora se lembra se a criança tinha... alguma marca característica?"

"Ah, sim. A infeliz pobrezinha tinha uma marca de nascença no rosto."

Infeliz pobrezinha? Pela primeira vez na vida, Kate bendisse a marca em sua têmpora. Se pudesse, teria *beijado* essa marca. Ela se inclinou para frente na cadeira, aguçando tanto as orelhas que sentiu os tímpanos doendo com o esforço.

"Se vocês querem saber", disse a Sra. Fellows, "foi o vinho. Devo ter dito milhares de vezes para a Srta. Elinor que uma mulher não deveria beber nada enquanto está grávida. É impróprio. Mas ela gostava de dar um gole de vez em quando e, é claro, quando a bebê chegou, havia uma grande mancha de vinho na têmpora.

"A senhora pode descrever essa marca com mais detalhes?", Evan perguntou. "Eu sei que faz muitos anos."

A Sra. Fellows se remexeu na poltrona.

"Mas eu me lembro e muito bem. Era bem aqui." Ela levantou a mão envelhecida até sua própria têmpora. "Tinha quase o formato de um coração. Nunca vou me esquecer, porque eles riram muito a respeito, sabe."

"Eles riram a respeito?", perguntou Kate, esquecendo-se que não era ela quem conduzia a entrevista.

"Riram um com o outro, isso mesmo. Eles eram assim, sempre rindo um com o outro a respeito de tudo. Eu ouvi a Srta. Elinor dizendo a Sua Senhoria, 'Nós sabemos que ela é sua, não é?' Isso porque ele também tinha essa marca de nascença. Mas o finado Lorde Drewe insistia que a marca era do lado da Srta. Elinor. Porque ela tinha o coração no rosto, e a criança também tinha."

Do outro lado da sala, Bartwhistle e Smythe escreviam furiosamente, anotando cada palavra.

Evan pegou a mão de Kate e a apertou.

"Eu sabia. Eu sabia que você era nossa."

"Parece que Simon e Elinor estavam muito apaixonados", disse Kate, engasgando de emoção.

"Ah, sim." A velha governanta sorriu. "Nunca vi casal tão loucamente devotado um ao outro." O sorriso foi sumindo. "E, depois que ele morreu, tão de repente, tão jovem... Oh, ela ficou muito abalada."

"O que aconteceu?", perguntou Evan.

"Nunca soubemos", respondeu a Sra. Fellows. "O médico disse que talvez a parteira tenha trazido uma infecção. Eu mesma sempre suspeitei da pintura. Não pode ser saudável, ficar fechado o dia todo com aqueles vapores horrorosos." Ela balançou a cabeça. "Seja como for que aconteceu, ele estava morto. Ficamos todos desolados, e a Srta. Elinor estava inconsolável. Sozinha no mundo, com uma recém-nascida? E não havia dinheiro. Nada. Sua Senhoria nunca teve muito em casa, e nós não podíamos continuar comprando comida fiado."

"O que vocês fizeram?", perguntou Kate.

"Nós fechamos a casa. A Srta. Elinor pegou a bebê e foi embora. Ela disse que iria voltar para casa em Derbyshire."

Evan se inclinou para Kate e murmurou:

"Imagino que ela não chegou lá, certamente, ou alguém saberia de algo. Se nós apenas soubéssemos o que aconteceu entre o fechamento de Ambervale e sua chegada em Margate."

Uma sensação de desespero tomou conta de Kate. Ela estava verdadeiramente cheia de mentiras e fraudes. Ela queria fazer – e dizer – a coisa certa. Mas ela não sabia qual era essa coisa certa. Como ela poderia falar para Evan de "Rosa Ellie" e do prostíbulo em Southwark – na frente dos dois advogados e da governanta que tinha sua mãe em tão óbvia alta estima? Isso importava? Talvez a história de Thorne fosse irrelevante. A garotinha que ele conheceu podia ser outra pessoa. O mais enlouquecedor de tudo era saber que seu próprio cérebro aprisionava a verdade. As memórias estavam lá. Ela sabia que sim. Mas ela nunca conseguia chegar ao fim daquele corredor.

"Eu gostaria de saber", disse Kate. "Eu queria, mais do que qualquer coisa, ter uma lembrança clara dessa época."

"O bom Deus deve tê-la levado para o céu", disse a Sra. Fellows. "Eu não consigo imaginar que a Srta. Elinor se separasse da filha por menos que a morte. Eu tenho seis filhos, e entraria em guerra com o diabo por cada um deles."

"É claro que sim, Sra. Fellows", disse Evan.

Impulsivamente, Kate foi para frente e segurou o pulso da governanta idosa.

"Obrigada", disse ela. "Por tomar conta dela. E de mim."

A Sra. Fellows tateou até encontrar a mão de Kate.

"É você, então? Você é Katherine? Filha de Sua Senhoria?"

Kate olhou para Evan, e depois para os advogados.

"Eu... eu acho que sim?"

O Sr. Bartwhistle e o Sr. Smythe conversaram. No final, o Sr. Bartwhistle respondeu pelos dois.

"Entre o registro da paróquia", disse ele, "a notável semelhança física e a declaração da Sra. Fellows com relação à marca de nascença, nós sentimos que é seguro concluir positivamente."

"Sim?", perguntou Kate.

"Sim", respondeu o Sr. Smythe.

Kate se afundou na poltrona, emocionada demais. Os Gramercy irromperam em sua vida há menos de quinze dias. Evan, Lark, Harry, Tia Sagui – cada um deles, individualmente, a aceitou na família. Mas havia algo no "sim" seco, jurídico, dos advogados que fez a emoção transbordar. Ela enterrou o rosto nas mãos. Ela era uma criança perdida que foi encontrada. Ela era uma Gramercy. Ela tinha sido amada. Ela mal podia *esperar* para fazer nova visita à Srta. Paringham.

O Sr. Bartwhistle continuou:

"Nós vamos redigir uma declaração para que assine, Sra. Fellows. Se a senhora puder nos dar mais alguns detalhes. Esteve presente durante o nascimento?"

"Ah, sim", disse a governanta. "Eu estava presente no nascimento. E no casamento."

Casamento? Kate ergueu a cabeça de repente. Ela procurou o rosto de Evan, mas sua expressão era ilegível.

"Ela acabou de dizer 'casamento'?"

Depois que a Sra. Fellows e os advogados foram embora, Kate ficou com Evan na pequena sala do andar de cima. O velho livro da paróquia jazia diante dela sobre a mesa, aberto duas páginas antes do registro de seu nascimento.

"Simon Langley Gramercy", ela leu em voz baixa, "quinto Marquês de Drewe, casou com Elinor Marie Haverford no trigésimo dia de janeiro, 1791."

Não importava quantas vezes ela lesse aquelas linhas, Kate ainda achava difícil acreditar naquelas palavras.

Evan massageou o queixo.

"Eles foram bem próximos, não? Embora tivessem começado com escândalo, parece que Simon quis corrigir as coisas quando foi necessário."

Kate ergueu os olhos para o primo.

"Você sabia disso o tempo todo?"

"Você pode me perdoar?" Ele olhava fixamente para ela. "Nós sempre tivemos a intenção de lhe contar, uma vez que nós..."

"Nós? Então Lark, Harry e Tia Sagui... elas todas também sabiam?"

"Nós vimos o registro juntos, naquele dia em St. Mary of the Martyrs." Ele pegou a mão dela. "Kate, por favor, procure compreender. Nós precisávamos primeiro ter certeza da sua identidade, para evitar desapontá-la, ou..."

"Ou que eu me sentisse tentada a buscar a verdade."

Ele aquiesceu.

"Nós não conhecíamos você. Não tínhamos ideia de que tipo de pessoa você era."

"Eu compreendo", disse Kate. "Era necessário ter cuidado, e não apenas do seu lado."

"Foi por isso que você fingiu estar noiva do Cabo Thorne?"

Ela sentiu o rosto esquentar com uma onda de culpa. Como ele adivinhou?

"Não foi fingimento. Não exatamente."

"Mas foi uma conveniência. Inventada na hora, ali mesmo na sala de estar da Queen's Ruby. Ele queria proteger você."

Ela aquiesceu, incapaz de negar.

"Faz tempo que eu suspeitava disso. Não se sinta mal, Kate. Quando eu penso na forma como nós a surpreendemos naquela noite... Foi uma situação muito estranha, imprevisível. Para todos nós. Dos dois lados ocultamos informações. Mas estávamos apenas protegendo a nós mesmos e nossos entes queridos o melhor que podíamos."

As palavras de Evan fizeram Kate refletir sobre sua discussão com Thorne. Ela ficou tão furiosa porque ele não revelou o que sabia – ou *pensava* que sabia – sobre seu passado. Será que Evan não havia cometido exatamente a mesma transgressão? Mas ela não pulou da cadeira e começou a gritar com Evan. Ela não estava insultando o caráter de Evan. E também não estava se retirando do aposento esperneando e xingando, jurando nunca mais olhar para ele. *Por que a diferença?*, ela se perguntou. As atitudes dos dois homens foram tão diferentes assim? Talvez o mais articulado Evan tenha simplesmente explicado suas razões com mais habilidade que Thorne. Ou talvez fosse isto: Evan tinha escondido uma notícia alegre, enquanto a história de Thorne representava uma "verdade" dolorosa que ela preferia rejeitar. Se fosse isso, ela o tinha tratado muito injustamente. Mas era tarde para arrependimentos.

Com seu dedo longo e elegante, Evan tocou o livro paroquial.

"Você percebe o que isto quer dizer, certo?"

Ela engoliu em seco.

"Quer dizer que eles casaram antes do meu nascimento. Significa que sou filha legítima."

"Sim. Você é a filha legítima de um marquês. O que significa que é uma lady. Lady Katherine Adele Gramercy."

Lady Katherine Adele Gramercy. Era demais para acreditar. O título era como um vestido grande demais, emprestado de outra pessoa.

"Sua vida está prestes a mudar, Kate. Você vai entrar para os círculos mais altos da sociedade. Você deverá ser apresentada à corte. E tem também a herança. Uma herança significativa."

Ela balançou a cabeça, levemente horrorizada.

"Mas eu não preciso de tudo isso. Ser sua prima ilegítima já fazia parecer que eu estava vivendo um conto de fadas. Quanto à herança... eu não quero tirar nada de vocês."

Ele sorriu.

"Você não vai *tirar* nada. Você vai ter o que sempre foi seu de direito. Nós apenas emprestamos tudo isso de você pelos últimos 23 anos. Eu vou manter o título, naturalmente. O marquesado não pode ser transmitido a uma filha mulher." Evan tocou a mão dela. "Os advogados irão resolver tudo. É claro que você terá muito que conversar com o Cabo Thorne."

"Não", ela exclamou. "Não posso falar com ele. Thorne foi para Londres tratar de negócios. E antes de ele partir, nós... *eu* terminei o noivado."

Evan expirou de modo lento e controlado.

"Sinto muito, Kate, sinto muitíssimo por qualquer dano que isso tenha lhe causado. Mas por mim e minha família, não posso dizer que esteja decepcionado. Fico feliz que tenha terminado antes dessa conversa, e não depois."

"Você não precisava se preocupar", disse ela. "Ele não é um mercenário. Thorne não queria casar comigo, nem depois que soube que vocês pretendiam me tornar uma Gramercy. Se ele souber que sou uma *lady* de verdade, vai se distanciar ainda mais de mim."

As palavras de Thorne surgiram em sua mente: *Se eu não tivesse passado esse último ano pensando em você como uma lady, prometo que as coisas seriam diferentes entre nós.*

"Evan, você deve estar aliviado por todos os motivos", disse ela. "Agora que os advogados me aceitaram, não existe mais necessidade para que você... arrume outro modo de me dar o nome da família."

"Casando-me com você, é o que quer dizer?"

Ela aquiesceu. Foi a primeira vez que um dos dois admitiu aquela ideia em voz alta.

"O alívio deve ser seu, acredito." Um sorriso aqueceu os olhos dele. "De minha parte, não teria encarado isso como um fardo."

Ela se encolheu, esperando não tê-lo ofendido. Evan não parecia amá-la romanticamente, mas então... Depois de ontem, como ela poderia afirmar que entendia algo das emoções dos homens?

"Sinto muito", disse ela. "Eu não queria sugerir que eu... que nós..."

Ele aceitou as desculpas balbuciadas dela e fez um gesto para Kate esquecer.

"Kate, você terá tantas opções, agora. Todas as portas se abrirão para você. O Cabo Thorne pode ser um homem ótimo. Ele se deu ao trabalho de proteger você, e esse é um bom testemunho do caráter dele."

Você não faz ideia, ela pensou. Thorne enfrentou um melão por ela. E levou uma picada de serpente. Ele lhe deu seu cachorro.

"Mas", Evan continuou, "você pode se sair melhor na sua escolha de marido. Você merece mais."

Ela suspirou.

"Não tenho certeza de que isso seja verdade."

"Cabo Thorne! Você chegou, finalmente."

Thorne fez uma reverência.

"*Milady.*"

A própria Lady Rycliff o recebeu à porta de sua nova e suntuosa casa em Mayfair, no centro de Londres.

"Você sabe que não precisa fazer nada disso." Mechas soltas de seu cabelo cor de cobre flutuavam em frente a seu rosto sorridente enquanto ela o convidava a entrar. "É muito bom ver você. Bram estava ansioso esperando por sua visita. Agora que a bebê chegou, ele está novamente em menor número frente às mulheres."

O choro penetrante de um bebê veio flutuando do andar superior. Lady Rycliff baixou a cabeça e apertou o osso de seu nariz. Quando ela ergueu o rosto, sua boca estava torcida em um sorriso irônico.

"É evidente que a pequena Victoria também está ansiosa para ver você."

"Eu a acordei?", perguntou ele, preocupado.

"Não, não. Ela raramente dorme." Lady Rycliff o acompanhou até a sala de estar. "Você se importa de esperar Bram aqui? Desculpe abandonar você, mas nossa babá foi embora e estamos esperando a próxima."

Ela sumiu de vista e Thorne ficou em pé, constrangido, no meio da sala, analisando as evidências da bagunça de quem é refinado. Algumas almofadas jaziam espalhadas pelo chão. A sala tinha um cheiro... estranho. Ele mal podia acreditar que aquela era a casa de Lorde e Lady Rycliff. Bram nasceu e foi criado como militar. A ordem é tão natural para ele quanto respirar. Quanto à sua esposa... ela organizava tudo e todos quando morava em Spindle Cove. Eles não deveriam ter criados, pelo menos?

Como se estivesse lendo sua mente, alguém disse à porta:

"Bom Deus. Esta casa está uma catástrofe. Como é que ninguém lhe ofereceu uma bebida?"

Thorne se virou para cumprimentar Rycliff.

"Meu lorde", ele se curvou.

Rycliff fez pouco caso do título.

"Nesta casa sou apenas Bram."

Ele ofereceu a Thorne um copo de conhaque com uma mão e, com a outra, um aperto de mão.

"É bom ver você."

Thorne aceitou o conhaque e se desculpou por não poder aceitar o cumprimento. Seu braço direito continuava dormente do cotovelo para baixo, ainda que começasse a recuperar lentamente a sensibilidade. Enquanto bebia, ele analisou Bram, notando as mudanças que alguns meses de paternidade tinham provocado nele. Uma coisa era certa – ele tinha que demitir seu criado pessoal. Ainda era apenas final de tarde e Bram vestia um colete sobre uma camisa amarrotada com os punhos abertos. Aos olhos de Thorne, Bram parecia exausto, mas ele se arriscava a dizer que era uma exaustão feliz, muito diferente da fadiga sombria das campanhas militares.

Lady Rycliff reapareceu, trazendo o bebê chorão nos braços.

"Sinto muito", ela falou por cima da algazarra. "Ela é uma criança muito inquieta, eu receio. Ela chora com todo mundo. Nossa primeira babá já foi embora. Ninguém nesta casa está conseguindo dormir direito."

"Ela dorme por mim", disse Bram. "Passe-a para cá."

Sua esposa fez como ele pediu, evidenciando o alívio.

"Com apenas dois meses ela já é a queridinha do papai. Receio que teremos que aguentar essa gritaria por algum tempo." Ela olhou para Thorne. "Espero que você não tenha planejado uma estadia silenciosa e sossegada em Londres."

"Não, milady", disse Thorne. "Só preciso tratar de negócios."

E quando não estivesse ocupado com seus negócios, Thorne imaginava que iria passar longas horas ocupado com autoflagelação e arrependimento. Qualquer tipo de distração seria bem-vindo, mesmo que viesse na forma de uma bebê chorona.

"Pode ir", Bram disse para sua mulher. "Eu fico com ela. Sei que você tem que cuidar do jantar."

"Tem certeza de que não se importa? Eu vou verificar o quarto do cabo lá em cima."

"Eu sempre consigo fazer com que ela durma", disse Bram. "Você sabe disso. Venha, Thorne. Podemos tratar do seu assunto na minha biblioteca."

Segurando a filha com um braço e o conhaque com outro, Bram saiu da sala de estar. Thorne o seguiu pelo corredor até chegarem a uma biblioteca revestida de painéis de madeira. Bram fechou a porta com o pé atrás de si, colocou o conhaque sobre o mata-borrão, na escrivaninha, e ajeitou Victoria em seus braços. Ele ficou andando de um lado para outro, balançando-a lamuriosa. Bram mancava devido a um ferimento de guerra, o que conferia um ritmo irregular a seus passos.

"Às vezes andar ajuda", disse ele quando encontrou o olhar inquisitivo de Thorne.

Nem sempre, aparentemente. Como o choro da menina demorava para diminuir, Bram praguejou baixinho e rolou a manga até a metade do antebraço. Ele cravou um olhar autoritário em Thorne.

"Eu ainda sou seu oficial comandante. Você nunca poderá contar para Susanna que eu fiz isso. É uma ordem."

Ele mergulhou a ponta de seu dedo mínimo no conhaque e depois o colocou na boca da bebê. A pequena Victoria ficou imediatamente em silêncio, enquanto chupava, contente, o dedo do pai.

"Deus me ajude", Bram murmurou para ela. "Você vai dar trabalho quando tiver dezesseis anos."

Ele expirou profundamente e olhou para Thorne.

"Então, você tem certeza de que quer isso?"

"O quê?", Thorne perguntou, cauteloso.

"Uma dispensa com honras do Exército. Não a bebê. Embora ela seja chorona, não aceito me desfazer dela."

"É claro que não." Ele pigarreou. "Respondendo à sua pergunta... Sim, meu lorde. Tenho certeza."

"Chega com essa história de 'meu lorde', Thorne. Não estou lhe perguntando de lorde para criado, nem mesmo de comandante para soldado. Estou lhe perguntando de amigo para amigo." A bebê soltou o dedo, caindo em sono leve. Ele baixou a voz e voltou a andar pela sala, lentamente dessa vez. "Eu quero ter certeza de que é isso que você deseja. Você poderia fazer uma boa carreira no Exército. Estou muito bem colocado agora. Eu poderia facilmente lhe conseguir uma missão, se você quiser."

Essas palavras fizeram Thorne parar para pensar. O que Rycliff estava lhe oferecendo não era pouca coisa. Se ele aceitasse uma missão, teria uma posição mais alta na sociedade e uma renda garantida pelo resto da vida. O bastante para sustentar uma família.

"É muito generoso da sua parte..."

"Não tem nada de generoso. É uma compensação mínima. Você salvou minha vida e minha perna, serviu fielmente sob meu comando durante anos."

"Era meu dever e foi uma honra. Mas meu lugar não é mais na Inglaterra, se é que algum dia foi. Preciso de um lugar maior. Menos civilizado."

"Então você vai para a América. Para ser fazendeiro?"

Thorne deu de ombros.

"Pensei em começar caçando. Ouvi dizer que dá um bom dinheiro."

"Sem dúvida. E não posso negar que combina com seus talentos." Bram chacoalhou levemente a filha. "Nunca vou esquecer daquela vez nos Pireneus, quando você usou apenas a baioneta para esfolar e destripar aquela... o que era aquilo, mesmo?

"Uma marmota."

"Isso, uma marmota dura e gorda. Não posso garantir que algum dia eu vá pedir ensopado de marmota para o jantar, mas o gosto estava bom, pois foi a primeira carne fresca que comemos em quinze dias." Rycliff inclinou a cabeça na direção de seus livros contábeis. "Posso lhe emprestar um capital? Deixe-me fazer pelo menos isso. Podemos chamar de empréstimo."

Thorne negou com a cabeça.

"Eu tenho dinheiro guardado."

"Estou vendo que você está determinado a ser teimoso e autossuficiente. Eu respeito isso. Mas insisto que você aceite um presente, de amigo para amigo." Ele inclinou a cabeça para um rifle comprido e reluzente, pendurado sobre a lareira. "Leve o rifle. É o último projeto de Sir Lewis Finch."

Quando Thorne juntou as sobrancelhas, mostrando ceticismo, Bram rapidamente emendou:

"Fabricado profissionalmente, é claro. E minuciosamente testado."

Thorne pegou a arma com sua mão boa, para testar o equilíbrio. Era um belo rifle. Ele conseguiu se imaginar andando pela floresta com aquela arma em mãos. É claro que para completar o quadro ele precisaria de Xugo a seus pés. Droga. Ele iria sentir falta do cachorro. Thorne observou com interesse o amigo aninhando gentilmente a bebê adormecida em seus braços.

"Você a ama", disse ele. "A bebê."

Bram olhou para Thorne como se o amigo tivesse ficado louco.

"É claro que sim. Eu a amo."

"Como você sabe?"

"Ela é minha filha."

"Nem todo pai ama seus filhos. Como você sabe que ama a sua?"

Thorne sabia que tinha ultrapassado os limites normais da conversa, mas se Bram queria lhe fazer um favor... esse era um que ele apreciaria.

Bram deu de ombros e olhou para a filha adormecida.

"Imagino que seja uma pergunta justa. Quero dizer, por enquanto ela não faz muita coisa, certo? A não ser privar a mãe e eu de sono, alimentação, paz de espírito e sexo."

Bram acomodou seu corpanzil na cadeira da escrivaninha lentamente, para não acordar a bebê.

"Logo depois que toma banho, ela cheira melhor que ópio. Tem isso. E embora eu saiba que seja improvável, ninguém conseguiria me convencer de que ela não é a menina mais linda da Grã-Bretanha."

"Então ela é linda. E cheira bem. É só isso?" Se amor fosse só isso, Thorne pensou, ele estaria nadando no sentimento há muito tempo.

"O que eu posso dizer? Ela ainda não é muito de conversar." Bram balançou a cabeça. "Não sou filósofo, Thorne. Eu apenas sei como me sinto. Se você precisa de uma definição, leia um livro."

Deslizando a filha para o braço esquerdo, Bram pegou o copo de conhaque e tomou um bom gole.

"Essa linha de interrogatório significa que os boatos são verdadeiros? Você está com a Srta. Taylor?"

"Se estou?"

"Susanna recebeu cartas muito estranhas de Spindle Cove. Estão falando de noivado."

"É só falatório", disse Thorne. "Não há nada de verdade nisso." *Não mais.*

"Se não há nada de verdade, como é que esse boato começou?"

Thorne apertou a mandíbula.

"Não entendo o que você quer dizer."

Bram deu de ombros.

"A Srta. Taylor é uma boa amiga de Susanna. Só quero ter certeza de que foi bem tratada."

Uma onda de raiva agitou o peito de Thorne. Ele se esforçou muito para esconder aquele sentimento.

"Meu lorde, quando a dispensa entra em vigor?"

"Você tem permissão para falar livremente, se é o que quer saber."

Thorne aquiesceu.

"Então eu vou lhe agradecer se cuidar da sua própria vida. Se você fizer mais insinuações que possam denegrir a virtude da Srta. Taylor, terá que enfrentar mais do que palavras da minha parte."

Bram arregalou os olhos, surpreso.

"Você acabou de me ameaçar?"

"Acredito que sim."

"Bom Deus." Bram riu baixinho. "E aqui estávamos Susanna e eu apostando se você pelo menos gostava dela. Agora eu vejo que você está completamente amarrado nela."

Thorne balançou a cabeça. Ele não estava amarrado nela. Ela não o amarrava há pelo menos... quinze horas.

Bram ergueu a sobrancelha.

"Não se ofenda. Homens mais fortes que você já foram colocados de joelhos por mulheres de Spindle Cove."

Thorne emitiu um som de descrédito.

"Quem seriam esses homens mais fortes?"

Eles ouviram uma batida na porta da biblioteca.

"Como você consegue?", perguntou Lady Rycliff, maravilhada com a bebê dormindo nos braços de Bram. "Para um soldado velho e ranzinza, você encanta ovelhas e bebês com incrível facilidade. Cabo Thorne, qual é o segredo dele?"

Bram lhe deu um olhar severo. *Não conte. É uma ordem.*

Thorne não desobedeceria uma ordem. Mas ele também não podia deixar aquela observação sobre "homens mais fortes" ficar sem resposta.

"Devem ser... as cantigas, milady."

"Cantigas?" Lady Rycliff riu e se virou para o marido. "Eu nunca o vi cantar uma nota sequer. Nem mesmo na igreja."

"Ora, bem", disse Thorne. "Meu lorde as canta com muita delicadeza. E então ele faz caretas beijoqueiras. Ele contou também uma história sobre fadas e pôneis."

Bram revirou os olhos.

"Obrigado por nada."

~~ *Capítulo Dezessete* ~~

Depois do Festival de Verão, as atividades em Spindle Cove retornaram ao ritmo de sempre. Ainda com o coração picado por uma víbora, Kate encontrou conforto na volta à rotina. As mulheres da pensão seguiam uma programação previsível durante o verão. Às segundas-feiras elas caminhavam pelo campo; terças-feiras eram para banhos de mar; às quartas, elas dedicavam suas mãos à jardinagem. E quinta-feira era o dia de atirar. E naquela, em especial – que começou com uma manhã nublada e triste –, Kate convidou as Gramercy para participar da prática de tiro em Summerfield, a propriedade de Sir Lewis Finch.

"Eu sempre quis aprender isto", disse Tia Sagui. "É tão divertido."

"Observe primeiro, atire depois." Kate demonstrou como carregar uma pistola de cano único. "Vocês devem medir cuidadosamente a carga com o polvorinho. Depois coloquem a bala e a bucha. Assim, estão vendo?"

Enquanto socava a bucha, Kate sentia a impaciência de Tia Sagui.

"Isso tudo é muito interessante, querida, mas quando é que nós fazemos 'bangue'?"

Kate sorriu.

"Vamos atirar juntas da primeira vez, tudo bem?"

Ela ficou atrás da velha senhora e a ajudou a levantar a pistola com as duas mãos, mantendo os braços nivelados enquanto mirava no alvo.

"Pode ser bom vocês fecharem um olho", disse ela. "Para terem mais precisão. Então engatilhem assim... E quando tiverem mirado, com a mão firme, apertem suavemente o..."

"Oh", exclamou uma das outras mulheres, "lá vem Lorde Drewe!"

"Evan está aqui? Onde?" A Tia Sagui virou para o lado, levando Kate com ela. Juntas elas giraram com a pistola carregada apontando para frente – como a agulha de uma bússola procurando o norte.

Todas as mulheres soltaram uma exclamação e se abaixaram.

"Abaixem-se!", Kate gritou, lutando para recuperar o controle.

"Evan, olhe!", chamou Tia Sagui. "Estou aprendendo a atirar!"

Percebendo que estava na linha de fogo, Evan congelou em seu lugar. "Ótimo."

Com um movimento rápido do polegar, Kate desengatilhou a arma.

"Tia Sagui, por favor." Ela agarrou os pulsos frágeis da velha senhora e os abaixou, até que a pistola apontasse, em segurança, para o chão. Embora seu coração estivesse disparado, ela manteve a voz calma. "Por que não deixamos isso de lado por enquanto? Parece que Lorde Drewe tem algo para dizer."

Evan se recompôs.

"De fato, eu tenho." Ele juntou as mãos e as esfregou vigorosamente. "Tenho notícias empolgantes para todos."

"O que aconteceu?", perguntou Charlotte Highwood.

"Sir Lewis concordou em me emprestar o salão de Summerfield por uma noite na semana que vem. Minhas irmãs e eu – ele parou de falar, para fazer suspense – vamos dar um baile."

Todas as mulheres ficaram em silêncio. Olhares nervosos foram trocados. Kate pensou ter ouvido alguém murmurar uma prece.

"Você disse...", Kate pigarreou. "Você disse um baile, Lorde Drewe? Aqui em Summerfield?"

"Isso, um baile. Vai ser nossa forma de agradecermos a Spindle Cove pela recepção calorosa que tivemos durante nossas férias. Vamos convidar a milícia, as moradoras da pensão. Todos vamos nos divertir muito."

O silêncio das mulheres não era a reação que Evan esperava. Ele observou as jovens que mostravam inquietação e falta de entusiasmo.

"Não estou entendendo. Vocês não gostam de bailes?"

"Nós gostamos", disse Kate. "É só que os bailes de Summerfield... bem, os dois últimos terminaram com violência e confusão. No último verão, o baile terminou antes mesmo de começar, devido a uma trágica explosão. E então no Natal, um contrabandista francês invadiu o salão e manteve a pobre Srta. Winterbottom refém a noite inteira. Então nós desenvolvemos um tipo de superstição, sabe. Quanto aos bailes em Summerfield. Algumas pessoas dizem que são amaldiçoados."

"Bem, este será diferente." Evan assumiu sua postura mais senhoril, de comando.

"É claro que será", disse Lark, "já que os Gramercy serão os anfitriões."

"Ah, sim", acrescentou Harry. "Nós somos conhecidos por dar a nossos hóspedes momentos inesquecíveis."

Kate poderia ter argumentado que os outros dois bailes em Summerfield também foram inesquecíveis – à sua própria maneira.

Diana Highwood sorriu, salvando a todos com seu jeito sempre afável.

"Mamãe vai ficar muito contente. Eu mesma mal posso esperar. Um baile é uma ótima ideia. Lorde Drewe, você e suas irmãs estão sendo muito gentis conosco."

"Obrigado, Srta. Highwood. O prazer é nosso." Ele fez uma reverência para Diana e depois se voltou para Kate. "Srta. Taylor, pode dar uma volta com minhas irmãs e eu pelo jardim? Gostaríamos de pedir seu conselho com relação à música."

"Muito bem", disse Kate. Ela desarmou e desmontou a pistola, guardando-a em segurança. Para Diana, ela sussurrou: "Por favor, não deixe a tia deles ficar perto de outra arma."

Diana riu baixinho.

"Não se preocupe, não vou deixar."

Antes de se dirigir ao jardim, Kate pegou Xugo com o caseiro de Summerfield. Embora ela supusesse que um cão de caça deveria se habituar ao barulho de tiros, Kate não achou aconselhável deixar que o cãozinho ficasse nos pés das mulheres durante a prática. Depois que eles passaram por uma cerca e saíram do campo de visão das outras mulheres, Kate falou com toda a família.

"Sinto muito pelo incidente com a pistola. Sinto muito mesmo. Foi indesculpável, da minha parte, colocar a pistola na mão dela. Eu não fazia ideia de que nossa querida tia fosse tão forte. Ou entusiasmada."

"Não se preocupe com isso", disse Evan. "Sir Lewis acabou de me mostrar seu salão medieval. Acredite em mim, não seria uma humilde pistola que faria meu sangue gelar depois de eu ver aquela coleção de instrumentos de tortura. Não foi pra isso que chamamos você para discutir."

"Não foi?" Ela arqueou a sobrancelha. "Tem certeza?"

"O baile", Lark sussurrou animada. "Precisamos conversar sobre o baile. Você sabe que é para você. É tudo para você."

"O baile é para mim?"

Lark vibrava de alegria.

"Sim, é claro."

"O que Evan disse sobre mostrarmos nossa gratidão a Spindle Cove...", disse Harry, "isso é verdade, também. Mas nós queremos apresentar você, Kate. Dar-lhe o debute que você nunca teve."

"Mas eu tenho 23 anos. Estou muito velha para um debute."

"Debute, estreia...", disse Evan, "são apenas palavras que significam 'apresentação para a sociedade'. É exatamente disso que se trata o baile. Precisamos contar para toda a Inglaterra sobre você, Kate. Mas parece correto que comecemos por aqui, em Spindle Cove. Todas as suas amigas vão ficar muito felizes por você."

"Eu sugiro um anúncio dramático à meia-noite", disse Harry. "Vamos deixar todos aflitos com a expectativa."

Kate ficou aflita com outro sentimento. Ela pensou que podia ser medo. Ela não conseguia entender por que aquela ideia a deixava inquieta. Ser anunciada como uma lady há muito perdida, durante um baile em sua homenagem – aquilo deveria parecer um sonho. Suas amigas *ficariam* empolgadas por ela, é claro. Exceto, talvez, a Sra. Highwood, que provavelmente ficaria apoplética de inveja. Ainda assim, ela não conseguia imaginar a cena sem sentir uma onda de ansiedade. Se ela iria ficar diante de todas as amigas e todos os vizinhos para ser anunciada como Lady Katherine Gramercy... Kate desejava se certificar que *ela* mesma acreditava naquilo. Que ela se lembrasse de algo, de modo inquestionável. Qualquer pequeno detalhe serviria. A cada dia que passava ela acreditava que as memórias estavam lá, mais próximas do que nunca. Ela só precisava encontrar a coragem de liberá-las.

Quando entraram em outra parte do jardim, Xugo atacou um pavão que andava por ali, correndo através de um canteiro de ervas. Kate se separou do grupo. Ela se abaixou para tocar uma rosa do tamanho de uma xícara de chá, e deslizou o dedo pela pétala aveludada. A textura delicada a deixou paralisada, e uma melodia cresceu dentro dela, instintiva como a respiração. *Veja o jardim de flores tão lindas...* Tinha alguma coisa naquela música. Alguma coisa importante. Se não, ela não teria se lembrado dela por toda a vida.

Kate afundou a sola da sapatilha no cascalho branco do jardim.

"Vocês me dão licença? Preciso voltar para a vila. Eu... eu esqueci uma coisa. E Xugo precisa dar a corrida dele."

Sem mesmo esperar por uma resposta, ela se virou e começou a andar na outra direção. O cachorrinho a seguiu de perto. Ela não tinha um destino específico. Mas ela *tinha* esquecido de algo. Ela iria andar e andar, e continuaria andando até se lembrar. Até que ela finalmente chegasse ao fim daquele corredor comprido e escuro. E quando ela chegasse lá... desta vez Kate abriria a porta.

"Não demore, Kate!", Lark gritou às suas costas. "O céu está com jeito de chuva."

Thorne não poderia ter escolhido um dia pior para viajar. Ele ainda não tinha ido muito longe, em direção ao sul, quando o céu escureceu com nuvens agourentas. Algumas horas depois ele encontrou chuva. Que não parou mais. Aquelas malditas estradas de Sussex não precisavam mais do que um chuvisco para irem de "terra transitável" a "chiqueiro lamacento". Seu progresso era lento e molhado. Tudo teria sido mais fácil se ele tivesse evitado voltar a Spindle Cove e prosseguido diretamente para a América, depois de conseguir seus documentos de dispensa. Mas ele precisava pegar seus pertences pessoais e providenciar a transmissão de comando da milícia. E ele precisava ver Katie. Só mais uma vez, ainda que à distância. Não seria necessário conversar com ela. Ele só queria pôr os olhos nela e garantir, para si mesmo, que ela estava feliz, em segurança e era amada. Kate merecia ser amada. E por pessoas que leram livros suficientes para entender que diabos "amor" significava.

Finalmente, ele saiu da estrada principal e pegou a ramificação na direção de Spindle Cove. Àquela altura os pântanos e as campinas estavam mais transitáveis que as estradas esburacadas, então Thorne tirou o cavalo da trilha e continuou pelos campos. Através da neblina, o espectro antigo do Castelo Rycliff apareceu nas falésias distantes, parecendo mudar e se mover a cada rajada de vento. Além daquele ponto, o mar estava obscurecido por uma muralha de névoa cinzenta. Todos os sons comuns do campo – ovelhas balindo, pássaros cantando – permaneciam silenciados pela chuva contínua. A cena inteira era etérea. Por baixo das muitas camadas ensopadas de casaco, colete, gravata e camisa, sua pele arrepiou.

Atenção! No ponto mais baixo da campina – pouco antes de as falésias rochosas começarem a se elevar do outro lado –, Thorne diminuiu a marcha do cavalo. Ele procurava atentamente o lugar adequado para atravessar. Séculos atrás havia um fosso profundo escavado ali. Um nível de proteção extra para o castelo acima. Ao longo de centenas de anos o fosso foi sendo preenchido, mas ainda existiam buracos aqui e ali onde a campina sumia dos pés do viajante, e rochas esperavam para pegá-lo alguns metros abaixo. Um som estranho chegou até ele, atravessando a camada espessa do barulho de chuva. E ele o reconheceu imediatamente.

"Xugo?"

Thorne desmontou. O cavalo estava em terreno conhecido agora; ele havia passado um ano pastando todos os dias naquelas campinas. Assobiar debaixo daquele aguaceiro seria inútil. Ele fez uma concha com as mãos ao redor da boca e gritou pelo cachorro.

"Xugo! Aqui, garoto."

O latido do filhote veio de uma das cavidades fundas na campina. O que ele estava fazendo ali?

"É melhor que não seja outra serpente", murmurou Thorne enquanto avançava para investigar.

Não era uma cobra. Era uma mulher. Sua Katie estava enfiada debaixo de uma saliência do solo, dentro de um buraco lamacento no chão, encharcada até os ossos e tremendo violentamente.

"Jesus Cristo!"

Ele deu um passo para dentro do buraco, apoiando o pé em uma pedra e esticando a mão livre para ela.

"Katie, sou eu. Pegue minha mão."

"Você está aqui." O rosto dela estava muito pálido, e sua voz era fraca. "Eu sabia que você iria me encontrar. Você sempre me encontra."

O braço dela pareceu fantasmagórico quando ela o ergueu em sua direção. Ele ficou preocupado que a mão dela pudesse desaparecer em meio à neblina quando tentasse pegá-la. Perdida para sempre. Mas não. Quando ele fechou os dedos, eles agarraram carne e ossos de verdade. Ossos e carne assustadoramente frios, mas ele a acolheria de qualquer modo, desde que estivesse viva. Com alguns puxões e um pouco de cooperação do lado dela, ambos saíram do buraco. Ela caiu sobre ele, que a pegou em seus braços.

"Katie." Ele passou os olhos por ela, horrorizado. Seu vestido fino de musselina estava empapado e colava à sua pele em farrapos sujos de lama. "Você está machucada? Quebrou alguma coisa?"

"Não. Só estou c-com frio."

Ele a soltou – estabilizando-a em pé para que pudesse tirar seu casaco. As malditas mangas estavam justas, e o tecido, molhado. Ele teve que agir rápido. Cada minuto que passava era um momento que ela tremia de frio. Quando finalmente conseguiu tirar aquela coisa, Thorne havia desfiado cada palavrão de seu vocabulário.

"O que diabo você está fazendo ao ar livre nesta tempestade?"

"Eu... não queria. Levei o Xugo para passear e nós fomos pegos pela chuva. Eu não fazia ideia de que ele iria detestar tanto. Pensei que cachorros adorassem chuva."

"Não essa raça."

"Eu percebi. Ao primeiro pingo de chuva ele saiu correndo para o buraco. Eu não consegui fazer com que ele saísse, e não podia abandoná-lo. Decidi que nós iríamos ficar abrigados até a chuvarada passar. Mas ela continuou e continuou. Quando melhorou um pouco eu estava com muito frio."

Ele colocou o casaco em volta dos ombros dela e o fechou. Para uma chuva de verão, aquela estava muito fria, e só Deus sabia há quanto tempo ela estava ali. Seus lábios tinham um tom preocupante de azul, e o que ela falou a seguir não tinha nexo.

"Eu tinha que sair para andar, entende. Eu tinha que continuar andando até encontrar a resposta. Mesmo que demorasse o dia todo e também a noite. Eu tinha que saber. Mas agora eu sei." Ela bateu os dentes e ficou com o olhar perdido na distância.

"Eu preciso tirar você da chuva. Precisamos aquecê-la."

Ela encontrou os olhos dele, repentinamente lúcida.

"Eu me lembrei, Samuel."

Deus. Quando ela disse o nome, o coração dele fez uma tentativa louca, frenética, de escapar de seu peito. Então, ela desabou contra Thorne, curvando os dedos no tecido de sua camisa. A respiração dela era um sopro de calor em sua pele.

"Eu lembrei de você", sussurrou ela. "Você, a música, a canção. Aquela noite. Eu me lembrei de tudo."

~ *Capítulo Dezoito* ~

Eu me lembrei de tudo.

Thorne se recusou a pensar nas implicações daquelas palavras. Ele precisava levar Kate para um abrigo confortável, o quanto antes. Todo o resto podia esperar. O castelo ficava a menos de quatrocentos metros. Ele poderia colocá-la em seu cavalo, mas o animal estava exausto de chafurdar na lama a tarde toda. Thorne teria que caminhar ao lado dele, o que significava que não haveria vantagem, em termos de velocidade, sobre ele simplesmente carregá-la. E foi isso que ele decidiu fazer. Pelo menos assim Thorne poderia compartilhar seu calor com ela.

Thorne passou um braço pelas costas dela e o outro por baixo de suas coxas. Contraindo os músculos e soltando um gemido, ele a levantou e a apoiou contra seu peito. Ela estava bem mais pesada do que na última vez que Thorne fez isso. Mas ele também estava maior e mais forte. Thorne abaixou a cabeça, usou a manga para tirar as gotas de chuva do rosto dela e começou a andar. Suas botas chapinhavam na lama, atrasando seu progresso. Quando ele finalmente chegou às falésias, encontrou rochas mais firmes sob os pés. Mas é claro que ele também teria que se arrastar morro acima.

Thorne parou para redistribuir o peso dela.

"Você pode pôr seus braços ao meu redor?"

Ela obedeceu, esticando seus braços frios para envolver o pescoço dele. Ajudou. A emoção secreta do toque dela em sua pele fez seu coração bater mais rápido, injetando uma nova onda de força em seus membros. Ele fez a subida final em passos largos e determinados, e a carregou diretamente para o coração do castelo – o reduto onde ficavam seus aposentos pessoais.

Depois que ela estava lá dentro, Thorne acendeu um lampião e avaliou com cuidado o estado de Kate. Ela estava ensopada e gelada, o que o deixou estarrecido, mas também lhe indicou o que fazer. Ele fez uma lista mental. Primeiro, roupas secas e cobertores. Depois, fogo. Terceiro, alimentação. Então ele veria o que fazer para ajeitar o vestido dela.

Xugo se chacoalhou, espirrando gotas de lama por todo lado. Thorne jogou uma colcha velha sobre ele, e o cachorro se enrolou nela.

"Isso vai ter que servir para você", ele disse para o cachorro. "Primeiro ela."

Ele enrolou as mangas e se pôs a trabalhar. Não houve nada de sensual no modo como Thorne a ajudou a tirar o vestido ensopado e enlameado. Ele trabalhava agilmente, esforçando-se para não reparar no corpo nu de Katie, a não ser o tom pálido e azulado de sua pele e a forma como seus músculos tremiam. Tirar proveito daquela situação seria repulsivo e baixo. Com ela sentada sobre o tapete próximo à lareira, apertando os joelhos junto ao peito, Thorne secou os cabelos dela com uma toalha e a ajudou a vestir uma de suas camisas limpas. Por uma questão de pudor, ele a colocou por cima da cabeça e dos ombros de Kate antes de desabotoar e retira sua camisola. Ele se esforçou ao máximo para evitar que seus dedos frios e ásperos roçassem a pele nua dela. E desviou seus olhos do mamilo vermelho e túrgido enquanto trocava uma peça de roupa pela outra. Enquanto puxava o tecido limpo, cheirando a sabão, pelo abdome dela, Thorne tentou ignorar o modo como a luz do lampião projetava a silhueta esguia e núbil de Katie. Mas ele não conseguiu, não totalmente. Que animal ele era. Ele preferiria que ela mesma cuidasse dessas coisas, mas no momento Kate parecia incapaz.

Depois que Thorne acendeu o fogo, ela ficou olhando para as chamas, muda e trêmula. Ele imaginou se era devido ao choque de lembrar do prostíbulo e da sordidez do lugar. Talvez a perda da mãe tivesse, de repente, se tornado real para ela, e Kate experimentasse a dor do luto. De qualquer modo, ele não queria apressá-la nem pressioná-la para falar. Thorne simplesmente aproveitava a oportunidade de cuidar dela ali, naquele momento – o que era *seu* direito, *sua* responsabilidade, e de ninguém mais. Ele estava feliz por ela olhar para o fogo. Quando ela voltasse a si, aqueles olhos castanhos, sem dúvida, se virariam para ele, cheios de ódio. Poderia ser a última vez que ela olharia para ele.

"Aqui", ele disse, agachando-se do lado dela e oferecendo-lhe uma caneca de chá fumegante, com açúcar e conhaque. "Beba isto. Vai ajudar a esquentar você."

Ele pôs a bebida nas mãos dela, entrelaçando seus dedos ao redor da caneca. Kate a segurou, mas apenas olhou passivamente para seu conteúdo.

"Eu não consigo parar de tremer."

Ele pegou outro cobertor.

"Não." Ela virou a cabeça e seus olhos focaram o rosto dele. "Eu quero você, Samuel. Eu quero que você me abrace. P-por favor."

Aquelas palavras – apenas as palavras – encontraram um vazio doloroso em sua alma e o preencheram. Mas, maldição, ele estava tentando ser honrado. Se Thorne a pegasse nos braços, ele não tinha certeza de que poderia continuar sendo apenas protetor.

"Eu preciso cuidar do seu vestido", disse ele. "Está quase seco, mas precisa..."

"O vestido pode esperar." Com as mãos trêmulas, ela colocou a caneca de chá no chão. "Mas eu não posso." Outro tremor sacudiu o corpo dela. "Eu preciso de você."

Relutante, ele sentou ao lado dela no pequeno tapete puído, e passou uma das pernas por trás dela, apoiando-a com seu joelho dobrado. A outra perna ele esticou na direção do fogo. Então Thorne colocou os dois braços ao redor dela, e Katie mergulhou em seu abraço, aninhando-se ao seu peito. Seu rosto frio descansou contra o coração agitado dele.

"Forte", ela sussurrou. "Abrace-me forte."

Ele obedeceu, contraindo os músculos dos braços. O desconforto dela era seu inimigo. Qualquer arrepio que quisesse sacudir o corpo dela teria que mexer com ele também. Thorne possuía calor e força suficiente para os dois. Ele baixou a cabeça, enterrando seu rosto no cabelo ondulado dela e deixando que seu hálito esquentasse a orelha e a nuca. Os dedos dela agarraram a camisa dele e ficaram assim, apertados. Os dois permaneceram dessa forma por algum tempo. Thorne observava atento o lábio inferior dela. Quando ficou rosado e parou de tremer, uma onda tola de triunfo subiu à sua cabeça. Ele teve a ideia breve e estúpida de que tinha feito algo de bom por ela. Então Thorne lembrou quem ela era, quem ele era e exatamente por que estavam ali. E então lembrou que aquilo seria o fim. Ele apertou o rosto na curva do pescoço dela e inalou profundamente o aroma de cravo e limão. Ele a manteria nos braços enquanto pudesse.

"Obrigada", sussurrou ela. "Assim está melhor."

Quando ele ergueu a cabeça, Kate soltou a camisa de Thorne.

"Eu lembrei de você", murmurou ela. "Da história divertida da sua infância. É como eu lhe disse, todo mundo tem uma. Sabe, tinha uma garota que dividia o sótão com você. Uma pestinha que se pendurava nas suas mangas quando você preferiria estar correndo com os garotos do bairro. Mas tarde da noite, às vezes, quando ela não conseguia dormir, você se dedicava a fazê-la rir – com brincadeiras, bonecos de sombras e doces surrupiados da cozinha. Uma noite você a fez vestir cada capa, casaco e cachecol que ela tinha e disse para ela que vocês iam brincar de ciganos. Nós iríamos embarcar em uma grande aventura."

Ela ergueu o rosto para ele, os olhos bem abertos iluminados pela luz tênue do fogo.

"Por que você não me contou tudo, Samuel? Você me contou a verdade sobre minha mãe, mas não contou a verdade sobre você." Ela tocou o rosto dele. "Por que você não me contou que salvou minha vida?"

Ele engoliu em seco.

"Eu não salvei a sua vida."

"Eu acho que salvou. Ou fez quase isso. Eu lhe disse; finalmente me lembrei."

Ela olhou para o fogo, contemplativa.

"Toda minha vida eu mantive essa lembrança nebulosa nos meus pensamentos. Estou em um corredor escuro e comprido, onde posso sentir a música de piano ressoando pelo chão. Eu ouço a canção, aquele mesmo verso sobre o jardim. Algo azul brilha na escuridão e alguém diz 'seja corajosa, minha Katie'."

Um nó se formou na garganta de Thorne. Ele não conseguia falar.

"Foi você, não foi? Nós estávamos naquele sótão, e fugimos daquele lugar."

Ele forçou uma resposta.

"Isso."

"Você pegou minha mão e abriu a porta. Nós descemos a escada correndo, e nunca mais voltamos. Você me levou para Margate."

"Era o que sua mãe queria. Antes de morrer, ela deixou muito claro o que desejava. Você era inteligente, todo mundo podia ver isso. Ela tinha lido sobre Margate em alguma revista e sabia que eles acolhiam crianças abandonadas. Ela queria que você fosse enviada para essa escola."

"Mas eu não fui?"

Ele balançou a cabeça.

"Depois que Rosa Ellie morreu..."

"Por que eu não consigo me lembrar dela?", Kate o interrompeu, aflita. "Agora eu lembro de você; lembranças soltas. Mas não importa o quanto eu vasculhe meu cérebro, não acho nada dela."

"Talvez você consiga se lembrar mais, com o tempo. Não é culpa sua. Nós não podíamos atrapalhar nossas mães, a maior parte do tempo, ou então seríamos tachados de problemáticos, e acabaríamos na rua. De qualquer modo, depois que sua mãe morreu, semanas se passaram. E então meses. Eu sabia que eles não pretendiam mandar você para aquela escola. Eles nunca deixariam você ir embora. Queriam manter você lá, torná-la uma delas assim que possível. Pelo amor de Deus, eles já estavam ensinando a música para você." O estômago dele revirou só de pensar.

"*Eles* me ensinaram a música."

"Aquele lugar..." Ele suspirou. Thorne detestava ter que contar para ela os detalhes sórdidos, mas já tinha chegado até ali. Ela precisava saber de tudo. "Era uma casa de espetáculos, de modo geral, com música e garotas dançando no palco. Mas todo tipo de coisa acontecia no andar de cima. Eles chamavam a casa de *Hothouse*, e todas as dançarinas eram chamadas de 'flores'."

"Como Rosa Ellie", disse Kate, compreendendo. "Em vez de Elinor Haverford."

"Como Lis Belle. Violeta Shaw. Jasmine Thorne." Ele franziu a testa. "Aquele verso que você lembra... é o que elas cantavam para os cavalheiros no início de cada apresentação."

"Então estavam me treinando..."

"Para fazer parte do espetáculo, isso mesmo. Eles vestiam você como uma boneca e a colocavam no palco. No começo era só para cantar e sorrir para a plateia. Mas só o diabo sabe quanto tempo demoraria para que quisessem algo mais de você."

"Oh." Ao absorver o significado daquilo, Kate torceu o rosto. "Oh, Deus. É horrível."

"Eu sei que é horrível. Eu sei. Era por isso que eu precisava tirar você daquele lugar. Por isso que eu nunca quis que você soubesse dessa história." Ele passou a mão pelo cabelo, agitado. "Katie, não me pergunte mais a respeito."

"Tudo bem. Vamos falar de outras coisas." Ela pegou o pulso direito dele. "Seu braço está melhorando?"

"Está. Continua meio desajeitado, mas melhorou. Se algum dia eu salvei sua vida, acho que você devolveu o favor naquela tarde. Estamos quites, agora."

"Eu duvido." Os dedos dela subiram até o limite do colarinho aberto dele. Ela puxou a camisa para o lado, expondo a superfície dura de seu peito.

Ela passou a ponta dos dedos pelas tatuagens mais proeminentes. Thorne prendeu a respiração, tentando não deixar que o toque dela o afetasse. Tarde demais. Lá embaixo ele já estava duro como pedra. Que nojento. Tão *errado*, que ele ficasse excitado com ela, logo depois de lhe contar aquela história.

"Elas me deixam tão curiosa", sussurrou Kate. "Onde você fez essas tatuagens?"

"Em lugares diferentes", ele fez pouco caso. "Nenhuma delas merece sua atenção."

"Mas eu quero saber."

Ela se desvencilhou do abraço dele. Um brilho novo e determinado iluminou seus olhos. Ela passou a mão pela frente da camisa dele, então pegou a barra e começou a levantá-la, expondo-lhe a barriga. Os músculos abdominais de Thorne se contraíram e ficaram rígidos.

"O que você está fazendo?"

"Você não vai me chamar de Katie? Eu gosto quando você me chama assim. Tem alguma coisa na voz quando você fala meu nome com aquele rugido grave e perigoso." Ela pegou a camisa com as duas mãos e a puxou para cima.

"Katie...", ele gemeu.

Ela sorriu.

"Isso. Assim mesmo. Isso me esquenta e faz todo meu corpo formigar. Agora levante seus braços."

Ele não podia lhe negar nada, e Kate sabia disso. Ela pretendia usar esse poder. Kate tirou a camisa dele, e então a colocou delicadamente de lado. Girando o corpo, ela ficou de frente para ele. O olhar dela vagou pelo peito nu de Thorne e a expressão em seu rosto era uma mistura de fascinação e medo. Ele sentiu necessidade de esconder a verdade e o desagrado. Mas era melhor que ela visse aquilo e compreendesse.

"Conte para mim", falou Kate.

"O que você quer saber?"

"Qual foi a primeira?"

"Esta aqui", ele virou o ombro para ela e apontou uma rosa pequena tatuada ali.

"Quando você a fez?"

"Depois que eu saí de Londres..."

"Comigo. Depois que saiu de Londres comigo e me levou para Margate."

"Isso." Ele engoliu em seco. "Eu não podia voltar para a *Hothouse*, é claro. Mesmo que eu quisesse voltar, o que eu não queria. Vaguei pelo campo, fazendo trabalhos aqui e ali, mas principalmente dormindo em montes de feno e comendo os pequenos animais que eu conseguia pegar.

Descobri que eu tinha jeito para a coisa – para caçar. Era como se eu vivesse de modo tão selvagem que desenvolvi uma maneira animal de pensar. Eu sentia onde a lebre estaria antes de ela aparecer, e sabia em que direção ela iria fugir. E o campo aberto e o ar fresco... eu achava que me faziam bem, depois de todos aqueles anos na imundície de Londres. Eu era uma coisa suja e desgrenhada, mas acho que esses meses estive o mais perto da felicidade do que em qualquer outro momento.

"Quando o inverno chegou, eu me encontrei uma turma de caça ilegal. Eu levava animais para eles venderem, que por sua vez me garantiam um celeiro para eu dormir, casaco e botas quentes. Esta marca" – ele pôs o dedo sobre a flor rudimentar – "era como os membros se reconheciam. Nada de nomes."

"Nada de amizades", disse ela. "Nada de relações humanas reais."

"Mas eu tinha um cachorro."

"Sério?" Ela sorriu. "Qual era o nome dele?"

Thorne hesitou.

"Mancha."

"Oh, Samuel." Ela pôs uma mão no rosto e balançou a cabeça. "Eu fui tão leviana. Sinto muito."

Ele deu de ombros.

"Não sinta. Xugo é um bom nome."

Ela encontrou a fileira de números dentro do antebraço esquerdo.

"E estes números?"

"Ah. Eles marcam a próxima parada na carreira de caçador ilegal: a prisão."

"Prisão? Ah, não. Quantos anos você tinha?"

"Quinze. Eu acho."

Ela esfregou a tatuagem.

"Era algum tipo de número de identificação que eles davam para todos os prisioneiros?"

Ele balançou a cabeça.

"Eu mesmo fiz, no primeiro mês. É a data em que eu devia ser libertado. Eu não queria correr o risco de que fosse esquecida."

"Esquecida pelos carcereiros?"

"Esquecida por mim."

Ele também não quis prolongar sua sentença aceitando qualquer conforto na prisão. Cobertores, rações de carne, as chaves dos grilhões – tudo vinha com um preço, e os carcereiros anotavam nos livros. Seis moedas por isto, um xelim por aquilo. Quando a sentença de um homem chegava ao fim, ele podia ter acumulado dezenas de libras de dívida – e não seria solto até aparecer com o dinheiro para pagar. Em vez de viver essa loucura, Thorne recusou qualquer cobertor ou comida a mais.

"Quanto tempo você ficou preso?", ela perguntou.

"Fui sentenciado a sete anos. Mas no fim só fiquei quatro anos."

A palavra "só" continha todo tipo de mentiras. Só quatro anos dormindo em palha tão velha que tinha virado pó, e tão cheia de bichos que parecia viva. Só quatro anos sobrevivendo com um pão por dia. Só quatro anos tremendo dentro de grilhões que nunca foram ajustados, embora ele ficasse maior e mais alto a cada mês. Sim, "só" quatro anos de violência, fome, feiura e tratamento animal que o assombravam até hoje.

"A corte teve clemência?", perguntou ela.

"Clemência? Dificilmente. A Inglaterra precisava mais de soldados que de prisioneiros. Eles me soltaram com a condição que eu me alistasse."

"Então isto..." Ela tocou o medalhão no lado direito de seu peito. "Isto é o símbolo de seu regimento?"

"Em parte." O peito dele arfou com uma risada sem graça. "Não fique buscando muito significado nessa. Foi apenas rum demais em uma noite numa taverna portuguesa, logo depois que fomos enviados à Península Ibérica."

A mão dela deslizou pelas costelas dele, desviando para a esquerda e passando por cima do coração. Ele franziu a testa devido às ondas de puro prazer.

"E esta...?", ela perguntou. "M. C. Quem era ela? Você a conheceu na mesma taverna? Ela era exótica, com seios grandes e terrivelmente linda? Você... gostou dela?"

Ele ficou olhando para Kate, lutando para não soltar uma gargalhada.

"Eu espero que ela tenha sido uma boa pessoa", continuou Kate. "Mas ainda que ela tenha tratado bem você, devo admitir que criei uma antipatia irracional e intensa por ela. Na minha cabeça, eu a chamo de Marieta Cabeça-de-Couve."

Foi aí que ele perdeu a luta. Ele baixou a cabeça e começou a rir – uma risada baixa e demorada.

"Bem, pelo menos algo de bom saiu disso", falou Kate, os olhos misteriosos. "Eu estava ficando desesperada para ouvir você rir. E foi como eu suspeitava." Ela tocou a face dele. "Você tem uma covinha, bem aqui. Diga que a Marieta nunca viu essa covinha."

Thorne pôs a mão sobre a dela e a puxou para baixo. Ele traçou as letras no seu corpo com a ponta do dedo dela.

"M. C.", disse ele, "não é uma mulher. Significa 'Mau Caráter'. É como eles marcam os soldados que são expulsos de sua unidade por infrações penais."

"Infrações penais? O que você fez?"

"O que eu não fiz seria uma questão mais fácil de responder. Roubo, saque, briga, fugir do dever, insubordinação. Tudo menos estupro, assassinato e deserção – e esta infração bem que eu quis tentar. No que me dizia respeito, o governo de Sua Majestade tinha tirado toda a humanidade de mim com surras e fome. Depois me enviaram para morrer no campo de batalha. Nada mais me importava, Katie. Eu não tinha lealdade, honra, nem moral. Eu era realmente mais animal do que homem."

"Mas você mudou, é óbvio. E continuou no Exército, ou nunca teria chegado a Spindle Cove."

Ele aquiesceu.

"Depois que fui expulso da minha unidade, me mandaram para Lorde Rycliff. Na época ele ainda era o Tenente-Coronel Bramwell. Era ele quem decidiria o que ia acontecer comigo – prisão, morte, ou pior. Mas ele deu uma olhada em mim e disse que seria um tolo se mandasse embora um homem com meu preparo e minha força. Então ele me manteve, e me tornou seu ordenança. Seu criado pessoal, em essência."

"Foi muito generoso da parte dele."

"Você não faz ideia... Foi a primeira vez em muitos anos que alguém confiou qualquer coisa a mim. Rycliff não era muito mais velho que eu, mas ele se sentia à vontade no comando. E não era em nada parecido com meus antigos sargentos. Ele se importava com os homens de seu regimento. Ele tinha orgulho das nossas missões. Eu trabalhava tão perto dele que acho que um pouco disso foi transferido para mim. Eu comecei a ver que havia honra em fazer bem uma tarefa, não importa quão pequena. Engomar colarinhos, remendar rasgos, substituir botões. Mas principalmente as botas."

"As botas?"

Ele aquiesceu.

"Valiam mais que todos os salários da minha vida, as botas dele. Valiam mais que minha própria vida, eu imagino. Assim era a infantaria. Todo dia, o dia inteiro, nós tínhamos que marchar, cavar, lutar. Quando chegava a noite, as botas dele estavam cobertas de pó, estrume, sangue e coisas piores. Eu me matava durante horas para fazer com que brilhassem novamente. Assim, quando ele olhasse para elas, pela manhã, saberia que havia algo que valia a pena salvar por baixo de tudo aquilo. E depois que eu terminava as botas dele, ainda assim não ia dormir, não até fazer a mesma coisa com as minhas.

"Eu não era tão leal ao Exército, ou à Inglaterra, como era leal a ele – ou talvez apenas àquelas botas. Quando ele levou um tiro no joelho, eu não podia deixar que ele perdesse aquela perna, sabe. Sem perna não há bota. Estaria perdendo metade dos meus objetivos na vida." Ele esfregou o rosto e olhou para o fogo. "Agora ele ofereceu me conceder uma missão."

"Lorde Rycliff?"

Thorne anuiu.

"Que honra, Samuel. Você não a quis?"

Ele balançou a cabeça.

"Não fui feito para isso. Eu não tenho a mesma facilidade de Rycliff com a política militar. O campo aberto é onde melhor me encaixo, desde garoto. É meu lugar agora. No mato, com criaturas que uivam, rosnam e têm garras. Não é preciso traquejo social."

Pronto. Ele tinha colocado diante dela seu passado sombrio, sua história de crimes e violência. Todas as razões pelas quais ele precisava deixar a Inglaterra e ficar longe dela.

Em resposta, ela disse a coisa mais improvável que ele poderia escutar.

"Você me levaria junto?"

～ *Capítulo Dezenove* ～

"Levar você comigo?", ele repetiu. "Para a América?"

Kate anuiu. Parecia mais do que razoável para ela. Ele havia sofrido vinte anos de violência e miséria para pagar o custo dos sonhos dela. Ela aguentaria viver em uma cabana.

Ele franziu a testa.

"Não. Não."

Enquanto ela olhava, Thorne levantou do tapete e foi até o outro lado do pequeno quarto, onde pegou o vestido dela no biombo em que o tinha pendurado para secar e colocou carvão quente em um ferro de passar. Bem... Não era essa a resposta que ela esperava ouvir.

"Você não pode me deixar", disse ela. "O mundo vai voltar a nos unir. Você não percebeu isso? Estamos destinados a ficar juntos."

"Não estamos destinados a nada. Você é filha de um marquês, e sempre foi, mesmo naquela época. E eu sempre fui um vira-lata humilde. Nós não temos nada em comum."

"Você não quer que eu seja feliz?"

"É claro que sim."

Ele abriu o vestido sobre a mesa, e o colocou com cuidado entre dois tecidos de proteção. Os músculos de seu braço esquerdo eram contraídos e estendidos enquanto ele passava o ferro quente pelo tecido, trabalhando com cuidado e segurança. Ela nunca teria sonhado que isso pudesse ser excitante – a visão de um homem enorme, sem camisa, passando suas roupas. Tudo em que ela conseguia pensar eram aquelas mãos passeando por seu corpo, esquentando e alisando sua pele.

"Katie, eu quero que você consiga tudo a que tem direito – riqueza, amizades, sociedade. A família que sempre sonhou encontrar. Tudo isso é seu, agora, e maldito seja eu se estragar isso." Ele pôs o ferro de lado. "Você não pode ficar com alguém como eu. Olhe para mim. Aquele seu primo não me contrataria como *criado*."

Como Thorne já estava relutante, ela não iria lhe contar a verdade sobre sua herança. Ainda não. Ele não a veria como uma conveniência, mas como mais uma coisa que aumentava a distância que ele enxergava existir entre os dois. Mas essa distância não existia. Tudo que os separava era uma linha imaginária. Mas alguém tinha que dar o primeiro passo para superá-la, e Kate sabia que teria que ser ela.

"Isso diz respeito a nós, Samuel. Ninguém mais." Ela puxou o cobertor para os ombros e se pôs de pé. A teimosia dele precisava ser vencida, e Kate sentiu sua coragem aumentar. "Sou só eu. Só a Katie. A *sua* Katie, como você me chamou uma vez. Eu sei que você sente algo por mim."

Agitado, ele pousou o ferro.

"Eu já falei para você, mais de uma vez, é apenas..."

"Apenas desejo. Sim, eu sei que você me falou isso. E eu sei que você está mentindo para mim. Seus sentimentos vão muito mais além do que desejo."

"Eu não sinto *nada*." Suas narinas dilataram. Ele bateu o punho no peito. "Nada. Está me entendendo?"

"Eu sei que não é verd..."

"Olhe. Estas letras." Ele apontou para o M. C. gravados em seu flanco esquerdo. "Você sabe como eles fazem estas marcas?"

Ela balançou negativamente a cabeça.

"Eles pegam uma tábua deste tamanho." Ele mostrou com as mãos. "Nessa tábua tem uns pregos saltados, que formam as letras. Eles encostam as pontas dos pregos na sua pele, e então dão uma pancada na tábua. Com o punho, às vezes. E às vezes com uma marreta.

Kate fez uma careta. Ela deu um passo à frente, mas ele a manteve distante com a mão aberta.

"E então, depois que fizeram esses buraquinhos pequenos, eles pegam pólvora preta – você conhece o bastante sobre armas para saber como essa coisa é corrosiva – e esfregam na ferida para fazer a marca."

"Deve ter sido como uma tortura."

"Eu não senti nada. Assim como não senti isto."

Ele se virou e mostrou as costas. O estômago de Kate revirou quando ela viu a trama de cicatrizes retorcidas e entrelaçadas que cobriam sua pele.

"Chibatadas", disse ele. "Uma centena de chibatadas, por minhas inúmeras transgressões. Eles abriram minha pele e meu músculo, e eu juro para você, não senti nenhum golpe. Porque eu já tinha aprendido a ficar insensível à dor, ao sofrimento, ao sentimento. A tudo."

Lágrimas se acumulavam nos cantos dos olhos dela. Kate não sabia dizer se ele estava contando mentiras deliberadamente ou se realmente estava convencido disso, mas ela detestava vê-lo falando desse jeito. Aquele homem tinha sentimentos, e sentimentos profundos.

"Samuel..."

"Não. Eu sei o que você está pensando. Hoje você se lembrou de um garoto que conheceu. Ele gostava de você, era gentil, e lhe fez uma boa ação. Aquele garoto não existe mais. O homem que eu sou... bem, você mesma pode ver." Ele apontou as marcas em sua pele, uma por uma. "Ladrão. Prisioneiro. Soldado bêbado. Mau caráter em tudo. Eu morri por dentro há muito tempo. E agora não sinto nada."

Ela se aproximou dele lentamente, aos poucos, da mesma forma que faria para se aproximar de um animal selvagem encurralado que não queria afugentar.

"Você sente isto?" Ela inclinou a cabeça para beijar o pescoço de Thorne. O aroma dele fez seu coração acelerar com desejo.

"Katie..."

"E isto?" Ela conduziu o beijo até o rosto, deixando que seus lábios se demorassem na curva dura da mandíbula. "Ou..."

Ele a pegou pelos braços, empurrando-a para trás.

"Pare."

Ela baixou o olhar para o peito dele, examinando as marcas e cicatrizes que ele colecionou desde que se separaram na infância – todas, pelo menos em parte, recebidas por causa dela. A enormidade do que aquelas marcas representavam ofuscavam qualquer medo ou sofrimento que ela tivesse conhecido. Ela mal podia compreender a magnitude do sofrimento, mas Kate se obrigou a tentar. Ele havia sacrificado tudo, incluindo o único lar que conheceu e comprou um futuro brilhante para ela ao custo de sua própria liberdade. Como ela poderia não amar aquele homem? Como ele poderia negar que a amava?

"Minha vida toda", ela começou, com a voz falhando, "eu me apeguei a uns fiapos de memória. Não importava o quão triste era minha realidade, essas lembranças vagas me davam esperança de que alguém, em algum lugar, havia gostado de mim, um dia. E eu sempre acreditei, no fundo do meu ser, que algum dia alguém me amaria novamente."

"Bem, agora você encontrou os Gramercy. Eles irão..."

"*Você*. Eu encontrei *você*." Ela pôs as mãos no peito dele. "Os Gramercy são pessoas maravilhosas. Eu gosto muito deles, e eles gostam de mim. Mas eles nunca souberam que eu existia. Minha pobre mãe... parece que esteve preocupada demais, e depois doente demais, para me dar amor. Nenhuma dessas pessoas foi aquela força que eu carreguei comigo, aquela esperança que me sustentou durante anos. Foi você. Somente você."

Uma lágrima correu pelo rosto dela.

"*Seja corajosa, minha Katie*. Eu lembro de você dizendo isso. Você nunca vai saber o que essas palavras significaram para mim, e foi sua voz, sempre foi. E se..."

Ele fechou os olhos e encostou sua testa à dela.

"Katie, eu imploro. Para seu próprio bem, pare com isso."

"E se você negar agora..." Ela ergueu as mãos para segurar o rosto dele. "Se você negar que gosta de mim, irá tornar toda minha vida uma mentira."

Ele balançou a cabeça.

"Você está sonhando. Ou confundindo tudo. Exausta pelos acontecimentos do dia, talvez. Você não pode dizer que desistiria de tudo. Os Gramercy, a riqueza, suas amizades..."

"Para ficar com o homem que eu amo? Com certeza."

"Não." Ele passou o braço ao redor dela e a virou, pressionando-a contra a parede. "Não diga isso. Você não pode me amar."

"Você está duvidando da minha sinceridade? Ou está me proibindo de amá-lo?"

"As duas coisas."

Ele a encarou com um olhar que era severo, feroz, azul e gelado como o oceano. Tão azul que fez o coração dele cantar. Ela, afinal, descobriu por que carregava aquela lembrança de azul em seu coração. Era ele. Sempre foi ele.

Thorne cerrou os dentes.

"Eu não tenho nada para lhe oferecer. Nada."

"Se isso for verdade, só pode ser porque você já me deu tudo que um homem pode dar. Você me salvou, Samuel. Não apenas dessa vez, mas muitas vezes. Você se pôs na frente de um chicote. Você levou um tiro de melão na cabeça. Você pegou uma víbora com as mãos, seu homem tolo, querido."

"Eu fiz isso pelo cachorro."

"*Meu* cachorro. Que você deixou ficar comigo, embora desse muito valor a ele." Ela tocou o rosto dele, tentando suavizar sua expressão. "Eu sei que você tem sentimentos. E eu sei que me quer."

Ele não tentou negar essa parte. O desejo em seus olhos era de amolecer as pernas.

"Quando você olha assim para mim, eu me sinto tão linda."

"Você *é* linda." Ele soltou um suspiro profundo. Suas mãos subiram e desceram pelos braços dela, fazendo um carinho rude. "Incrivelmente linda."

"Você também é." Ela encostou a mão no peito nu dele, e a deslizou pelos contornos dos músculos definidos. "Como um diamante. Duro e cintilante, lapidado com todas aquelas facetas únicas. Por dentro... fogo puro e reluzente."

Kate deslizou as mãos para a nuca de Thorne, passando os dedos pelo seu cabelo curto. As pontas ásperas atiçaram a pele de seus dedos, disparando faíscas por todo corpo. Ela puxou a cabeça dele para si até que os lábios de Thorne – tão fortes, tão sensuais – preencheram sua visão. E então ela fechou os olhos e explorou aqueles lábios com os seus. Colando beijos suaves, ligeiros, em cada canto da boca. Capturando o lábio superior entre os seus, e então satisfazendo o inferior. Nada separava seus seios do peito dele, a não ser uma fina camada de tecido, que rapidamente ficou quente entre os dois. Uma dor prazerosa invadiu os seios de Kate, cujos mamilos enrijeceram, cheios de desejo. Ela os esfregou no peito dele, na esperança de aliviar a dor, mas apenas conseguiu inflamar seu desejo. E o dele, aparentemente.

O braço esquerdo de Thorne, que estava saudável, envolveu a cintura de Kate. Ele contraiu os músculos do braço, erguendo-a e trazendo sua pelve de encontro à dele. A ereção dura dele pressionou o sexo dela. O prazer era ofuscante. Ensurdecedor. Entorpecedor. Era como se todos os sentidos dela tivessem corrido para dentro e para baixo, de modo a se concentrarem naquela pressão firme e deliciosa entre suas pernas. Ela apertou o quadril contra ele. Kate não podia fazer outra coisa. Depois que ela fez isso uma vez, tudo que queria era fazer novamente.

Thorne gemeu e mordeu o lóbulo da orelha dela.

"Kate, eu quero você. Não sei tornar isso poético. Não sei dizer de outro jeito que não seja rude, porque é assim que é. Eu quero você na minha cama. Eu quero você debaixo de mim, me abraçando. Eu quero estar dentro de você."

Aquelas palavras carnais a fizeram corar e gaguejar.

"E-eu também quero isso tudo."

Kate gostaria de ter conseguido dar uma resposta mais sofisticada. Mas as palavras funcionaram bem o bastante para ela ganhar um beijo – um beijo selvagem, passional – e então ela se perdeu na tempestade de calor e desejo. A língua dele penetrou fundo em sua boca, possessiva e quente, provocando uma resposta instintiva. O coração dela acelerou, assim como a pulsação que latejava no meio de suas coxas.

Quando interrompeu o beijo, ele respirava com dificuldade.

"Você deveria ir embora. Deixe-me."

"Nunca!"

"Se ficar, vou levar você para minha cama. E depois que eu a possuir, você será minha. Para sempre. Precisa saber disso."

"Eu sei." Um arrepio passou por ela. "Eu não quero outra coisa."

Ela engasgou quando ele a ergueu do chão e a carregou até o colchão. Com apenas um braço, como se ela não pesasse nada. Com Kate deitada, ele se endireitou e começou a brigar com os fechos da sua calça. Ele trabalhava, desajeitado, apenas com a mão esquerda. Depois de alguns instantes ela não conseguiu mais aguentar o suspense.

"Não quer me deixar ajudar?" Kate ficou de joelhos na cama e levou as mãos aos botões. A camurça da calça era muito macia, e estava esticada como um tambor. Sua boca secou enquanto ela soltava uma fileira de botões, abrindo um dos lados. Então ela foi para a pequena fila de fechos no centro. Kate deslizou um dedo por baixo da faixa na cintura de Thorne para conseguir apoio. Quando ela tocou a barriga dele, Thorne se encolheu, com cócegas. Kate sorriu. Ela soltou um botão, depois outro, expondo a linha escura de pelos que ficava mais larga e espessa conforme ela ia desabotoando. Quanto mais ela descobria, mais queria ver – mas no momento em que pegou o último botão, Kate não conseguiu mais olhar. Ela virou o rosto para cima e o encontrou olhando fixo para ela. O rosto de Thorne estava contido, ameaçador. Seus olhos, sombrios, famintos. Kate soltou o último botão e observou o rosto dele enquanto colocava a mão dentro de sua calça, sentindo pela primeira vez a rigidez quente e pulsante lá dentro. Ela ficou maravilhada. Ele era duro, liso, e possuía uma textura intrigante. E era tão grande. Nossa. Ela devia receber *tudo* aquilo dentro dela?

Enquanto Kate o observava, as pálpebras dele palpitaram e sua cabeça caiu para trás. Thorne empurrou o corpo na mão dela com um gemido abafado. Kate adorou o abandono sensual na expressão dele, mas ficou preocupada com as dimensões físicas de seu ardor. A cada centímetro que seus dedos exploravam, ele parecia ficar ainda mais comprido – e Kate duvidava cada vez mais que seria possível recebê-lo todo dentro dela. Talvez seu sentido de tato a estivesse enganando. Talvez se olhasse diretamente para o órgão, ele não seria tão intimidante. Kate baixou o olhar e puxou a calça dele do quadril, e o membro saltou para cima de seu ninho de pelo escuro. Será que todos os homens eram assim?

Ela o pegou novamente, já que ele parecia gostar do seu toque. Ele enchia sua mão, e ainda sobrava muito. De repente, Kate sentiu a necessidade de interromper temporariamente o que estava fazendo e fazer uma visita apressada para algumas de suas amigas casadas. Então ela voltaria mais instruída, sábia e preparada, com algum tipo de cataplasma analgésico para depois.

Thorne agarrou a mão dela, apertando com força.

"Chega."

"Eu fiz algo errado?"

"Não. Não. Está certo demais. Bom demais. Assim eu não vou aguentar muito mais."

Kate imaginou que não conseguiria pôr em prática o seu plano de sair em busca de informações e ervas medicinais, assim a perspectiva de que ele não durasse muito não lhe pareceu de todo má.

"Não me importa se for rápido", disse ela timidamente.

Pela segunda vez em uma hora Kate o ouviu rir. Foi um grunhido áspero tão lindo que ela não se incomodou que Thorne estivesse rindo dela.

"Você deveria se importar." Ele terminou de tirar a calça e a colocou de lado.

Ela se sentiu tão burra. Ele tinha estado com muitas mulheres, todas muito bem instruídas em coisas que realmente interessavam. Entendidas sobre amor, em vez de música.

"Eu sinto muito. Não tenho nenhuma experiência nisso. Só espero que você me diga o que lhe agrada."

"*Você* me agrada." Ele sentou ao lado de Kate no colchão e puxou de lado o tecido da camisa emprestada para expor o ombro dela. Com os lábios, ele contornou a curva de seu pescoço.

"Quero dizer, eu detestaria me sair mal em comparação..."

Ele ergueu a cabeça. Seus olhos chisparam.

"Não existe comparação. Nenhuma."

Thorne enfiou a mão por baixo da camisa e segurou o seio dela. Seus dedos fortes a moldaram e acariciaram. Ela gemeu enquanto ele provocava seu mamilo, esfregando-o com o polegar.

"Samuel."

"Isso." A voz dele estava rouca quando ele puxou a camisa, tirando-a por cima da cabeça dela. "Diga meu nome."

"Samuel", ela sussurrou, feliz que ele havia lhe dado esse modo de agradá-lo. "Samuel, eu senti sua falta cada dia que você esteve longe. Senti tanta saudade."

Ele deitou seu corpo sobre o dela e Kate adorou a sensação do corpo dele – duro, pesado e coberto de pelos escuros. Sobre ela, era uma sensação nova. Enquanto a beijava, ele colocou sua coxa entre as dela. Ela ficou excitada ao sentir a pele nua dele contra sua parte mais íntima. A língua dele passava lentamente sobre seu seio, pintando-a com um calor agonizante, delicioso. Thorne chupou seu mamilo com força, puxando o bico inteiro para dentro de sua boca. Ela gritou de prazer, sem vergonha de se contorcer e esfregar contra a firmeza da coxa dele.

Transferindo sua atenção para o outro seio, ele mudou de posição. Ela choramingou por não sentir a coxa dele entre suas pernas, mas os dedos dele escorregaram por sua barriga e encontraram sua fenda. Ele passeou entre os pelos macios, tocando-a e acariciando-a, antes de abri-la gentilmente e deslizar um dedo para dentro. Só um pouco, no começo, depois indo mais fundo em investidas suaves e arrebatadoras. A sensação de preenchimento era inefável. O polegar dele encontrou a saliência dura e sensível e o massageou em círculos audaciosos. Logo ela estava movimentando os quadris para ir ao encontro de cada investida do dedo dele, amando a forma como a palma da mão de Thorne batia levemente contra sua pele.

"Samuel, é demais... eu não..."

O clímax a pegou, rápido e em cheio. Ela arqueou o corpo para cima, esfregando-se na mão dele e gritando de prazer. Seus músculos íntimos apertaram o dedo dele, sem vergonha de implorar por mais. Enquanto as últimas ondas de alegria ondulavam através dela, ele retirou a mão. Thorne então ajeitou seu quadril entre as coxas dela. Sua ereção pulsante e dura encostou no sexo dela, ainda vibrando com o gozo.

"Você me quer?", ele perguntou.

"Mais do que qualquer coisa."

Ele se posicionou na entrada dela.

"Você quer *isto*? Tem certeza?"

"Tenho." Ela projetou o quadril, ansiosa por recebê-lo. "Agora. *Por favor. Só me possua.*"

E ele a possuiu. Sua primeira estocada foi rasa – ela sentiu arder quando suas paredes internas se alargaram, mas não foi nada terrível. *Talvez isso não seja tão ruim*, ela pensou.

"Katie", ele gemeu. "Estar em você é o paraíso."

Nada ruim. Mas então a segunda investida foi sofrimento puro. Dor. Ela enterrou o rosto no ombro dele para abafar seu soluço. Conforme ele foi entrando mais, em investidas ritmadas, suaves, a dor melhorou um pouco. Mas não tanto a ponto de ela conseguir lhe dar uma resposta convincente quando Thorne perguntou se estava tudo bem.

Ele praguejou.

"O que foi?", ela perguntou. "Eu fiz algo de..."

"Você é perfeita. É só que odeio machucar você. Odeio que esteja feito e eu não possa voltar atrás."

"Bem, eu não odeio nada disso. A dor já melhorou. Adoro a sensação de ter você dentro de mim. Eu amo saber que posso abraçar você assim, tão perto." Ela alisou o cabelo na testa dele e olhou no fundo de seus olhos. "Samuel, eu amo você."

"Não diga isso." Mas mesmo tentando resistir, ele começou a se movimentar de novo. Devagar e profundamente. De um modo que ela achou maravilhoso, não uma tortura.

"Por que não?" Ela deu um sorriso provocante. "Está com medo de me dizer o mesmo?"

Ele contraiu as coxas e deslizou mais para dentro.

"Eu amo você", ela sussurrou.

Ele se afastou, franzindo o rosto. Hesitando. Como se estivesse ponderando o prazer que outra estocada lhe daria contra a dor de ouvir as palavras que não queria escutar. Ela decidiu não deixar Thorne a intimidar com aqueles olhares. O negócio era aquele. Se ele queria seu corpo, teria que aceitar também seu coração.

Ele rilhou os dentes e penetrou nela, firme.

"Eu amo você", ela arfou, agarrando os braços dele.

Thorne aumentou seu ritmo, socando-a com movimentos desesperados. Como se quisesse forçar Kate a se arrepender, a retirar o que disse. Sem chance. Ela passou as pernas ao redor dos quadris dele e se agarrou, teimosa, ao seu pescoço. As palavras viraram um cântico sincronizado às estocadas dele. Ela bateria na pedra a noite toda, se isso fosse necessário para derrubar as muralhas dele.

"Amo você", ela gemeu. "Amo você. Amo. Você."

O rosto dele se contorceu em uma expressão atormentada – de prazer agonizante, ou talvez de agonia prazerosa. Ele ergueu as sobrancelhas em expectativa, depois franziu o cenho, determinado. Então ele se afastou. Ele saiu dela, virou de lado e gozou ali. Kate tentou não se sentir magoada. Por muitos motivos, uma gravidez seria inoportuna. Foi bom, da parte dele, pensar em sua saúde e reputação, mesmo naquele momento louco, passional. Mas Kate não conseguiu conter um suspiro de decepção. Ela o queria *todo*.

Exausto, ele desabou no colchão. Ela virou e o pegou em seus braços. Kate acariciou aquelas costas lindas e cheias de cicatrizes, esperando para ouvir o que quer que ele conseguisse dizer. Depois de um longo momento, ele se ergueu em um cotovelo. Thorne olhou para ela, ainda respirando com dificuldade. Seus olhos estavam escuros e infinitos enquanto ele afastava o cabelo da testa dela e deslizava um dedo carinhoso por seu rosto. Finalmente, ele recompensou toda aquela espera nervosa com apenas uma palavra, profunda e sonora.

"Katie."

E foi o bastante. O bastante para fazer seu coração chegar às alturas e afogar seus olhos em lágrimas de alegria. O bastante para deixá-la desesperada por seu beijo. Ela o puxou para perto, e arrastou sua boca para a dele, deleitando-se no doce domínio. Com aquele homem nunca haveria poesia, festas e ainda menos dança. Eles nunca se sentariam ao piano para tocar belos duetos. Kate poderia esperar a vida toda, e ele nunca encontraria as palavras para dizer que a amava. Mas a verdade estava escrita em toda pele dele. E isso era o bastante.

Capítulo Vinte

Depois, ela dormiu. Mas Thorne, não. Ele não conseguiria dormir, mesmo se quisesse. Pensamentos demais agitavam sua mente. Ele ficou deitado, mantendo um braço protetor em volta dos ombros dela e observando a fumaça da lareira subir e desaparecer na escuridão. Estava feito. E não havia como desfazer. Ele agora estava resolvido a lhe dar tudo que ela merecia. O melhor que ele pudesse, de qualquer modo.

Ao seu lado, Kate se mexeu, semidesperta. Ela rolou na direção dele, aninhando-se e jogando seu braço por cima do peito dele. Os dedos de Katie brincaram preguiçosamente com os pelos que encontrou ali, passeando e puxando-os. Então a mão dela desceu. Se Thorne já não estivesse duro antes que ela começasse a acariciá-lo, ficaria uma pedra então.

"Faz amor comigo de novo?", sussurrou ela.

Thorne a encarou, espantado, e afastou uma mecha teimosa da testa dela. Foi isso que eles fizeram há cerca de uma hora? Eles fizeram *amor*? Ela tinha mesmo pronunciado aquela palavra inúmeras vezes, como algum tipo de encantamento. A ideia estava nele, agora, e ele não sabia o que pensar. Mas ele gostou da descrição dela para o sexo: "fazer amor". Fazia a emoção parecer concreta. Compreensível. Como um produto que pudesse ser fabricado. Pegue dois corpos ardentes e cheios de desejo; esfregue-os bastante e uma substância chamada amor resultará disso – com a mesma simplicidade que bater duas pederneiras provoca uma fagulha. Infelizmente, Thorne não pensava que funcionasse dessa forma.

"É muito cedo", disse ele. "Você vai estar dolorida. Eu não quero machucar você."

"Eu estou dolorida, admito. Mas não existem outras formas?"

Ele levantou uma sobrancelha, incrédulo.

"O que você sabe sobre outras formas?"

"Sério, Samuel." Ela riu. "As mulheres conversam. E mais do *que um* romance picante já passou pela Queen's Ruby."

Thorne sufocou uma risada de deboche. Havia heróis de romances, e havia homens como ele próprio. Seja lá o que aquelas histórias indecentes tivessem lhe ensinado, sem dúvida devia ser alguma representação refinada e delicada do desejo – como ficava claro pela forma como ela fazia carinhos leves e doces em seu membro duro naquele exato momento. Ele lutou para dominar a vontade de pegar a mão dela e assumir o controle. Ele poderia mostrar para ela como pegá-lo com firmeza. Thorne poderia lhe ensinar como acariciá-lo firme e rapidamente, sem parar, até ele rosnar e gritar como um animal selvagem. Ele poderia por Kate de quatro e possuí-la como um animal, investindo selvagemente nela por trás. Ele duvidava que qualquer uma dessas cenas aparecessem nessas novelas picantes. Tudo isso não tinha nada a ver com "fazer amor".

Sua própria grosseria o preocupava, de um modo que nunca o preocupou no passado. Ao contrário de qualquer outra mulher com quem ele foi para cama, Katie tinha um talento para demolir seu autocontrole. Quando ele esteve dentro dela, chegando cada vez mais perto do clímax, ele também se sentiu perto de um precipício. Foi por essa razão que ele saiu de dentro dela. Ele chegou muito perto desse limite, e não sabia o que o esperava do outro lado. Poderia ser um lugar escuro, sombrio. Se caísse ali, Thorne temia se perder. Ele poderia machucar Kate.

Thorne cruzou os braços atrás da cabeça e entrelaçou seus dedos, só para impedi-los de se perderem. O toque leve e provocante dela já era mais do que ele esperava. Ele se contentaria com isso.

"Volte a dormir", disse ele.

"Não consigo. Sou uma mulher que acaba de ficar noiva, e estou muito ocupada fazendo planos. Você acha que podemos nos casar em St. Ursula? É uma igreja tão linda. Eu sempre sonhei em casar ali."

Ele riu.

"Não acredito que nos seus sonhos, eu era o homem no altar."

"Não tenho certeza. Talvez fosse você. O rosto do noivo sempre foi meio indefinido. Mas incrivelmente lindo." Ela se apoiou em um cotovelo e o encarou, os olhos brilhantes e inquisidores. "Você alguma vez sonhou comigo?"

"Às vezes", ele admitiu, relutante, somente porque era óbvio que ela esperava que ele dissesse sim. "Eu tentei não sonhar."

"Por que você tentaria não sonhar comigo?"

Thorne olhou para a escuridão acima.

"Porque meus sonhos não tinham nada a ver com casamento ou igreja."

"Oh", fez ela, tocando-o recatadamente no centro do peito.

"Não parecia certo usar você dessa forma."

"Que absurdo."

Ela se virou e ficou em cima dele, barriga com barriga, apoiando os braços em seu peito e substituindo a escuridão que ele observava por seu rosto radiante e sorridente. O cabelo dela caía em cima dele, criando um espaço oculto para abrigar seu beijo. Deus! Ele não conseguia acreditar que aquilo era real. Que ela estava ali, e era dele. Thorne quase tinha medo de tocá-la, com receio de que ela desaparecesse, então ele manteve as mãos debaixo da cabeça e deixou que ela o beijasse, pelo tempo e com a intensidade que Kate quisesse.

"Samuel", disse ela afinal, "você tem minha permissão para sonhar comigo do jeito que quiser." Ela se sentou no tronco dele, e apontou um dedo para o peito dele. "Com uma condição – você tem que contar o sonho quando acordar, para que eu possa tornar reais as suas fantasias."

"Não diga isso. Você não faz ideia das depravações que a imaginação de um homem pode criar."

"Então me esclareça."

Ela colocou uma mão de cada lado do corpo dele e se apoiou nelas. Seus seios balançaram para frente, provocando-o, e os pelos entre as suas coxas roçaram a barriga dele. O pau de Thorne arqueou e se esticou, buscando a maciez e o calor dela. Com um puxão rápido nos quadris de Kate, ele poderia aninhar seu sexo no dela. E então enterrá-lo, apertado. Thorne gemeu, mas manteve as mãos firmemente presas debaixo da cabeça.

"Conte-me." A voz dela era um sussurro. "Conte-me cada um de seus desejos carnais, depravados e perversos."

"Nós ficaríamos uma semana só nisso."

Kate sorriu timidamente.

"Eu não me importaria."

Ele balançou a cabeça. Não importava o quão satisfeita ela parecia consigo mesma, Thorne sabia que ela tinha acabado de ultrapassar a primeira barreira da inocência.

Kate se endireitou, jogou o cabelo por sobre os ombros e olhou para ele.

"Estou falando sério, Samuel. Você não vai me tratar como se eu fosse uma dama intocável e delicada. Não me interessam seus sonhos mais verdadeiros que tenham outra pessoa. Eu sou ciumenta. Não quero simplesmente aparecer nos seus sonhos. Eu quero ser a *única* mulher neles de hoje em diante."

Ele a observou, os dedos ainda entrelaçados atrás da cabeça. Thorne nunca tinha considerado a questão dessa forma. Se ela estava realmente determinada a aprender algo com seus desejos mais obscuros... ele acreditava que poderia satisfazer essa vontade dela. Mas ele iria se ater às fantasias que não a punham em qualquer tipo de risco. Somente as fantasias que a deixavam no controle.

Ele soltou as mãos de trás da cabeça. Começando nos ombros dela, deslizou seu toque pelos braços de Kate até segurar as mãos dela entre as suas. Ele as levantou ao nível do peito dela, então encaixou as palmas dela em seus próprios seios pálidos e macios.

"Segure-os para mim", disse ele.

Então Thorne se reclinou até o travesseiro, e mais uma vez cruzou os dedos embaixo da cabeça. Ela lhe deu um olhar intrigado. Então voltou essa expressão de estranhamento para seus próprios seios, apertando-os de leve com as mãos.

"O que eu devo fazer com eles?"

"O que lhe parecer gostoso."

"E você só vai ficar aí assistindo?"

Ele aquiesceu.

Kate franziu a testa.

"Sério? Isso é algo com que os homens fantasiam?"

"Com certa regularidade."

Ela riu e corou, como as mulheres fazem quando estão constrangidas. E ele simplesmente ficou lá deitado, esperando, sem dar qualquer explicação.

Até que ela deu de ombros.

"Como quiser, então."

Com as palmas das mãos, ela ergueu delicadamente e começou a se massagear. Ela passou a ponta dos dedos ao redor da circunferência de cada seio. E então ela os equilibrou cuidadosamente, como se fossem pesos dos dois lados de uma balança, e apertou os polegares sobre os bicos duros.

"Assim?", perguntou ela. "Estou fazendo direito?"

Ele aquiesceu, incapaz de responder em voz alta. Sentiu sua boca salivar. Enquanto ela brincava com os próprios mamilos com os polegares, uma onda de calor se espalhou por seu peito e começou a subir para a garganta. Seus lábios se entreabriram, sedentos e vermelhos, e ela os umedeceu com a língua.

"Belisque-os", ele murmurou.

Kate suspirou com desejo e obedeceu, beliscou e puxou. Ela fechou os olhos e arqueou as costas, projetando à frente aqueles seios deliciosos para apreciação de Thorne. Sua pelve balançou de encontro ao abdome tenso dele. Ela já estava molhada. E ele dolorosamente duro.

"Eu fiz isto uma vez", ela sussurrou, abrindo os olhos. Seu olhar era escuro e brilhante, com um sorriso tímido brincando em seus lábios. "Naquela noite depois do passeio a Wilmington. Eu me toquei desse mesmo jeito e tentei imaginar sua boca em mim."

Santo Deus. Ele nunca ouviu algo tão excitante em toda sua vida. Seus dedos se curvaram como garras, arranhando seu couro cabeludo, mas Thorne não se mexeu. Ele não ousava tocá-la – ou antes que ela pudesse sussurrar uma palavra de cuidado, ele penetraria com tudo nela, investindo em seu corpo de forma selvagem. Ainda assim, ele não conseguia resistir a querer mais.

"Traga-os até aqui", disse ele. "Traga-os para mim. Quero prová-los."

Ela sorriu.

"Sim, cabo."

A resposta atrevida o deixou maluco. Normalmente, Thorne não gostava de jogos de poder na cama. Ele detestava qualquer sugestão de que pudesse usar seu posto em troca de prazer. Mas ela não estava cedendo aos desejos dele. Kate estava debochando de Thorne por usar um tom severo, militar. Ela sabia que ele estava desesperado. Kate sabia que tinha sido ela que o deixou daquele jeito, e ela já estava aprendendo a apreciar seu poder sensual. *Raios, ela aprendia rápido. Uma garota esperta, muito esperta.* E ele era um homem de sorte, muita sorte.

Com uma mão ela segurou na cabeceira para se apoiar. Com a outra mão Kate segurou o seio, e se inclinou para frente até o mamilo ereto pairar pouco mais de um centímetro acima dos lábios dele. O aroma e o calor da pele dela eram palpáveis, inebriantes. Ela o estava provocando de novo, esperando que ele se mexesse e perdesse o controle. *Atrevida.* Ele também sabia provocar. Thorne apertou os lábios e soprou, fazendo uma corrente de ar passar pelo mamilo dela. A pele de Kate ficou arrepiada, e um tremor delicioso viajou por todo corpo dela até chegar ao seu. Ele esticou a língua e a passou, exagerando na suavidade, pela ponta do mamilo dela. Então ele lambeu os lábios e soprou de novo.

"*Samuel.*"

Ele ansiava por contato e alívio físico, mas a carência na voz dela o satisfazia de uma forma diferente. Mais profunda. Kate baixou os seios, esfregando sua pele sedosa no rosto sem barbear de Thorne. Ele fechou os olhos quando o mamilo doce e duro passou por seu lábio inferior. Então ele sorriu – uma raridade para ele –, apenas para esticar os lábios e afastá-los de Kate. Eles passaram vários minutos assim – provocando, sentindo. Cada um tentando o outro. Como se reconhecessem que tinham uma vida toda para aproveitar aquilo, de modo que não havia pressa naquele momento. Ele beijava preguiçosamente os seios dela – primeiro um, depois o outro. Ela apoiou as duas mãos na cabeceira e se aproximou mais, para que ele escolhesse à vontade. A respiração dela ficou entrecortada e uma excitação inebriante preencheu o ar. Conforme ele lambia seus mamilos, ela começou a balançar em um ritmo lento, contínuo, esfregando-se contra a barriga dele. Ele tomou um bico em sua boca e chupou forte, até ela soltar um gemido baixo. Thorne deixou sua cabeça cair de volta no travesseiro, soltando o seio reluzente no ar frio e escuro. Então ele descruzou as mãos embaixo de sua cabeça e a pegou pela cintura, puxando-a na direção de sua boca.

Ela ficou tensa.

"Samuel."

"Você disse que sabia que existiam outros modos."

"Sim, mas..."

"Você queria conhecer cada uma das minhas fantasias sombrias e depravadas."

Ela suspirou.

"Eu sei. É só que..."

Sua frase foi interrompida quando ele a levantou pela cintura, reposicionando-a de modo que os joelhos dela ficaram um de cada lado dos seus ombros largos. A posição a deixou bem aberta. Ela era rosa, úmida e linda. Talvez ele não devesse ir longe tão cedo, mas o desejo tinha feito Thorne perder o controle, e ele não conseguiria descansar até saboreá-la completamente.

"Segure na cabeceira", ele mandou.

"Você tem *certeza* de que isso está certo?"

"É perfeito." Então, disse com a voz ainda mais rouca. "Você é perfeita."

Ele a abriu com os polegares, preparando-a para seu beijo. Ele precisava pôr a boca nela, então Kate iria gostar da ideia. Ele começou devagar, assim como tinha feito com os seios dela. Primeiro ele a provocou com a respiração, depois passou a língua rápida e levemente sobre sua abertura. Ele explorou cada saliência, degustou seu sabor e cheiro inebriantes. Quando ele sugou e lambeu a pérola inchada e quente, Thorne ouviu um soluço de prazer gutural sair da garganta dela. *Isso.* O triunfo pulsou em suas veias. Ele agarrou os quadris dela, mantendo-a parada e perto para que pudesse trabalhar. Com a outra mão, ele alcançou seu membro latejante. *Mais fácil assim,* ele pensou. Se ele próprio cuidasse de si, não teria a tentação de pegá-la na sequência. Assim ele manteria sob controle suas necessidades. Não demoraria muito para nenhum dos dois. Enquanto massageava o membro ansioso, Thorne mantinha um ritmo implacável com a língua. Variando um pouco, ele encontrou o ângulo e o ritmo que davam prazer a Kate – um que a fazia arfar e arquear de encontro a sua boca aberta.

Isso. Mexa-se comigo. Venha para mim. Os suspiros de prazer de Kate levavam a excitação dele a alturas estonteantes. Ele nunca viu nada tão excitante em sua vida. Ela estava muito confiante, completamente aberta e vulnerável. Tão deliciosa de encontro à sua língua, decididamente derretida pelo desejo que sentia por ele. Por *ele.* Talvez Kate nunca pudesse fazê-lo sentir algo, mas ele podia incendiá-la. Ele podia fazê-la ofegar. E suspirar. E gemer. Aquela era de fato uma fantasia. Erguendo os olhos, ele podia ver os seios dela balançando deliciosamente. O músculo da coxa dela tremeu em sua mandíbula, e ele percebeu que logo perderia o que lhe restava de autocontrole. Uma necessidade animal, básica, corria por baixo da superfície de sua pele em busca de alívio. Ele agarrou o membro mais apertado e bombeou com mais força. Quase lá.

"Samuel", ela arfou. "Samuel, eu não..."

Ela gritou e arqueou em sua boca, estremecendo a cabeceira da cama com a força de seu clímax. Ouvir seu nome naqueles lábios, com aquela voz lasciva... fez com que ele explodisse. Seu próprio clímax entrou em erupção, puxando seus quadris da cama. Thorne gozou em jatos vigorosos, rugindo e estremecendo. Instantes depois, os únicos sons eram o crepitar do fogo, o barulho abafado da chuva, e a respiração pesada dos dois amantes. Bem... Ela queria luxúria. Assim que recuperou um pouco de força nos membros, Thorne a ajudou a ficar de lado e se ajeitar no colchão. Ela se aninhou ao lado dele com os olhos ainda fechados, com a respiração pesada. Ela ficou quieta por tanto tempo que ele começou a se preocupar. *Maldição.* Ele começou a acreditar que a chocou demais. Kate estava se arrependendo, imaginando o tipo de animal com quem tinha se envolvido.

Thorne acariciou seu cabelo, soltando os nós produzidos pela chuva. "Você está bem?"

"Estou", ela respondeu. "Estou bem, mesmo. Só não sei como olhar para você depois disso."

Ele pensou por um instante.

"Com orgulho?", sugeriu, enfim.

Ela riu com o rosto no travesseiro.

"Estou falando sério. Você foi perfeita."

"E você tem um senso de humor tão perverso. Sempre me faz rir nos momentos mais impróprios."

"Isso é bom?"

"É maravilhoso." Ela apoiou o queixo no peito dele. "É uma das coisas que eu mais amo em você. E isso me garante que nós seremos felizes juntos. Nenhum de nós é perfeito, mas nós podemos rir juntos e admitir nossos erros. E tem isso." Ela olhou para os lençóis bagunçados e ficou corada.

Havia "isso", realmente.

"Depois do que nós acabamos de fazer", disse ela, "acho que não posso guardar nenhum segredo de você."

"Eu exagerei. É a sua primeira vez. Eu deveria ter sido mais carinhoso, mais..."

"Por favor. Não se desculpe por me dar um prazer incomensurável. É só que... como uma garota da sua fantasia, eu não fiz muita coisa." Sorrindo, ela tocou o membro flácido. "Eu gostaria de ajudar com isso da próxima vez."

Uma risada rouca fez o peito dele balançar.

"Isso pode ser providenciado. Em breve."

"Nós temos um tempo para conversar antes?"

Ele se sentou na cama, passando a mão pelo cabelo antes de pegar sua garrafa.

"Alguns minutos, pelo menos. Não sou mais um garoto."

Ao seu chamado, Xugo abandonou a colcha em que estava enrolado e pulou na cama. O filhote fez umas cinco voltas antes de finalmente se enfiar no meio dos dois. Ele abanava o rabo furiosamente.

"Aqui estamos nós", disse ela. "Como uma pequena família. Vamos ficar muito bem na América."

Thorne tomou um gole de sua garrafa. Era melhor não dizer para ela que, com aquelas palavras simples, Kate tornava realidade sua fantasia mais louca, ultrajante e selvagem. Ele guardaria aquela informação para si mesmo. Pelo menos até depois de mais algumas rodadas de prazer.

Ela baixou o olhar e pegou uma borda do lençol.

"Eu sou legítima."

Ele engasgou com o uísque.

"O quê?"

"Evan e os advogados encontraram um registro de casamento. Parece que Simon e Elinor – meus pais – se casaram em segredo. E a governanta de Ambervale me identificou pela marca de nascimento. Então parece que eu não sou apenas uma Gramercy, eu sou..."

Oh, Jesus. Não diga isso.

Ela ergueu a cabeça e olhou para ele.

"Eu sou uma lady."

O quarto estremeceu. As paredes começaram a girar à sua volta. *Uma lady.*

"Por favor, não fique tão incomodado", pediu Kate. "Isso não vai mudar nada entre nós."

Uma nuvem de frustração embaçou a visão dele. Ela era a filha legítima de um marquês. Uma *lady*. Como é que aquilo não mudava tudo? *Maldição*. Era como se toda vez que ele ousasse se aproximar dela, alguma divindade cruel e vingativa empurrasse Kate para longe de seu alcance. Se ele encontrasse um modo de superar aquele obstáculo, o que viria a seguir? Descobririam que ela era uma princesa? Uma sereia?

"Ainda assim vamos nos casar e ir para a América", disse ela. "Isso é tudo que eu desejo, ficar com você. Ser sua esposa."

A filha legítima de um marquês, vivendo como mulher de um caçador em uma cabana humilde e tosca. Em *Indiana*. Lady Katherine da Pradaria. Certo.

"Você não está bravo comigo, está?"

"Bravo com *você*? Por que eu estaria bravo com você?" Ainda enquanto pronunciava as palavras, Thorne percebeu que elas pareciam... bem, ditas por alguém bravo.

Ele se obrigou a inspirar profundamente e depois expirar lentamente. Ela tinha razão; aquilo não importava. Não depois do que fizeram. Eles *tinham* que casar, fosse ela uma faxineira ou a rainha das fadas. Ele não podia perder tempo se sentindo indigno ou enumerando as razões pelas quais não era bom o bastante para Kate. Quem quer que fosse aquela mulher... ele tinha que ser o homem que ela precisava.

Thorne coçou a cabeça, tentando fazer seu cérebro se adaptar àquela ideia.

"É claro que você é uma lady", disse ele, afinal. Thorne pegou a mão dela. "Você sempre foi, para mim."

"Eles ainda não contaram para ninguém", disse ela. "Somente a família e os advogados sabem. Evan providenciou, com Sir Lewis, para oferecer um baile em Summerfield na semana que vem. Supostamente é um presente de despedida dos Gramercy para Spindle Cove, mas eles planejam me apresentar como prima nessa noite. De lá, deveríamos ir para Londres." Ela pegou a mão dele. "Mas vou explicar para eles que nós reatamos e pretendemos nos casar o mais breve possível."

Ele ergueu a mão pedindo silêncio e escutou.

"A chuva diminuiu. Nem é tão tarde assim. Nós podemos nos vestir e eu a acompanho até a pensão. Assim, eu aproveito para explicar a situação para Drewe."

Kate empalideceu.

"Ah, não. Não podemos ir falar com ele assim. Não esta noite. Ele tem um temperamento forte. Não dá para saber como ele reagiria se souber que nós..."

"Se ele for realmente um homem, está lá fora procurando por você. Podem bater nesta porta a qualquer momento."

"Então eu preciso ir." Ela saiu da cama, enrolando um dos lençóis no corpo por pudor.

Ele também se levantou da cama, sem se importar com pudor.

"Katie, não vou deixar você ir sozinha para casa."

"É preciso. Ou então vai ficar óbvio o que aconteceu entre nós, e Evan poderia..." Ela vestiu a roupa de baixo. "Samuel, há uma chance muito real que ele possa tentar matar você."

Me matar? Ele não pode evitar de rir daquilo. Mas ele poderia tentar.

"Apenas me deixe dar a notícia direito", pediu ela. Seus dedos trabalhavam freneticamente para fechar seus botões. "Por favor."

Ele praguejou, amaldiçoando-se por causar tanta aflição em Kate. É claro que ela queria dar a notícia direito, porque não havia como uma família de aristocratas – não importava quão excêntrica e não convencional – ficar feliz de ver sua prima legítima casar com um homem como ele. Nem ele ficava feliz com a ideia. As duas metades de seu ser estavam em guerra – a metade que queria o melhor para ela, contra a metade que simplesmente *queria* Kate.

Ele pegou um par de calças largas e o vestiu.

"Acho que vou receber um dinheirinho", disse ela, enquanto desenrolava uma meia de lã em sua perna e a prendia com uma liga. "Isso é bom. Assim nós poderemos comprar um belo pedaço da América."

Sorrindo, ela passou por ele para pegar o vestido no biombo. Ele tirou o vestido das mãos dela.

"Vire-se", disse ele. "Mãos para cima."

Ele a ajudou a entrar no vestido, demorando-se para fechar todos os botões e laços. Sua mão direita continuava desajeitada. Quando terminou, ele pôs as mãos na cintura fina dela.

"Katie, como você pode realmente querer esta vida? Como você pode me querer?"

Ela se virou para olhar para ele.

"Como eu poderia querer outra pessoa?"

Claro, ela dizia essas coisas doces *agora*. Mas Thorne temia que, com o tempo, Kate ficasse ressentida. Uma vida solitária na fronteira americana lhe daria muitas horas vazias para pensar em tudo o que havia deixado para trás. Uma casa suntuosa, confortável, e todas as comodidades que o dinheiro pode comprar. Suas alunas e amigas. A família que ela quis a vida toda.

"Você vai sentir falta deles."

"Vou sentir falta deles", ela concordou. "E vou ser feliz com você. As duas condições podem coexistir."

Sem saber como argumentar sem a contradizer, ele baixou a cabeça e tomou sua boca em um beijo. O que começou como um gesto carinhoso logo se tornou passional, febril. Ele a apertou contra seu corpo e passou a língua entre os lábios dela. Kate se abriu para ele prontamente, sem sinal de timidez ou inibição, e ele a beijou com toda paixão que sentia. Explorando, procurando. Desesperadamente em busca da garantia que daria a sua alma ferida pela culpa um pouco de paz. *Convença-me. Faça-me acreditar que eu posso fazer você feliz. Acenda para mim.* Quando eles se separaram, suas faces estavam coradas e seus olhos cintilavam. Mas ele não podia dizer que ela brilhava. Droga.

"Samuel, não vou dizer que é fácil amar você. Mas também não é essa dificuldade toda que você está criando." Kate estendeu a mão até o rosto dele, e massageou o local entre as sobrancelhas com um dedo. "Pare de franzir o cenho. Não precisa entrar em pânico."

"Não estou em pânico. Homens não entram em pânico."

Homens agem... Ao ver um problema, um homem de verdade lida com ele, corre riscos, toma decisões vitais.

"Eu vou deixar você ir para casa com os Gramercy esta noite", disse ele, "com uma condição. Não conte nada para eles, ainda."

"Mas eu tenho que..."

Ele a silenciou colocando dois dedos sobre seus lábios macios e rosados.

"Nem uma palavra sobre isso. Ainda não." Ele acariciou seu rosto. "Eu quero pedir sua mão do modo certo. Eu mesmo tenho que falar com Drewe, Katie. De homem para homem. Você não pode me negar isso."

Ela engoliu em seco e assentiu.

"Compreendo. Você irá até a vila amanhã?"

Ele balançou a cabeça.

"Eu preciso voltar a Londres. Preciso de algum tempo para tomar providências."

"Você vai demorar?"

"Alguns dias, no máximo."

Os olhos dela brilharam.

"Promete que vai voltar?"

"Você tem minha palavra."

Ela tinha a palavra, o coração, a alma e a vida dele. Sempre teve. E ele tinha alguns dias. Apenas alguns dias para mudar sua vida e fazer uma aposta maluca e imprudente com o futuro.

~ *Capítulo Vinte e Um* ~

Kate ficou diante de um espelho na Queen's Ruby. Estava em pânico. Era muito bonito Samuel dizer que homens não entram em pânico. Mas ele foi cruel ao lhe dar um motivo enorme para *ela própria* entrar em pânico... Quase uma semana havia se passado desde a noite no castelo, e ela não teve notícias dele. Embora não tivesse motivo para duvidar de suas intenções, quanto mais tempo se passava sem que ela desse a notícia aos Gramercy, mais ela se sentia uma mentirosa. Durante toda a semana os Gramercy ficaram fazendo planos para Ambervale e Londres. As festas que dariam, os lugares onde levariam Kate, as pessoas a quem ela seria apresentada. Kate tentou limitar suas respostas a anuências evasivas e sorrisos educados, mas ela sabia que estava lhes dando a impressão de que pretendia ir morar com eles para sempre.

E tinha chegado a noite do baile. Em questão de horas ela seria apresentada como Lady Katherine Gramercy para toda Spindle Cove. É claro que aquela não era exatamente a alta sociedade londrina, mas a notícia *chegaria* a Londres – e logo. Quando ela fugisse para a América com um soldado, poucas semanas depois, isso não seria um constrangimento público para os Gramercy? E se a ligação dela com a *Hothouse* viesse a público... se as fofoqueiras de Londres soubessem que certa Marquesa de Drewe viveu como dançarina de cabaré em Southwark... *Esse* seria um escândalo dos piores. Poderia afetar toda a família e destruir o futuro de Lark. Kate sabia que poderia lhes poupar o constrangimento se fosse embora discretamente com Thorne. A herança não lhe importava. Mas aquilo precisava ser feito antes que eles divulgassem sua real identidade. Ela não podia mais esperar por Thorne. Ela precisava falar com Evan, naquela noite.

Ela rodopiou diante do espelho pequeno, avaliando seu reflexo. A cor havia sido sugestão de Lark – seda azul-cobalto com sobreposição de renda em um tom mais escuro de índigo. A tonalidade parecia bastante ousada para uma mulher solteira, mas eles queriam que ela se destacasse, e Kate achava que ficava bem de azul.

"Oh, Kate. Você está linda."

Tia Sagui entrou no quarto. A mulher vestia um traje violeta drapeado com luvas combinando. Uma pena de avestruz enfeitava seu cabelo ralo e penteado para cima. Kate mexia em um cacho em sua têmpora, tentando fazer com que cobrisse sua marca de nascença.

"Não consigo fazer este cacho cooperar."

"Deixe-me tentar." Tia Sagui pegou um grampo na cômoda e pediu para Kate abaixar a cabeça. "Pronto."

Kate se endireitou e olhou novamente no espelho. Tia Sagui havia prendido o cacho para trás, afastando-o completamente do rosto.

"Não esconda a marca, querida. É isso que a torna uma de nós."

"Eu sei. Sinto muito. É um velho hábito, e não estou conseguindo não ficar nervosa esta noite", confessou ela.

A mulher mais velha se colocou a seu lado diante do espelho e passou um braço por sua cintura. A pena de avestruz mal tocou o ombro de Kate.

"Lark gosta quando eu fico do lado dela", disse Tia Sagui. "Ela diz que eu a faço parecer alta."

"Não sei se fico mais alta, mas me sinto mais forte quando você está por perto." No espelho, Kate viu um sorriso triste aparecer em seu rosto.

"Ah", disse Tia Sagui. "Eu sabia que faltava algo na sua aparência, mas eu não consegui apontar o problema. Era o sorriso."

"Obrigada por me ajudar a encontrá-lo."

"Talvez você preferisse que eu não o tivesse feito. Eu estava *quase* lhe dando isto."

Tia Sagui estendeu o braço e abriu a mão frágil. Dela se desenrolou uma corrente de ouro. E no fim dela havia um pingente.

Aquele pingente.

"Oh, meu Deus", Kate ficou sem ar.

Um rápido olhar para o quadro de sua mãe confirmou. Era a mesma lágrima de pedra azul-escuro, com veios de âmbar e branco. Tão diferente, aquela pedra, com suas camadas rendadas de claro e escuro. Kate se lembrou de quando Sir Lewis mostrou às moças uma asa de borboleta sob uma lupa.

"De onde ela veio?", perguntou Kate, espantada.

"Eu pedi aos criados que embalassem minhas joias em Ambervale e as mandassem para cá, para eu usar no baile. Parece que a empregada encontrou esta aqui escondida na cômoda e deduziu que era minha. Mas não é minha, certo? É sua."

"É maravilhosa."

"Vamos colocá-la." Tia Sagui prendeu a corrente no pescoço de Kate.

Kate virou para se olhar no espelho. O pingente azul-índigo ficou à altura de seu esterno.

"Está lindo", disse Tia Sagui.

"É um milagre." Kate virou para a velha senhora, abaixou-se e a beijou no rosto. "Sua bondade vale mais do que qualquer joia, Tia Sagui. Acho que ainda não lhe agradeci o suficiente por fazer eu me sentir acolhida por esta família, mas..."

"Bobagem." Tia Sagui fez um gesto de pouco caso. "Você *pertence* à família Gramercy. Quando irá aceitar isso?"

Eu não sei, pensou Kate. *Eu não sei*. Em seu coração ela acreditava ser Katherine Adele Gramercy. Ela também sabia que era a filha de uma prostituta infeliz de Southwark, bem como uma órfã pobre que foi criada pela escola por caridade. Talvez todas essas coisas *pudessem* se reconciliar em uma existência, mas... Ela era, mais que tudo, simplesmente uma garota chamada Kate, apaixonada pela primeira vez em sua vida. Ela amava Samuel. E tinha saudade dele. Muita.

Do corredor, veio um aviso.

"As carruagens chegaram, senhoras!."

Quando saíram para o corredor, Kate ficou estarrecida com a visão de uma mulher arrebatadora de vermelho que emergiu de um quarto ao lado. Ela tinha certeza de que nunca tinha visto essa mulher. Seu cabelo escuro estava penteado para cima; uma profusão de cachos sensuais. Uma corda espessa de ouro e rubis rodeava seu elegante pescoço. A mulher se virou. Kate ficou sem ar quando a reconheceu.

"Harry? Harry, é você mesmo?"

Sua prima sorriu.

"É claro, querida. Você achou que eu iria de calça comprida para o grande baile de sua apresentação?"

"Eu não lhe pediria para ser ninguém que não você mesma", disse Kate, na esperança de que sua prima sentisse o mesmo por ela.

Harry deu de ombros. Seus lábios vermelho-rubi se curvaram em um sorriso sedutor.

"Eu gosto de usar um vestido lindo como este, de vez em quando. Às vezes eu gosto de mostrar para eles o que estão perdendo."

Lark apareceu ao lado da irmã, bonita e jovem em um vestido branco diáfano.

"Oh, Lark. Eu não sabia se você viria conosco, já que ainda não debutou."

A jovem sorriu e enrubesceu.

"Evan vai abrir uma exceção esta noite. Desde que eu não dance."

A lealdade delas era tocante. Tudo que estavam fazendo por ela, pensou Kate, apenas naquela noite. Harry usando vestido, Lark disposta a antecipar a empolgação de seu próprio debute. Tudo isso ao fim das férias de verão que eles haviam mudado completamente os planos apenas para passar algum tempo com ela. E eles nem faziam ideia que ela planejava lhes dar adeus em questão de dias. Para sempre. Será que os Gramercy seriam capazes de entender suas razões para partir, ou se sentiriam traídos? Ela sentiria saudade deles, sem dúvida. Mas ela precisava acompanhar Samuel, e ele não podia continuar na Inglaterra. Ele precisava de espaço, de natureza e do tipo de oportunidades que a Inglaterra não podia – ou não queria – oferecer a um homem de origem humilde e passado criminoso. Depois de tudo que ele sofreu, era a vez de ela fazer sacrifícios, o que faria de bom grado. Ela devia tudo àquele homem. *Tudo*. Se não fosse por ele... Ela não suportaria contemplar sua vida se não fosse por ele. *Samuel, onde está você?*

Mas era Evan quem estava na entrada da Queen's Ruby observando as mulheres descendo a escada. Ele pôs a mão no peito e fingiu cambalear.

"Que desfile de mulheres estonteantes."

O próprio Evans estava bem estonteante. Vestindo um fraque preto com colete de seda com bordados dourados, ele era o próprio marquês. E suas luvas pretas... Nossa, aquele homem sempre tinha *as* luvas mais elegantes, feitas sob medida. Elas faziam com que suas mãos parecessem prontas para todo tipo de tarefa – caridosa, sensual, impiedosa.

Quando Kate chegou ao pé da escada, ele lhe ofereceu o braço.

"Todas as outras mulheres já foram em carruagens de Sir Lewis. Só restaram as duas carruagens da família."

Eles saíram para o jardim da frente. De fato, as duas carruagens com o brasão da família Drewe estavam à espera, puxadas por times de cavalos *warmblood* idênticos.

Evan ajudou Tia Sagui, Harry e Lark na primeira carruagem, então sinalizou para o condutor partir.

"Vamos só nós dois na outra?", perguntou Kate, surpresa.

"Você se importa?", ele lhe ofereceu a mão para subir na segunda carruagem, então a seguiu e sentou no banco virado para trás, em deferência às saias dela. "Eu esperava que pudéssemos conversar a sós. Antes do baile."

"Oh", disse Kate quando a carruagem foi colocada em movimento. "Oh, ótimo. Eu esperava o mesmo."

Ele sorriu.

"Fico feliz que estejamos de acordo."

"Eu estive pensando..."

Os dois falaram juntos as mesmas palavras, um por cima do outro. E então eles riram.

Ele fez um gesto com a mão.

"Por favor. Você primeiro."

"Evan, não sei se você deve me anunciar como sendo sua prima esta noite."

Ele ficou em silêncio por vários segundos, e Kate teve certeza de que havia arruinado tudo.

"Eu concordo", Evan disse finalmente.

"Concorda?"

"Eu preferiria apresentar você como minha futura esposa."

O espanto tirou o fôlego de Kate.

"O quê?"

"Esse é o motivo pelo qual eu queria um tempo a sós. Eu pretendia pedir você em casamento."

"Mas por quê? Você não pode..." Ela achou melhor reformular: "Evan, você não parece ter esse tipo de sentimento por mim."

"Eu gosto muito de você, Kate. Nós temos interesses em comum, e nos damos bem. Se eu não pensasse que podemos ter uma vida feliz juntos, jamais sugeriria isso."

"Mas existe algo mais", ela intuiu. "Alguma outra razão para você me pedir em casamento."

"Não vou insultar você com uma negativa." Ele se inclinou na direção dela. "Kate, eu lhe disse que haveria uma herança."

Ela aquiesceu.

"Mas eu não lhe disse o tamanho exato dessa herança."

"Bem, qual é o tamanho dela?" Kate estudou a expressão preocupada dele. "Exatamente?"

Ele a fitou nos olhos.

"Você vai ficar com tudo, Kate. Tudo. Eu vou manter Rook's Fell, a propriedade vinculada que vem com o marquesado. Tirando isso, toda a fortuna da família Gramercy é sua. Oito propriedades. Várias centenas de milhares de libras."

Kate agarrou a borda do assento.

"Mas... eu não quero tudo isso. O que eu faria com tanta riqueza? Uma fortuna dessas é uma ocupação de tempo integral, e é você quem sempre administrou tudo." Ela piscou várias vezes. "E quanto à renda de Harry? O dote de Lark? O sustento da Tia Sagui?"

"É tudo seu. Eu apliquei o dinheiro em fundos, mas eles não serão mais válidos. Legalmente, o dinheiro nunca foi meu para ser dado."

"Oh, céus. Oh, Evan."

Ele massageou a ponte do nariz.

"Então agora você pode entender; este é o dilema que me mantém acordado à noite."

"Fervilhando", ela sussurrou.

"Isso... fervilhando." Ele baixou a mão e lhe deu um sorriso amargo. "Não vou mais fingir que é outra coisa. Tenho estado extremamente preocupado com o futuro da família. Não por mim mesmo, mas por meu irmão e minhas irmãs. Os Gramercy sempre foram excêntricos, mas sempre tiveram dinheiro o bastante para que perdoassem nossas esquisitices."

"O que não vai mais ser o caso."

Kate não era advogada, mas ela compreendia o dilema de Evan. Se ela casasse com Thorne, toda a fortuna sairia das mãos dos Gramercy. Evan não teria meios para proteger e sustentar a família. Todos seriam dependentes dela – ou de Thorne, se Kate casasse com ele. *Essa* seria uma situação constrangedora.

"Se pelo menos eu soubesse de você antes", disse ele, olhando pela janela. "Nós possuíamos outras propriedades do lado da minha mãe. Em sua maioria, propriedades no exterior. Na Índia, nas Índias Ocidentais. Mas então Bennett foi visitá-las e voltou... mudado. Eu vendi todas essas propriedades, com prejuízo, há anos, pois não queria mais nada com latifúndios ou escravos. A terra que tínhamos na Inglaterra era mais que suficiente, eu pensei."

"Você pensou certo", disse Kate. "Você fez certo. E não precisa temer. Não vou abandoná-los. Vamos encontrar um jeito. Eu não posso simplesmente recusar a herança, ou dar tudo para vocês?"

Ele sorriu.

"Não é assim tão simples, eu receio."

"E se eu fosse embora?" Essa podia ser a resposta para os problemas dos dois. Ela poderia ir para a América com Thorne e Evan continuaria sendo o chefe da família. "Eu poderia deixar o país. Ou continuar aqui em Spindle Cove. Ninguém precisa saber que eu existo."

"*Eu* saberia que você existe. Todos nós saberíamos, e isso não seria correto. Kate, eu quero garantir o futuro dos meus irmãos, mas me recuso a destruir nossa alma para tanto. Não podemos simplesmente negar a sua existência. Fazer isso seria negar o amor que seus pais tiveram um pelo outro, negar o amor deles por você. Você não vai querer isso."

Não. Ela imaginou que não.

"Nós também não iríamos querer isso", continuou Evan. "E mais, Kate, os advogados sabem de você. Procedimentos legais foram colocados em andamento. Se você desaparecesse agora... Nós teríamos que esperar sete anos com tudo preso na justiça, e então solicitar que você fosse declarada morta." Ele fez uma careta. "Então, por favor, não pense nisso."

"Mas é tão injusto", disse ela. "Vocês foram tão generosos e calorosos comigo, e agora têm que pagar esse preço terrível."

"Foi você que sofreu injustamente", argumentou ele. "Nunca pense o contrário."

"Você sabia disso o tempo todo? Mesmo quando veio me procurar, na primeira noite, você sabia que eu podia ficar com toda a fortuna?"

Ele aquiesceu.

"Eu suspeitava."

"Mas ainda assim você veio me procurar. Sem hesitação."

"Mas é claro." Ele ergueu as sobrancelhas. "Família acima de tudo. É assim que fazem os Gramercy."

Ele era tão decente e bom, e sob circunstâncias diferentes Kate ficaria muito feliz de casar com um homem assim. Mas ela estava apaixonada por Samuel. Ela estava comprometida com Samuel. Ela tinha sido íntima com Samuel. Não havia como ela se casar com Evan agora.

Ele pegou sua mão.

"Kate, se você se casar comigo, eu juro que vou me dedicar completamente para lhe dar a vida que você merece. A vida que sempre mereceu. E juntos vamos ajudar nossa família." Ele lhe deu um sorriso brincalhão. "Se você não me aceitar, Kate, serei obrigado a encontrar alguma herdeira desagradável, com pais alpinistas sociais."

Mas será que ele conseguiria encontrar pais alpinistas sociais que sustentariam a pouco convencional Harry, ou a decrépita Tia Sagui, ou Bennett, que vagava pelo Indocuche? E a pobre Lark perderia o dote meses antes de seu debute. Kate lançou um olhar desesperado pela janela da carruagem quando eles pararam na entrada de Summerfield. Aquilo era intolerável. Encontrar sua família depois de todo aquele tempo, sentir-se tão amada e aceita por todos... apenas para destruir suas vidas e felicidade?

"Então", ele disse, preparando-se para sair da carruagem, "o que vai ser? À meia-noite, vou apresentar você como Lady Kate? Ou devo apresentá-la como a futura Lady Gramercy?"

"Evan, eu..."

"Você precisa de algum tempo", ele concluiu por ela. "É claro, eu entendo. Eu encontro você antes da meia-noite."

Então ele saiu da carruagem e estendeu a mão para ela, e já não havia privacidade para que pudessem discutir o assunto. Diante deles, o esplendor dourado e iluminado por velas do grande salão de Summerfield. Eles eram observados por muitos pares de olhos curiosos.

"Sorria", ele sussurrou, oferecendo-lhe o braço. "E fique feliz. Esta é sua noite."

Quando entrou no salão de bailes de Summerfield, Kate observou atentamente cada canto e nicho. Seu coração disparava toda vez que ela via um casaco vermelho. Havia um miliciano, em especial, que ela esperava encontrar. Ela não o encontrou, mas viu outra coisa que a alegrou.

"Kate!"

"Somos nós! Aqui!"

Ela girou sobre o salto de seu sapato, animada pelas vozes conhecidas.

"Susanna. Minerva. Oh, é tão bom ver vocês." Ela abraçou as amigas calorosamente. Até que os braços de Susanna a envolveram, Kate não tinha percebido como estava precisando de um abraço.

Ela também precisava de bons conselhos.

"Eu não fazia ideia que vocês estariam aqui." Ela olhou de uma amiga para outra – Susanna, agora Lady Rycliff, com seu cabelo vermelho-cobre e suas sardas, e Minerva, a querida irmã Highwood morena e que usava óculos, que havia casado recentemente com Lorde Payne.

"Viemos juntas de Londres", disse Susanna. "Papai estava ficando desesperado para conhecer seu primeiro neto."

"E eu sabia que não poderia privar mamãe de seu genro por muito tempo", acrescentou Minerva. "Mas, na verdade, foram nossos maridos que sugeriram a viagem."

"Sério?", perguntou Kate, incrédula. "Lorde Rycliff e Lorde Payne *quiseram* vir? Para Spindle Cove?"

"Eu acho que eles, secretamente, sentem saudade daqui, ainda que nunca admitam", disse Minerva.

Susanna franziu o cenho.

"O que foi?", perguntou Kate.

"Oh, nada. Só estou um pouco dolorida. Quando a bebê fica sem mamar por algumas horas, eu me sinto desconfortável." Ela olhou para o teto. "Acho que vou até o quarto da bebê, lá em cima."

"Podemos ir com você?", perguntou Kate. "Também estou desesperada para conhecer a pequena Victoria, e... e gostaria muito de poder conversar."

"Ela é tão linda", sussurrou Kate. "O cabelo dela é igual ao seu."

"Esse é o único momento em que ela fica quieta", disse Susanna ao olhar para a filha mamando. "A não ser que o pai a esteja segurando. Bram tem algum método secreto para acalmá-la, mas ele se recusa a contar, aquele homem impossível."

"Estou satisfeita que Colin esteja feliz com a ideia de esperarmos para ter filhos", disse Minerva. "Recentemente ele assumiu o controle de sua propriedade. E eu estou com tantos trabalhos acadêmicos em andamento. Não estamos prontos para ter filhos."

"Mas Min, como..." Kate baixou a voz. "Como vocês podem ter certeza de que não vão conceber?"

"Bem, não se pode ter certeza absoluta. Mas nós tomamos precauções. Colin tem alguma experiência no lado masculino da coisa. Sabe, quando um homem solta sua semente..."

Susanna deu um olhar para a amiga.

"Min", ela sussurrou, "talvez nós possamos deixar os detalhes para outra ocasião."

"Certo", disse Minerva, em tom de desculpa. "Vocês me conhecem, eu falo de assuntos naturais nos momentos mais impróprios. De qualquer forma, Kate, existem maneiras. Susanna me deu umas ervas. Elas também ajudam."

"Que bom que vocês sabem o que fazer", disse Kate.

Ela ficou feliz por Samuel ter se precavido na noite anterior. Não era que ela não gostasse da ideia de ter um filho. Nada a deixaria mais feliz, algum dia. Pensar nele como um pai, aninhando um bebezinho no braço...

fazia seu coração palpitar. Mas com tanta incerteza com os Gramercy, uma gravidez seria inoportuna. Principalmente porque o pai da criança tinha desaparecido.

"Kate, o que há de errado?", perguntou Susanna. "Você parece preocupada."

Kate hesitou e mordeu o lábio. Então ela inspirou fundo e contou tudo para as amigas. Sobre os Gramercy. Sobre Thorne. O retrato, o melão, a picada de serpente, a herança, sua noite com Samuel e a proposta de Evan, momentos atrás na carruagem. Tudo.

"Meu Deus, Kate", disse Minerva, ajustando os óculos. "Você tem se mantido ocupada."

Kate riu do absurdo do comentário e isso a fez se sentir bem. Era disso que ela estava precisando – que suas melhores amigas, as mais íntimas, a escutassem e ajudassem a ver tudo com clareza. Susanna e Minerva não ficariam do lado de Thorne, nem do lado dos Gramercy. Elas ficariam do seu lado, sem dúvida.

"Eu sempre soube que um dia você teria seu conto de fadas", disse Susanna. Ela chamou a babá e lhe entregou a bebê, que estava dormindo. "Eu não previ *isso*, é claro. Mas nós todas adoramos você. Eu sabia que você não passaria muito tempo despercebida."

"Eu nunca passei despercebida", disse ela. "Nunca, na verdade."

Samuel sempre reparou nela, até mesmo naquele primeiro dia no Touro e Flor, quando ela colocou o xale indiano em volta dos ombros e virou para o outro lado. Ele sempre cuidou dela, sem pedir nada em troca. Kate lançou um olhar ansioso para a janela escura. Onde estaria ele?

"Eu não sei o que fazer", disse ela. "Samuel desapareceu. Os Gramercy dependem de mim para salvar a família. Evan quer saber se ele deve me apresentar como Lady Kate ou sua futura Lady Gramercy. Enquanto isso, eu me sinto como uma empregada que pegou o vestido da patroa e entrou de penetra no baile. Não sei como vou conseguir passar por uma lady..."

"Da mesma forma que nós", disse Minerva. "Olhe para Susanna e eu. Um ano atrás nós éramos solteironas convictas, nunca fomos a luz de qualquer festa. Agora ela é Lady Rycliff e eu Lady Payne. E nós talvez sejamos um pouco desajeitadas nesse papel, mas a sociedade tem que nos aceitar, apesar de tudo."

"Vamos formar nosso próprio clube, Kate. A Liga das Ladies Improváveis." Susanna foi se sentar ao lado dela. "Quanto ao que você deve fazer... tenho certeza de que você já sabe. Está em seu coração."

232

É claro que ela sabia. Kate amava Samuel e não queria nada além de ser sua esposa. Mas se fosse possível, ela também precisava encontrar um modo para ajudar os Gramercy. Eles eram sua família, e ela não poderia abandoná-los.

Minerva se inclinou para frente e encarou o peito de Kate.

"Estou admirando seu pingente."

"Você sabe que pedra é essa?", Kate perguntou, ansiosa. "Estou querendo saber, mas nunca vi nada assim."

"A identificação dessa pedra é fácil." Depois de examiná-la por um instante através de seus óculos, Minerva soltou a pedra em forma de lágrima. "Ela é chamada de *blue john*. Um tipo de fluorita. É uma formação rara, encontrada apenas em uma área pequena de Derbyshire."

Kate segurou o pingente.

"Era da minha mãe. Ela era de Derbyshire. Ela devia usar a pedra sempre para se lembrar de casa."

Que estranho, então, que Elinor a tivesse deixado para trás em Ambervale. Talvez tenha ficado preocupada com a possibilidade de a perder durante a viagem.

"Kate", Minerva tocou seu braço, "acho que você não deve se preocupar demais. Tenho uma forte suspeita de que seus problemas vão se resolver sozinhos, e rapidamente."

"Espero que você esteja certa", disse Kate. Mas apesar de sua disposição natural para o otimismo, aquela era uma situação para a qual ela tinha dificuldade de enxergar uma solução fácil.

"Bem", disse Susanna, levantando-se. "Suponho que já nos escondemos demais. É melhor irmos procurar nossos homens antes que eles provoquem alguma confusão."

"Este é um baile em Summerfield", concordou Kate. "Parece que a bebida, aqui, tem alguma coisa que torna as paixões masculinas... explosivas."

Capítulo Vinte e Dois

A paciência de Thorne estava chegando ao fim. Enfiado na biblioteca egípcia de Sir Lewis Finch, ele andava de um lado para outro sobre um pequeno quadrado de carpete. Suas botas novas machucavam seus pés. Os punhos engomados irritavam seus pulsos. Agonia pura era sua companheira. E a agonia tinha um nome: Colin Sandhurst, o Visconde Payne.

"Deixe-me dar um conselho", disse Payne.

"Eu não quero mais nenhum dos seus conselhos. Não sobre isto."

"Você não quer admitir que quer", respondeu calmamente Payne. "Mas eu vou falar comigo mesmo, e você vai estar simplesmente por perto, sem escutar."

Thorne revirou os olhos. Ele tinha passado a maior parte dos últimos dias "perto, *sem* escutar" Payne. Foram excursões de compras, reuniões com advogados, aulas de... uma atividade que Thorne não gostava nem de imaginar, quanto mais falar a respeito.

Payne virou um gole de sua bebida e apoiou o pé em um sarcófago com inscrições.

"Antes de encontrar Minerva, eu passei minhas noites com mais mulheres do que me cabiam."

Thorne gemeu. *Não. Simplesmente, não.*

"Eu passei meu tempo com duquesas e camponesas, e não importava se as saias delas eram de seda ou chita. Uma vez que você as tirava..."

Thorne o interrompeu.

"Se você recomeçar com os 'rios de seda e robes de alabastro', eu *vou* ter que bater em você."

"Calma, Cinderela", disse Payne, erguendo as mãos. "Eu só queria dizer que, por baixo dos trapos, todas as mulheres desejam a mesma coisa."

Thorne fechou a mão e a apertou até as juntas estalarem.

"O que foi? Estou falando de carinho."

Sentado na cadeira da escrivaninha, Bram massageou a têmpora.

"Acredito que meu primo esteja querendo dizer que, só porque ela agora é Lady Katherine Gramercy, e não Srta. Taylor, isso não significa que ela mudou por dentro."

Thorne voltou a andar. Talvez ele não devesse ter contado tudo para eles. Ele precisou da ajuda deles, mas odiava que os dois *soubessem* que ele havia precisado de ajuda. Sentir-se fraco não era algo a que estava acostumado, e Thorne não gostava disso. Seu impulso era irromper pelas portas, encontrar Katie, pegá-la em seus braços e carregá-la para algum lugar quente, pequeno e seguro. Mas ele não podia simplesmente pegá-la. Essa era toda a questão naquela noite. Ela tinha uma família. E não apenas uma família, mas um lugar em meio à nobreza inglesa. Essa nova vida dela... significava que ela nunca poderia ser inteiramente sua. Não importavam as promessas que ela fez quanto a deixar tudo para trás e ir embora com ele para a América. Ele sabia que não seria simples assim. Sendo uma Gramercy, ela era parte da família. Como filha de um marquês, Kate teria obrigações e deveres na Inglaterra. Como uma lady, ela sempre estaria acima dele – a lembrança desse fato estaria diante do nome dela em cada carta que recebesse ou escrevesse. Ele não *queria* compartilhar Kate. Mas devia, se quisesse fazer parte da nova vida dela. Acima de tudo, estava absolutamente decidido: não a envergonharia, nunca.

Então aquela noite ele andava de um lado para o outro na biblioteca, esperando sua chance. Ele não era nenhum Homem-Cinderela, ainda que tivesse enfiado seu corpo cheio de cicatrizes dentro de uma roupa nova e elegante.

De trás da escrivaninha, Bram olhou para Thorne.

"Não posso acreditar que você foi procurar meu primo."

Eu também não posso acreditar.

"Se você precisava de alguma coisa, Thorne, eu o teria ajudado. Era só pedir."

"Você estava ocupado."

Payne sorriu com ironia.

"Exato, e eu só estava na minha lua de mel. Não tinha nada melhor para fazer do que lavar um brutamontes, levá-lo às compras e ensiná-lo a dançar."

"O quê?" Bram olhou para Thorne, atônito. "*Não.*"

Thorne virou para o outro lado. As investidas irônicas de Bram o perseguiram.

"Você *dançou?* E *Colin* lhe deu aulas."

"Você age como se eu tivesse me divertido com isso", disse Payne. "Foi uma provação para mim, é bom você saber. Mas graças à influência da minha querida mulher, estou aprendendo a abraçar meus deveres acadêmicos. Há muito tempo sou um estudioso do sexo feminino. Já que agora estou muito bem casado, e me dedico a apenas uma mulher especial, seria muita avareza da minha parte não compartilhar o conhecimento que acumulei."

"Sem dúvida." Bram riu. Para Thorne, ele disse, "Bom Deus. Se você aguentou isso por uma semana, deve realmente amar essa garota."

Payne continuou com sua atitude cortês, professoral.

"Funciona assim, Thorne. Se você pretende pedir o coração de uma mulher, tem que estar disposto a correr riscos. De verdade. Não apenas aulas de dança."

Thorne apertou a mandíbula. Ele desistiu de seu lar por Katie. Ele passou fome durante anos no interior, depois na prisão, e então passou fome enquanto marchava no exército.

"Eu me sacrifiquei por ela. Eu já lhe dei tudo que um homem como eu pode dar."

Payne riu.

"Você pode pensar assim. Mas elas querem tudo. Você pode esvaziar seus bolsos e sacrificar seu corpo, e ainda assim elas não ficam satisfeitas. Não até você servir seu coração, ainda batendo."

Bram suspirou.

"Mais uma vez, vou traduzir o que meu primo disse. Apenas diga à Srta. Taylor que você a ama. Isso é tudo que elas querem ouvir."

Amor. Tudo acabava voltando para aquela palavra. Seria fácil dizer para Katie que ele a amava. Falar essas palavras não era difícil. Mas dizê-las de um modo que fizesse os dois acreditarem nelas... esse era o desafio.

"Você quer praticar de novo?", perguntou Payne.

"Não."

"Eu não me importo de fazer o papel da mulher. Estou seguro quanto à minha masculinidade."

"Eu disse *não.*"

Payne endireitou sua gravata.

"Sério, Thorne, só estou tentando ajudar. 'Não, obrigado' teria sido mais cortês."

"Etiqueta não é meu ponto forte."

"Eu sei, mas é por isso que estou aqui, não é? Foi você que veio me pedir ajuda. Se você pretende conquistar aquela mulher – aquela *lady* – e torná-la sua esposa, terá que fazer da etiqueta um de seus pontos fortes. E rápido."

Thorne pediu silêncio. A pequena orquestra começou a tocar uma nova música, e ele apurou os ouvidos.

"É a valsa", confirmou Payne. "Essa é sua deixa."

Bram bateu no ombro de Thorne.

"Então vá."

"Nada de pressão", disse Payne. "Esta é apenas sua única chance de ser feliz, você sabe. Trata-se apenas do resto da sua vida."

Thorne o fuzilou com o olhar enquanto abria a porta.

"Você não está ajudando."

Enquanto ele passava pela porta e pelo pequeno corredor que levava ao salão, sentia os nervos tensos. Mas depois que ele a viu do outro lado, toda sua ansiedade desapareceu, substituída pela admiração. Fazia uma semana que ele não punha os olhos nela. E ele nunca a tinha visto daquele jeito. *Bom Deus, Katie estava linda.* Ela permanecia de perfil para ele, concentrada na conversa com Minerva Highwood, Lady Payne. Ele parou de andar por um instante, só para sorver aquela visão dela. E lembrar como é que se respira.

Ela usava um vestido de seda azul-escuro, a cor dos oceanos infindáveis e dos céus noturnos. Em contraste com o tecido, seus ombros eram uma perfeição pálida, suave. Brilhantes minúsculos cintilavam em seu cabelo escuro, penteado para cima, e luvas de cetim cobriam seus braços até os cotovelos. Thorne ouviu a melodia reluzente do riso de Katie flutuando acima da música. Ela era elegante demais para ele, linda demais para ser descrita. Mas ele tinha chegado até ali. Ele ousaria tirá-la para dançar de qualquer modo.

Thorne começou a se mover. A multidão se mexia ao seu redor. Do outro lado do salão, Katie se virou e vasculhou a sala com seu olhar perdido. Ela olhou através dele, sem parecer que o reconhecia – e voltou para sua conversa. Ele deu passos largos em sua direção, movendo-se com determinação. Quando ele estava na metade do caminho, os olhos dela o encontraram novamente. Na primeira vez, fugaz. Então, na segunda, com atenção. Como se ela estivesse tentando encaixá-lo. A ruga em sua testa era de leve preocupação. Ele quase conseguia ouvi-la pensando: *Quem era aquele brutamontes, vestido de forma exagerada, que não parava de encará-la?*

Deus. Ela não o reconheceu. *Sou eu, Katie. Você me conhece.* Seus olhares se encontraram. Ele sentiu nos ossos o momento em que o reconhecimento aconteceu. Aquele choque doce de afinidade percorreu sua coluna. Então um casal que dançava rodopiou entre eles, bloqueando sua visão. *Droga. Droga, droga, droga.* Ele tinha que ver a reação dela. Esse era todo o objetivo de ir até lá e fazer sua entrada. Como ela o receberia? Como seria desta vez? Quando o casal finalmente passou, toda a multidão havia mudado de lugar. Ele abriu caminho em meio às pessoas, à procura dela. Seu coração batia com tanta força que ele chegou a pensar que explodiria.

"Samuel!"

Ele girou nos calcanhares. Lá estava ela, na ponta dos pés, o pescoço alongado como o de um cisne, para melhor se fazer ouvir por cima da multidão. Ele mudou de curso, na direção dela. E parou, a dois passos de distância. Esperando, com o coração na garganta, para ver se ela acenderia por ele. Ela não brilhou. Seus olhos não cintilaram. Nem uma pequena chama de alegria tremeluziu por trás de sua expressão. Não, o que aconteceu foi muito melhor que isso, e fez tudo valer a pena – não apenas a semana passada, mas toda a vida que ficou para trás. Katie ficou incandescente, como o esplendor de mil estrelas fulgurantes.

"Samuel! É você!"

Kate se esforçou para ficar calma. Ele tinha muita coragem para deixá-la esperando esse tempo todo e então aparecer *daquele* jeito. Ele continuava sendo insuportavelmente lindo, só que... estava mais. Mais em todos os sentidos. Ela podia jurar que suas novas e elegantes botas Hessian o tornavam quase três centímetros mais alto. O caimento justo do fraque preto fazia seus ombros parecerem um pouco mais largos. Ela nem conseguia articular o que a calça justa fazia por suas coxas, ou poderia ter um ataque de tontura se tentasse. O cabelo estava cortado com precisão, e brilhava com um toque de pomada. Mesmo à distância de um braço, ele cheirava muito bem – como couro, colônia e algodão limpo, tudo misturado com essência de homem. Acima de tudo, ele tinha um certo ar. Não era elegância nem refinamento, mas talvez... serenidade. Determinação. Oh, seu rosto continuava duro, e seus olhos ainda eram lascas de gelo. Mas por baixo disso tudo havia fogo.

"A senhorita pode me conceder esta dança?", perguntou ele, cortês. A profundidade aveludada de sua voz provocou um arrepio em Kate que chegou à ponta de seus pés.

"Acredito que sim."

Que jogo era aquele que os dois encenavam? Eles deviam fingir que não se conheciam? Tudo que ela queria era se jogar nos braços dele. Mas ela pousou sua mão na que ele lhe estendia. Enquanto Samuel a levava para a pista de dança, seu coração palpitava. Eles se entreolharam, e Samuel colocou a mão nas suas costas. A expressão no rosto dele era severa.

"Você está magnífico", sussurrou ela. "Tão lindo."

Ela esperou que Samuel elogiasse seu vestido ou cabelo, mas foi em vão. A expressão no rosto dele era ao mesmo tempo intensa e incerta. O que aquilo significava?

"Senti tanto a sua falta."

Ele a conduziu na valsa. Os dois dançaram vários compassos da música, hesitantes. Ele não disse uma palavra.

"Samuel, você... mudou de ideia?"

Ele piscou.

"Sobre o quê?"

"Sobre mim."

Ele franziu a testa, como se a repreendesse pela pergunta.

"Não."

Ela esperou que ele a tranquilizasse. Mas Samuel não disse mais nada. Seu coração começou a acelerar. Ela não sabia o que era, mas algo estava errado.

"Se você não quer estar aqui, eu não quero forçá-lo", disse ela.

Ele não disse nada. Somente suspirou brevemente, com impaciência, e olhou para a orquestra.

"Você não vai falar comigo? Esperei por você a semana toda. Passei as noites preocupada. Eu não podia acreditar que você me deixaria sentindo tão abandonada, e agora que você finalmente está aqui..."

"Estou aqui há horas."

"Então por que demorou tanto para vir me procurar? Estava envergonhado? Com dúvidas?" A voz dela fraquejou. "Pelo menos olhe para mim."

Ele então parou.

"Raios. Não consigo fazer isto." Ele passou os olhos pelo salão, à procura de qualquer saída possível. "Precisamos conversar em algum lugar, a sós."

Kate lutou para dominar firmemente seus piores receios, mas eles eram insistentes. E tinham dentes afiados. Talvez sua nova identidade de lady fosse demais para ele. Talvez ele tivesse decidido que não conseguiria fazer parte da vida dela.

"Por aqui", ele disse.

Kate o seguiu até a porta mais próxima e ao longo de um corredor revestido, até que chegaram ao famoso salão medieval de Sir Lewis, onde ficava em exibição a impressionante coleção de armas e armaduras.

"Aqui está sossegado", disse ele. "E seguro."

Kate imaginou que sim. Dos dois lados do corredor comprido e estreito, meia dúzia de armaduras antigas estavam de sentinelas. Como uma escolta de cavaleiros arturianos, em guarda dos dois lados de um tapete vermelho-vivo. Um par de arandelas na parede fornecia a única iluminação daquela sala. As chamas cintilavam tranquilamente nas armaduras reluzentes com centenas de anos de idade, delineando os gumes das espadas e as pontas de seus bordões. O ambiente podia ser loucamente romântico ou vagamente ameaçador.

Samuel sinalizou para que ela sentasse em um banco aninhado em um recanto na parede. A pedra fria sob suas coxas fez com que Kate estremecesse. Ele sentou ao seu lado.

"Katie, você tem que me deixar explicar."

"Por favor. Se você estava em Summerfield há horas, por que não veio me procurar logo? Por que você me fez esperar a noite toda?"

"Quer saber a verdade?"

"Sempre."

"Porque eu não sei dançar. Eu só tive tempo de aprender a valsa. Eu não podia tirar você para dançar a gavota nem a sarabanda. Tive que ficar na biblioteca como um maldito idiota, esperando a orquestra tocar a única dança que eu sei."

O coração dela se retorceu em seu peito.

"Oh."

"Mas nem isso eu consegui. Pelo amor de Deus, não deveria ser mais difícil que marchar, não é? Payne me disse para não ficar olhando para o pé, mas..."

"Oh, Samuel."

"Mas você está tão linda. Todos os pensamentos sumiram da minha cabeça."

Então tudo fez sentido. Isso explicava sua expressão dura, incerta, e sua recusa em falar com ela, ou sequer olhar. Ele estava se concentrando tanto para acompanhar o ritmo da dança que não foi capaz de dar atenção às sutilezas. E ele disse que Lorde Payne o havia ensinado? Samuel detestava Lorde Payne. Mas foi pedir ajuda a ele. Ele pediu aulas de *dança*. Céus. Ele poderia ter declarado seu amor por ela em letras com quinze metros de altura, na colina ao lado do Homem Longo de Wilmington, que não teria sido mais evidente. Aqueles olhos azuis procuraram os dela, brilhando de sinceridade através da escuridão.

"Olhe para mim. É com isto que você estará presa, Katie. Um pateta desajeitado que não consegue contar até três mentalmente e dizer que você está linda ao mesmo tempo. Por que diabos você quer ficar comigo?"

"Estou apaixonada por você, seu bobo. E me apaixonando mais a cada instante." Ela deitou a testa no peito dele e prestou atenção à batida regular e forte de seu coração. "Eu sei que você me ama. Mas você não precisa dizer. Eu posso sentir. Eu sei."

Ele inspirou com dificuldade.

"Katie, você sabe a vida que eu tive. Foi bruta, sanguinolenta e cruel, e eu não sei se algum dia vou poder lhe dar o tipo de carinho que você merece. Você me disse que eu a amava... mas eu não tinha como ter certeza. Eu não entendia o que 'amar' significava, ou de que modo um homem como eu pode sentir uma coisa dessas."

"Está tudo bem", disse ela. "Eu não preciso das palavras."

"Mas, mesmo assim, eu trouxe algumas palavras." Ele a fitou no fundo dos olhos. Seu olhar era de um azul penetrante, de tirar o fôlego. "*O amor é composto por uma única alma que habita dois corpos.*"

"Samuel, isso é..." Sua voz falhou. "Isso é absolutamente lindo."

"É Aristóteles. Eu pesquisei um pouco."

Oh. Ele havia pesquisado. O coração de Kate bateu ainda mais acelerado.

"Eu nunca achei que filosofia grega pudesse fazer sentido para mim. E a maior parte não faz, mas essas palavras pareceram corretas. *O amor é composto por uma alma que habita dois corpos.*" Ele a pegou pelos ombros e puxou para perto de si. "Isso pareceu verdade para mim, de um modo que nenhuma outra coisa pareceu. Se algum dia eu tive uma alma, Katie, acho que a deixei com você há vinte anos. E agora, é como se... toda vez que nos beijamos, você me devolve um pedaço dela."

Ela encostou o nariz no rosto recém-barbeado, inspirando a fragrância rica de sua pele. Sabão para barbear e seu aroma natural com um traço de colônia.

Ele ergueu a cabeça.

"Mas eu não quero que você desista de nada por mim. Eu quero que você tenha essa vida. Essa família. Você é uma lady, mas eu não sou um cavalheiro."

"Não importa", ela protestou, sentindo uma pontada repentina de pânico. "Nunca vai importar. Você é um homem bom. O melhor que eu conheço."

"Você precisa de um marido que seja um cavalheiro. Um que compreenda sua nova vida e todas as exigências dela. Um homem que possa acompanhar você na sociedade e ajudá-la a cuidar de sua herança."

"Mas eu não quero nada..."

"Eu pretendo ser esse homem, Katie. Eu pretendo me tornar esse homem, o melhor que eu puder."

O coração cresceu no peito de Kate.

"O que você quer dizer?"

"A valsa foi só uma parte. Eu passei os últimos dias em Londres com Lorde Payne. Ele providenciou para que eu receba alguma orientação dos administradores de sua propriedade em Riverchase. Eu entendo de caça e cavalos, e de como trabalhar na terra, mas vou ter que aprender como cuidar de safras, arrendatários. Eu pensei que se você vai receber alguma propriedade, e eu..."

"Oito", disse ela. "Evan me contou hoje. Eu tenho oito propriedades, espalhadas por toda Inglaterra. Estou aterrorizada."

Ele engoliu em seco.

"Imagino que seria bom que eu aprendesse rápido."

"Acho que é bom nós dois aprendermos rápido", ela tentou sorrir.

Ele se afastou, colocando distância entre os dois, e retirou algo do bolso, enrolado em um pedaço de veludo preto. Quando ele desdobrou o quadrado de tecido, seus dedos ficaram trêmulos. Finalmente, seu polegar e indicador pegaram um aro fino de metal, soltando-o da última dobra de veludo.

Samuel o mostrou para ela.

"Eu não sabia o que escolher para você, mas também não queria que outro homem escolhesse. Então eu fiquei observando as vitrines até achar um que me pareceu bom o bastante para o seu dedo."

Ela olhou para o anel de ouro na mão de Samuel, cravejado de pequenos diamantes. No centro havia uma pedra facetada, em corte quadrado, com o tom mais claro de rosa.

"Isso serve?", perguntou ele.

"Oh, Samuel. É demais. Deve ter custado uma fortuna."

"Não foi uma fortuna." Ele fez uma careta despretensiosa. "Foi apenas a maior parte do que tinha me restado, depois da comissão e disto." Ele mostrou seu casaco e suas botas.

"Comissão?"

"Uma capitania. Rycliff me conseguiu a oportunidade de comprar uma. Ele se ofereceu para pagar por ela, mas não pude aceitar. Katie, eu vou lhe dar tudo que puder – tudo que sou e tudo que possuo –, mas você tem que me aceitar pelo meu próprio valor."

Kate ficou sem saber o que falar. Seu próprio valor? Aquele homem era inestimável. Mesmo se quisesse, ela não conseguiria escrever um fim mais perfeito para aquela noite. Eles se casariam e continuariam na Inglaterra. Ela poderia viver com Samuel *e* ajudar sua nova família.

Ele se ajoelhou diante dela. O anel brilhou em sua palma. Seu rosto estava marcado pela incerteza.

"Você irá usá-lo? Você quer se casar comigo?"

"Sim, é claro que sim." Ela tirou as luvas. "Ponha-o para mim, por favor. Meus dedos vão tremer."

As mãos dele também não estavam muito firmes. Mas ele pegou a mão de Katie e colocou o anel de metal em seu dedo."

"Serve perfeitamente", disse ela.

"E quase parece que ele merece você." Samuel pegou a mão dela nas suas e a acariciou delicadamente. "Eu só vi um casamento de verdade. Como é que eles falam, nos votos... prometo cuidar? Eu vou cuidar de você, Katie. Todos os dias da minha vida. Você é a coisa mais preciosa que eu já tive."

Ele levou a mão dela até os lábios e a beijou.

"Eu vou cuidar de cada centímetro de você."

Com toques suaves e cuidados de seus lábios, ele beijou cada um de seus dedos. Ele virou a palma da mão dela para cima e colocou ali um beijo quente, de boca aberta, no centro. Seus lábios tocaram o pulso dela, e foram subindo lentamente. Quando ele estava na metade do antebraço, Katie já tremia de prazer, pela carência de uma vida.

"Samuel? Se você quiser parar de cuidar e começar a devorar... eu prometo me comportar." Ele parou, os lábios colado à pele dela.

"Depois do casamento", ele falou com a boca na parte de dentro do cotovelo dela.

Ela estendeu a mão, colocando os dedos debaixo do queixo bem barbeado e levantando o olhar dele de encontro ao seu.

"Eu prefiro agora."

Ela se inclinou, pegando seus lábios atônitos e entreabertos em um beijo. Mas ela não podia se aproximar o bastante dessa forma. Então Kate deslizou do banco e se juntou a ele no tapete, enfiando seus dedos no cabelo bem cortado enquanto o beijava com paixão. Ele gemeu de prazer e Kate deslizou suas mãos por baixo da lapela de seu casaco, passando suas palmas pela seda fria do colete. Ela encontrou os botões na frente, coisinhas tão pequenas para um homem tão grande e poderoso. Como ele conseguia abrir e fechar aquilo? Mas não foram problema para os dedos de Kate. Ela os soltou com facilidade. Um, dois, três... quatro. Então ela afastou os lados do colete e colocou suas mãos na camisa, massageando o tecido em suas mãos e o peito musculoso e duro. Os batimentos dele vibravam contra sua mão, que ela colou ali, mantendo-o próximo. Quando eles ficaram juntos da primeira vez, houve algo que ele reservou. Nessa noite ela precisava saber que ele lhe daria tudo. Que ali, naquele salão repleto de armaduras, ele baixaria suas próprias defesas. Ela queria... ela queria algo que parecesse pagão e selvagem. Segurar o coração dele – seu coração quente, bom, puro e pulsante – nas mãos.

Ele baixou a cabeça e passou o rosto pelo pescoço dela, deslizando a língua entre os seios.

"Não pare", ela implorou.

Foi a coisa errada de dizer. Ele parou e ergueu a cabeça.

"Nós devíamos voltar."

"Não", ela insistiu, colando seu corpo ao dele. "Ainda não, por favor."

O descaramento de Kate chocou ela própria. Ele lhe disse palavras tão lindas, mas ela precisava sentir a força e a determinação por trás delas.

"Eu quero tanto você, Samuel. Eu quero que você faça amor comigo."

Depois de um momento de reflexão, ele colocou a mão no rosto dela, e o inclinou para receber seu beijo.

"Isso eu posso fazer."

Ele a beijou com doçura uma vez. Essa era toda doçura que lhe restava. O segundo beijo foi profundo, exigente, completo e selvagem. Suas línguas se enfrentaram e duelaram enquanto os dois lutavam para ficar mais próximos. Enquanto Samuel explorava sua boca, ele a deitou de costas no tapete macio e colocou a mão por baixo de suas saias. Eles estavam no chão, no meio do salão medieval de Sir Lewis Finch, enquanto um baile acontecia a poucos metros de distância. Um homem sábio teria se apressado, ou interrompido aquilo por completo. Mas Samuel quis se demorar. Aquele não era um encontro apressado, escandaloso. Eles estavam fazendo amor...

Enquanto levantava as saias de seda azul, ele tomou cuidado para arrumar cuidadosamente o tecido, para que não ficasse mais amassado que o necessário. Ele dobrou as anáguas estrategicamente, desnudando suas pernas. Graças a Deus, ela não usava calças. Ele não precisaria remover as meias, mas não conseguiu resistir. As ligas o provocaram com seus belos laços de fita. Ele os soltou com os dentes. Após deslizar uma meia ao longo da coxa e da panturrilha delicada. Samuel ficou muito triste ao chegar aos seus belos dedos, mas logo se animou quando percebeu que poderia repetir imediatamente a experiência com a outra perna. Depois de tirar a segunda, ele beijou cada dedo de seus pés. Ele foi subindo com a boca, ignorando suas contrações e protestos quando beijou o lado de dentro do joelho e a lateral interna da coxa. Ele tinha que devolver algumas cócegas. Quando ele chegou à abertura de seu sexo, ela estava se contorcendo, ansiosa por seu beijo. Ela estava totalmente molhada sob a luz tênue. Ele adorava saber que a expectativa funcionava tão bem quanto o ato em si. Ele recompensou a espera dela com uma única e lenta lambida. Ela choramingou, arqueando o quadril em um pedido por mais.

Ele se sentou nos calcanhares, desabotoando apressadamente sua calça enquanto admirava a vista de suas pernas claras, espalhadas, com um triângulo escuro de pelos guardando-o. Havia algo de indescritivelmente excitante naquela vista. Da cintura para cima ela estava composta, elegante, perfeita. Uma lady. Da cintura para baixo ela não era nada além de uma mulher, pura e natural. Que pertencia a ele. Toda ela.

Samuel libertou sua ereção, dura e pulsante. Ela dobrou uma perna, abrindo-se em um convite. Ele não pode recusar. Com cuidado para não amassar as saias, ele se ajeitou entre as coxas dela, posicionando-se na entrada quente e molhada. Ele disse a si mesmo para ir devagar, para não machucá-la. Mas ela arqueou os quadris, e ele deslizou até o fundo. *Doce misericórdia*. Ela era apertada, sim. Mas não estava tensa nem se contorceu de dor. Ela era perfeita, e ele foi fundo. A recepção acolhedora que ele encontrou fez com que nunca mais quisesse sair.

"Isso", ela suspirou.

Ele começou a se movimentar devagar, em ritmo contínuo – sabendo que aquela era uma corrida que se ganhava mais facilmente indo devagar. Usando de todo autocontrole que possuía, Samuel manteve o ritmo sem pressa, deleitando-se em cada deslizar suave, cada centímetro do corpo dela. Debaixo dele, ela suspirava e gemia, chegando cada vez mais perto do clímax. Thorne então se sentiu aproximar daquela borda perigosa. Escorregando cada vez mais perto do desconhecido. Se ele ultrapassasse o limite, não saberia o que fazer. O pânico começou a se formar em seu peito. Ele devia sair dela. Devia protegê-la. Kate pareceu sentir sua luta. Então passou uma de suas pernas esguias em volta da dele.

"Não me deixe", disse ela. "Eu quero você por inteiro. Tudo que você tem para dar."

As palavras dela o fizeram ir mais rápido. Logo os quadris dele arqueavam com força, batendo contra suas coxas. O limite estava perto, e ele correu em sua direção, para o bem ou para o mal, determinado a não guardar nada. Ela gritou e segurou em seu pescoço, arqueando as costas com os espasmos de seu êxtase. Ele sentiu uma pontada em sua nuca. Mas não foram as unhas dela, não. Foi o anel de noivado no dedo dela. Uma pontada de êxtase. Ele não conseguiria segurar por muito tempo. O clímax foi crescendo e o prazer aumentava em suas veias enquanto ele dava estocadas mais fortes e rápidas. Ele estava louco para chegar mais perto, mais fundo. Ele se forçou a ficar de olhos abertos, focados no rosto dela. Kate seria sua segurança caso ele se encontrasse à deriva em outro lugar.

"Deus, Katie. Me abrace. Firme."

Ela o abraçou e o clímax chegou também para ele. E ele, de fato, se viu à deriva em outro lugar. Mas não foi em uma terra de sombras, fumaça e explosões. Não... ele encontrou um cenário de pele luminosa, lábios rosados perfeitos e olhos tão abertos, profundos e apaixonados, que eram como o mar. Ali ele teve a certeza de que os corações possuíam asas, e ele pretendia embarcar em muitas viagens. Mas acima de tudo, era lindo. Tão lindo que ele poderia ter chorado. E ele não teria chorado sozinho. Quando parou de se mover, algumas lágrimas reluziram nas faces dela. Samuel não se preocupou com elas, apenas as apagou com beijos.

"Eu também amo você", suspirou ela.

Ele ergueu a cabeça, surpreso.

"Eu disse isso?"

Ela sorriu.

"Várias vezes."

"Oh. Ótimo." Ele a beijou novamente. "O que eu senti foi indescritível."

Ele tocou seu cabelo, e se permitiu alguns momentos de descanso, aninhado junto ao peito dela. Se ele tinha que ser um homem estilhaçado, fragmentado, acostumado a percorrer territórios estranhos de tempos em tempos, e estar inconsciente de suas ações – Samuel ficava feliz por saber que de vez em quando podia ir para lugares bons e cheios de amor.

"Nós temos que voltar", ele disse, afastando-se dela. "Eu tenho que falar com Drewe."

"Kate?" A voz grave, masculina, veio do corredor. "Kate, você está aí?"

Droga, droga, droga. Por falar no diabo... Thorne não entrou em pânico. Ele se levantou e pôs Kate de pé, momentos antes de Drewe entrar na sala. Quando Kate se ergueu, suas saias cuidadosamente arrumadas caíram naturalmente até o chão. Ninguém iria supor o que havia acabado de se passar debaixo delas.

"Nós estamos aqui, Drewe", disse Thorne, tentando fazer sua voz soar indiferente.

"Nós?", perguntou Drewe, entrando no salão.

Thorne tentou permanecer calmo enquanto abotoava a calça. Ele sabia que as sombras o esconderiam por alguns instantes, enquanto Drewe acostumava os olhos à luz das arandelas. Só mais um fecho... Agora os botões do casaco. Drewe estava quase chegando neles. *Mais um botão. Pronto.*

"Drewe." Thorne fez uma reverência. "Eu estava procurando você."

O marquês olhou desconfiado para ele.

"Kate, o que está acontecendo?"

"Oh, nada. Nada."

A resposta dela pareceu forçada demais para Thorne, e Drewe ficou realmente desconfiado. Mas ele tinha quase certeza de que havia conseguido esconder qualquer evidência. Isso até o olhar de Drewe cair nas duas meias esquecidas no chão. *Droga.*

No escuro, seus olhos faiscaram com uma raiva feroz.

"Seu vagabundo desgraçado", Drewe ferveu. "Vou matar você."

~ Capítulo Vinte e Três ~

"Evan, pare. Pare!" Kate agarrou o primo pela manga, puxando-o para longe. "Não faça isso. Eu vou explicar. Nós vamos nos casar!"

"Casar?" Evan contorceu o rosto. "Com ele?"

Thorne se aproximou e colocou uma mão nas costas dela.

"Eu pretendia conversar com você, Drewe. Eu pretendia lhe pedir a mão dela, do jeito certo, mas..."

"Mas o quê? Você decidiu primeiro deflorar Kate em um quarto escuro? Seu maldito."

Evan arremeteu contra ele, e Kate pulou entre os dois homens bem a tempo.

"Espere", ela exclamou. "Nós precisamos conversar. Todos nós. Mas não vamos conseguir se vocês ficarem tentando se agredir."

Ela pôs uma mão no peito de cada homem e os empurrou para lados opostos do salão.

"Eu só preciso de um momento."

"Muito bem", disse Evan, que acrescentou, "um momento."

Mais vozes chegaram até eles, vindas do corredor obscuro.

"Kate? Evan? Está tudo bem?"

Harry, Lark e Tia Sagui apareceram na entrada iluminada do salão estreito e comprido.

"A dança parou para o jantar. Estávamos esperando fazer o anúncio em breve", disse Harry, notando a expressão furiosa dos homens e o vestido desarrumado de Kate. "Mas parece que vocês estão... ocupados. Cabo Thorne, que surpresa."

"Nós vamos voltar para o baile", sugeriu Lark.

Tia Sagui sorriu.

"Ouvi dizer que trouxeram uma tigela nova de ponche", disse ela.

"Não... fiquem", disse Kate. "Por favor, fiquem. Vocês três. Isso também lhes diz respeito." Kate pousou uma mão em sua própria barriga, como fazia quando precisava de apoio para cantar alto e claro. "O Cabo Thorne e eu nos reconciliamos. E vamos nos casar."

Em seu canto no salão, Evan ficou furioso.

"Kate, você não pode. Por acaso faz ideia de quem é esse homem? Eu o investiguei, sabe. Logo que chegamos a Spindle Cove."

"Você o *investigou?*"

"Sim. Eu estava preocupado com o seu bem-estar. E com o da família. Eu queria saber quem era a pessoa com que você iria casar. E felizmente eu fiz essa averiguação. Esse homem é um criminoso condenado, Kate. Ele passou anos na prisão."

"Eu sei disso. Ele me contou tudo. Ele foi condenado por caça ilegal quando jovem, mas foi solto para ingressar no exército."

"Onde ele cometeu transgressões ainda mais terríveis."

"Eu sei disso também. Mas ele tomou jeito e serviu com honras sob o comando de Lorde Rycliff. Como eu disse, ele me contou tudo." Ela se virou para Thorne. "Desculpe-me por falar tanto em seu nome. Você prefere se defender?"

"Não importa o que eu diga", respondeu Thorne. "Ele vai ver em mim o que quer ver. Meu lorde, eu não me importo com o que pensa de mim, desde que Katie..."

"Como ousa?" Um rubor intenso subiu desde o colarinho de Evan até seu cabelo. "Como *ousa* falar dela com tanta intimidade? Ela é Lady Katherine para você."

"Ele pode falar comigo do jeito que quiser", disse Kate, desconcertada pela fúria na voz de Evan. "Estamos apaixonados. E vamos nos casar."

"Kate, você ainda não ouviu a pior parte. Sabe de onde vem este homem? A mãe dele era uma prostituta em um bordel repulsivo, de baixa categoria, em Sou..."

"Southwark", concluiu Kate. "Eu sei."

"Ele lhe contou isso?"

"Não, eu sei porque me lembro disso. Porque eu morei lá também."

As mulheres ficaram sem ar. Kate detestou chocá-las tocando nesse assunto, naquele momento e lugar, mas uma notícia daquela, em qualquer ocasião, poderia ser algo *menos* que chocante?

"Vocês moraram juntos?", perguntou Evan. "Vocês dois, em um..."

"Nós éramos crianças, nós dois. Parece que foi lá que Elinor foi parar, depois de sair de Ambervale. Ela usava um nome diferente, Rosa Ellie, e sim, eu passei meus primeiros quatro anos em um bordel. Todas as minhas memórias dessa época eram difusas até há poucos dias, mas com a ajuda de Samuel eu juntei os pedaços."

"Ele está mentindo", disse Evan, fuzilando Samuel com um olhar perigoso. "Ele convenceu você de algo que não é verdade."

"Eu gostaria, pelo bem da minha mãe, que não fosse verdade. Mas eu me lembro, Evan. Não consigo imaginar por que ela terminou lá. Talvez estivesse com muito medo de pedir ajuda. Talvez, como filha de um fazendeiro, não se sentia à altura da obrigação de viver como uma lady." Isso Kate consegui entender.

Ela se aproximou do primo com cautela.

"Por favor, não se preocupe com a família. Nós vamos encontrar um modo. Eu... Eu simplesmente vou passar tudo para você antes do casamento. Todas as propriedades, todo o dinheiro."

"Com o diabo que vai", disse Thorne. "A herança é sua por direito, Katie. Você cresceu sozinha, sem nada. Você merece isso agora. Foi por isso que vim esta noite. Não vou deixar você desistir de nada. Não por mim, e certamente não por um réptil chorão como ele."

"E eu não vou deixar um criminoso condenado destruir o que resta do nome da minha família", explodiu Evan. "E se você gosta mesmo dela, por que quis ligá-la novamente àquele lugar? Se casar com ela, a verdade vai aparecer. Toda Inglaterra irá conhecê-la como a filha do marquês que foi criada em um prostíbulo."

"Não me importo", disse Kate. "Eu não me importo com fofoca, e Samuel também não."

"Mas *eu* me importo", disse Evan. "Eu não tenho escolha a não ser me importar. Para ter alguma esperança de salvar o futuro de Lark, eu teria que cortar todos os laços com vocês dois. Pública e completamente. Não haveria mais passeios nem bailes. Nada de feriados em família na Páscoa e no Natal." A voz dele ficou baixa e rouca. "Kate, nós seríamos obrigados a ignorar você na rua. O que me arrasaria, sem dúvida. Mas eu *faria* isso, para proteger meus irmãos."

Kate sabia que ele faria. Evan faria qualquer coisa por eles. Ela sentiu o estômago revirar.

"Mas você já me disse que eu não posso simplesmente desaparecer. Mesmo que eu não me case com Samuel, vou ser sujeita ao escrutínio público. Não vejo como essa revelação pode ser evitada."

"Eu vejo. Você casa comigo e nós esconderemos da sociedade essa abominação."

Samuel praguejou.

"Que diabo é isso? Ela não vai casar com você."

Evan o ignorou e falou diretamente com Kate.

"Se nós casarmos, não haverá necessidade de procedimentos legais. Tudo que for seu se tornará legalmente meu depois do casamento. Nenhuma propriedade vai mudar de mãos. O título Drewe e a fortuna Gramercy vão continuar unidos. Assim poderemos evitar inquéritos judiciais e escândalo."

"Mas Eva..." Ela tentou colocar as palavras com gentileza. "Você e eu não nos amamos. Não desse jeito."

"*Amor*." Evan debochou. "Amor é uma coisa violenta e inebriante, mas eu lhe digo, a partir de uma experiência amarga, que amor não compensa a perda de fortuna, reputação e família. Com isso, Kate, suspeito que seus pais concordariam."

Pela primeira vez, as palavras do primo fizeram Kate pensar. E Evan percebeu.

"Simon e Elinor se amavam", ele disse calmamente. "Era um amor passional, desesperado. Eles escarneceram das regras da Sociedade e desobedeceram os desejos de suas famílias para ficar juntos. Veja como a história deles terminou."

"Não terminou ainda", disse Samuel. "Mas eu vou lhe dizer como acaba. Com sua filha sendo restaurada, por direito, como Lady Katherine Gramercy, herdeira de propriedades e fortuna."

Evan se dirigiu apenas a ela, tentando soar equilibrado e convincente.

"Kate, pense na família."

Samuel retesou o braço que tinha na cintura dela.

"Se o nome Gramercy tem alguma mancha, então seja um cavalheiro, Drewe, e a reconheça. Você, ou alguém da sua família, jogou a mãe dela na rua. Este criminoso condenado fez o que pôde para salvar Kate disso. E agora irei protegê-la até o túmulo. Se você algum dia tentar desonrá-la por algo que estava fora de seu alcance, com o objetivo de manter sua própria vida imaculada e confortável... Você vai se ver comigo, e *vai* correr sangue."

Evan arremeteu com raiva.

"Parem com isso!", gritou Kate. "Parem, por favor."

Ela não sabia o que dizer ou fazer. Os dois estavam dispostos a interpretar mal as intenções um do outro. Nenhum dos dois tinha interesse em escutar a razão. Eles só queriam uma desculpa para se odiar mutuamente, e era Kate. A situação se encaminhava para um desastre. Mas havia um modo de terminar com toda a discussão. Ainda que lhe constrangesse revelar aquilo para todo o grupo, Kate não via alternativa.

"Evan", disse ela, "você deve entender que não posso casar com outra pessoa... Samuel e eu fomos íntimos. Eu *tenho* que casar com ele."

Evan ficou em silêncio por uma eternidade agonizante.

"Não, você não precisa casar com ele."

"Mas você não me ouviu? Eu..."

"Você precisa casar *com alguém*, é verdade." Ele ergueu a cabeça e lançou um olhar mortífero para Samuel. "Esse alguém vai ser decidido ao amanhecer."

Em uníssono, Harry, Lark e Tia Sagui gemeram.

"Oh, Evan."

"De novo não."

"Seis? Sério? *Seis*? Cinco foi impressionante, mas seis é o começo de uma piada ruim."

Evan suprimiu as objeções com um olhar.

"Pelas regras do duelo, Thorne – eu suspeito que você não as conheça, porque não é um cavalheiro –, eu lancei o desafio, então a escolha de armas é sua."

Kate ficou desesperada. Pistolas não eram a escolha tradicional? Mas a mão direita de Samuel continuava fraca devido ao veneno da víbora. A pontaria dele com uma pistola seria desastrosa. Ele não teria chance.

"Ela já me escolheu", disse Samuel. "Não vai haver duelo."

Oh, graças a Deus.

Evan caminhou pelo salão, agitando os braços.

"Você tem razão, Thorne, um duelo não será necessário."

Sério? Ele desistiria dessa ideia tão facilmente? Para Kate, essa virada nos acontecimentos era boa demais para ser verdade. E era...

Evan parou diante de uma das armaduras e retirou a espada da manopla do cavaleiro fantasma.

"Por que esperar pelo amanhecer quando podemos resolver isso esta noite?"

Kate retirou suas preces de agradecimento e as trocou por pedidos desesperados de salvação.

Evan ergueu a espada com a mão direita, avaliando seu peso. Embora a arma pudesse ter séculos, era bem cuidada e brilhava como um espelho.

"Isso nos leva de volta à era do verdadeiro cavalheirismo, não é Thorne?", disse Evan. "O tempo em que um homem ligava para a reputação de uma mulher."

"Evan, não seja ridículo", interveio Harry. "Todo mundo aqui liga para Kate."

"Eu não quero que ninguém lute por mim", disse Kate. "Não vale a pena."

"É claro que vale." Samuel se virou para ela. "Nunca diga que você não vale a pena, Katie. Você vale batalhas épicas. Guerras inteiras."

Ela sentiu o coração apertar.

"Samuel..."

"Sim, Helena de Troia?", ela acreditou que viu Samuel piscar enquanto ele se afastava, pegando uma espada igual à de Evan.

Depois de tanto tempo... ele escolhia *aquele* momento para ser charmoso.

"Está tudo bem", Lark tentou acalmá-la puxando-a para o lado. "É só um espetáculo para preservar a honra e manter as aparências. Você sabe como são os cavalheiros."

Não importava como eram os cavalheiros. Samuel não era um. Ele não era do tipo de homem que pegava em armas para manter as aparências. Ele iria *lutar*. Pior, qualquer golpe poderia mandá-lo para aquele outro lugar – aquele campo de batalha sombrio onde ele não conhecia nada a não ser sobrevivência e instinto. Mesmo que ele quisesse parar, poderia ser incapaz de fazê-lo no calor da luta. Ela não via como aquilo podia acabar se não em desastre.

"Parem com isso!", exclamou ela. "Vocês dois, por favor. Evan, você não entende. O Samuel gosta de mim. Ele sacrificou tudo para me salvar daquele lugar horrível."

"Ele roubou sua virtude. É um canalha."

Kate queria argumentar que havia se entregado de bom grado, e que a ideia de a virtude de uma mulher ser uma posse que um homem pode roubar de outro era algo digno da Idade Média. Mas a julgar pela cena diante dela, acusações de comportamento medieval não seriam compreendidos.

Os homens andavam em círculos no centro do salão, um de frente para o outro, como dois animais selvagens que rosnam e eriçam os pelos. O tapete vermelho-sangue que eles pisavam não ajudava a acalmar o medo de Kate nem a diminuir a sede de violência dos dois homens.

"Você realmente quer fazer isto, Thorne?", perguntou Evan.

"Não. Porque depois que eu matar você, Katie vai ficar triste e os criados de Sir Lewis vão ter uma bagunça para limpar."

"Eu fiz esgrima durante quatro anos em Oxford."

"Brincadeira de criança", debochou Samuel. "Eu passei uma década rompendo as linhas inimigas com nada além de uma baioneta."

Eu tenho certeza que sim, pensou Kate. Mas ele fazia isso com um braço forte, saudável, não com a mão enfraquecida por veneno de serpente.

"Eu não vou abrir mão dela", disse Samuel. "Você não pode me convencer que é melhor que eu."

"Muito bem. Então vou deixar minha lâmina falar por mim."

Kate se encolheu quando Evan golpeou com a espada, mas Thorne se defendeu com habilidade. Eles se atacaram e defenderam várias vezes, rapidamente. O tilintar de metal contra metal a arrepiava até os ossos. De repente, eles se apartaram e recuaram, ofegantes e novamente começavam o ritual animalesco de andar em círculos e estudar o outro.

"Não faça isso, Samuel", pediu ela. "Ele só está desesperado para salvar a família. É a paixão dele. Ele quer demais cuidar dos irmãos e que Lark tenha..."

Samuel riu com amargura.

"Não há nada de nobre nele. Você não vê como ele planejou tudo? Ele esteve o tempo todo manipulando você para se casar com ele. É por isso que ele não perdeu você de vista desde que eles chegaram em Spindle Cove. Ele gosta, sim, mas é do dinheiro."

"E você não?" Evan parou de andar e apontou a espada para Samuel. "Sua vontade de ir para a América desapareceu rapidamente depois que você soube da herança dela. Você quer tanto o dinheiro de Kate que está disposto a arrastar o nome dela na lama para conseguir."

"A lama na qual *vocês* a deixaram." Segurando sua espada apontada para o peito de Evan, Thorne passou os olhos pela sala, de um Gramercy para outro. "Eu nunca vou acreditar que nenhum de vocês sabia dela. Que vocês não poderiam tê-la encontrado e ter lhe poupado anos de degradação e miséria. Ou vocês são mentirosos ou tolos."

"Samuel, cuidado!"

Evan tirou vantagem da distração do oponente e fez um movimento que pegou a espada de Samuel e a jogou longe, no canto mais escuro do salão. Mas antes mesmo que Evan pudesse exigir sua rendição, Samuel se apoiou no pé de trás e chutou com toda força o pulso de Evan. Este gritou de dor e soltou a espada. Em vez de tentar pegá-la, Samuel chutou a arma para fora de alcance. Os dois homens estavam desarmados.

"Oh, graças a Deus", sussurrou Kate. "Talvez agora eles parem."

Harry balançou a cabeça.

"Você ainda não conhece meu irmão."

Evan se virou para a próxima armadura da fila, que não segurava uma espada, mas um escudo e uma lança comprida. Ele pegou as duas armas do pedestal.

"Sempre quis experimentar isto."

Do outro lado do salão, Thorne se virou para o par daquela armadura e fez o mesmo. Depois que estavam igualmente armados, os homens recuaram para as extremidades opostas do salão, como se estivessem se preparando para um ataque.

"Não há dúvida que você agora é uma lady", Harriet disse para Kate. "Eles até organizaram um torneio para disputar você."

"Isso é ridículo!", exclamou Kate. "O Festival de Verão acabou semanas atrás. O que vem depois, duelo de bestas?"

"Por favor, não lhes deem ideias", sussurrou Lark.

"No três, Thorne", gritou Evan, levantando o escudo com a mão esquerda e a lança com a direita. Ele firmou os dois pés no tapete vermelho. "Três... dois..."

"Não!" Kate pegou as meias caídas no chão e correu para o centro do salão, abanando-as como duas bandeiras brancas de rendição. "Parem!"

Os homens pararam. Tudo parou... De repente o salão medieval ficou estranhamente silencioso. Eles ouviram a música vinda do salão de festas. Mas não era música orquestral. Eram os acordes suaves do piano e uma voz conhecida, que se elevava em uma canção.

"Oh", Kate exclamou, reconhecendo a voz. "É a Srta. Elliott. Finalmente, minha querida corajosa. Ela está, enfim, se apresentando para suas amigas."

"Mozart", disse Evan, reconhecendo a ária. "Excelente escolha, Kate. Combina muito bem com a voz dela. Você vai à ópera com frequência, Thorne?"

"Não", Samuel respondeu entredentes.

Sem tirar os olhos do oponente, Evan falou com Kate.

"Está vendo? *Eu* serei melhor para você. Posso lhe dar não apenas a proteção de que precisa, mas a companhia que você merece. Nós conversaremos sobre política e poesia, tocaremos duetos brilhantes." Ele apontou para Thorne com a lança. "Ele pode fazer seu sangue ferver com emoções ilícitas, mas não pode lhe dar essas coisas."

Kate olhou para Samuel, preocupada. Ela sabia que as palavras de Evan atingiam sua autoestima.

"O que você pode oferecer a ela?", perguntou Evan, enquanto a voz da Srta. Elliott subia a alturas operísticas. "Você não tem berço. Nem instrução. Nem mesmo uma profissão honrada. Você não tem condições de dar um lar adequado a uma lady."

"Eu sei." A expressão de Thorne endureceu até seu rosto parecer feito de pedra.

"Você está abaixo dela", disse Evan, "de todas as formas possíveis."

"Eu sei disso, também."

Não concorde com ele, Kate gritou em pensamento. *Nunca acredite nisso.*

Evan soltou um ruído de deboche.

"Então como você ousa pedir a mão dela em casamento?"

"Eu a amo", Samuel respondeu com uma voz grave e baixa. "O amor e a dedicação que eu tenho para dar a esta mulher são maiores do que todo o ouro da Inglaterra. E eu tenho educação para não tagarelar enquanto a aluna dela está cantando." Ele fez um movimento ameaçador com sua lança. "Cale a boca, ou vou espetar você."

Depois disso, cada alma naquela sala ficou em silêncio até a Srta. Elliott cantar sua última e delicada nota. O peito de Kate se encheu de orgulho pela aluna e de felicidade pela amiga. Mais que tudo, ela tinha esperança de que os homens se entendessem.

"Obrigada", ela disse aos dois, alternando o olhar de uma extremidade do salão para a outra. "Eu sei que vocês entendem o que isso significa para mim. O quanto a Srta. Elliott se dedicou."

Ela abaixou os braços e se retirou para a lateral do salão, deixando que os dois se entreolhassem. Com certeza eles deviam compreender – não importava quais suas diferenças, os dois queriam o melhor para ela.

"Agora", disse Kate, "não podemos deixar de lado esses artefatos de Sir Lewis e discutir esta questão como pessoas racionais?"

Aparentemente, não.

"Um", Evan terminou de contar.

Os dois correram um na direção do outro e colidiram no centro do aposento, produzindo um estalo horrível. O impacto das lanças nos escudos fez com que eles voltassem para trás, repelidos pela força do choque. Ninguém ficou seriamente ferido, o que deixou Kate contente, mas frustrou os homens. Eles jogaram as lanças de lado. Em seguida Evan pegou um machado, mas calculou mal seu peso ao puxá-lo da estante. A arma assustadora caiu no chão, errando por pouco seu próprio pé e afundando cinco centímetros no chão de madeira.

Nesse momento Lark, Harriet e Tia Sagui reforçaram os gritos.

"Parem! Vocês dois, parem! Isso é absurdo!"

Mas aparentemente, a insensatez masculina é capaz de atingir alturas impensáveis. Os dois estavam em uma situação além da lógica e da razão, na qual apenas o orgulho e a sede por sangue tinham vez. Thorne pegou, no suporte, um bastão longo com pesos de metal nas extremidades para infligir golpes esmagadores. Evan pegou uma estrela da manhã – uma bola pesada, com cravos, pendurada na ponta de uma corrente. Segurou-a pelo cabo com as duas mãos e começou a girar o projétil ameaçador em círculos acima da cabeça. Ele produzia assobios assustadores enquanto ganhava velocidade. Fascinadas, as mulheres olhavam para a arma. A imagem era petrificante – um instrumento mortal girando cada vez mais rápido em sua órbita incerta.

O rosto de Evan mostrava que até *ele* estava preocupado com o que havia começado – e não sabia como parar. Ele deu um olhar assustado para Kate. Seus olhos pareciam dizer: *Eu fiz mesmo isso? Lutei com seu noivo usando lanças e espadas medievais, e agora ergui acima da cabeça um instrumento mortal, que comecei a girar dessa forma temerária em uma sala cheia de gente? Sim, Evan. Você fez isso.* Ela ficou contente que ele finalmente começava a mostrar que entendia como era ridícula aquela batalha. Mas era tarde demais. Quando ele soltasse aquela coisa, ela iria sair voando com velocidade e força para destruir o que estivesse em sua direção.

Evan então falou, em uma voz muito calma, educada e aristocrática.

"Receio que eu não vá conseguir segurar isto por muito tempo."

"Kate!", gritou Samuel. "Proteja-se!"

Todas as mulheres obedeceram, mergulhando em cantos e procurando abrigo debaixo das cadeiras. Kate se protegeu atrás de um dos escudos abandonados no chão. Thorne se posicionou à frente dela, erguendo o bastão com as duas mãos e ficando de olho na estrela da manhã. Ele parecia um jogador de críquete, pronto para rebater – e, em essência, era o que se preparava para fazer. Que homem corajoso e tolo.

"Samuel, por favor! Proteja-se!"

Com um grito selvagem, Evan soltou o cabo da arma. Kate se abaixou instintivamente, sem conseguir continuar olhando. Ela ouviu e sentiu a colisão assustadora. O impacto inicial foi agudo e a estremeceu, depois veio o ruído quase musical dos estilhaços de vidro quebrando e caindo. A bola devia ter atravessado uma janela e levado seus cravos assassinos para o jardim. Por sorte, parecia que nenhuma pessoa tinha se machucado. Evan permaneceu parado, olhando para a janela quebrada. De sua testa escorria sangue de um pequeno corte. De resto, ele parecia não ter se ferido.

Quanto a Samuel... Oh, não. Os piores temores de Kate haviam se concretizado. Ele não estava ferido fisicamente, mas mentalmente... Suas pupilas estavam dilatadas, assim como as narinas. Ele não estava ali. A situação era igual à do ataque do melão, com uma diferença importante. Dessa vez ele estava armado.

∾ *Capítulo Vinte e Quatro* ∾

Enquanto Kate observava, horrorizada, Samuel apertou suas mãos no bastão. Ele o segurava com as duas mãos, à frente do peito, paralelo ao chão. Um rugido bárbaro surgiu em algum lugar de suas vísceras, ganhando força enquanto abria caminho através de seu peito. Ele iria atacar Evan. E o primo, atordoado, desarmado, desorientado, não teria chance.

"Samuel, não!" Kate correu para interceptá-lo e pegou o bastão com as duas mãos.

Ela o olhou nos olhos, esperando que Samuel a reconhecesse. *Sou eu. Volte.* Alguma coisa flamejou naqueles olhos azuis sem foco – mas ela não sabia dizer o que era. O rugido primitivo que ganhava força em seu peito transbordou na garganta. Com um grito áspero, ele ergueu o bastão, girando tanto a arma quanto Kate com violência, e jogando a moça contra a parede mais próxima. As mulheres gritaram. Mas não Kate. Ela não teria gritado mesmo se tentasse. O impacto expulsou todo ar de seus pulmões. Por um instante foi como se ela flutuasse livremente em seu próprio corpo – desprovida de sensibilidade ou entendimento. Ela não sentiu dor – não no primeiro momento, mas certamente devia estar chegando. Um impacto tão forte devia ter quebrado algo. Sua coluna, talvez. Algumas costelas, no mínimo.

Então uma onda estonteante de ar entrou em seus pulmões. Sua visão ficou aguçada. Ela podia respirar novamente. A dor ainda não tinha chegado. Depois de um instante de reflexão, ela entendeu o porquê. Samuel a jogou não contra a parede lisa, mas em um nicho. Como o cajado era muito mais largo que a alcova, as vigas laterais absorveram o impacto. Ela não foi ferida. Sem ferimentos, mas abalada até a medula.

Se ele a tivesse jogado alguns centímetros para o lado, toda a força do bastão teria esmagado seu tórax – machucando Kate seriamente. Talvez até matando-a. Mas mesmo em seu momento mais sombrio e inconsciente, Samuel a protegeu de si mesmo. Ele a salvou. Então Kate precisava retribuir a gentileza.

Ela ignorou a sala cheia de espectadores, ignorou o bastão que a prendia dentro do nicho estreito, e manteve seu olhar preso ao dele. Samuel estava distante, e ela tinha que trazê-lo para casa.

"Está tudo bem", disse ela, falando no tom de voz mais baixo e tranquilizador que conseguiu. "Samuel, sou eu. Katie. Não estou machucada, nem você. Você estava discutindo com Lorde Drewe aqui em Summerfield. Mas agora acabou. Acabou tudo. Não há mais perigo."

Ela captou uma centelha de consciência nos olhos dele. Samuel inspirou rapidamente.

"Isso", ela o encorajou. "Isso mesmo. Volte. Volte para mim. Eu amo você."

Se ela pudesse tocá-lo, isso faria toda a diferença. Mas o bastão os mantinha afastados.

"Solte-a." Evan apareceu ao lado de Samuel, segurando uma lâmina junto à garganta dele e assim desfazendo tudo que Kate havia conseguido no último minuto.

"Evan, não. Por favor. Isso vai piorar as coisas."

"Afaste-se dela", o primo grunhiu para Samuel.

"Você não entende, Evan. Ele não me machucou. Ele nunca iria me machucar." Kate ignorou o primo e voltou a se concentrar em Samuel, olhando no fundo de seus olhos. "Samuel, você precisa voltar para mim. *Agora*. Eu preciso de você aqui."

Aquilo bastou. Sua respiração se normalizou e a consciência desfez as rugas em sua testa. Seus olhos focaram novamente – primeiro o rosto dela, depois o bastão e em seguida na posição em que estavam junto à parede.

"Oh, Jesus", ele inspirou. A angústia fez sua voz tremer. "Katie. O que eu fiz com você?"

"Nada", ela lhe garantiu. "Nada além de me tirar da frente do perigo. Estou bem."

"Besteira", disse Evan. "Você poderia tê-la matado."

"Não acredite nele", disse Kate. "Eu sei qual é a verdade. Você não me machucou. Você nunca me machucaria."

Bram apareceu, então, e segurou o bastão.

"Baixe a arma, Thorne. A luta acabou."

Samuel aquiesceu, ainda segurando o bastão com força.

"Sim, senhor. Acabou tudo."

"Não diga isso", pediu Kate, empurrando o bastão que a mantinha presa. Ela precisava tocá-lo, abraçá-lo forte. Se ela pudesse apenas colocar seus braços ao redor dele, Kate faria com que mudasse de ideia.

Parecia que ele também sabia disso.

"Eu não posso arriscar", sussurrou ele, mantendo-a distante. "Não posso. Eu a amo demais. Pensei que eu poderia me transformar no homem que você precisa – um marido digno de uma lady –, mas..." O rosto de Samuel se retorceu quando seu olhar a examinou de alto a baixo. "Veja só. Eu não pertenço mais a este mundo. Se é que algum dia pertenci."

"Então vamos procurar outro mundo", disse ela. "Juntos. Eu desisto de tudo por você."

Ele balançou a cabeça, ainda mantendo-a afastada.

"Não posso deixar você fazer isso. Você diz que esta vida não importa, mas se eu a tirar de você... vai chegar o dia em que ficará ressentida comigo. Eu mesmo vou ficar ressentido. A família significa tanto para você."

"Você significa mais."

"Drewe", ele disse, ainda encarando Kate nos olhos, "quando você pode se casar com ela?"

"Amanhã", respondeu Evan.

"E você irá protegê-la? Contra fofocas e escândalo. Contra todos que a quiserem mal, ou que a queiram por sua fortuna."

"Com minha vida."

"Samuel, não" Kate lutou para conter suas lágrimas.

Ele aquiesceu, ainda olhando para ela.

"Então faça isso. Vou embora da Inglaterra assim que vocês se casarem. Assim que eu souber que ela está em segurança."

"Eu não vou casar com ele", contestou Kate. "E Samuel, você não vai deixar isso acontecer. Está falando isso agora, mas quer que eu acredite que você vai ficar sentado no banco de St. Ursula amanhã de manhã, assistindo, enquanto eu entro pelo corredor para casar com outro homem?"

Isso o fez hesitar.

"Você não deixaria isso acontecer. Eu sei que não deixaria."

Esse argumento pareceu ganhar força com ele. Mas, infelizmente, Samuel não foi na direção que ela queria.

"Bram", ele chamou.

"Continuo aqui", respondeu Lorde Rycliff.

"Quando você recebeu o tiro no joelho, fez com que eu jurasse, ali mesmo no campo de batalha, que eu não deixaria que amputassem sua perna." Samuel falava com uma voz firme e controlada. "Não importava o que os médicos dissessem, não importava que você estivesse nas garras da morte. Mesmo que você perdesse a consciência e delirasse. Eu jurei que não os deixariam amputar, e não deixei. Fiquei ao lado do seu leito, com a pistola engatilhada, para afastar qualquer um que se aproximasse com uma serra. Mesmo quando me ameaçaram com corte marcial, ou quando meu próprio bom senso foi contra... eu continuei fiel à minha palavra."

Bram aquiesceu.

"Sim... Sou seu devedor para sempre."

"Você vai me pagar agora."

"Como?"

"Prenda-me na cadeia da vila. Com grilhões, esta noite. E não importa o que aconteça, mesmo que eu surte ou implore, me dê sua palavra agora mesmo que não vai me soltar até ela se casar. Jure."

"Thorne, eu não posso..."

Samuel se virou para ele.

"Não questione. Não olhe para mais ninguém. Somos apenas eu e você, e uma dívida que tem comigo. Faça o que eu peço, e jure."

"Muito bem", Lord Rycliff cedeu. "Você tem minha palavra. Pode soltar a Srta. Taylor agora."

"Primeiro pegue os grilhões."

"Pelo amor de Deus, Samuel!" Kate se debateu novamente. "Qual é a chance de que existam grilhões disponíveis por perto?"

Ela esqueceu que, na casa de Sir Lewis Finch, a chance era, aparentemente, muito boa. Alguém apareceu com um par de grilhões de ferro unidos por uma corrente pesada. Lorde Rycliff abriu uma das argolas e a ajustou ao pulso de Samuel.

Ele a fitou no fundo dos olhos.

"Obrigado", sussurrou Samuel. "Por ter me amado. Valeu por uma vida inteira."

Kate rugiu e o chutou no tornozelo – não que seu pé descalço pudesse infligir muito dano.

"Não pense que isso seja algo romântico, seu tolo teimoso! Se eu não o amasse demais, juraria odiar você para sempre."

Como resposta, ele deixou um beijo irritante na testa dela. Depois que a outra argola de ferro foi presa, ele largou o bastão e a libertou. Então ele saiu acorrentado.

"Não vou deixar isso acontecer."

Lark estava no centro da sala de estar da Queen's Ruby, parecendo o mais decidida que Kate já tinha visto.

"Kate", ela disse, "eu amo você de verdade, mas se tentar se casar com meu irmão hoje, vou me levantar no meio de St. Úrsula e me opor."

"Bobinha", falou Harry. "Isso não compete a você. Evan e Kate são adultos. Além disso, o vigário só vai se interessar na sua objeção se representar um impedimento legal, o que não existe."

"Existe um impedimento emocional", argumentou Lark. "Kate não pode casar com Evan. Ela está apaixonada pelo Cabo Thorne."

Kate fechou os olhos com força. É claro que ela amava Samuel. Se ela não estivesse tão completa e eternamente apaixonada por ele, não estaria se sentindo tão péssima naquela manhã ao discutir a possibilidade de casar com outro homem. Seu coração doía. Em algum lugar ali perto, Samuel estava preso, trancado como um animal em uma jaula. Ele havia passado a noite toda na prisão. Ela sabia o quanto ele sofreu na prisão quando jovem. Ele nunca mais deveria ser sujeito ao confinamento, nem mesmo por uma noite. Ela estava desesperada para que ele fosse solto, e ele devia saber que ela se sentia assim. Samuel mantinha a si próprio refém, e o preço do resgate era o casamento dela com outro. Homem teimoso e impossível. Dava para acreditar que, de acordo com a sabedoria popular, as mulheres é que são dramáticas?

"E mais", Lark continuou, "Evan não pode casar com Kate. E quanto a Claire?"

"Claire?", repetiu Harry. "Minha pombinha, Claire está enterrada há vários anos."

"Mas ele a amava. É tudo que estou dizendo. Evan pode amar novamente."

"Vamos esperar que não", murmurou Harry.

Lark encarou a irmã. A raiva tingia de vermelho suas faces.

"Sério, Harriet. Nosso irmão a defendeu quando você rompeu três noivados sem amor. Ele a apoia no seu relacionamento com Ames. E é assim que você lhe paga? Encorajando-o a entrar em um casamento de conveniência, com a esperança de que ele nunca mais ame?"

"Minha andorinha. Você está crescendo tão depressa." Ela tamborilou os dedos no braço da cadeira e então levantou. "Muito bem, eu também vou me opor."

"Suas oposições não serão necessárias, eu espero." Kate pegou Xugo no colo e o puxou para perto. "Não tenho intenção de me casar com Evan, se isso puder ser evitado. Tem que haver outro modo."

Mas ainda enquanto pronunciava aquelas palavras, Kate duvidava delas. Que outro modo poderia haver? Ela passou a noite pensando naquele dilema. Ela exauriu toda sua força de lógica, imaginação e desespero, e ainda assim nenhuma solução lhe apareceu.

"Harry e eu tentamos apelar a Evan", disse Lark. "Se ele retirar sua proposta para Kate, o Cabo Thorne terá que recuar. Mas ele também não quer ceder."

"Ele se sente muito culpado", Harry disse para Kate. "Evan diz que está determinado a lhe dar a vida que você merece."

"Mas vocês já me deram tanto", disse Kate. "Vocês me procuraram e me receberam de braços abertos, mesmo sabendo que isso afetaria de algum modo suas vidas. A bondade e a fé que tiveram em mim são notáveis. E eu... eu amo todos vocês por isso."

"Oh, querida." Do outro lado da sala, Tia Sagui pôs a mão no peito. "Oh, querida. Oh, querida."

"Tia Sagui, o que foi? É seu coração?"

"Não, não. Minha consciência." A velha senhora olhou para Kate com olhos vermelhos e lacrimosos. "Eu tenho que lhe contar a verdade. A culpa é minha. A culpa é toda minha que você tenha ficado perdida, minha querida. Você não deve se sentir presa a nós. Eu não a culparia se você pegasse todo o dinheiro da família e nos jogasse na rua."

Kate balançou a cabeça, completamente confusa.

"Eu não estou entendendo. Jogar vocês na rua? Eu nunca faria uma coisa dessas."

Lark pôs a mão na da tia.

"Não deve ser nada assim tão ruim, Tia Sagui."

"Mas é. É sim." A velha senhora aceitou o lenço que Harry lhe oferecia. "Depois que Simon morreu e o pai de vocês herdou o título, eu fui para Rook's Fell. Minha irmã precisava de mim. Você ainda nem tinha nascido, Lark. Mas Harry, você com certeza lembra dessa época. Como foi difícil."

Harry aquiesceu.

"Foi no ano em que começou a doença de papai. Havia tantos médicos entrando e saindo. Lembro que mamãe estava sempre com o rosto preocupado."

"A vida de vocês mudou tanto, e tão rapidamente. Casa nova, títulos novos, novas responsabilidades. Eu assumi a administração da casa, cuidava dos criados, respondia à correspondência, recebia visitantes." Ela fez uma pausa para refletir. "Então eu estava lá no dia em que a amante de Simon apareceu, com o bebê nos braços. E a mandei embora."

"*O quê?*"

Ao ouvir essas palavras, Kate teve a sensação de ser afogada. O ar pareceu lento e espesso ao seu redor. Frio. Sua visão ficou difusa e suas ouvidos latejaram. Ela não conseguia respirar.

"Você a mandou embora?" A voz de Lark ecoou a uma grande distância. "*Tia Sagui*. Como pôde fazer uma coisa dessas?"

Kate se obrigou a emergir e a escutar.

"Vocês não fazem ideia", disse Tia Sagui. Ela torceu o lenço de Harry. "Vocês não fazem ideia de quantos charlatões surgem de cada buraco no chão quando um marquês morre. Todo dia eu tinha que mandar alguém embora. Alguns apareciam dizendo que Sua Senhoria lhes devia salários atrasados ou dívidas de jogo, outros diziam que o marquês tinha lhes prometido alguma coisa. Mais de uma garota apareceu com um bebê nos braços. Mentirosos, todos eles. Quando Elinor chegou dizendo que havia casado com ele... eu não acreditei. Um marquês casando com a filha de um fazendeiro arrendatário? Absurdo. Eu nunca acreditei, até o dia em que encontramos o registro da paróquia, e vi que aquela garota podia ter falado a verdade."

Os dedos de Kate foram para a peça pendurada em seu peito. Ela passou as pontas dos dedos pela lágrima de pedra polida, na esperança de que acalmasse suas emoções.

"Então é por isso que você tem o pingente. Você o pegou dela. Estava com você o tempo todo."

Tia Sagui aquiesceu.

"Ela me ofereceu como um tipo de prova. Eu não entendi que significado uma lasca de pedra poderia ter. Mas eu guardei, para o caso de ela aparecer. Mas ela não veio mais. Ela nunca procurou advogados. Simplesmente desapareceu."

Lark andava pela sala, claramente tentando controlar suas emoções.

"Por que você não nos contou a verdade semanas atrás?"

"Eu estava com vergonha", disse a velha senhora. "E o que estava feito, estava feito. Eu não achei que relatar essa história pudesse ter algum benefício. Todos nós concordamos em fazer o que era certo para Kate. Nós a receberíamos na família e lhe daríamos tudo o que era dela por direito.

Mas então, noite passada, quando você nos contou do bordel..." Tia Sagui chorou novas lágrimas. "Oh, foi minha culpa. Fui tão dura com a garota. Quando ela me perguntou aonde poderia ir, ou como faria para viver, eu... eu lhe disse que não conseguiria nem uma moeda conosco, e que ela devia ir morar da mesma forma suja que ela era."

"Oh, não." Kate cobriu a boca com a mão. "Você não fez isso."

Kate encarou Tia Sagui, sem saber o que dizer ou fazer. Nas últimas semanas ela começou a pensar naquela mulher como... a pessoa mais perto de uma mãe que ela teria. Mas agora ela sabia que essa mulher a rejeitou quando era um bebê. Por um instante ela se viu de volta à sala de estar da Srta. Paringham, tomando chá de água suja e evitando golpes de bengala. *Ninguém queria você na época. Por que você acha que alguém iria querer agora?*

"Sinto muito", disse Tia Sagui. "Eu sei que você talvez nunca possa me perdoar, e vou entender se for o caso. Mas eu gosto tanto de você, minha querida." Ela fungou. "Eu gosto mesmo. Amo você como uma das minhas. Se ao menos eu soubesse que aquele momento de rabugice teria consequências tão nefastas..."

"Você não sabia", Kate se pegou dizendo. "Você não tinha como saber. Eu não a culpo."

"Não?"

Ela balançou a cabeça com honestidade.

"Não."

As palavras de escárnio da Srta. Paringham, aquele dia, não tinham alterado o curso de sua vida. Ela duvidava que alguns instantes de maldade da Tia Sagui foram suficientes para determinar todo o futuro de sua mãe. Para Elinor ficar tão desesperada, mais de uma porta deve ter se fechado para ela. Ou talvez ela simplesmente não quisesse viver segundo as regras dos outros. Kate nunca saberia.

Tia Sagui pegou a mão de Kate.

"Você sabe como ela reagiu naquele dia, quando eu a rejeitei?"

Kate negou com a cabeça.

"Conte-me, por favor. Eu quero saber de tudo."

"Ela ergueu o queixo e me disse bom dia. E foi embora, sorrindo. Ela manteve a dignidade, mesmo depois que eu perdi a minha." A mão pálida da velha senhora apertou a de Kate. "Você tem o mesmo fogo da sua mãe."

O fogo da sua mãe. Finalmente, Kate tinha um nome para aquela chama pequena que aquecia seu coração. Ela tinha algo da sua mãe. Algo que carregou dentro de si o tempo todo, e que era mais precioso que a lembrança do seu rosto ou de um verso que sua mãe poderia ter cantado. Ela tinha a coragem de sorrir em face da crueldade e da indiferença – de manter a dignidade quando não tinha outra coisa. Aquele fogo interno foi o que a manteve viva. Ela encontraria uma saída para aquela situação, uma em que ela não tivesse que se casar com ninguém. Ou melhor, ninguém além de Samuel.

"Devemos contar isto para Evan?", ela perguntou. "Talvez ele se sentisse menos obrigado a se casar comigo se soubesse que..."

"*Menos* obrigado?", exclamou Harry. "Você já devia conhecer seu primo, Kate. Se Evan ficar sabendo disso, vai fazer com que beijemos seu pé como penitência. Ele vai fazer Lark vestir tecido de saco e cinzas em seu debute. Com certeza ele não vai se sentir menos obrigado."

Kate mordeu o lábio, sabendo que Harry tinha razão. Ela possuía, contudo, uma última fonte de esperança. Susanna. Talvez Susanna pudesse fazer Lorde Rycliff ter bom senso e soltar Samuel da prisão. Nesse momento, Susanna e Minerva entraram pela porta da sala. Xugo pulou para o chão quando Kate levantou para receber as amigas.

Susanna não perdeu tempo com amabilidades.

"Não vai dar certo, eu receio."

"Ele não se convenceu?" Kate perguntou, desabando novamente na cadeira. "Ah, não."

Susanna balançou a cabeça veementemente.

"De que serve um 'código de honra' se ele desafia o bom senso? Bram insiste que é obrigado a fazer o que Thorne lhe pede, mesmo que discorde do pedido. Ele não aceita ouvir nenhum argumento. Tudo graças ao orgulho, companheirismo e sua perna ferida. Eu lhe digo uma coisa, no que diz respeito àquela maldita perna, Bram não consegue aceitar a razão. Se esse homem já teve um pingo de sensatez no corpo, devia estar na patela do joelho direito."

Ela sentou ao lado de Kate.

"Eu sinto muito. Fiz o que podia."

"Eu sei que você fez."

"Eu pensei em pedir ao Colin que falasse com ele, como último recurso", acrescentou Minerva. "Mas fiquei preocupada que isso pudesse nos atrapalhar."

Kate tentou sorrir.

"Obrigada por querer ajudar."

"Certamente um deles terá que ceder, ao longo do tempo", disse Susanna. "Isto não pode durar para sempre."

Mas ainda que durasse apenas um dia, seria demais. Ninguém podia entender o que significava para Samuel estar preso. Ele era um homem que havia tatuado a data de sua libertação no *próprio braço*, no que trabalhou cuidadosamente, apesar da dor, porque sabia que corria o risco de perder toda esperança e abrir mão do seu último fiapo de humanidade. Aceitar as correntes devia ser uma tortura para ele.

"Vamos encontrar outro jeito", disse Susanna. Ela passou os olhos pela sala, encarando Lark, Harry, Tia Sagui, Minerva... e voltando até Kate. "Aqui é Spindle Cove. Temos seis mulheres inteligentes, determinadas e engenhosas nesta sala. Não vamos ser frustradas por alguns homens insensatos e suas brincadeiras de soldadinhos de chumbo."

"Isso mesmo", disse Minerva. "Vamos rever todas as alternativas."

"Eu não posso fugir", disse Kate. "Casar com Evan está fora de questão, assim como casar com qualquer outra pessoa."

"Eu sei!", disse Lark. "Kate, você pode entrar para um convento, assim estará proibida de casar com qualquer um."

Tia Sagui tossiu sua bala apimentada.

"Uma Gramercy enviada para um convento? Isso seria indizivelmente cruel – com a freiras, principalmente."

Harry levantou um dedo, os olhos penetrantes.

"Esperem um momento. Talvez ela possa casar com Evan por apenas alguns minutos, e então pedir uma dissolução ou anulação."

"Não posso", disse Kate. "Eu pensei nisso, mas o vigário disse que não é fácil obter uma anulação. Além disso, seria desonesto. Evan foi tão bom para mim... eu não poderia mentir assim para ele, recitando votos que não tenho intenção de manter."

"Susanna teve a ideia certa", declarou Minerva. Ela ajustou os óculos. "Nesta vila nós derrotamos os homens em seu próprio jogo. Se eles querem brincar de soldados, vamos reunir nosso próprio exército de mulheres. Vamos atacá-los com arcos, pistolas, rifles. Até um trabuco, se Sir Lewis nos emprestar. E forçar uma fuga da prisão."

Tia Sagui se aprumou.

"Minha querida, eu gosto do jeito que você pensa."

"Não, não", disse Kate. "Essa é, com certeza, uma ideia... *empolgante*, Min. Mas não podemos. Haveria uma possibilidade muito grande de alguém se machucar, e a última coisa que Samuel precisa é outra batalha."

Sua reação imprevisível a explosões estava no cerne do problema.

"Além disso, mesmo que nós o tiremos da prisão, isso não o faria mudar de ideia. Nós vamos voltar à situação em que estávamos ontem à noite."

Kate acreditava, de todo coração, que ela e Samuel poderiam viver felizes juntos. Mas quando ele negociou com Evan, na noite anterior, revelou suas próprias dúvidas. Ele a deixou sob os cuidados de outra pessoa, da mesma forma que fez quando a deixou em Margate, duas décadas atrás. Ele duvidava de seu próprio valor. E Samuel não acreditava quando Kate dizia que desistiria de tudo por ele. Ela não tinha mais argumentos para convencê-lo com palavras. E ainda havia o problema do escândalo público. Ela não podia adotar o nome da família, para então arrastá-lo pelas ruelas mais imundas de Southwark. Mesmo depois da confissão de Tia Sagui, ela não queria mal para nenhum dos Gramercy – e ela não queria aquela nuvem fazendo sombra em seu casamento com Samuel.

Em um gesto nervoso, ela girou o anel no dedo, virando a pedra rosa pálido para cá e para lá para pegar raios de sol. Tão linda. Ela não conseguia pensar em tirar aquele anel. Samuel o tinha escolhido especialmente para ela. A pedra tinha um fogo interno. Assim como ela.

"Bem, nós precisamos fazer *algo*", disse Minerva. "Imprimir panfletos. Fazer uma greve de fome na praça. Ficarmos sem espartilho até que alguém ceda. Aqui é Spindle Cove! Não podemos deixar etiqueta e convenções ganharem a luta. Olhe para o seu cachorro, até ele concorda comigo."

Kate olhou para Xugo, que devorava alegremente outra cópia de *A sabedoria da Sra. Worthington para jovens*.

Ela agachou, coçou atrás da orelha do animal e sussurrou:

"Isso é tudo culpa sua, sabia?"

Se não fosse por Xugo, talvez ela não tivesse extraído a verdade de Samuel após a picada de víbora. Ela poderia não ter chegado a conhecer seu lado sensível, e a amá-lo por isso. Melões teriam muito menos importância na sua vida. Na cabeça dela, algo começou a se formar. Talvez, apenas talvez... Xugo pudesse ser a chave daquele problema.

"Acho que talvez eu saiba o que fazer", disse ela, ficando animada enquanto olhava para suas primas e amigas na sala. "Mas vou precisar de ajuda para me vestir."

Capítulo Vinte e Cinco

Então era aquilo que Spindle Cove chamava de prisão. Thorne sempre teve curiosidade sobre aquela construção minúscula localizada na praça da vila, não muito longe da Igreja de St. Úrsula. A princípio ele pensou que fosse a casa do poço de uma nascente que há muito tinha secado. Então alguém lhe disse que a casinha era usada como batistério da igreja original. De qualquer modo, atualmente era a prisão. A estrutura era pequena, circular e composta de paredes de arenito sem janelas. Ela devia ter sido construída durante a mesma época que o Castelo Rycliff original – em outras palavras, há uma eternidade. O teto de madeira, é claro, há muito havia apodrecido e sumido. Em seu lugar, uma grade de barras de ferro mantinha os prisioneiros confinados, ao mesmo tempo que deixava entrar ar fresco e raios dourados de luz solar. Aqui e ali, um pouco de musgo ou samambaias brotavam de rachaduras na parede. Como todas as outras coisas daquela vila, a prisão também era um pouco excêntrica e charmosa demais. Mas devia ser eficaz. A única abertura nas paredes de pedra era a porta de metal forjado. Trabalho de Aaron Dawes, sem dúvida, e Thorne sabia que ele era um ferreiro competente. Pesadas algemas de ferro, ligadas por uma corrente, prendiam seus pulsos. Os grilhões eram genuínos, tirados da coleção de Sir Lewis. As únicas chaves, tanto para a porta da cela, quanto para as algemas, estavam com Bram, que deu sua palavra a Thorne de que estaria realmente confinado.

A noite não foi fácil. Sentado e acorrentado no escuro... O silêncio provocou a criatura selvagem que existia nele, mas as correntes eram boas e as paredes sólidas. Mesmo que ele enlouquecesse um pouco, e sua determinação fraquejasse, ele não conseguiria fugir da prisão usando a força. O que era bom, porque se ele conseguisse sair à força de sua cela, dominar os guardas não seria nada difícil...

"Podem me explicar de novo como é que *vocês* dois são os carcereiros da vila?", perguntou Thorne.

Finn e Rufus Bright estavam sentados do lado de fora da porta gradeada da cela com um baralho. Os dois eram gêmeos, tinham perto de dezesseis anos e Thorne não confiava neles nem para deixar que montassem algumas horas de guarda na torre sudeste do Castelo Rycliff. Ele nunca os teria colocado para guardar um criminoso perigoso.

"Essa era a ocupação do nosso pai bêbado", disse Rufus. "Ele era o oficial responsável, antes de mudar de lado da lei. O contrabando dá mais dinheiro, eu acho."

"Depois que ele foi embora", disse Finn, "a tarefa ficou com Errol, seu filho mais velho."

"E Errol foi para Dover esta semana." Ruffus cortou e embaralhou o maço de cartas. "Então, para sua sorte, você ficou conosco."

Para a sorte deles, o jovem queria dizer. Da forma como Thorne atormentou os mais jovens milicianos de Spindle Cove ao longo do último ano, ele imaginava que os dois estivessem se divertindo com aquilo.

Então ele ouviu a voz de Bram.

"Finn, Rufus. Espero que estejam tratando bem o prisioneiro."

"Sim, Lorde Rycliff."

"Thorne?", Bram espiou pela grade. "Ainda não está só pele e ossos, imagino."

"Nem perto disso."

"Não pense que isso está sendo fácil para mim. Minha mulher não está nem um pouco satisfeita. E caso esteja se perguntando, a Srta. Taylor, ou Lady Kate, que é como eu a devo chamar agora, imagino, também não está."

Thorne deu de ombros, indiferente. Katie acabaria ficando satisfeita. Com o tempo ela veria que essa era a melhor opção. Drewe poderia cuidar dela e fazer com que fosse feliz. Ela bancou a corajosa na noite anterior e lhe disse que deixaria tudo para trás para ficar com ele, mas Thorne a conhecia muito bem. Por toda sua vida ela desejou uma família, e ele não tinha nada para lhe oferecer que substituísse os Gramercy. Depois da noite anterior, ele sabia que não servia para ser o marido de uma lady. Ele nem mesmo era capaz de manter Kate em segurança.

"Então, o que está acontecendo?", perguntou Thorne. "Eles já foram pedir uma licença de casamento ao vigário?"

"Não sei", respondeu Bram. "Mas ela acabou de sair pela frente da Queen's Ruby."

"Como ela está?"

"Com cara de quem vai se casar."

Um buraco negro e infinito de dor surgiu no peito de Thorne. Ele teve vontade de se jogar ali.

"Ela está caminhando na direção da igreja", disse Bram. "Todas as moças da pensão estão indo atrás dela. E as Gramercy também."

"O que ela está vestindo?"

Bram olhou contrariado para ele.

"O que você acha que eu sou? O colunista social de O *Tagarela?*"

"Diga logo."

"Um vestido marfim. Babados e um monte de renda."

"Ela está sorrindo?"

Pergunta idiota. Um sorriso dela não lhe daria nenhuma pista quanto às suas emoções mais íntimas. Sua Kate sorriria bravamente, mesmo que estivesse a caminho da guilhotina.

"O cabelo dela", perguntou Thorne. "Como ela arrumou o cabelo?"

Bram grunhiu.

"Bom Deus, homem. Eu concordei em prender você, não em lhe dar relatórios de moda."

"Diga logo."

"O cabelo foi penteado para cima. Você sabe como as mulheres fazem – um monte de cachos para cima, preso com fitas. Alguém colocou flores entre os cachos. Nem me pergunte que tipo de flor. Eu não sei."

"Deixe para lá", Thorne resmungou. "Já é o bastante."

Ele conseguia visualizar Kate em seu pensamento. Flutuando em uma nuvem de renda, com estrelinhas de jasmim enfiadas no cabelo escuro e brilhante. Tão feminina e linda. Se ela tomou tanto cuidado com a aparência, devia estar indo para seu casamento feliz, não com má vontade ou receio. Aquilo era bom, Thorne disse para si mesmo. O melhor resultado possível. Ele esteve preocupado que ela pudesse resistir por mais tempo, apenas por teimosia. Mas ela devia ter visto que era o mais sensato a fazer, depois de algumas horas de reflexão.

"Susanna está com ela", disse Bram. "Vou até lá perguntar quais são os planos."

Inquieto, Thorne ficou andando pela pequena cela circular. Ele levantou e abriu os braços, puxando as correntes. Cada instinto animal de seu corpo queria se libertar. Mas ele tinha se preparado para isso. Foi por esse motivo que fez Bram prometer que o manteria preso – porque Thorne sabia que, quando a hora do casamento se aproximasse, somente estruturas de metal e concreto poderiam impedir que ele fosse atrás dela. Dali a menos de uma hora, com certeza, tudo teria terminado. Uma questão de minutos, talvez. Quando os sinos da igreja repicassem, ele saberia que tudo estaria resolvido. Em vez de sinos, contudo, ele ouviu metal arranhando a fechadura. Em resposta, seu corpo gritou: *atenção, prepare-se para fugir.*

Ele deu as costas para a porta e crispou as mãos.

"Para o diabo, Bram. Eu lhe disse para não abrir a porta. Você me deu sua palavra."

"Não vou soltar você", disse Bram. "Tenho um novo prisioneiro, então vocês vão ter que dividir a cela."

"Um novo prisioneiro?" Thorne manteve o olhar fixo na parede enquanto a porta era fechada. "Eu sou o primeiro prisioneiro que esta prisão vê em anos. Agora somos dois em uma manhã? Qual foi o crime?"

A resposta veio com uma voz suave e melódica.

"Posse de animal inconveniente. Destruição de propriedade."

Não! Suas correntes de ferro pareceram dobrar de peso e estar presas diretamente a seu coração. Ele se virou. Claro que era Katie. Ela estava ali, na prisão com ele. E Bram não tinha futuro como colunista social, porque sua descrição da aparência dela era uma sombra da realidade. Um homem pode testemunhar um cometa cruzando o céu e descrevê-lo com algo parecido com um vaga-lume.

O vestido era translúcido – inocente e revelador ao mesmo tempo. Seu cabelo estava empilhado em dúzias de curvas e cachos intricados, e sua pele faria anjos chorarem. Ela estava radiante. Um pouco de cor brilhou no dedo dela. Minha nossa. Ela continuava usando seu anel. Thorne procurou conter o indesejável surto de esperança. Seu ânimo não podia ser levantado pela presença dela. Ele não deveria querer que Katie estivesse ali. O lugar dela não era em nenhum tipo de prisão – ainda que fosse relativamente excêntrica e charmosa.

"Bem...?" Ela deu uma volta, tentando obter a aprovação dele. "Eu queria estar com a melhor aparência para meu casamento."

"Você não devia estar aqui", ele disse. "Que brincadeira infernal o Bram está fazendo?"

"Não é brincadeira, infelizmente. Eu estou presa."

"Por quê?"

Ela pegou, debaixo do braço, um livro grosso e preto.

"Você tinha razão. Deixar Xugo roer livros foi uma negligência horrível da minha parte. Veja só o que esse animalzinho fez."

Thorne não podia se arriscar a ficar perto demais dela, mas inclinou a cabeça e deu uma olhada no livro, que era velho, grosso e encadernado com couro preto... as letras douradas na lombada tinham sido quase totalmente destruídas, e a maioria das páginas estraçalhadas.

"Jesus", ele suspirou quando entendeu. "Por favor, diga que não é o que estou pensando que é."

Ela aquiesceu.

"É o livro de registro da paróquia de St. Mary of the Martyrs."

"Não aquele que..."

"Continha meu registro de nascimento. Esse mesmo. E também o registro do casamento dos meus pais."

Thorne não podia acreditar.

"Você deixou Xugo fazer isso. De propósito."

"Não importa realmente como e por que aconteceu, importa? Está feito." Ela endireitou os ombros. "Não há registro de Katherine Adele Gramercy. Não mais."

A enormidade das palavras dela inundou sua cabeça por um instante. Ele procurou se agarrar a um pouco de razão ou lógica naquele oceano de insensatez.

"Não importa", ele disse. "Destruir esse livro não muda quem você é. Você continua sendo Lady Katherine Gramercy."

"Oh, eu sei quem sou. E os Gramercy também sabem. Mas esta infelicidade", ela mostrou o livro destroçado, "faz com que seja mais difícil provar minha identidade. Evan disse que vamos precisar de mais testemunhas para que possamos apelar à Justiça. Pode demorar anos até resolvermos tudo – até depois da temporada de Lark, espero, e de Evan ter a possibilidade de organizar as finanças e me preparar como herdeira."

"Então você está dizendo..."

"Que estou livre, agora, para fazer o que eu quiser." Ela se aproximou lentamente dele. "Estou dizendo que algum dia vou receber o nome Gramercy, pública e legalmente. Mas enquanto isso... espero poder usar o seu." A voz dela ficou rouca de emoção. "Eu lhe disse que desistiria de tudo, Samuel. Não consigo imaginar uma vida sem você."

Thorne a encarou por um instante. Então ele foi até a porta da cela.

"Bram!" Ele bateu nas grades. "Bram, abra esta porta. Agora."

Bram balançou a cabeça.

"Sem chance. Eu dei minha palavra."

"Para o inferno com sua palavra."

"Pode me xingar o quanto quiser. Bata na sua jaula à vontade. Você pediu por isto. Você me disse para mantê-lo preso até a Srta. Taylor casar."

"Bem, ela não pode casar enquanto estiver trancada aqui."

"Pelo contrário", disse ela. "Eu acredito que posso."

Ele se virou para encontrar Katie olhando para ele por baixo dos cílios. Um sorriso tímido brincava nos lábios dela.

"Não. Nem pense nisso. Não vai acontecer."

"Por que não?"

"Pelo amor de Deus, não vou casar com você em uma prisão."

"Você prefere que nos casemos na igreja?"

"Não." Ele rosnou, frustrado.

Ela ergueu a cabeça e olhou para os raios de sol que atravessavam a grade de ferro acima. Com a ponta dos dedos, ela tocou um ramo de hera que subia pela parede.

"No que diz respeito a prisões, até que esta é bem romântica. E esta construção foi consagrada, o que facilita as coisas. E os proclamas foram lidas ao longo das últimas semanas. Estou vestida para o evento, e você continua com seu terno lindo de morrer. Não existe nenhum impedimento."

Não, não, não! Aquilo não podia acontecer.

"Lorde Rycliff, você poderia mandar chamar o vigário?", perguntou ela.

"Não", ordenou Thorne. "Não chame. Eu não vou adiante com isso."

"Achei que isso pudesse acontecer..." Katie suspirou e se sentou no único banco da cela, uma simples tábua de madeira. "Muito bem. Eu posso esperar."

"Não sente nisso", ele pediu. "Não com seu vestido de casamento."

"Então posso ficar de pé e chamar o vigário?" Quando ele não respondeu, ela esticou e cruzou as pernas à sua frente. "Vou esperar você mudar de ideia."

Thorne bufou. Então era assim que ela queria fazer. Uma guerra de vontades. Bem, ela cometeu seu primeiro erro fatal naquela batalha – subestimou seu oponente. Ele se apoiou na parede, o mais longe dela que podia, naquela pequena cela circular.

275

"Você não vai conseguir me cansar", Thorne disse para ela. "Você não vai aguentar mais do que eu."

"Veremos." Ela ergueu os olhos para os fragmentos de céu azul. "Eu não vou a lugar nenhum."

Kate foi fiel à sua palavra. Ela não foi a lugar nenhum. Nem ele. É claro que isso não impediu que toda Spindle Cove fosse até eles. Ao longo do dia pareceu que cada homem, mulher e criança da vila foi espiar através das grades da porta e lhes oferecer conselhos ou palavras de apoio. O vigário apareceu para oferecer aconselhamento. Os Gramercy foram visitá-los. Evan lhes deu sua bênção, no caso de Samuel estar esperando por isso. Samuel deixou claro que não. Tia Sagui passou balas apimentadas para Kate através das grades. A Sra. Highwood passou para sugerir, de modo bem óbvio, que, se Lorde Drewe ainda estivesse interessado em casar naquele dia, sua Diana estava disponível. Na hora do jantar, os Fosbury levaram comida. Kate ofereceu a Thorne, com os dedos, um pedaço de bolo, mas ele a afastou com um olhar severo. Então ela o colocou na própria boca, e transformou em espetáculo o ato de lamber os restos dos dedos. *Não pense que está conseguindo esconder o brilho nos olhos.* Ele era tão teimoso...

Depois da luta, na noite anterior, Thorne dedicou toda sua energia em construir uma muralha ao seu redor. Mas Kate a colocaria abaixo. Ela não o deixaria viver naquela prisão fria e insensível que ele havia construído em volta de seu coração. Não depois que ela soube quanto amor e bondade ele tinha para dar. Pelo entendimento de Kate, ela estava simplesmente retribuindo um favor. Todos esses anos passados, ele não a abandonou. Sua consciência não o deixou fugir do prostíbulo sem ela. Então ela não iria embora da prisão sem ele.

Ao entardecer a vila toda se reuniu na praça. O impasse entre Kate e Thorne havia se transformado em um festival improvisado. A cerveja fluía livremente, graças ao Touro e Flor. Os milicianos organizaram uma banca de apostas, em que todos apostavam em quanto tempo iria durar a prisão do casal. Enquanto o sol se punha, Xugo apareceu. Depois de depositar um rato morto, como presente, na frente da porta, ele se deitou na grama e apoiou a cabeça nas patas. E esperou... Por horas... Até o luar passar pelas fendas acima, como raios de mercúrio.

"Pense no cachorro", ela lamentou. "Olhe só para ele. Você sabe que o Xugo não vai embora. Ele vai ficar deitado aí a noite toda. Pobre filhotinho, está tremendo de frio."

Thorne fez um som de pouco caso.

"Isso é tudo culpa dele."

Bem, se ele não se comovia com o bem-estar do cachorro...

"*Eu* estou com frio." Ela tremeu para reforçar seu argumento. "Você não vai sentar ao meu lado, vai me deixar tremendo, também?"

Finalmente, ela encontrou o argumento que o comoveu. Com relutância evidente, ele foi se sentar ao lado dela naquele banquinho duro. Ela pegou os pulsos dele pelas algemas de ferro, ainda acorrentadas, e enfiou a cabeça no círculo formado pelos braços. Thorne não resistiu quando ela se encostou em seu peito, aninhando-se em seu calor. Encostando o ouvido, Katie escutou seu coração, batendo em ritmo forte e regular.

"Você deveria ir embora", ele murmurou. "Volte para a Queen's Ruby e durma em uma cama quente."

"Uma cama quente é bem atraente. Mas só se você estiver nela. Eu vou esperar para ir para casa com você."

Ele baixou as mãos sobre as costas dela, trazendo-a para perto. Com o polegar, ele fez carinhos leves, para cima e para baixo, em suas costas.

"Não vou embora deste lugar sem você, Samuel. Você não foi embora da *Hothouse* sem mim."

"Isso foi décadas atrás. Nós éramos crianças. Você não me deve nada, agora."

Ela soltou um riso debochado.

"Só lhe devo minha vida, minha saúde, minha felicidade, e todo o amor do meu coração." Ela passou os braços ao redor da cintura dele e olhou para cima. "Isto aqui não diz respeito ao passado, Samuel. E sim ao nosso futuro. Não consigo me imaginar sendo feliz sem você."

"Katie, você precisa saber... É apenas por você que consigo me imaginar sendo feliz."

Ela engoliu em seco diante da sábia declaração.

"Então por que agora você está resistindo, depois de tudo? É apenas por causa de seu orgulho e teimosia?"

Um sorriso surgiu no canto da boca de Thorne.

"Se o meu 'orgulho e teimosia' é inconveniente, você deveria saber que qualquer orgulho que eu possa ter é totalmente culpa sua."

Ele fechou os olhos e encostou a testa na dela.

"É tudo culpa sua." A voz dele estava rouca de emoção. "Você me escutou quando eu precisava. Riu quando eu precisava disso. Você não se afastou, não importava o quanto eu fechava a cara ou me enfurecia. Você me amou apesar de tudo, e me fez olhar no fundo da minha alma para encontrar a força para amar você. Sou um homem diferente por sua causa."

O coração dela se encheu de alegria.

"Mas isso não é o bastante. Eu não sou bastante. E se eu tivesse machucado você, noite passada? E se acontecer de novo?"

"Você não me machucou", insistiu ela. "Você nunca me machucou. Mesmo quando você... escapa no calor do momento, sempre volta. Você sempre me mantém em segurança."

"E se..." A voz dele sumiu. Ele pigarreou e continuou. "Se houver filhos. Eu me preocupo com filhos."

Ela o abraçou forte.

"Não precisamos ter pressa para ter filhos. Faz só um ano que você voltou à Inglaterra, depois de passar uma década em combate. Precisa de algum tempo para fechar essas feridas. Não precisa se colocar em quarentena em algum lugar desabitado. A escuridão *irá* embora, um dia. Quando isso acontecer, vou estar ao seu lado."

"Você não deveria ter que esperar. Você merece alguém sem defeitos, que não seja um bruto e..." Ele exalou com força e a apertou. "Existem homens melhores, Katie."

"Sério? Eu ainda não conheci."

Quando colou seus lábios aos dele em um beijo doce e terno, Kate saboreou a vitória. A batalha estava quase ganha. Ela beijou a barba por fazer no rosto dele e soltou um sussurro sensual.

"Sabe, nós podíamos começar nossa lua de mel em menos de uma hora."

Ela trocou de posição nos braços dele, fazendo com que seus seios roçassem o peito de Thorne, o que provocou sensações indescritíveis. Em ambos Samuel emitiu um gemido profundo.

"Sabe o que a Tia Sagui falou uma vez? Ela comparou você a uma bala apimentada. Duro e avassalador a princípio, mas doce por dentro. Eu admito que estou desesperada para tentar uma experiência." Ela lhe deu um olhar provocador. "Quantas vezes você acha que eu preciso lamber você antes que derreta?"

Ele contraiu todos os seus músculos. Sorrindo, ela enfiou o rosto na curva do pescoço de Samuel e passou a língua sedutoramente por sua pele.

"Esse foi o primeiro."

"*Katie*." A palavra foi um alerta baixo, gutural, que fez os dedos do pé dela se curvarem.

Então ela colocou o rosto na abertura de sua camisa, e afastou o tecido para os lados. O aroma conhecido da pele de Samuel mexeu com ela em lugares íntimos. Com um giro da língua, ela saboreou a base do pescoço dele.

"Dois."

"Finn", Samuel chamou com a voz trovejante, erguendo a cabeça. "Vá chamar o vigário!"

Ela se afastou, chocada.

"*Dois*? Só isso, sério? Dois? Não sei se fico orgulhosa ou desapontada."

O rosto de Finn apareceu atrás da grade.

"Se não se importa, Cabo, posso esperar mais meia hora para chamar o vigário? Eu apostei meia-noite no bolão."

"Sim, eu me importo. Vá chamar o vigário. Agora!"

Kate sorriu. Aquele era seu futuro marido. Quando ele decidia fazer uma coisa, ninguém ficava no seu caminho. Graças a Deus.

Ela sorriu para Samuel no escuro.

"Espero que as flores no meu cabelo não estejam murchas."

"Estão perfeitas." Os olhos azuis percorreram o rosto dela. "Você é tão linda, Katie. Eu nem tenho palavras."

Ela não precisava de palavras. Que mulher iria querer elogios, quando podia ter essa adoração pura? O orgulho e o amor no olhar dele eram palpáveis. Ela tocou o rosto dele.

"Você é insuportavelmente lindo, como sempre. Eu não poderia ter sonhado com um casamento mais perfeito. Toda nossa família e todos os nossos amigos já estão reunidos lá fora. Com algumas velas, esta casinha engraçada vai se tornar uma capela romântica. Mas você acha que Lorde Rycliff poderia tirar as algemas antes de dizermos nossos votos? Já ouvi dizer que os homens chamam o casamento de prisão, mas isto aqui é demais."

"Demais? Isso vindo da mulher que me amarrou a uma cama."

Ela riu baixinho, encostando a cabeça no peito dele. Ele apoiou o queixo, quadrado e pesado, no alto da cabeça dela. Em silêncio, ela podia sentir Samuel pensando, ponderando. Quando ele falou novamente, sua voz tinha um tom pensativo, aquele tom que Samuel parecia não conseguir empregar quando Katie estava olhando para ele. Ela manteve o rosto enterrado na camisa dele, para não quebrar o encanto.

"Bram deveria deixar as algemas", ele disse, "até depois. Foi o juramento que ele fez, e parece adequado, de algum modo. Para outros homens, casamento pode parecer uma armadilha ou prisão. Não para mim, Katie. Não para mim." Ele deu um beijo no alto de sua cabeça. "Quando eu me casar com você, vou sair daqui um homem livre."

Epílogo

"Silêncio! É o cavalo dele na entrada."

Kate espiou, escondida, por entre as cortinas de veludo azul. Lá vinha ele, conduzindo sua montaria em um trote ligeiro pelo caminho de cascalho branco. Ele desmontou com um movimento rápido e ágil, e entregou as rédeas para o criado que aguardava. Sob a luz do crepúsculo, ela pôde ver as linhas severas do rosto dele. A cada ano que passava, a vida aprofundava um pouco mais aquelas linhas, gravando sua beleza como algo eterno, permanente. E sempre que ela o revia, após algum tempo, seu coração ainda dava o mesmo pulo de menina dentro do peito.

"Ele chegou!"

Com uma mão, ela pegou as saias pesadas de seda e se apressou pelo corredor, deslizando suavemente. Não era correto que uma lady corresse, porém uma lady com três filhos tinha que aprender a se mover rapidamente. Mas ela não foi a primeira a recebê-lo junto à porta. Xugo, mesmo com toda sua idade, ganhou dela a corrida até o hall de entrada, com suas unhas estalando no piso de travertino. Ele cheirou as botas de seu dono, estudando a história de sua viagem.

Ao observar os dois amigos reunidos, Kate sorriu.

"Vejo que não sou a primeira a recebê-lo em casa."

Com um último agrado na orelha do cachorro, Samuel se endireitou.

"Mas é a mais bonita."

Ele trouxe consigo um sopro do ar frio de outono. O aroma da floresta estava impregnado em seu sobretudo. Samuel o tirou, assim como as luvas.

Kate pegou as duas peças e beijou sua face fria.

"Onde está Williams?", ele perguntou enquanto passava os olhos pelo aposento à procura do mordomo.

Kate mordeu o lábio.

"Oh, ele está... fazendo alguma coisa."

Ela se virou e demorou para pendurar o casaco, com medo de olhar para ele, preocupada que o marido pudesse suspeitar da ausência dos criados. Mas suas próximas atitudes deixaram claro que ele não pensava assim.

Samuel viu na ausência dos criados uma oportunidade. Suas mãos a pegaram pela cintura. Ele a puxou para si, apertando-a junto a seu peito largo e firme. Com os lábios gelados pelo vento, ele deu beijos em sua nuca, o que enviou ondas de sensações quentes e frias pela coluna.

Kate fechou os olhos, entregando-se ao momento. Ela apoiou as costas no peito dele e rolou a cabeça para o lado, oferecendo mais de si para os beijos de Samuel. Ah, como ela sentiu falta dele.

"Como estava Wimbley Park?", ela murmurou.

"Uma desgraça." Os dentes dele roçaram seus ombros.

"Os campos do sul outra vez?"

Ele rosnou uma resposta positiva enquanto mordia o lóbulo da orelha dela.

"Inundado à altura da canela."

"Oh, céus", ela suspirou. "E os canais de drenagem do ano passado? Pensei que..."

Com um movimento ágil, ele a virou de frente para si. A intensidade em seus olhos disse para Kate que eles não iriam falar de canais de drenagem naquele momento.

"*Katie...*"

Ele a puxou para um beijo exigente, apaixonado, que lhe disse tudo que outra mulher, talvez, quisesse ouvir em palavras: *Eu quero você. Eu preciso de você. Eu amo você. O tempo todo em que ficamos separados eu não pensei em ninguém, a não ser você.*

"Vamos lá para cima." Ele fechou a mão nas costas do vestido dela. "Faz uma eternidade."

Ela riu de encontro aos lábios dele.

"Desde terça-feira."

"Como eu disse. Uma eternidade." Ele a levantou do chão, como se fosse simplesmente jogá-la em cima do ombro e carregá-la para o colchão mais próximo.

Ela pôs as mãos no peito dele, impedindo-o.

"Não podemos. Agora não."

Ele não pôde deixar de reparar na gravidade que a expressão dela continha. Quando a recolocou no chão, Samuel franziu a testa, preocupado.

"O que foi? O que há de errado?"

"Nada, só que..." Ela engoliu em seco. "Por favor, não fique bravo."

Ele a pegou pelos ombros.

"Conte para mim. Agora."

"Não se preocupe. Ninguém está doente ou sangrando." *Ainda.* "E não é algo que eu possa simplesmente explicar. Você tem que ver com seus próprios olhos."

Ela o pegou pela mão e levou pelo corredor. Eles caminhavam devagar, em silêncio. Ele parecia um homem indo para seu próprio funeral.

"Eu sei que você odeia essas coisas", ela disse, desculpando-se antecipadamente. "Mas os garotos vêm me pedindo isso desde o verão, e então Marian gostou da ideia e não largou mais." Eles pararam diante da sala de estar.

"Está tudo muito quieto", ele reparou de repente. "Katie, não estou gostando disso."

"Eu nem sei direito como aconteceu. As coisas simplesmente saíram de controle. Mas por favor, saiba que eles tiveram a melhor das intenções."

Com uma última prece silenciosa para reunir coragem, Kate abriu a porta dupla.

A sala de estar entrou em uma erupção de cor e som.

"Surpresa!", veio o grito de dezenas de pessoas. Familiares, criados, vizinhos e amigos.

"É uma festa", disse ela. "Para você."

"Maldição."

Ela se encolheu, observando Samuel enquanto ele olhava a sala que transbordava de gente. Ela tinha convidado todos os proprietários vizinhos, assim como muitos antigos amigos que conseguiu atrair até Ambervale. Lorde Rycliff e Lorde Payne levaram suas famílias. Calista e Parker estavam lá, além de Harry e Ames. Como sempre, Evan cumprimentou Samuel com um aperto de mãos caloroso. Fazia tempo que os dois eram bons amigos.

"As crianças queriam lhe dar uma festa de aniversário", sussurrou ela, acenando para Tia Sagui. "No verão passado elas perguntaram por que nós nunca comemoramos, e eu não soube o que responder. Eu disse uma data qualquer, porque achei que iriam esquecer. Mas não esqueceram. Elas são teimosas, assim como o pai."

"Elas são inteligentes", disse ele. "E isso é culpa só sua."

As três crianças esperavam de pé no meio da sala transbordando de satisfação, ao perceber que tinham conseguido emocionar seu papai formidável. Marian Claire, de quase 8 anos de idade, Martin Christopher, um pouco mais novo e o menor, Mark Charles, que veio cambaleando pela sala e grudou na perna do papai.

Eles deram a todos nomes com iniciais M. C. Ela convenceu Samuel quando o primeiro filho nasceu. Ele tinha sugerido Simon ou Elinor, pelos pais dela, mas o que Kate mais queria era dar um significado diferente àquelas letras tatuadas debaixo do coração dele. Não havia nada de "Mau Caráter" nele agora, se é que algum dia houve. Apenas "Pai Dedicado", "Empregador Justo", "Amigo Leal"... e "Marido Amoroso". Não havia uma única alma, naquela sala de estar abarrotada, que não o admirasse. Mas Kate não acreditava que alguém pudesse amar aquele homem mais do que ela. Ela pôs a mão na barriga. Se as suspeitas que a vinham incomodando desde as últimas semanas se mostrassem verdadeiras, eles logo teriam que pensar em outro nome composto. Do jeito que aquele homem era viril, ela só esperava que eles conseguissem parar antes de terem que usar Marieta Cabeça-de-Couve.

Quando ela encontrou seu olhar, Samuel arqueou a sobrancelha, fazendo uma expressão de censura. Mas ela tinha desenvolvido um talento para ler as mudanças sutis em sua expressão pétrea, e Kate sabia que ele não estava bravo.

Samuel pegou Mark no chão e o colocou nos ombros.

"Venha ver o bolo!", Marian puxou a manga do pai, levando-o até uma mesa repleta de refrescos. No centro havia um bolo ligeiramente inclinado.

"Foi a Marian que fez a cobertura", disse Kate.

Marian ficou na ponta dos pés, cheia de orgulho.

"Tem geleia de damasco dentro. Mais tarde nós vamos cantar para você. Mamãe nos ensinou uma canção nova." Ela girou para um lado e para outro, rodando as saias de seu melhor vestido. "Gostou da sua festa, papai?"

"Não, eu não gostei."

Kate lhe enviou um olhar suplicante. Samuel não gostava de agitação – e muito menos de bolo –, mas ela esperava que ele pudesse aguentar tudo aquilo por uma noite.

Com a mão grande e fria, ele pegou delicadamente o queixo da filha, e ergueu seu rostinho para que ela pudesse vê-lo dizer:

"Eu amei. E amo você."

SÉRIE SPINDLE COVE

Uma noite para se entregar
Tessa Dare
Tradução de A C Reis

Uma semana para se perder
Tessa Dare
Tradução de A C Reis

A Bela e o Ferreiro
Tessa Dare
Tradução de A C Reis

Uma duquesa qualquer
Tessa Dare
Tradução de A C Reis

Como se livrar de um escândalo
Tessa Dare
Tradução de A C Reis

SÉRIE CASTLES EVER AFTER

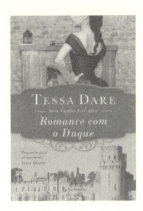 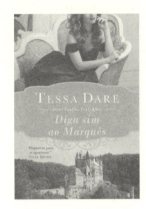 

Romance com o Duque
Tessa Dare
Tradução de A C Reis

Diga sim ao Marquês
Tessa Dare
Tradução de A C Reis

A noiva do Capitão
Tessa Dare
Tradução de A C Reis

Este livro foi composto com tipografia Electra e impresso
em papel Off-White 70 g/m² na gráfica Rede.